大台宫戏

上

王和平 著

时代文艺出版社
SHIDAI WENYI CHUBANSHE

图书在版编目（CIP）数据

大台宫戏：上下／王和平著. -- 长春：时代文艺出版社，2023.9
ISBN 978-7-5387-7067-4

Ⅰ.①大… Ⅱ.①王… Ⅲ.①长篇小说－中国－当代 Ⅳ.①I247.5

中国版本图书馆CIP数据核字(2022)第181581号

大台宫戏（上下）
DA TAI GONGXI
王和平 著

出 品 人：	吴　刚
责任编辑：	李荣鉴　初昆阳
装帧设计：	WONDERLAND Book design　QQ:34458l934
排版制作：	隋淑凤

出版发行：时代文艺出版社
地　　址：长春市福祉大路5788号　龙腾国际大厦A座15层　（130118）
电　　话：0431-81629751（总编办）　0431-81629758（发行部）
官方微博：weibo.com/tlapress
开　　本：710mm×1000mm　1/16
字　　数：650千字
印　　张：46.75
印　　刷：三河市万龙印装有限公司
版　　次：2023年9月第1版
印　　次：2023年9月第1次印刷
定　　价：138.00元

图书如有印装错误　请寄回印厂调换

目　录

序　　　　　　　　　　　　　　　　001

　　楔子　　　　　　　　　　　　　001

上卷　八月十五云遮月

　　第 一 章　　　　　　　　　　　009
　　第 二 章　　　　　　　　　　　016
　　第 三 章　　　　　　　　　　　024
　　第 四 章　　　　　　　　　　　030
　　第 五 章　　　　　　　　　　　038
　　第 六 章　　　　　　　　　　　047
　　第 七 章　　　　　　　　　　　053
　　第 八 章　　　　　　　　　　　062
　　第 九 章　　　　　　　　　　　070
　　第 十 章　　　　　　　　　　　080
　　第十一章　　　　　　　　　　　090
　　第十二章　　　　　　　　　　　098
　　第十三章　　　　　　　　　　　105

第十四章	115
第十五章	124
第十六章	129
第十七章	135
第十八章	143
第十九章	151
第二十章	160
第二十一章	169
第二十二章	175
第二十三章	182
第二十四章	192
第二十五章	200
第二十六章	208
第二十七章	216
第二十八章	221
第二十九章	229
第三十章	240
第三十一章	247
第三十二章	256
第三十三章	264
第三十四章	271
第三十五章	279
第三十六章	286
第三十七章	292
第三十八章	300
第三十九章	306

第 四 十 章	312
第四十一章	319
第四十二章	326
第四十三章	336
第四十四章	345

下卷　正月十五雪打灯

第四十五章	357
第四十六章	370
第四十七章	382
第四十八章	392
第四十九章	399
第 五 十 章	411
第五十一章	419
第五十二章	428
第五十三章	434
第五十四章	443
第五十五章	451
第五十六章	458
第五十七章	466
第五十八章	472
第五十九章	480
第 六 十 章	486
第六十一章	494
第六十二章	506
第六十三章	520

第六十四章	525
第六十五章	536
第六十六章	546
第六十七章	552
第六十八章	561
第六十九章	573
第七十章	585
第七十一章	598
第七十二章	611
第七十三章	620
第七十四章	628
第七十五章	635
第七十六章	647
第七十七章	659
第七十八章	668
第七十九章	675
第八十章	684
第八十一章	694
第八十二章	700
第八十三章	710
第八十四章	714
第八十五章	720
第八十六章	726
尾声	730
后记	732

序

《大台宫戏》这部小说放在我的案头上，陪伴了我将近两年的时光，如今终于要出版了，犹如马上要出嫁的姑娘。作为责任编辑，我满心欢喜地为小说做好了"嫁衣"，希望它会得到读者喜爱。

与这部小说相识，源于老社长陈琛的推荐。初见小说题目，就使我心中一喜，在我的印象中，清末应当是以京剧为代表的传统戏曲的"黄金期"。在以慈禧太后等一大批大清皇室成员的"推动"下，及至民国，陆续诞生了以杨小楼、谭鑫培以及后来的"四大名旦"等至今仍被戏迷们津津乐道的京剧大师。虽然当时并不知道这小说所指的"大台宫戏"是什么戏，但能在宫里演出，必定非常精彩。读下去，发现小说原来是关于中国木偶（傀儡）戏的，而木偶戏作为国家级非物质文化遗产之一，传承久远，却又鲜有人了解，拥有广阔的创作空间和神秘感。小说虽然体量巨大，但布局谋篇苦心孤诣，展衍铺陈，曲折精密，叙述视角宏大，情节跌宕起伏。读完上卷时，我心里就已经暗下决心，一定不能错过这本小说，一定要让更多的读者尽快地读到这部作品。

小说围绕着老北京的四大傀儡戏班子、围绕着傀儡戏百年老班金麟班的一台镇班大戏——大台宫戏及戏中的两只主角儿人物傀儡而展开情节，一定程度上还原了清末民初时期梨园行伶人们的生存状态。传统社会里的伶人，社会地位低下，甚至连一个太监都能决定一个戏班子的兴衰存亡，但他们的骨子里却有着对艺术近乎苛刻的追求和由此产生的自信、自尊和自爱。"艺比天大"，传统戏曲既是一门艺术，也是他们的身家性命和饭碗。但也正因为如此，传统戏曲的传承在鲜花和掌声中浸满了伶人的血泪。名伶谭鑫培就是因为病中被强迫给军阀唱戏，又气又累，回家不久后便离世。小说《大台宫戏》为读者展现了傀儡戏班在京城繁花似锦的文化氛围中，艰难求生的故事，像很多传统伶人及戏班一样，他们背负着沉重的传承使命，为了活下去，为了"光耀门楣"，在艺术上精益求精，也在戏外的世界人情世故……

不仅仅是伶人的世界，伴随着人物详细的活动，小说也随着情节的铺陈，向读者展示了老北京独具特色的文化氛围：比如，老北京的总体城市布局，大量独一无二的明清古建筑群落——尤其是对紫禁城各宫殿、街道和恭王府、醇王府、庄王府、颐和园等近乎白描式的还原，还有对八大饭庄位置、特点、招牌菜的比较，以及对天桥热闹景象的描写，等等，全景式地展现了清末民初时期老北京城充满烟火气的生活氛围。这其中展现了作者大量的考证功夫。更为可贵的是，小说中的一些建筑已经随着城市建设的推进烟消云散。它们在书中的"复活"，体现了作者在写作过程中的良苦用心和对书稿寄寓的种种厚望。

小说的语言也极具特色，它既使用了很多老北京的地方方言以及戏曲方面的行话，也使用了很多传统社会江湖上的"黑话"。前者使小说在行文和人物塑造上更为生动，后者则是传统社会各行艺人谋生的必备"技能"。以上"元素"的加入，使得小说中的人物更贴近清末的社会现实，让读者置身于老北京的语言氛围中，更好地理解传统戏曲的各种表现形式，了解传统社会中不同阶层人民的生活方式，在京味儿文化氛围中感受傀儡戏这一古老的传统艺术的风采。

总体上，《大台宫戏》是一部构思精巧、行文深具特色，且作者下足了力气和功夫的小说，在阅读上可能有些"慢热"，但作为责任编辑，我希望它的价值和作者的良苦用心也能被读者发现。也正因为如此，这部小说在我的手中"耽误"了一些时间：一方面由于之前反复"出现"的疫情，另一方面也因为我个人对于细节上的偏执。感谢王和平老师不厌其烦地对稿件进行的修改。从中，我看出了一位作者内心深处对文学的坚守和对艺术的追求。在小说即将出版之际，王老师郑重地邀请我为《大台宫戏》作序，其实我对文章进行加工修改，尚可勉力为之，写文章却不在行。可从王老师的话语中，我感受到了他对我的期盼，于是答应下来，虽不求能为小说增光，但求别使小说失色。

"洞房昨夜停红烛，待晓堂前拜舅姑。妆罢低声问夫婿，画眉深浅入时无。"图书出版在即，我现在多少也能体会到当年朱庆馀在写这首《近试上张水部》时的心情了。《大台宫戏》我已先睹为快，剩下的就是接受读者的检验。拜托了，我亲爱的读者！我满心欢喜地期待着！

李荣鉴

2023年5月25日

楔　子

"生旦净末丑，神仙老虎狗，天下三千六百曲，谁让您出幺蛾子单挑这九九万寿节庆的日子口唱这一出什么……大台宫戏？"脚蹬高勒靴子、穿着带有品秩服色的监旨太监祥庆一边说一边从怀中掏出一个元青花的小瓷瓶，拔开瓶塞，将瓶口磕在手掌心里，磕出一粒黑色滚圆的丹药丸。祥庆收起瓷瓶，用手指尖捏住那粒小小的丹药丸，俯下身，塞进趴在大条凳上刚刚受过杖刑的京城傀儡戏金麟班掌班童怀青的口中，看着一息尚存的童怀青，他不无矜怜地说："这是挨杖刑的药丸，可一时护住命脉，能不能挺过这四十廷杖，就看您的造化了。童老板，今儿个这事儿您怨不得别人，戏是您唱的，戏词儿里有'碍语'，谁让您不检点来着，惹恼了万岁爷，小戏台'起堂'，这回您踏实了！"

祥庆转过头来看着跪在一旁的金麟班文武场师傅凌怀亭，不由得也数落了两句："今儿个也算你命大，要说听戏，那几个跟来庄子里给万岁爷贺圣寿的番夷就是棒槌。若不是你用一根子弦还能伺候戏，今儿个就别打算要脑袋了。还好断的那根是老弦，万岁爷听出来了，心疼你这手艺，您二位赶紧着谢恩吧。"

祥庆说完一扭身，走回庄子里去复旨。

几名身穿黄马褂带刀的御前侍卫仍然围站在那里，其中手执廷杖的两名侍卫，攥着毛蓝布正在擦拭刚刚用过的廷杖上残留的血迹。

避暑山庄共有九座宫门。仓门在丽正门的西边，仓门的规制最低，仅为宫墙上辟出的一道随墙门，是供给山庄内一应用度什物进出的专用门。

仓门门前空场上，杖责过后的童怀青趴在枣红色的大条凳上动弹不得，屁股被打得已是皮开肉绽，血肉一片模糊。

凌怀亭跪在一旁，面色愀然，脚边一把折断了担子的胡琴。

夕阳残照，血色余晖笼罩着山庄周边层峦起伏的山岗。山庄虎皮石大墙在夕照里愈显色彩斑斓。

喀喇河屯行宫位于滦河与伊逊河交汇处的南岸，距避暑山庄也就一个时辰的路程。这里一向为京城往来于承德之要津。

行宫宫门五楹，虎皮石大墙顺山势围绕。宫内大门三楹，院内连脊垂花门，东中西三所还有新宫，各所自南向北一字排开。眼下各省各地前来承应九九万寿节庆的诸家戏班统统被安置在行宫各所东西配殿内下榻，箱笼砌末也堆放在各所的东西配房或后照房中。京城里奉召而来的金麟班住宿东所，南府内头学的戏班则下榻在中所，与金麟班一墙毗邻。

九九万寿庆典，提调哪个班子进山庄承应，哪个班子便自带家当进庄子承应戏码，行宫里车接车送，下了戏即回，简单省事。

冬日塞北，寒风凛冽。夜色昏暝中的滦河两岸，山峦层叠，低岗缓阜，仿佛无边无际。

夤夜时分，由远而近骤然响起一片疾驰中的纷乱杂沓的马蹄声。夜深人静，马蹄声听来分外清脆响亮。五骑快马转瞬就到了喀喇河屯行宫大门前，为首骑在马上的是宫内监旨太监祥庆。祥庆身后跟着四名身穿黄马褂的御前带刀侍卫，五人齐齐滚鞍下马。

祥庆手托圣旨当门而立。

一名侍卫大步跨上台阶擂响宫门。侍卫扬声："开门，快开门，有旨意！"

宫门豁然大开。

行宫外朝房当值首领太监那承一脸的憷然失措，衣衫不整，披着棉袍，哆哆嗦嗦地躬身陪着祥庆和随来的四名御前带刀侍卫穿过二宫门，走进东所连脊垂花门内，径直来到秀野轩正殿前的空场上。提着八角玻璃手照的小太监紧随其后。

那承打着冷战问道："庆爷，什么旨意这么急，都……都等不到天亮？"

"嗐，别提啦。"祥庆手托圣旨，一副很不情愿的样子，"从京城赶来贺万寿庆典的几个英吉利国的番夷，在京城那前儿就为朝见万岁爷时磕头还是不磕头，非要行什么洋礼儿，矫情得没完没了。赶到进了庄子，看了咱大清的傀儡戏，喜欢得紧。内中有个番夷孩子，听说还是先帝乾隆爷那前儿就来朝贺过的一个番夷的孙子，看上了一件傀儡，向万岁爷索求带一件傀儡回去。万岁爷圣意，蕞尔小邦，没个见识，咱大清是上国大邦，多给几件，又有何妨。让南北各地来的傀儡戏班子把这次来园子承应戏的傀儡尽数留下，叫番夷可着劲儿拣、随着意儿挑。咱家这时辰来赶趟儿，趁着天亮之前各省来的戏班子还没动地方不是？有一宗旨意上说得明白，京城来的金麟班，这个班子里的傀儡可是一件不能少。"

此刻，那承被冻得精神了些，大声说道："万岁爷圣明，这些番夷还真不开眼，小庙的泥胎就是没见过大香火。"

一阵山风呼啸着掠过正殿前的空场。

那承紧裹棉袍，冻得上牙磕下牙，身上打着冷战，一边落下挂在殿门上的铜锁，一边自顾自地唠叨着说："庆爷，天气忒冷，夜里风大，您几位先进殿避避风暖和暖和。喀喇河屯可是百年的老行宫，殿宇梁枋早就干的透透的，赶在这十月里，风干物燥，着实见不得一丁点儿的火星子，回头您宣旨，咱家再点起手照给您照着亮儿！"

那承随即吩咐提着八角玻璃手照的小太监打开玻璃罩,吹灭了灯捻。

费力地推开半扇殿门,让进前来传旨的祥庆和侍卫们。大殿明间高悬圣祖御笔题匾"清风拂面来"。清冽的月光经由大殿双交四椀菱花的窗棂漫浸殿内,月光中飘浮着的微尘有如无数小虫一般在上下翻卷飞舞,竟然显得有些阴森诡异。

"谢谢那爷关照。"祥庆感激地说道,"那爷在这儿伺候差事有年头了吧?"

"敢情,一晃儿都大半辈子喽。"

祥庆催促说:"那爷,麻利儿的,让各省的伶人快起来听旨吧!"

夜半更深。此次前来避暑山庄承应九九万寿节庆各省来的戏班子的伶人们,尽数跪倒在空场上,黑压压一片。祥庆身旁站着高举手照为他照着亮儿的那承。

祥庆手持圣旨,正在高声宣读:"南府内头学傀儡班掌事边涧秋,教戏无方,刻作失当,承应之戏词调不准,属排差管束不严,重责不贷;万寿庆典,外头学承应世祖朝赐名之大台宫戏,旧词未去,黍离之悲。著永不叙演。即刻交出金……"

"那……那爷,不好啦!"还未等祥庆宣读旨意的最后一句念完,一个小太监惊慌失措地从后面急急跑了过来,气喘吁吁地大声禀报,"后面一间东配房走水了,是承应戏班堆放箱笼砌末的地方!"

站在一旁为祥庆宣旨打着手照的那承一下子变了脸色,未等祥庆宣读完旨意,便振臂跺脚,转着圈地大声呼喊起来:"小猴崽子们,赶快担水运沙子……风大,小心走水连营一片!"

那承话音未落,行宫后面已经亮起大片火光,映在暗夜里,一闪一闪。

空场上顿时炸了营,一片慌乱。各戏班的伶人也纷纷起身跟着找东西抄家伙去救火。受了杖伤的童怀青也被班子里的人架着向后面一瘸一拐地走去。

时值冬日,塞北山风刚猛,风助火势,喀喇河屯行宫百年建筑,梁枋橡柱早已干透,不一刻,东所后面东侧堆放箱笼砌末的那间走水的配房已被熊熊大火所吞噬。前来救火的人们喊着跳着扑向火场,那承喊破喉咙,首先招呼众人四下里打断火道,避免过火殃及毗连殿宇。

火场周围,沙子被人们挥洒开来,一大片一大片落在火堆上,压住向上蹿跳的火苗;泼出去的扇形水雾洒落在燃烧的木梁瓦檩上"滋滋"地冒着青烟。

大火浓烟中,凌怀亭跌跌撞撞从残垣断壁的余烬中走了过来,身上火星点点,头发眉毛都已燎焦,脑后的辫子烧得也只剩下半截,仍在不停地上下左右怕打着衣衫烧灼处。

火光渐弱,可以看出,火势已被控制。

祥庆气急败坏,铁青着脸,声音尖厉:"你,你师兄挨杖刑,你打心眼儿里不服气是不是,这胆子也忒大了点儿,纵火行宫,知道是什么罪名吗?你就是有十个脑袋也不够砍的呀!"

那承今夜当值,职责所在,气促情迫地望着已被大火烧灼得衣衫褴褛的凌怀亭,实在是不知说什么才好:"子时刚过,咱家临上炕躺下那前儿这心里还犯着嘀咕,昨儿个万岁爷圣寿,今儿个十月初七,二十八星宿觜火猴儿在西,主凶,熬可着千万别出事……凌怀亭呀凌怀亭,咱家上辈子欠你的……你不在前面听宣圣旨,鬼使神差地怎么跑到后面来啦?"

此刻的凌怀亭看上去甚是沉稳:"回那爷的话,实在是小人该死,只因师兄杖伤难耐,来此是在箱笼里翻找为师兄止疼的药剂,不小心碰翻手照,致使走水。"

祥庆铁青着脸,当即冷冷说道:"来呀,将凌怀亭拿下,带回庄子里复旨!"

"嗻。"四名身穿黄马褂的带刀侍卫其中两人立即上前一左一右地将凌怀亭夹持在中间。凌怀亭环顾左右,终于在救火的人群中看见了师兄童怀青。

在余烬火光的映照下,对面站着的童怀青在两个师弟的搀架下,强忍着刑余的疼痛,此刻也是身心俱焚,泪流满面,嘴唇上下翕动着只是说不出话来。

凌怀亭面色沉凝,强忍灼烧的疼痛,用力挣脱两旁侍卫的挟持,吃力地向前跨了半步。他向童怀青抱拳一揖,看来是动了决绝赴死的念头,语调悲怆:"师兄放心,一人做事一人当,雪哥儿就托付给师兄了,让孩子记住,今儿个的日子嘉庆二十一年十月初七。"话说至此,猛然回过身,瞅不冷子拔出站在旁边的御前侍卫的佩刀。御前侍卫的佩刀实非一般兵刃可比,系精钢打造,双血槽一通到底,刀刃陵劲淬砺。

刀出鞘,森森然一道青光。

凌怀亭握刀在手,顺过刀刃划过肩头,引颈自刎,当场泣血身亡。

一阵山风猛烈袭来,凌怀亭身后就要熄灭的火光再次明亮起来。

凌怀亭向死而生,寓静于动,自有一种壮烈的凄美。在他倒下的瞬间,最后想到的是走水的东配房地上的那只布老虎。

一种音响仿佛从极远处飘过来,终于可以听得清楚,是文武场的胡琴梆子锣鼓点儿,音响渐渐临近,韵味浓重醇厚,激越悠扬,给人的感受越来越强烈……

上卷

八月十五云遮月

第 一 章

京城六月天。热得狗都下河去洗澡。

响晴薄日，不见一丝的云彩，没有一丝的风。

珠市口，通衢大道，横贯东西。

大道北边儿商铺鳞次，店肆栉比；人群摩肩接踵，熙熙攘攘。大道南边儿，景象却又不同，道旁店铺疏疏落落，半脊瓦屋与低矮破旧的棚户连成一片。

坊间有道儿北和道儿南的俗称，外省人是只知其然，只有京城的人才知其所以然。好的店铺、好的饭庄、好的戏园子，尽数都在道儿北。那时有钱的主儿，可以去道儿南的天坛城根下跑马踏青，射柳为戏。虽然天桥也有不少家戏园饭庄，他们就是不会到道儿南的天桥去看戏下馆子。约定俗成的事物，真是无理可讲。

珠市口。道儿北十字街拐角处，一座偌大的天颐轩茶楼。茶楼气派，上下两层，彩绘门窗。房檐椽头下，挨排挂着刻有"毛尖""雨前""雀舌""大方"等茶叶名称的木板招牌。招牌下坠着红布条穗，迎风摆动。

茶楼门口左右楼柱一副竹制镂刻隶书楹联：翠叶烟腾冰碗碧，绿芽光照玉瓯青。

进得茶楼，一楼散座，二楼雅间。抬头看，转圈儿走廊带围栏。堂口十足老北京风味大柜台，柜台上挂各式水牌，下面系着大红绸子，柜台后的货架上摆满了大青花瓷的茶叶罐。堂口另一侧横悬着长长的红木鸟笼杆，十几只鸟笼并排挂着，笼抓也是各式各样。笼内画眉、百灵、红子、黄鸟、蓝点颏、红点颏等不一而足。店堂正中靠北面一架乌木框的大屏风，内嵌唐寅山水屏风芯，屏风前一方丈余宽小台式戏台仅高于地面数寸。

靠着屏风旁边摆放一副清音桌，桌前放有两盏精致的见棱见角铜框的戳灯，戳灯后面备有仅供观赏品玩的铭瓷茶具。桌上立有一用红木镶边做成的插屏，里面嵌着十二格小长方形的象牙片子，分成上下两排，每格内书写当天的戏码，此谓之为"戏圭"。桌子后面置放一架花梨木雕刻的玲珑剔透的小屏风，曲折八屏，上镌铭祥庆传旨南府内头学傀人字画。

茶楼因设有清音桌，在座头和装饰上自然有别于寻常茶馆，这里显得文雅而周致。此刻正是上人时分，人声喧沸，鸟声啁啾啼啭。店内多是些喝茶遛鸟分外悠闲的旗人老客。

店掌柜曾盼身后跟着伙计从店堂后面转了出来，绕过大屏风，穿过店堂向大门口走去。伙计双手高高端着一副水牌架子，架子两面贴着洒金地儿的大红纸，纵行竖写，一笔端正乾隆馆阁体，字大形方，红纸黑字赫然入目——

　　特请五城弟子随意消遣戌时《西厢记·佳期》红娘昆山
　　集雅班头牌花旦九岁红

曾盼盼咐伙计将水牌放在了茶楼门口显眼的地方。

茶楼临街的万字纹的窗扇打了起来，向外支着。坐在茶座中，街景一览无余。临街靠窗的一副座头,老榆木的八仙桌,左右坐着二人,正在相互寒暄。桌面上,两盅盖碗茶之间摆放着四碟天颐轩自制的小点心:艾窝窝、蜜麻花、喇叭糕、糖耳朵。点心都做成核桃大小,各自有形,每碟放六块。茶点虽是平常,却总有一番讲究。

茶座左首边坐着恭亲王府的长史吴干臣。

吴干臣手摇折扇,旗人装束,外罩一件玄色实地纱的卧龙袋,五十开外年纪,细高挑身形,说起话来,矜高倨傲,颐指气使。

右首边陪坐的是琉璃厂小古玩铺玉器作彝鼎阁的掌柜郭万里。

郭万里年届四十,胖瘦适中,微有髭须,长衫小帽,帽正嵌一块水头葱绿的碧玉,手举京八寸铜锅旱烟袋,说起话来不紧不慢中透着买卖人的精明与世故。

今日里吴干臣做东天颐轩邀郭万里来此品茗是虚,求郭掌柜在坊间趸摸几件东西是实。

二人说着话儿的工夫,吴干臣从袖筒里抽出一张用薛涛笺抄写的清单,向着郭万里递了过来。郭万里赶忙放下手中旱烟袋,站起身错开桌子,双手接过,为了表示尊重,躬身浏览起清单,轻声念了出来:"姑苏彩山常得胜,秋雨梧桐夜读书,怡情雅玩张万里,珍香外史西明公。"

郭万里捧着薛涛笺的双手抖动了一下,慢慢抬起头,面露为难之色。

"怎么,郭大掌柜不会是没看明白这单子上写的都是什么吧?"吴干臣微哂,变换了一下坐姿,撩起长袍下摆,顺势架起二郎腿。

"吴爷,贵府开出的清单,小号实难承揽,真要有个山高水低,小人实在是得罪不起,买卖成与否倒还在其次,倘若办砸了府上交代的差事,瓜田李下,小号以后也就甭打算在京城这地界儿上混了。您在这儿坐着别动,外边天儿太热,小人替您去张罗,京城古玩行儿家做古董买卖的老字号,任是哪一家,去了也都还赏小人几分薄面……"

"郭掌柜,您可真是太客气啦!"吴干臣未等郭万里说完,横加打断,举手示意郭万里请坐,"京城古玩行几家老字号尊古、博古、论古、茹古四斋四大家的掌柜外带瑞珍斋,府上大爷昨儿个可是都给传了去——"

郭万里将清单放在桌上,退回桌旁坐下,可是未敢坐实,屁股压着太师椅的边儿,向前斜签着身子。

吴干臣刚才是有意打住话头,他在仔细端详着京城古玩行五大老字号的掌柜共同推举的这个人。看着坐在对面的这个其貌不扬、说起话来不紧不慢的彝鼎阁的掌柜,听他刚才说的那番话,全是客套中的浮语虚辞,没有一句往实处里来,居然还说什么"您在这儿坐着别动,外边天儿太热,小人替您去张罗,京城古玩行几家做古董买卖的老字号,任是哪一家,去了也都还赏小人几分薄面",哼!你面子再大,还能大过恭亲王府?

吴干臣的心里着实打了一个磕碜儿。昨儿个午后时分,恭亲王府确实把京城古玩行五大字号的掌柜一勺烩似的都给叫了去,坐在西花厅那一溜儿太师椅上手递手地传看完这张清单,五家老字号的大掌柜立马儿傻了眼,平日里睥睨古玩行、傲视同侪的气概没有了,先甭管清单上开列的物件儿奔哪儿去踅摸,恐怕就连这清单上写的是什么都未必看得明白。五家老字号的大掌柜面面相觑,当场就噎了瘪子。

望着放在桌上的那张清单,吴干臣端起托着茶碗的碟儿,用指尖捏起茶碗盖,滗着茶叶,浅浅呷了一口茶,眼珠斜乜着郭万里:"五家掌柜是异口同声,若论淘换这花鸟鱼虫旁门左道的疑难杂物,你彝鼎阁郭大掌柜是无出其右哇。"

大概是因了天热的缘故,郭万里掏出汗巾连连擦着脑门儿上沁出的汗珠,不欲张扬,谦逊地说:"大家抬举,大家抬举,小人闲不住,平日里不过是喜欢遛遛腿儿地瞎倒腾。"

"五家掌柜还说了,兹要郭掌柜搭了茬儿,应了,那矬摸的东西一准儿有门儿!"

"哪里,哪里……言过其实,言过其实……"

"郭大掌柜想必也是知道的,府上的大爷可是个急茬儿的性情!"

"知道,知道,澂贝勒脾气大,喜欢玩儿的主儿都是这样。"郭万里咽下一口唾沫,暗自提上一口气吊在嗓子眼儿,"澂贝勒是大养家,在鉴园摆盆设局打将军(旧时斗蛐蛐赌博时的一种玩法。打将军意指'将军'为坐庄者,余者持自己的蛐蛐轮流与庄家之蛐蛐掐斗。坐庄者胜,彩头加倍,反之亦然),讲究的是一掷千金……四九城的说起来,没有不知道的!"

吴干臣坐直了身子,显示出一本正经的样子说:"大爷吩咐下来,府上的老规矩,单子上的物件儿要是如数淘换来了,大加三的利!"

"知道,知道,感恩不尽,小号的生意以后还要蒙府上照应不是?吴爷,容小人说句不知好歹的话儿,照这单子上的示下,怕是要大费周章呢。"郭万里抬起头,脸上堆满了笑,有意讨好,"府上的大爷要是等着玩儿,小号现成有一堂赵子玉的,赵子玉做的活儿从康熙爷那朝算起,就已经名动遐迩。这套活儿,八具为一堂,整堂传世已属凤毛麟角。盆儿八具,外带二十四件儿伺候这八具盆儿的养罐、过笼、水槽,小人情愿奉赠,分文不取。"

吴干臣算是听明白了,对方是满口的推托之词。大热的天儿,费半天唇舌,清单上开列的物件儿是只字未提。想至此心中大为不乐,脸色立马儿就抹撒下来,腔调为之一变:"嘿,别价呀,不知道的还以为咱恭亲王府欺负人呢。大爷吩咐过,本朝的不要,您有这份孝敬的心,大爷知道了,一准儿高兴。郭掌柜是不是有作难的地方?您得给一个说辞不是,大爷在府里可还等着回话儿呢!"

"卖盐的喝淡汤，干什么吆喝什么。"郭万里脸上仍是笑意盈盈，不紧不慢地说道，"贵府单子上示下的这几具全是前朝的物件儿，就说这姑苏彩山吧，这是南盆儿，说不得小人得奔苏州跑一趟，旱路颠簸水路慢，一来一回，您说，是不是旷费时日？能不能淘换得到，到手里的又是不是真盆儿，这还得另说呢。"

急惊风偏遇慢郎中，自古亦然。听着郭万里在桌子那边只顾自圆其说，坐在这边的吴干臣不由得有些气恼起来，索性抬手将自己面前的盖碗茶连带点心碟子向前推了推，在自己面前的桌子上腾出一片地方，然后"哗"的一声将手中佛肚竹扇骨的折扇打开，平铺在桌上，用手指着扇面，语气中夹带着挑逗的意味："郭大掌柜，大爷吩咐，像这样儿的如果能淘换到手，只问东西，不问价儿！"

郭万里身子一震，此刻僵直地坐在太师椅上，一动不动，两眼直勾勾地盯着对面吴干臣打开平铺在桌上的佛肚竹扇骨的折扇。大热的天儿，面上的表情瞬间冻结了。

"府上大爷还有一张笺子，实不相瞒，是真正想踅摸的一个大物件儿！"吴干臣说着话，一把收拢了折扇，从袖筒里又抽出一张薛涛笺，用右手的食指和中指夹着眼看就要递过来。

郭万里缓过神儿，朝着吴干臣连连摇手，嘴里慌不迭地说道："吴爷，吴爷请慢，您手上的单子，小人不用看了。"

"呵，不用看了，您知道这单子？"吴干臣尽管不满意，但是用手指夹着的这一张笺纸也只得停在半道儿上，接着又蜷了回去，"到艮节儿上了，郭掌柜这是要打钯（俗语，倒打一钯。后引申为说了不算，有打退堂鼓之意）？"

"府上大爷要踅摸的怕不是……前朝万历青花穿花龙扇形蛐蛐罐？"郭万里深吸一口气，一字一句，如数家珍，缓缓道出，"罐高三寸三，挂淡青釉，有细小纹片儿，底足口沿儿露胎处呈淡红色，极似龙泉窑,通体九条穿花龙为纹饰,隙地满绘缠枝花叶纹,平盖,顶安圆钮,长条方框楷书'大明万历年制',器形脱俗,烧制精妙,当年一窑只烧出了这一件,而后再不复得……万历朝'国本之争',福王朱常洵被送洛阳就藩时,带走了这物件儿。崇祯十四年正月,天寒地冻,李自成兵破洛阳城,福王引颈受戮,后宫遭劫,一片狼藉,此后,这物件儿便不知所终。多少年下来,不知凡几养虫者做梦必欲得之。"

吴干臣听着郭万里的盘道,不禁有些神往,面上虽不好动声色,私底里却已心悦诚服:"郭掌柜大行家,您这一盘道,方知京城古玩行那五家大掌柜所言不虚。不知者不罪,方才言语上有些唐突,是在下浅薄了,万望郭掌柜一定费心,不要推托!"

"吴爷言重了,小人哪敢不尽心。"

第 二 章

　　弘德殿上书房四位帝师中最年轻的当属翁同龢。上书房今天的轮值是由翁同龢给皇上"讲折子",哪知他刚刚下值,就被叫了起。

　　翁同龢躬身站在漱芳斋殿的明间,隔着那幅黄色纱屏向东次间里看过去,一切都是影影绰绰。他知道太后召他来是要查问皇上的功课。皇上贪玩儿,不肯用功,他心里盘算着如何应对太后的垂询。

　　"皇上满十五了,今年大致说来应该是个好年景儿!"隔着帘子,响起了慈禧清晰温润的话语声。

　　"太后说的是。"翁同龢心头一紧,回奏说,"除山东有水灾而不严重以外,大江南北,黄河上下,均告平顺无事。西征军事,节节进取,克金积堡、复宁夏,眼见得收全功在即。"

　　"昨日里廷议,军机全起,明年皇上大婚。我们姐妹两个也准备撤了这劳什子的帘子,还政给皇上,今儿个一大早儿,谕旨已经明发了。"

　　翁同龢不知太后此时此刻说这话的用意何在?君前应对,岂容拖沓细想,还是俗话说得好,小心无大错。随即他朗声回奏:"启禀太后,皇上初亲大政,决疑定策,实不能不遇事提撕,期臻周妥,臣以为……皇上亲政后,两宫再行训政,俟数年后斟酌情形,再行降旨或可撤帘。"

殿外前檐风门处响起安德海跪奏的声音:"启禀主子,奴才回来了。"

"进来回话儿吧。"前殿东次间传出慈禧话音。

明间前檐风门台阶前,垂手伺立的首领太监李莲英颇有眼力见儿地为安德海拉开风门,安德海躬身走进前殿明间,向着东次间掸袖屈一膝跪禀:"回主子话儿,奴才在文渊阁足足候了两个时辰,索要的典籍,文渊阁里压根儿就没有。"

"知道了。"慈禧淡淡地答应了一句。

安德海躬身倒退了几步,然后转身退了出去。

隔着纱屏看着安德海退出,慈禧眉头蹙了起来,突然间想起了什么,她抬手指了指步步锦支摘窗下的大条案,条案一端放着那套《昭代箫韶》的内府刻本。

"大公主,把那套刻本里见到的那半扣折子夹片拿给外面上书房的翁师傅瞅瞅去。"

荣寿大公主走到大条案前,从升平署前几日呈进来的一套内府刻本中抽出半扣折子夹片,绕过落地花罩前挂着的黄色纱屏,将折子夹片交到了翁同龢的手里。

翁同龢躬身接过夹片,只见上面蝇头小楷,字迹工整,历经几十年的纸张自然有些泛黄,上面个别的字体墨韵已见漫漶。

这是只有半扣的嘉庆朝旨意档的折子夹片,上面记述了嘉庆二十一年十月初六那天从卯初一刻至申初三刻皇上看戏的详尽情形,最后两行引起了翁同龢的注意——

> 祥庆传旨南府内头学傀儡班掌事边涧秋,教戏无方,刻作失当,承应之戏词调不准,属排差管束不严,重责不贷;

祥庆传旨万寿庆典，外头学承应世祖朝赐名之大台宫戏，旧词未去，黍离之悲。著永不叙演。即刻交出金……

　　夹片写到这里按纵行书写格式应该接续下一页，可是夹片只此半扣，有头无尾，从记述的内容上揣摩，接续的那半扣写的是什么却又无从得知。

　　翁同龢看完，不得要领，抬起头来回奏说："回太后话，臣愚昧，还请太后明示。"

　　"前几日，升平署进了一套《昭代箫韶》戏本儿，这半扣的折子夹片儿原是夹在这戏本儿里头的。"隔着帘子，慈禧再问翁同龢，"翁师傅，夹片儿上记注的一条，世祖朝赐名之大台宫戏，著永不叙演，大台宫戏，又是什么戏，说的可是傀儡戏？"

　　慈禧喜欢戏，精通戏曲之道，深谙其中三昧，讲究戏的程度几近痴迷。但是，这半扣嘉庆二十一年旨意档的折子夹片上，记注的最后一条中有"大台宫戏"一词，慈禧却是闻所未闻。

　　"回太后的话，这半扣旨意档的折片儿，记注的是仁宗嘉庆爷九九万寿正日子承应戏时的事情，算起来约有六十年了，臣以为，升平署有否接续记档也未可知？"翁同龢尽其所知继续回奏，"升平署前身南府最早成立于圣祖康熙朝，记得……有过一个傀儡戏班，后来不知何故，在世宗雍正朝就给裁撤了，乾隆朝时复立，专司内廷承应，以飨嫔妃，至宣宗道光七年，改南府为升平署，傀儡戏班随同一起裁撤了。据臣所知，当年傀儡班的伶人大多遣散，零星个把人因雕作技艺殊佳，遂调拨养心殿造办处和内务府造办处的油木作了。"

　　慈禧思忖着说道："当年外头学进山庄承应的戏班子有很多，回头让升平署在梨园行外头学里查实，看是哪个班子进山庄唱的这出大台宫戏。"

"太后圣明。"翁同龢又说，"恕臣大不敬，嘉庆朝满档起居注，内廷都知仁宗嘉庆爷深得戏曲精髓，每逢承应戏时，分派角色、调度场面、顾问'串贯'，事必躬亲，动辄闻果，想来是这出大台宫戏拂了龙鳞招惹了嘉庆爷。"

"嘉庆爷喜欢戏，渊源其来有自。"慈禧的眉头重又蹙了起来，怏然不悦，"大台宫戏说的是宫戏呀，听这名儿，像是在咱宫里头演的戏，这可让人纳闷儿了，从来就没听谁说起过这档子事儿。要说大台，数台子大的，不就是宁寿宫的畅音阁还有那热河庄子里的清音阁吗？从折片儿上看，这内头学没唱过外头学，让宫里头丢了脸，这是实情，该不会是这宫外头的唱得好，找个茬儿得陪着挨打，咱家这位嘉庆爷可也真够偏心眼儿的。"

"散起"后，坐在东次间的慈禧隔窗望着空落落的院子，不禁有些怅惘起来，究竟为了什么，自己也说不清楚。大清早就派长春宫总管安德海去文渊阁查找有关大台宫戏的典籍，两个时辰后回奏说无凭查悉。可夹片上蝇头小楷清清楚楚地记注着"大台宫戏"字样。

痴迷于戏曲的慈禧执意要弄清楚大台宫戏是一出什么样的戏，这半扣折子夹片上记注的大台宫戏究竟是怎么一回事？慈禧想到应该去问问专管戏曲梨园行的升平署了。

乖巧懂事的荣寿大公主从侍女春苓子手中接过刚刚送进来的消暑小吃"甜碗子"，亲自放在了太后的手边。

"大台宫戏"一词引起了慈禧的好奇与向往。

太平湖迤北是太平街。太平街尽西头坐北朝南有座一等一按规制建造的亲王府，那就是后来成为潜龙邸的醇亲王府。

醇亲王府门庭显赫，府象森严。

一乘八人轿班的银顶黄盖红纬大轿来到府门前，轿子款款落地，穿朝服挂朝珠的醇亲王一头汗水钻了出来，大步流星跨进府门。

这时，王府内总管老太监祁慧茴顺着甬道急步迎了上来，掸下袖口，冲着醇亲王一安到地："王爷吉祥。"

醇亲王朝着祁慧茴一摆手，显得有些不耐烦："俗礼儿太多，起来九思堂说话。"

"谢王爷。"祁慧茴站起，侧身退后一步，让过王爷。

醇亲王伸手摘下戴在头上的插着双眼花翎的红宝石顶子递给祁慧茴，旋即拖着大辫子绕过银安殿疾步向九思堂走去。祁慧茴双手捧着醇亲王的顶戴，一路小碎步紧随其后，嘴上仍在絮絮叨叨："王爷，今儿个军机处当值，怎么这时辰您就散值啦？嫡福晋一切可都好着哪，前半晌宫里来了好几位御医现在也都在槐荫斋外面候着呢……听御医们说，福晋怕是今儿个就要有大喜，一准儿是个阿哥，奴才回头进了大书房给王爷磕头贺喜！"

醇亲王一言不发，对于身后内总管老太监祁慧茴的唠叨充耳不闻。他气急败坏步履匆匆绕过银安殿，又经过了一片玉堂春富贵的花圃，径直奔大书房九思堂而来。

九思堂内古玩陈设甚少，沿墙大书架满是线装书籍，挂有书格式的蓝丝绸隔尘帘子。中堂与次间有落地花罩分隔，次间向后连接着内堂。出内堂有轩廊通向后面寝殿，寝殿前的院子东侧立有祖宗杆子。

"王爷今儿个这么早就散值啦？"醇亲王刚刚踏进九思堂，侧福晋颜扎氏就带着几个丫鬟侍女从内堂迎了上来，"是不是还有什么事儿要办，倒直接来了大书房？"

内总管祁慧茴将手中捧着的顶戴，小心翼翼地安放在条几上风荷正举龙泉窑的帽筒上。

醇亲王并未答话，只是抄起一把带流苏的蒲扇自顾自地扇着凉，转身一屁股坐在了书案后面宽大的金丝楠木圈椅里。

侧福晋赶忙又说："让回事处的小德子先去后边槐荫斋跟候着的那几位御医言语一声，就说王爷稍歇歇就过去？"

"不就是福晋生孩子吗，时候到了生下来不就结啦？"醇亲王端起丫鬟送过来的托盘上早已晾好的盖碗茶，一饮而尽，横了一眼侍立一旁的下人，"让她们先下去吧。"

侧福晋挥挥手，丫鬟侍女们悉数退出了九思堂。

隔着宽大的书案，醇亲王的目光在侧福晋和祁慧苪的脸上不停地游移："两宫懿旨，定于明年九月皇上大婚，到时政归皇上，两宫撤帘，今儿个一大早，上谕已经明发了。"

侧福晋高兴得双手一合，如释重负地说道："从辛酉年算起，这一晃儿都十年了，同治中兴，主子爷长大了，真让人高兴，主子爷大婚后，王爷和六爷再不用这么操心啦！"

"你就会念喜歌儿，皇上大婚后，六哥那边咱们管不着。我是不想再这么操心啦，先说说这眼目前儿的吧。"

"哟，这眼目前儿的又怎么啦？"侧福晋紧接着追问。

"午时刚过，弘德殿来人报说，今儿个翁师傅被叫了'起'，皇上自己个儿开始读书，午时一刻，伴读载澂进弘德殿，可是到了正午该进膳了，吃饭的人没影儿啦。"

祁慧苪站在书案一侧有些担忧地说："万岁爷一准儿又溜出宫来了，王爷，西边儿要是知道了还真就褶子了。"

"谁说不是，估摸皇上八成又是着了载澂的道儿！"醇亲王气不打一处来，发着狠说，"哪天见了六哥，非得让他好好管管他这个儿子不可！"

侧福晋"啊"的一声，跌坐在靠窗的一张太师椅上："我的爷，您可是弘德殿上书房总稽查，那还不赶快打发人去把主子爷找回来啊！"

"赶回来就是为的打发人手麻利儿的去找。"醇亲王将那柄蒲扇扬手"啪"的一声扔在了书案上，"在宫里你敢四处张罗瞎吵吵吗？"

醇亲王委实坐不住，站起身有些气急地背手来回踱着步。

"请王爷的示下。"祁慧苒扳着手指头正在盘算挑拣着应付这趟差事的人选，一边合计一边向王爷禀报，"回事处出三人，随侍处出九人，大、小书房出六人，祠堂出二人，闲散差事拜唐阿出五人……拢共二十五人，五人一拨，分五拨，五下里去找……每拨人里头至少有一人是认得六爷府里大爷的。"

醇亲王依旧来回踱着步，有意提点说："万万不可声张，寻见了，回头用我的大轿抬回宫里去，这一天的云彩就算是散了！"

"今儿个这事儿，可是有一宗，里头掺和着六爷府里的大爷，那位大爷的毛病——"侧福晋思虑颇深地说，"老话儿讲，人不辞路，虎不辞山，唉，韩家潭、百顺胡同一带当紧的得先看看去，保不齐真要是带着主子爷去了那软红十丈的地界儿里，冶游下了道儿，传出去皇家的颜面何存？主子爷在大婚前可绝不能横生枝节呀！"

"怎么什么事儿让你一说准出圈儿。"醇亲王大不赞同侧福晋的说法，猛地收住脚步说，"八大胡同，亏你说得出口，皇上小孩子家习性，好动，无非就是喜欢些热闹罢了！"

祁慧苒有意打圆场似的上前一步，躬身道："哎哟，王爷这一句话倒是给奴才提了个醒儿。要说热闹，今儿晚上太平仓的庄亲王府里一准儿地热闹。庄王爷不知因为了什么，用老礼儿，府里摆流水席吃肉，人见人有份儿，不管认得不认得，主不让客也不安席。更有一层，府里的这次堂会梨园行准瞧不准唱，却单单叫了京城四大傀儡戏班子进府打擂台戏。咱街上尽东头儿，傀儡戏金麟班班主童麒岫家的大奶奶好像也要临盆待产，因是头胎，那童老板想在家伺候，谁知告假不准，飞签火票地也给传了去。"

醇亲王觉得这件事有点儿意思，细一琢磨，里头多多少少还透着点儿古怪，接过祁慧苒的话茬儿说："三哥这是出什么幺蛾子哪？五下里去找，他的庄亲王府算头一处。"

祁慧茜说："王爷说得是，府里的松九向来做事有板眼，那就让他带一路人手去庄亲王府。"

"老祁，我也真是纳闷儿，只要是个事儿，你怎么都知道得这么四门兜底儿？"侧福晋对于今晚庄亲王府办堂会，用老礼儿摆流水席吃肉这件事儿上，倒不觉得有什么新鲜，这些年来令她一直琢磨不透的就是府里这个内总管老太监祁慧茜，说起话来滴水不漏，为人处世寓巧于拙，平中见奇，真是应了那句话"人老鬼大"。

"回侧福晋的话儿，朝廷铁律，奴才虽说不能出府，咱府里四九城可都有安下的耳报神不是！"祁慧茜见问，自然毕恭毕敬地回答。

这句话说得又是严丝合缝，滴水不漏，侧福晋懒得再想，随即叮嘱道："别忘了，让大家伙儿带上咱王府的腰牌，甭管去哪儿，先都要鸦没雀静的，别到处嚷嚷瞎咋呼！"

醇亲王拧过身，满脑门子的官司，对着祁慧茜挥挥手："那就赶紧着张罗去吧！"

"嗻。"祁慧茜躬身退出。

醇亲王向着后面内堂走去，他要去更衣，侧福晋起身跟上，伴在王爷身旁，一边走一边还给王爷提着醒儿："王爷进槐荫斋，见了福晋眼目儿前儿的这档子事儿可别给说漏了。"

醇亲王对着侧福晋又像是对着自己在宽慰着什么，说："我朝圣祖仁皇帝六次南巡，高宗纯皇帝也是六次，眼下虽说皇上年龄还小，便已知道微服出宫，体察民意，与民同乐，观乎人文以化成天下，其实说起来，也是为君之道。"

侧福晋笑了起来，轻柔地说："哎哟哟，王爷这才是念喜歌儿呢。"

第 三 章

　　天热，人们见水就亲。六月天的京城里还真有一个游乐消暑的好去处，那就是"西湖春，秦淮夏，洞庭秋"的什刹海，这什刹海地方十分空旷，四面荷荡，满海子开着红白荷叶花儿。站在岸边，凉意扑面，无风自爽。京城里爱游玩的男女，都到什刹海来凑热闹。

　　远处银锭桥那边有酒家将署上自家字号的酒旗或悬于店铺之上，或挂在屋顶房前，或干脆另立一根望杆，扯上酒旗，随风飘展。银锭桥下，卖小吃甜食驴打滚儿的、卖糖葫芦风车吹糖人儿的、摆地摊卖小媳妇首饰及各种小摆件的，混在一起也是一处紧挨一处。登高一望，男红女绿，游人如织，蹑蹑侧肩，掎裳连袂，熙熙攘攘，人声喧沸。其中有来看荷花儿的，有来听鼓书说唱的，也有来喝茶乘凉的，有在茶棚底下聚在一起推牌九小赌怡情的，也有来寻一些冶游风流韵事的，好大一片的热闹。微服出宫的载淳着满人贵公子服色，在弘德殿伴读载澂和随侍小太监杜之锡的引领下，穿行在这好大一片的热闹中，向着西边儿杜三娘茶店子走来。

　　沿海子的岸边一家紧挨一家的开设着茶店子，茶店子向外又搭着遮阴凉的茶棚。杜三娘的茶店子就开在这地界儿里，几年下来远近皆知，很是有了些名声。

杜三娘茶店子的茶棚下挂着一块竖长条的木牌，木牌上写有"今日歇业"字样。木牌儿下面坠着红布条穗子，红布条穗子的穗尖上坠着一颗小铃铛，风吹过，牌儿转铃铛响。

茶棚下，几张枣红木的八仙桌，横竖放着几条长凳，桌椅板凳早已擦得纤尘不染。

杜三娘在等人，心里不免犯急。杜三娘走到茶棚外，站在写有"今日歇业"字样的木牌下，翘首四面张望。

不远处，走街串巷耍苟利子的老七头儿肩上担着担子，步态从容，晃着腰身走了过来。

老七头儿戴一顶飞着边儿的草帽圈，胸前飘一缕白须，撩起的前大襟翻掖在腰带上，看上去岁数在六十开外，但腰板挺直，肩上的担子有韵律地上下颤动着。他的身后，担子周围跑着跳着缀了一帮想看热闹的小丫头、小小子儿们。

老七头儿肩上使的是一根乌木扁担，这根扁担看上去比平常的扁担要短许多，却又比平常的扁担略宽。扁担纹理细腻，莹润顺滑，色泽乌黑，幽光沉寂；经年的摩挲，已见一层厚重的黑漆古包浆；承托岁月，显露着一种温存的旧气，一看就是一个年湮代远的老物件儿。扁担中间肩膀着力吃劲儿的一截儿地方，密密实实缠裹着杂色的烂布条子；扁担一头担的是演扁担戏时的文武场的家巴什儿——一套用木架外框框住的脚踏锣鼓钹；框架中间是一面粗腰的筒形老牛皮双面高堂鼓，一看也是一件有年头儿的老物件儿，鼓漆斑驳，鼓帮处处已见皱裂；另一头担着一只高帮大箩筐，满盛着演扁担戏时所用幕布和小的砌末、演戏用的角色偶，还有自制的随时可卖的耍货儿的小偶、用河泥捏制的玩具偶人，玩具偶人的外套是用红、绿、蓝三种粗布大针脚连缀成的衣衫。高帮大箩筐这一头的扁担梢上还挑着一只大红色的四掌高脚凳。

缀在老七头儿身后跟着看热闹的小小子儿、小丫头们大呼小叫着：

"看耍鸣丢丢的喽！"

"看《王小二打老虎》啦！"

"看《猪八戒背媳妇》啦！"

杜三娘看见老七头儿，喜动颜色，随即迎上几步，手举一柄轻罗合欢扇，遮在前额挡日头；"老七头儿，这可有几天没见着了，又上哪挂单儿去啦？"

"前儿个宛平城县太爷他家的老太爷过寿，人家堂会，小孩子多，都在大门口汪着，老七头儿赶去在大门口外边凑了个热闹。"老七头儿听见杜三娘招呼，停住脚步，放下了肩上的担子。

"啊哦，你这赶回来就是为的晚上太平仓庄亲王府的堂会？"杜三娘自以为明白了似的说着，"那府门口看热闹的小孩子一准也汪着。"

"今儿晚上庄亲王府里有堂会？"

"敢情您还蒙着呢。这两天城里都嚷嚷动了，京城四大傀儡戏班子汇总儿庄亲王府打擂台戏呀，听人说戏码儿可硬了，金麟班的《金钱豹》、万喜班的《小放牛》、三义班的《闹天宫》、鸿庆班……鸿庆……要依着我说，老七头儿，你就进去，反正是凑热闹呗，就凭你那印堂聚的吭儿一准儿满堂彩儿！"

"要说咱大清朝，也就是三娘你一个人抬举老七头儿，咱是串胡同的，人家那是戏班子，别看都是耍这傀儡子，没法儿往一块堆儿凑，天上地下，这里头有个天壤之别，云泥之判。"

"谁说的？"杜三娘不以为然，很有些要替老七头儿打抱不平的意思，"你这扁担戏才是耍傀儡的祖师爷呢！"

"唉哟，三娘的见识不浅。"老七头儿的脸上现出令人不易觉察的变化。他万万没有想到，面前站着的这个风姿绰约、顾盼流眄的卖茶水的杜三娘竟然说出了一句内行话。

素性率直的杜三娘根本不吃捧，扭动着腰肢，撇撇嘴说道："这话儿是听我那在宫里伺候弘德殿差事的兄弟说的,三娘就知道水浅茶不酽,得,天热,进棚子底下喝口茶,歇歇脚儿?"

忽然,后面传来呼喊声:

"师傅……师傅……"

老七头转过脸来。杜三娘自然也跟着转过头来循声望过去。

一个看上去七八岁的大孩子趿拉着一双踩倒帮的双鼻梁大洒鞋跑了过来。

"老七头儿,你的徒弟?"杜三娘随口问道。

"还没认下呢,也算有缘,自从见了老七头儿的这挑儿,走哪儿跟哪儿,撵着撵着,说话也就小一年了,唉,喜欢什么不好,非要学耍苟利子这要饭的行当。"

"那也算得上是你的私淑弟子啦。"

"这孩子大号九路车(jū),没爹没娘,住在见天儿舍粥的大佛寺接引殿的廊子底下,乞丐帮里有一号,人称京城小九爷。"

老七头儿和杜三娘一问一答就说着这两句话的当口,九路车已经到了跟前。这孩子浑身上下泥抹的似的,头上扣着顶实地纱六合瓜皮帽,帽子有些大,偏倾于前而半压在脑门儿上。黑色瓜皮帽夹里用红,帽顶一颗红丝绒线编成的算盘结,帽正镶着一块玺灵石,帽结根儿处挂一缕一尺多长用红丝绳做成的红缨,在脑袋后边儿晃荡着,辫子窝在帽子里,帽子脏兮兮的还算看得过眼,浑身上下衣衫褴褛,勉强遮盖住身子胳膊腿儿。

九路车跑到老七头儿面前,微微有些气喘,还未等说话,先伸出一双小脏手,双手托两块新鲜刚出屉的驴打滚儿,满裹着黄黄豆面粉的驴打滚儿上面撒着青红丝,下面还铺着一层黄黄的豆面粉,用刨花纸衬着,很是干净。

"师傅,您老打从宛平城回来啦,一定是饿了,快吃吧,这是徒弟孝敬您的。"

"说过多少遍了,叫七爷,咱还没给祖师爷磕过头,没有师徒名分!"

"成,成,叫七爷,就叫七爷。"九路车两只大眼睛"骨碌"一转,顺着老七头儿的话茬儿说,"这么一来,京城里头的两个七爷咱小九就都认得啦。"

杜三娘见这孩子说起话来简直是想都不想张嘴就秃噜,明显是在说大话,不知为何,倒有点较真儿的意思:"这儿有个七爷,那一个七爷在哪儿啊?"

九路车一副稀松带平常的模样,想都不想脱口而出:"太平湖醇亲王府里头的那位七爷呗!"

九路车回答得一点儿挑不出毛病来。杜三娘不稀得再搭理这个九路车,转过头来望着老七头儿充满关切地问道:"天儿这么热,还是进棚子喝口茶再走?"

"三娘的香茶,改日拜领,前面找个树荫凉儿,忙活老七头儿这营生去。"老七头儿一边说着话一边用手轰赶着围着他大箩筐团团转的孩子们,一矮身担子上了肩。老七头儿担着担子,向着海子岸边柳荫处走去。他的身后缀着看热闹的小丫头、小小子儿们。

杜三娘望着老七头儿担着担子的背影,突然想起了什么,在背后向着老七头儿大声叮嘱:"老七头儿,今儿晚上,庄亲王府堂会里边儿摆流水席吃肉,人见人有份,主不让客也不安席,你就尽管去,千万别饿着自己个儿!"

前面不远处,传过来九路车尖厉的童音:

"我师傅……七爷说'老七头儿谢谢杜三娘'!"

杜三娘转身走回店里,无所事事地刚要坐下,一抬头,隔窗看见自己的小兄弟杜之锡引领着载淳、载澂已经走进了自家的茶棚。

落座前，小太监杜之锡从袖筒里抽出一方绢帕在上首的条凳面上掸了掸，躬身肃让。载淳好奇地左右环顾着坐了下来。载澂则敬陪末座。坐在茶棚里向外张望，这与走在外面看景致自是不同，大有旁观者清之感。也许是微服出宫来到坊间的缘故，再有就是天生身份尊贵使然，载淳落座后并不说话。

杜三娘一看等的人终于到了，急忙快步迎了出来，但并未靠近，止步在屋门口双手扶膝，板正地给载淳行了大礼，然后起身进屋手脚麻利地开始张罗起一应茶铺垫和时鲜果品盒子准备待客。茶铺垫的盘内盛着四干，无非就是黑瓜子、白瓜子、核桃蘸子、糖杏仁儿，再有四蜜饯，青梅、橘饼、圆肉、瓜条。杜三娘擦着时鲜果品盒子里的北山苹果，看着跟进来站在身旁的兄弟杜之锡，悄声问道："兄弟，怎么这前儿才来呀，老姐都溜溜等了一天了。"

杜之锡抬右手用食指按住嘴唇，示意杜三娘噤声，杜三娘会意。看眉眼小太监杜之锡和杜三娘颇有几分相像。杜之锡接过给万岁爷准备好的茶铺垫盘子，跟在端着时鲜果品盒子的杜三娘身后走出屋来，杜三娘懂规矩，端着时鲜果品盒子在一旁略候了候，待杜之锡将手中的茶铺垫盘子放好在桌子上，再将手中的时鲜果品盒子递给杜之锡后，走去一旁，抬手放下茶棚边檐吊着的细细的虾须帘子遮住四面，棚内光线顿时幽暗下来。

第四章

　　太平仓的庄亲王府府门按制也是面阔五间。今儿晚上，府门大檐下一左一右高高挂起两盏羊皮铁口的大红灯笼，此刻光焰大炽，作作有芒。

　　王府府门的中间三门豁然大开，正门管事拜唐阿海拉尔与平日里在门前两侧垂手侍立的门禁索性退到台阶下站立，乐得偷闲看热闹。府内传出管弦丝竹声缕缕不绝，不断有人进出着。从府门到对过儿的影壁墙原本很是宽绰的地场，此时显得有些壅塞不开，京城里前来王府捧场凑热闹的翰詹科道六部官员及其眷属们的各色轿子、各式骡马轿车辐辏麇集，络绎不绝。

　　庄亲王府的花园在银安殿的西边，花园不种花儿，满园子种梨树，故得名"梨园"。园子占地不算小，园子西边辟有射圃，园子中间有戏厅一座。

　　天色向晚，戏厅廊檐下挂着的灯笼亮了起来。

　　园子里梨树下到处是用三脚竹架支起的灯笼，也一水儿地都亮了起来，百株梨树笼罩在灯笼的光影里，远近景物有明也有暗。

　　园子西边射圃里的箭垛和兵器架子已经移开，并排撑起了四只大个的他坦，用作四个傀儡戏班子的扮戏房。他坦外檐吊着四大傀儡戏班子的名号牌。他坦里里外外挂着大个的气死风灯笼,明晃晃亮堂堂。

京城四大傀儡戏班子金麟、三义、万喜、鸿庆四个班子的人马早已齐集,各班自有管班的带领在各自的他坦内,忙活着开戏前的一应准备事情。打开一副一副的戏箱,取出各种傀儡角色的行头,码放傀儡,搬运砌末。人们进进出出,相互打着招呼,说笑着,调侃着。

金麟班的扮戏他坦前,班主童麒岫满腹心事,忐忑不安,出来进去的坐也不是站也不是。金麟班管班小师弟陆麒铖见师兄仍在这里磨磨蹭蹭,不明所以,便走上前来,好意劝慰:

"师兄,您还是早点儿过去吧,我见其他三班班主都已过去了,王爷一会儿一准儿要来点卯。家里那边有火凤儿还有老管班都在,您不用担心,这里的堂会撑死两个时辰也就完事儿了。"

童麒岫一副难以委决的神态,无奈地说:"师兄是担心今儿晚上的擂台戏,班里的那两出大轴子戏万一王爷要看,咱可就褶子了,能唱这两出镇班大戏的角儿又都不在,倘若王爷问起,实不知如何应对。"

"依兄弟看,跟王爷实话实说,大师姐久病在床,大师兄回老家青城山去了……不就是看个戏吗,您跟王爷回一声,等以后大师姐病好了,大师兄回来了,咱们再来给王爷唱专场……"

"傻兄弟,就你实诚,真要是这样师兄就不犯怵啦。"童麒岫凑近师弟陆麒铖,压低了声音,"刚进园子时,我听了一耳朵,说是今晚上的擂台戏,四个班子见高低,王爷是要选出一位精忠庙的副庙首来,以后专管傀儡戏这一行的事务,副庙首挂四品职衔!"

"啊?"小师弟陆麒铖吃惊地倒退了一步。

距射圃不远处,就在月白风清戏厅的前面,早在三天前就已搭起了傀儡戏的台子。台子搭得讲究,前后左右等距离立有四根碗口粗细九尺高的白松木杆子做台框,台子背靠戏厅的一面用作上下场门,余下三面观戏。每面台框长三丈三尺，台子上部用彩带扎制垂檐，台围高四尺五寸，锦幔作围遮挡，锦幔上刺绣戏文图案。

在戏厅前面搭起的傀儡戏台子周围的空地里，前来庄亲王府等着看戏捧场凑热闹的人们互相打着招呼彼此寒暄着，四处踅摸拉拢熟络的人，找地场儿，铺坐垫，大家盘腿席地围坐在一起吃肉，东一团、西一簇。

园子里灯光熠熠，处处人影绰约。

今儿晚上，庄亲王府里能动手的、能出嘴儿的老少齐上阵。太监管事拜唐阿、厨子杂役和苏拉，众人提着食盒，捧着大碗，抱着烧刀子一溜小跑，各司其职，忙得是脚不沾地儿，不亦乐乎。整个庄亲王府热闹得就像水开锅、兵炸营。

正对着搭起的傀儡戏戏台子不远处的一棵梨树下，左近周围，三脚竹支起的高架上挑着大个儿的明晃晃的灯笼，树下席地坐了一大圈儿的人。京城四大傀儡戏班子的班主应召而至，众人团团围坐正在闲谈，等候着尚未露面的庄亲王爷。

左起数，金麟班班主童麒岫。童麒岫春秋鼎盛，身高八尺，白净书生面庞，武生身架子，说话温和，吐气平稳。万喜班班主陈万喜，五十大几的年岁，矮胖身材，见人便笑，有着弥勒佛一般的面容，天生该着，祖师爷赏下这碗饭，自小得一副可以腔音多变的好嗓子，以《小放牛》一戏名扬四九城，无论是大宅门高府邸还是小胡同百姓家，耳熟能详，老少咸宜，人送绰号"放牛陈"。鸿庆班班主高月美，年龄和万喜班班主放牛陈相仿佛，梨园行皮黄旦角儿出身，算得上师出名门，科班熬人，眼见出道有望，时逢倒仓（这里指戏曲演员在青春期发育时嗓音变低或变哑），一不留神坏了嗓子，不得已秃子将就材料做了和尚，说起话来翘着兰花指，柔声柔气，轻风细雨，看得出身材仍然保养得很好。三义班班主是凌氏甲、乙、丙三兄弟，若论三兄弟的长相身量胖瘦乃至性格无一点相近无一处相似,不知道者说是一母同胞绝无人信。

灯影里,凌氏三兄弟的老大,年届四旬的凌子甲从鼻烟壶里用小勺挖一撮鼻烟磕在手背上,跟着抬起手揉进鼻孔里,舒服地打了一个喷嚏。凌子甲收起手中红玛瑙鼻烟壶,轻咳一声,望向其他围坐在地的三大傀儡戏班班主,双手一拱,抱拳向空虚画了半个圆:"诸位老板都听说了吧,今儿个庄亲王爷单单把咱们傀儡戏班子召集到一块堆儿,说是为的十月进宫承应西宫太后的万寿戏,想先瞅瞅各班有什么好的戏码。"

紧挨着万喜班班主放牛陈盘腿坐在垫子上的鸿庆班班主高月美脸上现出疑惑的神色:"这年年的九九大庆,喜寿戏的承应都是归的昆班和乱弹啊,皇太后万寿演《龙凤呈祥》《芝眉介寿》,来回也就这几出戏,说句大不敬的话,无非就是这一套,走个过场儿,唱唱吉祥词儿,说说吉利话儿……"

未等高月美将话说完,放牛陈急急打断道:"许是年年老一套,两宫太后听得腻歪啦?难怪今儿个庄亲王爷叫了咱们的起儿,他这升平署总裁本是正管。"

"除此之外还听说——"凌子甲说完这句话,有意顿住,环顾,以期引起众人的注意,"王爷是想在咱京城操心梨园行里事情的精忠庙庙首之外,再让众人推举一位副庙首,专管咱傀儡戏这一行当。"

"啊?"放牛陈深感意外,倏忽不见了一脸笑容,探身向前,伸直了脖子。

"凌老板,精忠庙庙首可是授的四品职衔,那这副庙首能授几品?"高月美显得尤为关切。

"高老板,依兄弟愚见,那怎么着也得赏个从四品的顶戴不是?"三义班二班主凌子乙从旁搭了腔。

凌子乙的话说完了,不知怎的,却是突如其来一阵子的沉默。没有人再接话茬儿,又好像是一时间找不出什么话来说。只听见附近园子里嘈杂的喧闹声。

在灯笼的光影里,不知是谁轻咳了一声,打破了这短暂的沉默。

"刚才凌老板说到推举副庙首一事,嗐,以兄弟看就别费那事儿啦!"放牛陈脸上重又恢复了他那憨态可掬的笑容,轻咳一声,打破沉闷,重开话题,"你们三义班能戏颇多,会的戏码全,文武戏两班人才济济,咱这四九城的格局是东富西贵,谁不知道,你们三义班一年恨不得有十个月东西城来回跑堂会,这精忠庙副庙首一职能者居之,凌老板就不要推辞啦。"

"谢陈老板美意,我兄弟三人不是那种给脸不兜着、不知好歹的人,说句实在话儿,外人看我们哥儿仨很光鲜,其实呢,三义班是吃肥了跑瘦了,混江湖,也就是落了个温饱。"凌子甲言不由衷地说着场面上的话,"若论副庙首一职自然是能者居之,兄弟以为非童班主莫属,百年金麟班,尤其是那两出镇班压场的大轴戏可是绝唱,无人能望其项背。"

万喜班班主放牛陈转过头来望向童麒岫,脸上堆起了带有些许歉意的笑容,讨好地说道:"凌老板如此说,也有几分道理,谁不知道,咱这四九城里的金麟班,甭管几朝几代,多咱进宫承应,你家也是头一份,那赏金彩头又不知得了多少。"

童麒岫双手一拱,抱拳一礼:"唉,承蒙各位抬举……虽说金麟班是百年老班,现如今真是不可同日而语,兄弟实在也是有苦说不出啊……"

此刻,府内回事处一名前引小太监出现在灯影里,垂手侧身而立:"庄亲王爷到。"

众人"呼啦啦"一齐站了起来,向着小太监退开身的地方望过去。紧接着又"呼啦啦"一齐蹲身屈膝,一安到地给王爷请安。

庄亲王大步走了过来。

庄亲王年逾五十，身形魁梧，一身宽大的柞蚕丝纺绸裤褂，脚蹬一双拢山清水双耳麻鞋，身后大辫子绕着圈儿盘在头顶上。走起路来风风火火，说起话来瓮声瓮气："今儿个大规矩都免啦，兄弟相称，都起来说话儿。"

王爷身后随侍的太监将一杏黄寸蟒矮墩放在上首主位的地上，左右各设一矮几，一几放着盖碗茶，一几放着一大盘萨其马。

府内提调戏码的管事太监尚二丑躬身向前，双手奉上戏单说："请王爷的示下，这是今儿晚上堂会的戏码，请王爷点戏。"

"不看了，二丑啊，你就麻利儿地张罗着开戏吧。"

"嗻。"尚二丑转身向射圃他坦处快步走去。

王府的厨子脚跟着脚到了，带着三个帮厨的小苏拉。一名小苏拉将怀抱着的两坛子烧刀子放在了刚才众人围坐的地当间儿；随后厨子在地当间儿打开提溜着的三层大食盒，里面三只大铜盘，每只铜盘上放着一方热气腾腾的白肉，估量也在十几斤左右；紧跟着的一名小苏拉在地当间儿摆上三只大铜碗，铜碗里满盛着肉汤；另一名小苏拉在每个坐垫前面放一只七寸盘子、一只桦木根碗、一把用来片肉的解手刀；最后厨子将一大沓三寸见方、饱浸过酱汁的高丽纸放在了地当间儿的两坛烧刀子的旁边。

一应吃用家巴什儿摆置完毕，厨子率三名帮厨小苏拉躬身退下。

众人恭身环侍。庄亲王大马金刀一屁股坐在杏黄寸蟒矮墩上，做手势示意大家入席，众人纷纷盘腿坐下。

庄亲王审视的目光在大家的脸上巡睃："咱们长话短说，今儿个请各位老板来，本王爷是想在咱精忠庙庙首之外让各位推举一位副庙首，专管咱傀儡戏这一行当……堂郎中还是本王，咱赶一只羊是赶，赶两只羊也是赶！"

凌子甲分外殷勤，抢先说道："但凭王爷吩咐！"

"请王爷的示下，这副庙首如何一个推举法？"高月美紧随其后问道。

庄亲王大手向后一摆，王爷身后一名随侍太监俯首躬腰托着一只髹黑饰朱圆形漆盘来到王爷跟前。盘上铺一方白绸，中间放了一只碧绿的翡翠扳指。

庄亲王抬手指着漆盘说："四个班子打擂台戏，都拿出看家的本事来，谁家的戏码最硬，谁就去这副庙首，跟梨园行那边儿一个样儿，挂四品的职衔，这只扳指就是打擂台戏的彩头。这扳指还有一层说道儿，是东宫佛爷特为十月圣母皇太后寿诞的万寿庆典赏下来的，还是那句话，谁的戏码子硬，谁得了彩头谁进宫，漱芳斋承应。"

王府府门的中间三门仍然敞开着。刚得清闲一会儿的海拉尔和手底下的几个门禁站立在王府门前的大檐子底下扯闲篇儿。海拉尔唾沫星子乱飞，神气活现地陶醉在自我吹嘘中："这京城老话儿说得好，'宰相门前七品官'，更别说咱这亲王府了，论辈分，那可是当今皇上的三大伯。你们瞅瞅，五楹开间的府门，大檐子门廊下，风吹不着，雨淋不着，夏遮阴冬避雪，这儿可是皇亲国戚的亲王府，来这儿办事的，得先跟咱海爷点头哈腰，看海爷的脸色说好话儿，临了还得往海爷的手心里塞银子。"

门廊下其他门禁阿谀逢迎地连连点着头，表示出大加赞赏的神情。

一乘四名轿班抬的银顶皂纬绿呢一品官轿姗姗而来，左右随轿的还有两名宫里的小太监。

官轿来到府门前丝毫没有落轿的意思，四名轿班抬轿走上台阶，看样子是要径直抬进府里。

海拉尔一看慌了神儿，一步横跨了过来，伸臂一拦。四名轿班受阻，被迫落了轿，轿杠一压，轿帘掀起，从轿中低头钻出一位公子模样的人来，二十七八岁年纪，细高挑身材，黼衣方领，一副偃蹇之态。

海拉尔的气可是不打一处来，呵斥中仍然没有忘记摆足了自己个儿的身份："今儿个府里开堂会，开场锣还没敲哪，海爷倒先看了出戏，这么些年来，头一遭见有人坐轿直闯王爷府，真有稀奇的，什么人？没长眼啊？知道这是什么地……"

未等话说完，"啪"的一声，脆生生的一记耳光结结实实扇在了海拉尔的脸上。海拉尔猝不及防，竟一下子被抽得有些犯晕，泪水模糊了眼眶。泪眼蒙眬中，海拉尔辨认出就是那个公子模样的人站在他的面前。来人兔子脸儿，白净面皮，倒有几分清秀，一派骄倨神色，眉宇间隐含一股阴鸷之气。

这人抡圆了的一巴掌，扇得海拉尔心里直哆嗦。

这架势也镇吓住了其他几个门禁。

猛可里，海拉尔的身后，从王府深处响起文武场的锣鼓点儿激越飞扬。

海拉尔知道，王府的堂会已经开始。

第 五 章

　　戏厅前临时搭起的戏台上，鸿庆班的武旦戏《九莲灯·焚宫烧狱》正在表演中。临时搭起的戏台一侧，文武场那边，"急急风"锣鼓点儿一阵紧似一阵。

　　穿在杖头傀儡身上的行头色彩斑斓、衣袖飘飘……

　　园子里前来捧场凑热闹的人们被台子上的演出吸引着。凑在一起叽叽嘎嘎的女眷们顾不得吃肉，也不再闲聊，伸长了脖子专注地看了起来。孩子们忘记了相互间的嬉闹，有几个年龄稍大一点儿的孩子淘气地跑到台围子前面，瞪大眼睛向着里面寻隙觅缝地想一窥究竟。

　　庄亲王大剌剌坐在杏黄寸蟒矮墩上，手里拿着片肉的解手刀，嘴里嚼着肉，正在饶有兴致地观赏着演出。尚二丑手捧戏单躬身俯在王爷身旁，正在讲着剧情："玉帝因晋室皇帝逆天不道，乱法滥刑，敕命火灵圣母率火部众神下凡，焚烧宫闱刑狱……"

　　庄亲王端起脚边自己的那只桦木根碗，身旁伺候着的小太监见状连忙为王爷斟满了烧刀子。王爷端碗凑近嘴边猛喝一大口，用手背一抹嘴，将手中桦木根碗递向坐在他下首边的三义班班主凌子甲，凌子甲表示恭敬地挺直上身，赶忙双手接过。

　　庄亲王呵呵一笑，大声吩咐："轮着来，一人一大口，这就是古人的传筋!"

传筋开始了,在座的次第传接,每人一大口烧刀子,不胜酒力的,辣得直咧嘴,呛得直咳嗽。

"金麟班的童麒岫来了没有?"庄亲王粗声大嗓地询问。

"回王爷话,小人在。"童麒岫听见王爷召唤,"嚯"地长身站起,向着庄亲王躬身一礼。

"童麒岫,按理儿说,你媳妇要生头胎,今儿个不该叫你来。"庄亲王略一踌躇,做手势让童麒岫坐下来,"可是本王实有难言之隐,情非得已,你可千万不能计较!"

"王爷见召,敢不遵命,这已是天大的抬举!"童麒岫有意做出得失不萦于怀的闲豫之态。说完,顺势重又盘腿坐了下来。

"好,算你懂事!回头你媳妇一准儿给你添个大胖小子!"庄亲王端起桦木根碗,喝了一大口烧刀子,用手背抹了一下嘴,"本王前儿个才听人说起,敢情你们金麟班还有两出镇班的招牌戏,每年只在腊月封箱前的两三日才演么一回,可是有的事情?"

"回王爷的话,小人的班子,戏码实在是平常,但凭王爷召唤,就是天天演,那也是分内之事。"童麒岫不矜不伐规规矩矩地作答。

"你们傀儡戏行里有句话'男怕《金钱豹》,女怕《红佳期》',说的是不是这两出戏码啊?"

"回王爷的话,这两句话也是大家伙儿有意帮衬,赏金麟班一口饭吃。"

"今儿晚上,你们金麟班就唱这两出戏,给本王……"

王爷点戏,童麒岫听在耳朵里直如五雷轰顶,班子里能唱《红佳期》者是自己的师妹虞麒燠,因"病"卧床近一年,能唱《金钱豹》的大师兄慕麒涵也因事回了老家青城山,走了快一年了,音讯皆无。不承想今晚在这里争选精忠庙副庙首的擂台戏的堂会上,庄亲王果真点了这两出镇班大戏，老话是怎么说来着？怕什么来什么！童麒岫有心回戏，向王爷直接禀明原委，如此一来，岂不是驳了王爷的面子，拂了王爷看戏的兴致，那以后能有金麟班的好果子吃吗？还有那什么精忠庙的副庙首就更挨不上边儿了。审时度势，自己刚才还在大言不惭地说着"但凭王爷召唤，就是天天演，那也是分内之事"。得呵，披了虱子袄儿。此刻的童麒岫百爪挠心，头皮发麻，正不知如何措置之际，只听耳旁：

"海拉尔禀告王爷，来了，来了。"

庄亲王的话还没说完，就被海拉尔的急急禀告声所打断。王爷抬眼一看，只见海拉尔以手捂脸，气喘吁吁地掸袖屈膝一安到地，伏在灯影里。

庄亲王高兴地站起身："果然来了，呵呵，本王就知道，这文武场的锣鼓点儿一响，那就没个儿跑，老海，格格呢？"

掸袖屈膝正在给王爷回禀事情的海拉尔身形猛地一震，这才想明白，自己该死，没有说清楚，往上头回话，把话给回拧股了。"回王爷话，奴才该死，奴才把话给回拧股了，是宫……宫里的安大总管宣旨来了。"

庄亲王颇感意外，有些失落地问道："啊——人在银安殿候着哪？"

"回王爷的话，坐着轿子正往园子这边儿来呢。"海拉尔情迫气促地回答道，"刚才安大总管坐着轿子要进府，是奴才没长眼，把轿子拦下了，安大总管掌了奴才的嘴。"

庄亲王站在灯影里，他的脸色有明有暗。俗话不是常说打狗还得看主人，这家伙虽说有仗势但也不能整个一个浑不懔不是？

"老海，你先退下，明儿个去司房领二十两银子，赏你的。"庄亲王的语气出奇地平静。

"谢王爷赏。"海拉尔躬身退了下去。

对面临时搭起的傀儡戏台上，武旦戏的表演渐入佳境，舞台上火焰熊熊，人影翻飞。火灵圣母率火灵星君、众火鸦军正在攻打宫闱，文武场里梆子锣鼓点儿震耳欲聋，一阵紧似一阵。

庄亲王双手叉腰，直觉得气往上撞，胸闷得无处宣泄，咬肌在腮帮子上一跳一跳，悻悻然来回走了几步，猛地转过身，一脚将杏黄寸蟒矮墩踢了出去。

四大傀儡戏班的班主冷不防王爷有此一举，众人吓了一跳，客随主便，纷纷站起，眼瞅着干着急，挓挲着两手不知如何是好，面面相觑，退在一旁。

庄亲王急忙吩咐站在身后的戏提调管事太监尚二丑："二丑啊，先把戏叫停，差人去取本王冠服来，准备接旨。"

"嗻。"尚二丑转身刚要离去，戏台那边热闹震响的文武场戛然而止，台子上映红一片的熊熊火光也渐渐熄灭。

庄亲王有点不摸门儿了，看着尚二丑说："哎哟喂，这是怎么个茬儿，还没去叫呢，这戏就自己个儿停啦？"

还未等尚二丑答话，府内一名小苏拉张皇失措地奔过来报信："启禀王爷，不知出了什么事，戏台子那边儿过来个宫里的小公公，把戏给叫停啦。"

此刻，人们不明所以，举座哗然，满园皆惊。

在一片哗然声中、在一片摇曳不定的光影中，那顶绿呢官轿走进园子，款款落在了距庄亲王站立不远的地方。大内太监长春宫总管安德海骄矜得意地从轿中钻了出来。刚才就是他擅专叫停了戏台上的演出。走出官轿的安德海挺胸抬头，略一环视，打开圣旨，有意提高了他那娘娘腔的嗓音："传两宫口谕！"

庄亲王率先跪倒，伏首在地。

满园子的喧哗声突然静了下来，一干人众相继跪倒，伏首一片。

安德海挺了挺胸，说道："为明年九月皇上大婚，官民一体同庆，升平署首当其冲，着升平署总裁和硕庄亲王奕谟，援例国朝有大台宫戏，问怎么回事。查明原委，亟早回奏，以备敷演承应之用。"

安德海传完口谕，上前一步搀扶起庄亲王："王爷请起。"

庄亲王站起身。满园人众相继站起，一片衣衫窸窣之声。

"来呀！"庄亲王吩咐左右。

府内一小太监手捧托盘，快步来到近前，盘中一锭五十两足色"官宝"。

庄亲王举手礼让："安总管来得如此突然，本应换好冠服再接懿旨，仓促之间，真是大不敬，还请总管回宫后在皇上和两宫太后面前千万不要提起。"

安德海伸手盘中，将"冰敬"揣进袖里，抬眼四顾："岂敢让王爷吩咐，王爷请放心。"

"戏厅里看茶！"庄亲王再次吩咐左右，因见宣读完懿旨的安德海丝毫没有立即退去的意思，只得举手肃客，"安大总管请！"

哪知安德海稳稳站定，根本没有想挪动的意思："王爷好兴致，堂会办在了园子里，奴才在府门口就听见这园子里热闹得紧，傀儡戏可是好看，接下来不知要唱的是哪一出？"

"不知大总管想看哪一出呀？"安德海话音儿刚落，还未等庄亲王作答，在不远处的灯影里却有人接过了话茬儿。

安德海听见这句问话，猛地转过身，向着灯影处，身体开始簌簌发抖，膝盖一软，竟然跪了下去："奴……奴才安德海叩见万岁爷。"

庄亲王紧跟着回过了神儿，向着灯影处也屈膝跪了下去："奴才奕谟给主子请安，主子爷吉祥！"

灯影里走出了载淳，在他的身后是载澂、随侍小太监杜之锡。

满园一干人众再次哗然，大家争相一睹皇上风采。继而跪倒一片，伏身叩见皇上。

"大规矩都免了罢,这是在三伯父的府里,不必拘着礼数!"载淳意兴阑珊地说,"都起来说话儿吧。"

随侍小太监杜之锡赶忙上前搀扶起庄亲王。

在临时搭起的戏台那边,传过来一个孩子稚嫩的童音:

"娘,娘快看,天上的月亮好大哟!"

庄亲王府门前。海拉尔来回踱着步,兀自想着自己个儿刚才在这府门前吃的瘪,真是让人撮火,亏得主子待下人向来宽厚。海拉尔猛然停住脚步,不知什么时候,园子那边的梆子锣鼓点停歇了,海拉尔侧耳细听,一点儿声息也无,正在奇怪,忽然从银安殿那边传来一片急促杂沓的脚步声,不用细看,海拉尔心里"咯噔"一下,浑身打了个冷战,立即大声吩咐其他几个门禁:"兄弟们,大家伙儿都张着点儿神,今儿晚上的差事怕是不好伺候。"

海拉尔嘱咐手下几个兄弟的话还未说完,身后那片急促杂沓的脚步声已经逼近,海拉尔转身大步迎了上去。

园子里应召前来看戏捧场凑热闹的一大帮子翰詹科道六部官员,眼下携妻抱子,前拥后挤,黑压压、乌泱泱向大门口涌来。

海拉尔在匆忙向外走着的人群中伸手拦下了老酒友内务府奉宸苑苑丞丁火、笔帖式秦老三,问道:"秦老三、丁火,你们怎么都散啦,合着这戏不唱啦?"

秦老三不无惋惜地说:"皇上来看傀儡戏了,可这戏让来传两宫口谕的安公公愣给搅了。"

丁火紧接秦老三的话茬儿说道:"估摸皇上动怒了,王爷一看事儿不妙,这不是,赶紧着把戏叫停了,来园子里看戏的都给轰了出来。"

"你这话儿是怎么说的呢?"海拉尔眨巴着眼睛,心里又是"咯噔"一下，真是蒙了头，"今儿个一晚上，兄弟在这大门口儿就没动地方儿，皇上什么时候进的园子，我怎么连銮驾都没瞅见？"

"皇上微服出的宫，本就想不为人知，庄亲王府的堂会，皇上与民同乐，大家伙儿和皇上一起看傀儡戏，这可是百年不遇的荣宠，以后说起来也是一段佳话！"丁火不由得唏嘘起来。

"今儿晚上多好的大月亮地儿，京城四大傀儡戏班子齐集庄亲王府打擂台戏，那戏码肯定是一个更比一个硬。"秦老三恨恨地说，"真可惜，全让那没尾巴的给糟践啦！"

"那安德海整个就是一搅屎棍子！"丁火搂着秦老三的肩膀，三人向外走去，"海兄哪天不当值了，咱们还去老三家接着喝咱们的。"

皇上动怒了。

庄亲王一看"风水不祥"，赶紧着把园子里来看戏的都给轰了出来。能走的都走了，来不及走的，找地方回避了。百株梨园，顷刻间，变得冷冷清清，满地狼藉，到处是丢弃的吃肉的家巴什儿，坐垫、大铜盘、桦木根大碗、翻倒的一坛一坛的烧刀子。

京城四大傀儡戏班子进庄亲王府梨园来打擂台戏，一场轰轰烈烈傀儡行里的最高规格的盛举就此灰飞烟灭。载淳坐在庄亲王刚刚发怒踢翻过的那只杏黄寸蟒矮墩上，随侍小太监杜之锡侍立身后，庄亲王、载澂则在左右。

安德海跪伏在载淳对面，插着蓝翎的顶戴滚落一旁，埋首叩头。旁边放着一只大铜碗，里面盛满肉汤，一只大铜盘，铜盘里放着一方白肉，肥多瘦少。

"皇额娘的口谕，按制该在银安殿宣，你偏偏坐轿擅自闯进园子，这是大不敬……小安子，你可知罪？"载淳摆出一副亲鞫的架势。

"奴才该死，奴才不知道万岁爷在此与民同乐。"安德海一副赎愆补过的腔调。

"朕不怪你。庄亲王府堂会，走的是老礼儿，吃肉，讲究的是人见人有份儿。既然你看见了，当然有你一份儿。朕赐你把这白肉吃完，给朕走回宫去复旨！"

"奴才谢万岁爷赐肉吃，奴才遵旨，吃完白肉，奴才走回宫去复旨……奴才斗胆请万岁爷再赐几片酱汁儿高丽纸？"

"安大总管，就算你平日里办差得力，西宫老佛爷抬举你，你也忒托大了点儿，那四人轿班抬的一品大员的绿呢大轿你也敢坐？逾制不说，居然还直眉瞪眼地坐着进园子里来啦，坏了皇上与民同乐看戏的好兴致！"载澂在旁敲边鼓，用的力道显然大了点儿，"万岁爷不但没怪罪你，还赏你肉吃，别给脸不兜着，你吃完肉，麻利儿地再把这碗肉汤喝了！"

安德海暗自叫苦不迭，惶急地乞求："奴才回大贝勒话，大贝勒有所不知，这白肉就是用这肉汤煮出来的，按老规矩煮时一粒儿盐都不准放，所以叫白肉，奴才可不是那'油盐不进'……"

载淳未等安德海说完，站了起来，道："今儿个戏没成，早就听说这梨园里有一座戏厅月白风清，咱们这就瞅瞅去！"

载淳说完，率先向戏厅走去，载澂、小太监杜之锡二人尾随而去。庄亲王向站在不远处伺候着的尚二丑一招手，尚二丑躬身跑到庄亲王爷面前。

庄亲王吩咐："去射圃的他坦那边儿，让那四个班子的人先散了吧，传本王的话，推举精忠庙副庙首一职，虚左以待，以后再议。"

尚二丑领命后向着射圃那边儿快步走去，转瞬消失在灯影里。

看着尚二丑走去的背影，庄亲王突然就像换了一个人，偌大的身躯居然轻盈地弯了下去，手臂一伸，犹如燕子掠水一般，从地上抄起一叠酱汁高丽纸，回手甩在安德海面前的大铜盘里。

庄亲王伸手解开盘在头上的辫子，大踏步向着戏厅走去。

安德海会意，埋首叩头连连碰地，高声乞罪讨饶："万岁爷，奴才知罪了，饶了奴才吧！"

第 六 章

一轮满月渐渐升起,清光流布,月色溶溶。

夜晚站在内城西南角的八瞪眼戍楼上观夜景,自然是别有一番情致。古旧的城墙上,夜风中微微晃动的青草叶茎反射着晶亮的斑点。远近景物的轮廓清晰可见,妙应寺白塔尤在晴好的月夜里看起来仿佛比白天更加清晰。城内到处闪烁着明灭不定的灯火。

老七头儿和九路车趁着月色正在城上破败的箭楼底下喝酒吃肉。那九路车神通广大,不知用了什么手段,居然把庄亲王府吃肉的家巴什儿整套搬来孝敬师傅。

箭楼擎檐柱旁,老七头儿和九路车盘腿相向而坐,九路车正在打开一只不大不小的食盒,从里面端出一只大铜盘,铜盘上放着一方白肉,热气尚存,估量也在十斤左右。紧跟着九路车在地上摆一只大铜碗,手攥一把扁方形铜壶,将里面的肉汤一股脑儿地都倒在大铜碗里,又在老七头儿和自己面前各放下一只七寸盘子、一只桦木根碗,九路车从食盒中取出一把用来片肉的解手刀,放在了老七头儿面前的盘子里,最后将一大沓饱浸着酱汁的高丽纸放在了一小坛烧刀子的旁边,眼看着一应吃用家巴什儿摆置完毕,九路车最后又从食盒最底层抽出半截粗如儿臂的红蜡烛,从身上摸出一盒洋取灯儿,取出一根儿火柴棒,"嚓"的一声划着后，两手拢成圈儿护住火苗儿，小心翼翼地将蜡烛点燃，烛苗向上蹿跳着。

　　九路车双手在背后衣襟上蹭了蹭，脸上露出一副顽皮的馋相，小手一动，又从腰间摸索出一把带木鞘的解手刀。这把刀小巧灵动，连鞘带把儿通体乌黑，鞘上插着一双镶银的乌木筷子，刀把头上安有一颗鬼脸菩提珠。拔出刀来，刀片儿薄如蝉翼，微微颤动，刀出鞘时嗡铮之声似有还无。

　　九路车伸手取过老七头儿跟前的桦木根碗，掰开烧刀子坛口的泥封，为老七头儿倒满酒，恭恭敬敬双手奉上："师……七爷，请吧！"

　　老七头儿接过盛满烧刀子的桦木根碗，端在胸前道："你本事不小哇，就说今儿晚上庄亲王府吃肉，人见人有份儿，可从没听说过，不在王府吃的，王府还往外送食盒？"

　　"小九就是一门心思想孝敬七爷，得，小九错了，明儿我就把食盒和这些家巴什儿都给庄亲王府送回去……这总成了吧？"

　　"要学艺，先学做人！"老七头儿端起桦木根碗仰脖喝了一大口烧刀子。

　　"七爷，您把碗递给我呀！"

　　"不行！小孩子家可不能喝酒！"

　　"就抿一小口儿……这不是在吃肉嘛。"

　　"这里外里的还有什么讲究吗？"

　　"七爷一大口，小九一大口，轮着喝，这就是古人的传觞。"

　　"轰——轰——轰——"

　　一连串的烟花爆竹声，噼啪作响，声声震耳，瞬间打破了夜色中太平街的静谧安详。

　　醇亲王府影壁前的空场，人影晃动，府里有人在燃放烟花爆竹。老字号吉庆堂的双响和炮打灯声声脆响，裹着轻烟拉拽着光影不断向上升腾，四处迸射，流光溢彩。

太平街东口金麟班老宅。

站在西跨院月洞门处的老管班查万响听见传来的烟花爆竹声，心中一震，不由得仰头望天，暗蓝色夜空中接连升腾起朵朵白色烟花，听响动，知道是太平街西口的醇亲王府。这不年不节的夜半时分放的哪门子烟花炮仗？查万响一转念，侧耳细听，就在这烟花爆竹声里，他分辨出了什么，随即大声地说："'炸炮子时刺烟花'，这烟花爆竹是老字号吉庆堂的双响，有讲究的，看样子今儿个子时街西口的醇亲王府里得了阿哥。"

谁知查万响的话音未落，伴随着不断传来的烟花爆竹声，西厢房里豁然传出一阵响亮的婴孩儿啼哭声。

查万响大步来到西厢房门外。

大奶奶索万青和使女霞锦此刻也是面露惊喜之色。

小师妹古麒凤在外面急得直跳脚，用手连连拍打着房门说："耿婶儿，您快把门打开呀！"

西厢房内仍然没有回答，只有断续的婴儿啼哭声隐隐传出。

西厢房的房门终于打开了一条缝，金麟班伙房厨娘耿婶双手抱着一个包裹好的婴儿褟褓侧着身子刚刚挤出门缝，房门在耿婶身后倏然紧紧关闭了。

古麒凤上前从耿婶的手中小心翼翼接过褟褓。隔着门，传出师姐虞麒煚断续喘息着的虚弱的声音，叮嘱门外抱着褟褓的古麒凤："师姐给孩子起了名儿，就叫抱木吧！"

古麒凤双手捧着褟褓，将婴儿的小脸贴着自己的面颊，不由得声音哽咽起来："师姐，师姐，您倒是把门打开呀……师姐……"

"赶紧抱过去给师娘她老人家瞅瞅!"隔着房门,再次响起虞麒熳微弱的催促的声音。

"师姐,您何苦这……这样……"古麒凤已经是泣不成声。

这时,襁褓里的男婴突然大声啼哭了起来。

"火凤儿,孩子就交给你了……唉……叹茂陵、遗事凄凉……"隔着门,再次传出虞麒熳断续喘息着的虚弱的声音。直到事后古麒凤追忆起来才明白,"叹茂陵、遗事凄凉"竟是她的师姐留在人世间的最后一句话。

老宅东跨院内,俯身在月洞门门楣一侧墙头上探头窥视的霞衣,高兴地蹦下了矮梯,急步向着东跨院南面的金麟班祖师爷祠堂走去。

东跨院南房三间,是供金麟班后人祭祀历代祖师爷宗嗣牌位的地方,祖师堂四时祭飨。小小祖师堂帷幔深垂,平时不得随意出入。

霞衣轻手轻脚走进祖师爷祠堂。在陈列着金麟班历代祖师爷牌位的供桌前,掌班师娘凌雪嫣跪在蒲垫上,口中喃喃有词,阖目焚香祝祷。霞衣走近掌班师娘凌雪嫣,分外欣喜地大声说道:"霞衣给师娘道喜啦,师娘,西院生了,子时生的,是个男孩儿!"

西跨院内,古麒凤双手捧着襁褓中的婴儿,泪水打湿了脸颊。她万分不舍地看了一眼紧闭的房门,忽然双膝跪了下去,似乎是在替孩子向娘亲拜别,然后站起身,一跺脚,决然向外走去。众人紧随在古麒凤身后也向东跨院走来。

刚刚走出西跨院的月洞门,身后訇然一声巨响,众人心下骇异,回头看去,西厢房内火势骤起,烈焰卷出窗棂,大火中继续传来爆炸声,西厢房瞬间为大火所吞噬……

"轰——轰——轰——"

老七头儿一愣,坐在台阶上,莫名所以。

九路车起身抢步跑到雉堞前，朝下望去。

远处，夜色中的太平湖，湖水沉凝，倒影成趣，从水底升腾起一连串的烟花朵朵。

近处，太平街西口。醇亲王府影壁前的空场，人影晃动，府里有人在燃放烟花爆竹，四下里迸发激射的光影好似缤纷落英，映红了太平湖水，照亮了太平街。

九路车跳着脚儿大声叫着："一听就是吉庆堂的双响，这叫一个脆，哎呀！'炸炮子时刺烟花'，有讲究的，七爷府里一准儿是得了阿哥啦！"

几乎就在同一时刻，太平街尽东头，坐北朝南一处宅院的偏院儿，冒起股股青烟，紧接着"轰隆"一声巨响，房倒屋塌，烈焰升腾，火势迅猛，吞噬着周围。

九路车一个愣神儿，说道："好家伙，东口儿那家起了大火，怕是也得了阿哥，可也犯不着把房子给点了呀，难不成，这还真有什么讲究啊？"

太平街上的烟花爆竹声和房倒屋塌人们救火声混杂在一起，惊动远近。

九路车边喊边回头想招呼老七头儿来看热闹，忽然发现老七头儿僵直了身体仍然坐在那里，目光呆滞，竟然一动未动。

九路车跑回老七头儿身旁，伸手去拉老七头儿的手，想把他拽起来。就在这一恍惚间，九路车发现老七头儿眼眶里隐隐含着泪光，泪光晶亮，一闪即没。

忽然，老七头儿一把攥住九路车的手臂，两眼直视，嘴里嘟囔着，似乎在喃喃自语："是男孩儿……是男孩儿！"

九路车听见老七头儿梦呓般的自语，着实吓了一大跳，心中慌乱，试图使自己的手臂挣脱出来，反而觉得被老七头儿抓得更紧。

老七头儿两眼直视前方，嘴里仍在嘟囔着："是男孩儿……是男孩儿！"

九路车瞪大了惊慌的双眼，注视着有如着了魔的老七头儿。

远处传来太平街上西口燃放烟花爆竹震耳的响声，夹杂着东口那处宅院梁檩屋瓦燃烧断裂的"哔剥噼啪"声、人们往来运水救火的呼喊声、杂沓纷乱的脚步声……

第 七 章

亥夜时分,庄亲王府府门大檐下一左一右高高挂起的两盏羊皮铁口大灯笼,光焰已经熄灭。

台阶下,东西两侧有呈弧形向外排开的十几副三脚竹架支起的灯笼,散发着淡淡的白光照着亮。两个时辰前车水马龙壅塞不开的热闹景象,眼下已经一扫而空。

王府大门影壁前的空场上,十几辆长板架子车,扎堆儿似的槎牙在一起,各班各家都在忙着把自家带来的戏箱、行头和砌末捆扎装车,大家没有了言笑和调侃,手脚麻利地闷头干着活。

海拉尔和几个门禁,颇有眼力见儿地正在帮助众人捆扎戏箱和砌末。

喧嚣纷乱了一个晚上的庄亲王府随着皇上的离去,渐渐消停下来。半路散场出来的傀儡戏班子四大班主在尚二丑的陪送下,步出王府大门。

四大班主迈出府门大门槛儿,回身抱拳向尚二丑辞行。

尚二丑止步府门大门槛里面站定,拱手作别:"各位老板不远送了。此次京城四大傀儡戏班子汇总庄亲王府打擂台戏,还未等开锣,就先来了一个碰头彩儿。看得出,各班各家准备着一决雌雄,争出个子丑寅卯。不承想，绿呢大轿里钻出来个长春宫大总管搅了局，微行来的万岁爷动了怒，王爷生了气。我家王爷说了，精忠庙副庙首一职虚左以待，来日方长，这正四品的顶戴给各位老板留着呢！"

尚二丑说完，旋即转身走了回去。

众人步下台阶，正准备带着自家班子打道回府。三义班班主凌子甲站在台阶上，当胸抱拳，虚画半个圆，情辞恳切："诸位老板，兄弟有个不情之请，三日后，兄弟在道儿北的天颐轩茶楼做东，无论如何请三位老板赏光！"凌子甲拱着手边说边走到童麒岫跟前，"童老板，兄弟近日得了些上好的明前茶，兄弟一人不敢擅专，到时还请指点一二如何？"

"不敢，不敢。"童麒岫抱拳回礼，"三日后兄弟遵命就是！"

离开庄亲王府，出太平仓西口，便是西大市街。

月西沉，街市上灯火稀疏，阒然无声。西大市街是一条直贯南北城的通衢大道，金麟班的人向南刚刚走过砖塔胡同东口，北边骤然响起急促的马蹄声。静夜中的马蹄声清脆响亮，大家伙儿不由得循声回首张望。马蹄声越来越近，来人骑着一匹马，手里挽着另一匹马的缰绳，带马疾驰而来，转瞬到了眼前，马上来人猛地勒缰收住马匹，攥着缰绳一拱手："请问，贵班可是金麟班，童麒岫童老板在吗？"

童麒岫看着马上来人，恍惚觉得面善，问道："足下是——"

马上来人翻身下马，双手抱拳："小的是醇亲王府闲散拜唐阿松九，是府里'里扇儿的'打发来的，小的先到了庄亲王府，得知堂会散了，小的沿着道儿追到了这里。童老板，约莫一个时辰前您府上西跨院走了水，虽已救灭，请速回，马匹这里给您预备下了。"

安德海传两宫口谕，不承想却在庄亲王府的梨园惊了驾，自讨了一场大没趣，灰头土脸地离开了庄亲王府，负气低头走着，身后跟着一名蔫头蔫脑的长随小太监。

遵照万岁爷口谕，安德海得自己个儿走回宫里去。

夜色昏沉中，不远处，有人在催促两名轿班抬着的一乘小轿，向自己快步走来。走到近前这才认出原来是三义班三班主凌子丙带着一乘小轿在追赶自己。

凌子丙抬头看见站在那里似乎是在等待自己的安德海，脸上霎时堆满了笑，赶紧着抢前两步上来给安德海请了一个安："安爷，好在您还没走多远，请上轿，我家兄长特向大总管告罪，刚才在庄亲王府，眼看着您在大月亮地儿里受委屈，实在是没有办法开解不是？"

安德海一屁股坐进轿子里，连连摆手，作势不让躬身站在轿外的凌子丙再说下去："嘻，这个窝脖儿不提也罢，那是万岁爷跟咱家闹着玩儿呢，在宫里，那也是常形儿……哦，想起个事儿，去年在会贤堂吃饭时说的那档子事儿，你家老大，不会是拿好话填乎咱家呢吧？"

凌子丙昂头挺胸地说道："大总管请放心，这事儿包在在下哥儿仨的身上！"

童麒岫在老宅门口纵身跳下马来，向着松九一抱拳："承情之至，请松九爷上禀你们'里扇儿的'，容童某日后拜谢今夜援手之恩！"

"好说，好说！"松九说着话，将马带开，径自去了王府东边的马号。

童麒岫目送醇亲王府的人拉着马匹转身离去，然后大步走进院中。他三步并两步迈过垂花门，抬眼看去，院中一片狼藉，地上水渍连连，水桶、瓦盆、竹淅，凡是能够用来盛水的器具散乱丢弃得到处都是。

薄明天光中，老管班查万响步履跟跄走了过来，他嘴唇哆嗦着，望着童麒岫，一副像是有话要说急切间却又说不出来的样子。童麒岫赶忙上前一把扶住老爷子："师叔，您老别急，有话慢慢说。"

"班主啊,那火势起来得又快又猛……门又从里面闩得死死的,难不成是你师妹一时想不开,水火无情,眼见着是耽误了!"查万响说到这里,突然压低了声音,"前来救火的醇亲王府那帮子人末了倒是问起缘由,我告诉他们你师妹得的那病许是太拿人,经受不住,自己个儿点燃了以前从泰顺带回来的药发傀儡的火药,遽尔了断轻生……也只有遮掩地这般说与他们听。"

"师叔,您老先歇着啊!"童麒岫顾不得询问详情,也不用再问及其他,大步奔向后面。

查万响没有估计错,泰顺的药发傀儡火药一经点燃,一发不可收拾。西跨院内西厢房的火势在屋内火药的催动下迅猛异常,致使众人措手不及。尽管醇亲王府派人手过来帮忙,眼见得是没救了。那火直烧得墙圮房塌,断壁残垣,仅一顿饭工夫,三间西厢房眼看着只剩下一大堆碎瓦残砖。

童麒岫急步穿过院内的抄手回廊来到三进院中,地上也是水渍连连,满眼杂乱狼藉。他脚步沉滞,慢慢走进西跨院。

西跨院带有墙饰砖雕的草绿色月洞门也已面目全非。瓦砾堆中,有几处支棱出黑乎乎烧剩的房檩椽头,余烬还在燃烧,断断续续地冒着丝丝缕缕的黑烟。

瓦砾堆前,地上放着一只博山桥耳大香炉,炉内三炷线香,青烟袅袅。

童麒岫在大香炉前静静地伫立着,他慢慢闭上了眼睛,似乎像是感知到了什么,眼眶内泪水渐渐充盈。此刻,他对着瓦砾堆真想大哭一场,可是他没有哭出来。师妹虞麒煐生性刚烈,班子里的人平素都是知道的。至于行此事端却又如此激烈,这是童麒岫及班子里的人所始料不及的。

班主大奶奶索万青挺着大肚子坐在上房迎门的太师椅上,她仍在垂泪，操持忙活了大半宿，累得骨头架子好像都要散了。小师妹古麒凤隔桌坐在另一边的太师椅上，怀里抱着襁褓中熟睡的刚刚落生不久的婴儿。使女霞锦站在一旁，也在伤心啜泣。

"忙活了半宿，我倒差点儿忘了。"看见童麒岫走进上房，大奶奶索万青抬起头，忽然想起了什么，抬手用绢帕擦拭着自己脸上的泪痕，站起身，从衣襟底下抽出了为装大肚子楦在衣襟里的棉垫子。她伸手接过霞锦递过来的一条缠头的红布巾，缠在额头上，转眼间扮成了一副刚刚生完孩子的模样。

事情不用明说，大家彼此间心照不宣。此刻的童麒岫对着自己的妻子微微苦笑了一下，算作安抚。古麒凤泪眼婆娑，慢慢站起身，将怀中抱着的婴儿送到童麒岫面前，哽咽着说道："师兄，是男孩儿，天意……是天意，师傅有后了……可师姐就这么走了。"

童麒岫小心翼翼地用双手接过襁褓，抱在怀中，轻声问道："你师姐……临走前留下什么话儿没有？"

古麒凤摇摇头，算是回答了师兄童麒岫的探询。"孩子子时落的生……是让耿婶儿给抱了出来，我接过孩子，让师姐开门，师姐不开，隔着门只是吩咐抱去给师娘瞅瞅，又跟我说孩子就叫'抱木'吧。我没辙，抱着孩子刚要离去，又听师姐在门那边好像是自己跟自己念叨了一句'叹茂陵、遗事凄凉'。还没等我抱着孩子走出院子，房子就轰然一声起了大火。从力道上看，应该是师姐点着了师傅那年从泰顺带回的药发傀儡的火药，眼见着是救不出来了。"

童麒岫一声叹息，低下头来仔细端详自己怀里襁褓中的师妹的骨肉，现在说来已是孤儿。蓝底白花儿的小儿被包裹成的襁褓中，一张粉嫩的小脸，鼻梁硬挺，端正而清秀，长长的眼缝，一定是双大眼睛。此刻，襁褓中的婴儿眼睛尚未睁开似在酣睡中，面庞上挂着浅浅的笑意。

这时，查万响和安顿好班子里事情赶回老宅来的陆麒铖一起走进上房。

众人看着襁褓中的婴儿,想着他刚一落生,父母已然离世,成了孤儿,自然唏嘘不止。古麒凤不由得悲从中来,她强忍泪水对师嫂索万青说:"师嫂,你这当娘的从现在起对外就说没有奶水,等到天大亮,我带人去赶东庙庙会,买三只奶羊回来,用来喂养师傅留下来的骨血。"

索万青不明所以,问道:"去庙会买三只奶羊回来?"

"三羊(阳)开泰,图个吉利!"查万响说完看看窗外的天色,催促大家,"这都小一年啦,抱上孩子,赶紧过去东跨院儿,拜望掌班师娘!"

天已大亮,众人齐集老宅三进院的东跨院月洞门前。

东跨院,草绿色月洞门上,挂着一把约有七寸长的虾尾锁,锁身已见锈迹。月洞门旁边临时开有一个仅容一人进出的随墙门。"吱扭"一声响,窄窄的深绿色门扉打开,使女霞衣低头走出,她来到童麒岫夫妇面前,敛衽一礼:"老太太盼咐,打从今儿个起,这门可以打开了。"霞衣说着,从袖中摸出一把长长的钥匙来。童麒岫接过钥匙,走上前来,将钥匙插进虾尾锁的锁孔,"啪"的一声轻响,虾尾锁弹开,童麒岫举手将月洞门轻轻推开。

掌班师娘站在院中,面容清癯,晨风吹动鬓边丝丝白发。曾几何时,师娘雍雅的体态已变得形销骨立。童麒岫不禁心中酸楚,不由得率先跪了下去:"师娘安好?"

凌雪嫣见状,上前几步扶起童麒岫,望向大家,声音有些颤抖:"起来,快起来……大家伙都快起来!"

古麒凤与索万青一左一右伸手搀扶住凌雪嫣。

"师娘,您受苦了。"古麒凤话一出口,禁不住又啜泣起来,抽咽着,"半年多没见,师娘……怎么瘦……瘦成这样啦?"

"不碍事儿的,走,咱们屋里头说话去。"

槐荫斋是醇亲王的小书房，面阔三间，一明两暗，室内有落地花罩的隔断，门楣上有醇亲王手书"槐荫斋"三字匾额。王府门前太平湖，湖畔古槐成林，盛夏溽暑，槐荫匝地，直把凉风吹送进来，小书房凉爽宜人，不觉得热，只觉得静，故以"槐荫斋"名之。小书房在醇亲王府寝殿的后面，后罩楼的前面，门前一左一右两棵白玉兰树。醇亲王几年前得一阿哥，后来不幸夭折，醇亲王与福晋愁肠百结，惶惶然不可终日。此次福晋叶赫那拉氏十月怀胎，要在六月分娩，这在王府里自然是一等一的大事，府中最凉爽清静之处当属醇亲王的小书房，不用说，福晋自然待产槐荫斋。

天光放亮。槐荫斋明间里，几处插放着粗如儿臂的红蜡烛，烛苗向上蹿跳着，满室红光。

两名乳母嬷嬷垂手侍立一旁。

醇亲王双手小心翼翼捧着系着黄带子的用锦被包裹而成的襁褓中的儿子，仔细端详着，在那红色的烛光里，一张粉嫩的小脸，看五官轮廓，丰上兑下，广额隆准。此刻，襁褓中的婴儿眼睛尚未睁开犹在酣睡中，面庞上挂着浅浅的笑意。

醇亲王端详着襁褓中的儿子，简直是越看越爱，心中自然大喜过望，满面愉悦之情。

侧福晋颜扎氏带着嫡福晋贴身侍女夏莲掀开里间的锦幔走了出来，侧福晋上前不由分说从王爷手上接过锦被襁褓，看来她也要稀罕稀罕孩子："阿哥子时落生的，福晋顺产平安，书斋之中又添喜气……老祁已经遣人连夜进宫去报喜，阖府欢腾雀跃。这么着一折腾，天都亮了，福晋喝了红枣小米粥刚刚睡下，还让再叮嘱王爷一句，进了内廷，先去长春宫请安，再去谒见皇上请旨赐名，果然她姐姐向王爷征询皇后人选一事，那娘儿俩眼下正饻饻着呢，言多语失，请王爷别往里头瞎掺和。"

"说是国事，也是家事，清官难断，我自有分寸。"醇亲王低头整了整袍褂。

外面，响起王府内总管祁慧苘喜悦的声音："奴才恭喜王爷，贺喜王爷！"

醇亲王抬腿向门外走去，侧福晋将襁褓中的阿哥转身交给侍立在一旁等候着的乳母嬷嬷麻婴姑。麻婴姑抱着襁褓中的阿哥，走进里间。

醇亲王推开门走出槐荫斋，侧福晋跟了出来。

槐荫斋门外，祁慧苘躬身侍立："请王爷的示下，王爷得了阿哥，阖府上下都要给王爷叩头贺喜讨赏呢！"

"好！好！打赏那是自然。"醇亲王心情愉悦地说，"等本王去宫里请旨，皇上赐名来后，大家再随喜！"

侧福晋吩咐："老祁，王爷这就去宫里，快去备轿吧！"

醇亲王一路上想着福晋在家的叮嘱，走在西二长街上，兴冲冲地直奔长春宫而来，远远地看见六哥恭亲王奕䜣身穿四团龙补服，迈着四方步从长春宫的敷华门内踱了出来，折向漱芳斋走去。

"六哥！"醇亲王看着兄长背影，举手招呼。

恭亲王听见背后醇亲王的招呼，回过身来，抱拳为礼："噢，是老七呀，又得了一个大胖小子，可喜可贺！"

"谢谢六哥，孩子昨儿个子时生的。"醇亲王抱拳作答，说着话走近恭亲王，"这不是，进宫请皇上赐名儿来了，六哥今个儿是想闺女啦，来长春宫看大公主？"

"六哥哪有那个闲心，过来'递牌子'为的是御史沈淮上折子奏请缓修圆明园的事儿。"

"两宫问完话儿啦？"

"还没顾上呢，西边儿拉着东边儿在漱芳斋听戏呢，正好咱也顺便瞅瞅去。"恭亲王说完，伸手扽一下醇亲王的衣袖，二人举步向漱芳斋走去,"我说老七,六哥记得是同治五年瀚儿因病早殇,你们公母俩这都难过好几年啦,眼下又得一个小子,这回该高兴了吧?"

"托咱大清的福,光高兴顶个屁用,接下来还不是操不完的心!"

"嘿,听这话茬儿,你小子得着便宜还卖着乖,孩子自己个儿吃饭自己个儿在一边儿晃长个儿,铁杆儿的庄稼,娃娃生下来就带着俸禄!"

"要不说您是六哥呢,整个儿一大松心,昨儿个的那码子事儿敢情六哥是不知道啊?"

"昨儿个的……什么事儿啊?"

"昨儿个,您家那位大爷,逗着皇上微服又溜出宫来了。"醇亲王凑近恭亲王,压低了声音,"皇上连午膳都没进,到了晚暮晌儿,还去了三哥府上的梨园儿看傀儡戏打擂台,好嘛,说真格儿的,这弘德殿的伴读改陪玩儿啦……"

恭亲王未等醇亲王说完,右拳砸在左手的掌心里,气哼哼地说:"载澂这小兔崽子,回头腾出空儿来,看我怎么收拾他!"

"哎,六哥息怒,主子爷喜欢看傀儡戏这事儿不假,说起来也就是一个贪玩儿罢了。"醇亲王以退为进地又找补了几句话,"皇上明年大婚,这根节上,可是一丁点儿的差错不能出,得琢磨个万全之策,如若不然,咱们这当叔父的何以面对列祖列宗?"

兄弟俩说着话向漱芳斋走去,长街的青石甬道上留下了两条长长的浅浅的身影。

第 八 章

屋内氛围沉闷而压抑。

凌雪嫣坐在太师椅上，神色沉凝。查万响、童麒岫夫妇、陆麒铖、古麒凤几人坐在周围，皆低头不语。古麒凤走上前来，将襁褓中的婴儿交到师娘凌雪嫣手中。

金麟班香火延续，几代下来，恰恰都是单传。子息血脉单薄微弱，却也是不争的事实。

凌雪嫣从嫁进金麟班童家，二十几个春秋过去了，不想天意弄人，眼见自己生子无望，私下里忍着心痛以豁达的心胸示人，力劝丈夫再娶一房，童德栩为人忠厚朴直，说破头是打死不肯纳妾。虽说班子里有徒弟数人，又将次徒齐云岫收为义子，更名换姓，麒字辈中充任班主，顶门立户。但终究是螟蛉之子，于金麟班的祖规不合。况且这血脉一事却是由不得人，尤其不能含糊。为了师门技艺纯粹的传宗接代，受嫡传血脉的严格制约，凌雪嫣性格使然，行事亦颇有乃父之风，即使豁出性命来，也决不能让金麟班第十二代传人童德栩在自己这里断了祖宗一脉香火，德字辈就此撂了扁担戏的挑子。

金麟班几代下来执掌门户的嫡传之人大都资质平平。凌雪嫣坐困愁城，看在眼里，急在心中，难道真如江湖传言所说，从偃师直至金麟班鼻祖童春秋逾百年才能出一个"鬼斧神工活木头"？平素做事杀伐决断的凌雪嫣彻夜未眠，思虑再三，遍想这件事情的方方面面，前前后后，乃至细枝末节，自觉算无遗策，终于横下一条心。

一定要有一个天地造化般的与生俱来的与祖师爷有着一样天分的传人。为了已逾百年的老班，不得已，极富心机的凌雪嫣另辟蹊径，脱略世故，超然物外。无奈天意再次弄人，事情遽尔朝着凌雪嫣无从预料的方向发展开来。

班主童德枂遵照父亲嘱托，欲倾毕生心血，雕作补刻一只傀儡，此傀儡关系金麟班一个不为人知的隐痛。镇班的全本大戏里的一男一女两只人物傀儡——金麟童与玉麟锦为鼻祖童春秋亲传，金麟班奉为圭臬。后来在顺治朝时，玉麟锦遽尔佚失，仅剩一只金麟童，形单影只，唱半本残戏。为补作佚失的这只傀儡，金麟班历经"方、含、义、怀"上四代传人，终未雕成。传到德字辈，童德枂发誓在他这一代要收全功，克师尊们未竟之业，续那半本残戏。

童德枂闭关复刻时浸淫其中，沉迷不能自拔。那一日，叫来女徒弟虞麒奘作画样底稿，看着女徒弟姣美容颜，疑似玉麟锦再世，不慎酒后失德，酒醒后知此事，无以自处。那一天恰逢中秋，八月十五云遮月，天光不甚分明。寅夜时分，童德枂独自登上宅后内城西南角上的八瞪眼戍楼，罪己自戕，跳了城楼。

首徒慕麒涵知师傅童德枂酒后失德，未婚妻被玷污，一咬牙一跺脚，背班而走，从此杳无音讯。金麟班对外只得宣称大师兄有事回了老家青城山。事情出了以后，师娘凌雪嫣为了不使怀了这孩子的女徒弟与自己朝夕相见，尴尬难处，遂自行在东跨院心甘情愿禁足。

虞麒奘产下一子后，随即用药发傀儡的火药瞬间点燃了房子，自焚谢世。家丑不可外扬，为掩外人耳目，童麒岫夫妇权且做了这个孩子的爹和娘。

"想想他娘的模样儿,这孩子长大丑不了!"沉吟有顷,凌雪嫣抬起眼来说道。

"是,看眉眼儿,俊着哪!"古麒凤欣然回答。

"孩子他娘临走时……留下什么话儿没有?"凌雪嫣将怀中的襁褓抱得更紧了些。

"师姐给孩子留下了一个名字,叫'抱木'。"略一犹疑,还是开口问道,"隔着门,师姐还说了一句话……'叹茂陵、遗事凄凉',火凤儿请教师娘,师姐临走时说的这句话是——"

"听着像是一句戏词儿,可是哪出戏里的词儿一时想不起来了。"凌雪嫣用一个模棱两可的回答打断了古麒凤的探询,"唉,你师姐向来心思重,这都什么时候啦,还尽瞎惦记着。"

"孩子平安就好,孩子他娘走就走吧,看情形,许是她自己个儿想走了。"查万响唏嘘不止,"冥冥中都是有定数的!"

"孩子……得起个大名儿,这也还得请师娘做主!"大奶奶索万青朝前欠了欠身子说。

凌雪嫣没有说话,继而一声深叹,她正为给这个孩子起名字犯难。屈指算来这孩子论齿排辈应在"麟"字辈上,但那是叫给外边儿的人听,家丑归家丑,孩子早晚得从家里这道门走出去,长大后得活人!可这孩子是丈夫童德相的亲骨血,按理应是排在"麒"字辈,可孩子的生母却又是"麒"字辈上的人,这孩子在辈分上可是戗着茬儿,不,是横跨两代师门。

师娘凌雪嫣颇觉为难。

"弟妹,事已至此,所谓'家丑不可外扬',那话里讲的也是应对外人不是?"查万响催促着说道,"咱现在家里,都是家里人,这话该怎么说,接下来的事儿又该怎么做,家有千口,主事一人,大家听你的!"

短暂的静寂中，众人听见古麒凤暗自伤心抽抽搭搭的啜泣声。

索万青显得有些心急，好言安抚古麒凤说："小师妹，知道你跟这孩子的娘最好，你别哭，大家伙儿这不是正在商量着……"

"这孩子真是可怜……事情出了，咱师傅就没了，原本想着这爹走了，娘还在，是个遗腹子，结果刚一落生，娘也没了，转眼间就成了孤儿。"古麒凤走上前来从师娘手中接过褴褓，声音反而大了起来，"这孩子真真是命苦呵……"

索万青带着些火气冲着古麒凤说道："火凤儿，你瞎说八道什么？糊涂啦……这孩子的爹妈不都在这儿呢！"

古麒凤声音哽咽："火凤儿明白……可我这心里就是……"

"师妹啊，这就是不幸中之大幸，孩子平安落生，师傅有了后，好在外面都以为是我和你师嫂的孩子，昨儿个庄亲王府堂会，王爷还说，我一准儿添个大胖小子呢……虽说师傅是酒后失……唉，刚才响爷说得对，这事已至此……"童麒岫似乎还有话，但不再说下去了，一副一了百了的腔调，乍一听是在劝解安慰古麒凤，实则是说给众人听。

凌雪嫣低下头，再一次深深地喟叹，少顷，仰起头来看着大家，语调平缓："按常理儿，男人纳妾算不得什么，再说了，师娘这么多年不能生养，私下里也曾劝过你们师傅，再娶一房，新人进门后两头大。可你们师傅认死理儿，打死不肯，说恩公老泰山在天上看着呢……不想却来了这么一出，这不是鬼使神差又是什么……"

童麒岫温声劝慰："师娘，班子里的人都知道，您在东跨院禁足不出，用心良苦……"

"不说啦，不说啦……这不是都过去了，老天总算有眼，给你们师傅留了后！"凌雪嫣望向索万青，抱有歉意地说，"媳妇儿啊，这大热的天儿，出来进去，让你揣了几个月的枕头，难为你啦，以后当了娘，还要让你操心受累……"

"是嫂娘。"古麒凤多少有些不情愿地说，似乎对称谓很是看重。

坐在古麒凤身旁的陆麒铖用臂肘碰了一下古麒凤："多嘴，就你明白，听师娘吩咐！"

此刻，凌雪嫣环顾众人，郑重说道："你们公母俩是这孩子的父母。自鼻祖以下，咱童家序齿排辈一十六个字'恒久咸和，巽顺东方，含义怀德，麒麟祥瑞'这孩子排辈分应是在'麟'字辈上……"

古麒凤打断师娘的话语，有些着急地争辩："师娘，那是叫在外边儿，这孩子可是师傅的骨血，按理儿应是排在'麒'字辈上头！"

"火凤儿说得对，可有一宗，孩子的娘却又是'麒'字辈上的，孩子早晚得从家里这大门走出去呀……长大后得活人不是？"凌雪嫣略有停顿，若有所思，"论辈分，这孩子戗着茬儿呢，横跨着'麒''麟'两个辈分。"

古麒凤灵光一现，脸上神情为之一振，一扫刚才心头的阴霾："跨着两个辈分……干脆……就叫麒麟儿，童麒麟！"

查万响大为赞赏："唔，凤丫头有见识，这名儿起得可是不俗！"

童麒岫喃喃地说道："听火凤儿说，师妹给这孩子留下个名字'抱木'。"

查万响深有感悟地点点头说："你师妹留下的这个名字里头可是有个意思，是要这孩子与木结缘哩！"

"抱木……木，五行之始也，阳气动跃，触地而生，叫在外边儿，孩子该在'麟'字辈上取名。"凌雪嫣抬起头，提高了声音，"那就取个'飞'字吧……童麟飞，'千山动鳞甲，万谷酣笙钟'，漫天麟甲翻飞，遍野笙钟齐鸣，要的就是这天地间的一种气势……他娘留下的名字抱木，就用作别号吧，常用常叫的也是显得亲，乳名……是咱家火凤儿起的，就叫麒麟儿。"

又是一个响晴薄日。

九路车趿拉着踩倒帮的大洒鞋，一跑一颠地走进东岳庙，刚刚跨进山门，看见香火道人曲六如正在大太阳地儿里打扫着岱宗宝殿前的庭院。

曲六如六十开外年纪，头上梳着道家的混元髻，脚蹬十方鞋，白色高勒袜子、袜筒裹至膝下，用带子扎系，身上不穿得罗衫，却穿着宫里太监的服饰，脏兮兮，黑乎乎，令人奇怪的是内里的衣衬却是雪白。南府伶人曲六如真正称得上半路出家，本就不愿意唱戏的他就是趁着道光七年，南府改升平署，裁撤遣散大批内头学伶人之机，自告奋勇遵旨奉迁御敕祖师爷喜神像来东岳庙，一年四季看管香火祭祀祖师爷。

此刻，曲六如听见脚步声抬头看见九路车，停下了手里的长把扫帚，用手摩挲着光溜溜的下巴颏："小九儿，又来找七爷啦。好多天了，一个香客见不着，今儿个是黄道吉日，齐醮的日子口儿，拣日不如撞日，你来了就算一个，去殿里上炷香吧！"

九路车大眼睛骨碌一转，小手一动，从身上摸出一小块碎银子，再用小手托着，交到曲六如手里，退后一步，双手抱拳，朝着曲六如恭恭敬敬作了一个揖："六如爷爷，香资奉上，回头您替小九儿上炷香不就得了，七爷在吗？"

曲六如收过银两，回过身来用手向殿后一指，随即低下头，重又挥动起长把扫帚接茬儿打扫，嘴里含混不清地念叨着："欲修仙道，先修人道，人道不修，仙道远矣……"

九路车绕过主殿岱宗宝殿的西侧，来到后面。祖师喜神殿在后罩楼的东北角上，殿宇不甚高大，看上去倒还齐整。祖师喜神殿一侧，有一偏院，院中房舍三间，合抱老槐树一棵。

祖师喜神殿前，老七头儿辫子盘在头顶上，光着脊梁只穿一件土布的汗褡，大红布条子拧成的麻花裤腰带紧紧勒系着大白裤腰的土布缅裆灯笼裤。只见他意沉气昂，正在练着一种不知名的看似武功的武功，左手高举右手举半高成凵字形，双手空握向上似在托举着什么东西，双腿微弯成弓形，动作极慢，一招一式相当稳重，向上似在托举着什么的手势与步伐的转换如行云流水般顺畅，像极了道家太极拳却又不是，俨然是自创的一路拳脚功夫。

九路车走近，老七头儿冲着九路车点点头，算是打了招呼。

九路车微微点着头，颇有大人气地做出一副阅世很深的样子："唔，冬练三九，热练三伏。内练一口气，外练筋骨皮！"

老七头儿收式、双脚并拢、呼气，停了下来。

"七爷，武学一行，真是深不可测啊！"九路车有意讨好地说。

"别在这儿跟七爷耍贫嘴，外头热了，走，咱回屋，屋里头阴凉。"

老七头儿扭身向祖师殿一侧的偏院走去。九路车随后紧跟，说道："刚才听六如爷爷说，今儿个正好是黄道吉日，小九儿进祖师殿给咱祖师爷上炷香！"

"你个臭小子，倒是真不拿自己个儿当外人。"

九路车继续有意讨好老七头儿，殷勤中格外地透着亲热："七爷，大前儿个的事儿，您想不想知道啊？"

"大前儿个的什么事儿？"

"太平街上的事儿呗。"

"太平街上什么事儿？"

"七爷都忘啦？在城西南把角儿的八瞪眼戍楼上……那晚儿月亮好大，七爷您兴许是喝多了，攥着我的手腕儿，一个劲儿地说'是男孩儿，是男孩儿'。"

"不是你说的，就是生了男孩儿，也犯不着把房子给点了呀。"

"嗐，我要说的是——"九路车索性站了下来，着急地跺着脚，

"都打探清楚了,一条街东西两头儿,一家放花炮,一家着大火,生的都是男孩儿,说来也是奇巧,两家的孩子又是同时落生的。"

走进偏院的老七头儿,骤然停住脚步,回过身来,瞪大了双眼,注视着跟在后面的九路车,脸上现出一种迷惘的神色。

第 九 章

　　掌灯时分。闹市通衢，商铺鳞次，店肆栉比。街面上商铺前挂起的灯笼幌子虽说是远近高低各有不同，但在同一刻都亮了起来，一派万家灯火景象。

　　在街市纷扰喧嚣的光影里，人群摩肩接踵，熙熙攘攘……

　　又是掌灯的那一刻，也是正儿八经上人的时光。天颐轩茶楼内人来人往，闹闹哄哄。提着茶壶专司斟水的茶房伙计小臂上搭着手巾板儿端茶递水儿地穿行在楼上楼下的茶座间。

　　店堂大门口显眼的地方，支着一副水牌架子，架子两面贴着洒金地儿的大红纸，一笔端正乾隆广格体，笔饱墨酣，字大形方，红纸黑字赫然入目——

　　　　特请五城弟子随意消遣戌时《西厢记·佳期》红娘昆山集雅班五旦头牌九岁红

　　店掌柜曾盼站在店堂门口，正在吩咐伙计在茶楼门口一遍一遍挥洒清水压热生凉。童麒岫带陆麒铖走来，店掌柜曾盼抬眼看见童、陆二人，赶忙上前招呼，拱手为礼："哎哟，童老板，您可来了，楼上请。

楼上三位老板说就等您的大驾了,茶都泡好了,用的可是玉泉山的水哟!"

童麒岫向店内张望了一下,用手指着立在店堂门口一侧的水牌,问道:"曾大掌柜,您是真人不露相啊,从昆山都能把角儿邀来?"

"童老板,您也是太瞧得起小的了,我哪有这能耐呀!"曾盼伸手肃客。一路说着,在前略微侧着身子陪童麒岫二人顺着木栏杆楼梯向二楼走去:"是昆山来的爷孙俩儿,投班不合,'报庙'这事儿,人家班子里自然就不管了。不承想那老祖父突然病倒,一晃儿有半年多了,住在李铁拐斜街把口金掌柜的客栈里,天天请郎中带抓药的,谁知病得越发沉了,把回南的盘缠钱都花光了。客栈金大掌柜的那天来喝茶,说起这事儿。那姑娘戏唱得好,年已及笄,尚无姻好。唉,出门在外是真不易,救急不救穷,咱就帮衬一把,又好说歹说请了老几位文武场上的名票来帮场子……这姑娘虽说是长得好模样儿,但也得照规矩来不是,头三天摆场子白唱,唱得好,上人了,今儿个就是第四天,她爷孙俩儿愿意留下,咱就和她商量'住一转儿'的事儿……回头您给听听,水磨调的冷唱,南昆的正宗正味儿!"

跟在童麒岫身后的师弟陆麒铖顺嘴搭了腔:"掌柜的,前一向,不是成连喜班一个唱花旦的小彩五在您这儿霸着这清音桌吗?"

"哦,小彩五要倒仓了,得护着自己个儿那嗓子不是?就辞了'转儿'。"

"掌柜的仁义,生意必定大兴隆。"童麒岫由衷地说着恭维话。

"谢童老板吉言,打从小的爷爷那辈起传下来就是这座唱清音的茶楼,除了茶座还有一副清音桌。祖上定下的死规矩,嗓子唱破没人管,酒肉不准卖。您说,谁喝茶非得坐在我这儿喝?人家坐在家里喝比坐在我这儿喝舒坦随意,来天颐轩也就是图个消遣。可是小的总得想个法子,得把这四九城里遛鸟的、喝茶的都给逗拢过来,热闹的也得有点意思不是？"

曾盼侧着身子举手肃客，继续说着话，将童麒岫师兄弟二人让到茶楼二楼雅间。

四折扇的竹制屏风立在门口，内外有别，显得雅致。外面走廊上过往的客人是只见屏风不见人。雅座其间一水儿的硬木八仙桌椅，北墙上挂一幅大挑山，陆羽树下与两小童啜茗的水墨画像；左右一副苏体行书的楹联——坐客皆可饮，鼎器手自香。

地当间儿大圆桌一张，铺着绣满吉祥图案的桌布，圆桌上摆满了天颐轩自制各色茶点小吃。

京城四大傀儡戏班子的班主们应三义班班主凌子甲之邀，如约而至，大家围桌而坐，正在闲话。店掌柜曾盼亲自率领着茶房伙计为众人上茶。

每人面前一盅用碟儿托着的盖碗茶，茶具看上去颇为精美，碗壁是手绘瓜瓞绵绵图案。凌子甲再次起身，表情郑重地双手连碟带茶碗端了起来，趋向童麒岫："童老板，今儿个兄弟们只好以茶代酒，敬童班主喜得麟儿，贺京城百年老班金麟班又添新丁！"

众人纷纷起身附和，端茶道喜。

童麒岫再次起身拱手抱拳："谢谢各位老板……待犬子百日，兄弟做东，宴请诸位！"

放牛陈凑趣："到时啊，干脆我们三个班子都去你府上堂会，再打场擂台戏岂不更好！"

众人哈哈大笑起来。凌子甲又一次起身请大家饮茶品茗。

茶楼大堂，此刻小茶房吕正来为老主顾们端茶递水忙活得紧，猛然间就像心有感应似的抬眼看了一下大堂门口，不早不晚地大摇大摆地进来了几个人。吕正来心里不由得"咯噔"一下，进来的这几位爷虽说不是常客，吕正来大都还是认得的。

走在最前面的那位面庞清秀、手中折扇轻摇、身着贵公子服饰的是恭亲王府大贝勒载澂、他的身后跟着庄亲王奕谌之子载泊、蒙古郡王车林端多布之侄鄂多林台、户部尚书宝鋆之子景沣。这几位爷看上去年龄不大岁数相仿佛，一水儿的锦衣华服一派浮浪子弟模样，末尾还跟着一位穿着长衫的人。这位爷年届四旬，中等身材微胖，走路一副角儿的做派。难怪小茶坊吕正来不认识，此人是恭亲王府家班全福班总教习孟楞香。

吕正来看见载澂一行人走进大堂，立即迎了上来，脸上讨好地笑着。他走到载澂跟前儿，弯腰屈膝应付差事似的给载澂请了一个安："大爷您吉祥，几位爷吉祥。前面正中的两副好座儿早就给您几位爷留着呢，您先坐下歇口气儿，小的这就给您沏茶去。"

吕正来举手肃客，猫着腰侧着身头前领位。

"今儿个怎么茌儿啊？没见人，九岁红不唱啦？"载泊急着问道。

"哪儿能呢，人早就来了，估摸这前儿正扮头面呢，爷请先落座，小的这就给您催催去。"吕正来说完，转身即去，溜之大吉。

正对着小台式戏台清音桌不远处，顶在前面正中的两副座头，两张四方听戏桌，转圈儿六把罩着椅帔的四出头官帽椅，显得与四下里其他的散座桌椅殊为不同。载澂几个人分主次款款坐了下来，孟楞香垂手侍立一旁。

载澂伸出折扇捅了一下孟楞香："孟师傅，你倒是坐下啊？"

孟楞香局促地说："大爷在，小的哪敢坏了规矩。"

"你站在这儿，挡了后边的人听戏，得，今儿个爷赏你坐下。"

"谢大爷赏座。"孟楞香躬身一揖，说完，双手搬过一把椅子，坐在了载澂的后边儿。

载澂环顾着大堂，扭脸向着大堂门口张望。

孟楞香屁股压着椅子的边儿，身子向前探着，俯身在载澂椅子的后面，小声嘀咕着："大爷，您别着急，估摸着柳管事他们也该到了。"

正说着话儿，大堂门口出现了三个人，其中一人是恭亲王府家班全福班管事柳朝晋。柳朝晋和那跟来的两个人低声耳语了几句，二人点头称是，等在了门口。

柳朝晋一人躬身径直向载澂坐处走来，走到载澂跟前，蹲身请安。

"起来说话儿吧。"

"谢大爷。"柳朝晋起身后俯向载澂耳边，悄声说，"精忠庙跟来了两位管事的，现在门口候着呢。"

"都问清楚了？"

"回大爷的话儿，今年春上南边的那场瘟疫，九岁红披了重孝，她爷爷送她来京城投奔她舅舅，结果是大水冲了龙王庙。"

"嘿，这话儿听着怎么有点儿别扭啊……是亲舅舅吗？"

"是亲舅舅不假，是她舅舅新娶的二舅母北昆集芳班头牌蓝红玉容不得她。"

"'娘亲舅大'这话是谁说的？他娘的以后谁说这话就掌谁的嘴！"

"她舅舅给她爷孙俩儿封了包银子，打发他们回南，九岁红顺手接过来把银子摔在了地上，拉着她爷爷转身就走。那北昆集芳班班主沈芳城亲口对小人说，'报庙'这事儿集芳班压根儿就没管。"

二楼雅间，京城四大傀儡戏班子的众位班主喝着茶，谈话渐渐热烈起来。那茶也就由清浅喝到浓酽，喝茶的人都知道功夫到了，七碗受至味，一壶得真趣。

"今天请诸位老板来此品茗，兄弟实有几句肺腑之言，不知当说不当说？"凌子甲看上去神色有些犹豫，环顾在座的众人。

座中几位老板无不欣然，摆出一副洗耳恭听的架势。

凌子甲伸手从身上摸出了一只红玛瑙的鼻烟壶，捏在手里转动着，抬起眼来说："三日前，咱们四个班子进王府打擂台戏……承蒙王爷抬举，许了一个大彩头，俗话说得好，'同行是冤家'，五行八作是概莫能外。各位老板心里也都跟明镜儿似的，真正的彩头不是那晚东宫赏下来的那枚玉扳指，各班为的是那挂四品职衔的精忠庙副庙首这一真正的大彩头。事儿到跟前儿，任谁也是一底一面，各位老板嘴上不说，心里头也是由不得自己个儿都想张罗张罗。我们兄弟三人今天做东，请各位老板来，是想打个商量，这四九城的大家是台上不见台下见，但有一宗，咱们兄弟班子之间的和气千万不能伤了不是？"

放牛陈旋即接言道："凌老板这话说得在理儿，有仁有义。"

凌子甲抬起手来示意让自己把话说完："那天宫里头的安大总管来梨园传两宫口谕，结果是七个八个，又哪里想着皇上微行出来看咱们的傀儡戏呢……"

高月美插话："凌老板说的是，不然的话还真是不知道当今圣上也喜欢看这傀儡戏。"

凌子甲趁空儿呷了一口茶，接着说："估摸着这打擂台戏的事儿，还不能算完……这里边可是还有一宗……"

放牛陈急于听到实情，忙道："哎呀，凌老板，您有话请直说，都是兄弟，您这啰啰唆唆半天，真拿我们哥儿几个当外人啦？"

凌子甲旋开那只鼻烟壶小巧的玛瑙盖子，磕出一小撮鼻烟在手背上，扪进鼻孔，随后"咚"的一声，将红玛瑙的鼻烟壶蹾在了桌上，略等身上舒缓后说："诸位老板都知道，咱这行里有两句话：'男怕《金钱豹》，女怕《红佳期》。'说的就是金麟班那两出镇班的大轴子戏，这两出戏码无论傀儡的做工，套着的行头，操纵命杆儿时的手眼身法步还有配着的唱腔，正格儿的是人偶合一，炉火纯青，那是无一不精，无一不绝。说实话,其他班子也就剩下拍巴掌叫好儿的份儿了……咱这行里的都清楚,甭管男女,从刀工雕活儿到唱念做打,只要能拿下来这两出戏的其中一出,他就是角儿,也就成了名,这是公论……童老板,您看兄弟说的可是实情?"

童麒岫向着众人连连拱手:"大家抬举,大家抬举,凌老板奖誉太过,实在是言重了。"

凌子甲将身子向后靠了靠,贴在椅背上,仰起脸来说道:"王爷说话那就是吐沫钉钉儿,咱这四个班子的擂台戏还得打,那日在庄亲王府里王爷点了名要看《金钱豹》《红佳期》,童老板就是有心回护其他班子的兄弟,那也是不能够了。这两出大轴子戏一登台,铁定拔头筹……不如我们四个班子今儿个就在这里把这事儿议定下来,公推金麟班为精忠庙副庙首……"

"此事万万不可,万万不可!"童麒岫一听这话,坐不住了,连连摇手,急急打断凌子甲的话,"王爷有言在先,四个班子打擂台戏,这里面有番公正的意思,倘若日后诸位老板中有谁荣膺副庙首,兄弟一定追随左右。"

众人听后,相互目语,脸上现出有些不解的神情。

童麒岫一声轻叹:"其实,今日之金麟班已非往日之金麟班。"

凌子乙急不可待地问道:"童老板,何出此言,莫不是有什么难言之隐?"

"人人头上一方天,家家一本难念的经。"童麒岫略停一停,又叹了口气,"诸位老板实不相瞒,在下的师妹虞麒煲沉疴病榻近一年之久,许是她那病太拿人了,终是想不开,那晚趁着屋里头没有人,自己个儿把那屋子给点着了……"

高月美站起,神情肃然,向着童麒岫、陆麒铖二人拱手一揖:"啊?还请童老板、陆师兄节哀顺变。"

放牛陈瞪大了双眼，说道："日前只是听说那晚醇亲王府那条街上走了水，不想却是府上。"

童麒岫霍然起身，端起茶碗："兄弟在此谢谢各位老板的抬举！这日后恐怕也要拂了庄亲王爷的美意，金麟班能唱《红佳期》唯在下师妹一人，现已西去……老话说的是，福无双至，祸不单行。能操演《金钱豹》的在下的大师兄慕麒涵家中有事，回老家青城山已经走了近一年了，至今音讯杳无，班子里也已派人去四川打探，一晃儿小半年过去了，也是泥牛入海……"

突然，婉转清亮的笛音从一楼大堂响起，一楼大堂的喧嚣一刹那间沉寂下来，继而，伴随着场面上拍挨冷板，撅笛挡筝之声，轻柔婉转的唱腔萦回于耳。

小台式戏台清音桌前，九岁红登台开唱，调走"凡字"，曲牌〔十二红〕。

"小姐小姐多丰采，君瑞君瑞济川才，一双才貌世无赛……"

一刹那间众人也是屏住气息静听起来。

站起身正在向各位班主道济的童麒岫听着唱腔，如听纶音佛语，心中猛地一喜，端着茶碗的手不由得震颤了一下，为了掩饰，童麒岫顺势坐了下来，将茶碗轻放在了桌上。

陆麒铖听着唱腔，竟也不由得脱口而出："啊，师姐？"

童麒岫用一种疑惑征询的目光望向陆麒铖，说出话来，大有赞赏之意："唔，启口轻圆，收音纯细。"

坐在大圆桌对面的凌子丙颇有深意地看了一眼大哥凌子甲，凌子甲也被陆麒铖无意间的自语所提醒，目光恰巧也望了过来，凌子丙与凌子甲的眼神会心地碰在一起。

"……堪爱，爱他们两意和谐。一个半推半就……"

九岁红头上贴额,坎肩彩裤,系着腰巾,步履蹁跹在大堂清音桌小台式戏台上。她扮演的红娘眼波流转,身段袅娜,娇俏可爱,体状之工,令人目往神移。掌柜曾盼特请前来帮场子的场面上的六位名票坐在一侧,手中曲笛、檀板、荸荠鼓、曲弦、琵琶、小锣、笙样样俱全。

正对着小台式戏台不远处,顶在前面正中的两副座头,四方桌上几碟干鲜果品、茶壶茶碗。载澂几个人围桌而坐,言谈举止轻浮暧昧,意甚狎亵。

景沣油腔滑调:"贝勒爷,您看如何?兄弟昨儿个来是初见惊艳,今儿个又来还是接茬儿的惊艳!"

不知为何,此刻载澂脸上不见了那种轻薄暧昧之态,暗暗颔首,兀自不错眼珠地盯着台上的九岁红,说道:"含英咀华,惊起梁尘,满口余香,色授魂与……远胜颠倒衣裳,孟教习,如何?"

坐在载澂身后的孟楞香俯身向前,小声说道:"回大爷话,九岁红妙质情深,歌音清亮,唱作……应是上上乘之选!"

景沣面有得色地说:"真是可人意儿,贝勒爷,兄弟眼力还可以吧?"

载洎唯恐自己落于人后,说道:"大哥,什么叫秀色可餐?兄弟今儿个才明白过来,八大胡同的那些粉黛,哼,就是都算上撮到一块堆儿,也就是个屁呀。"

载澂斜乜着眼,隔桌向着车王府的贝子鄂多林台打哈哈:"这回全福班可就有了当家花旦,小鄂子,看你们车王府的家班还嘚瑟个什么劲儿?我家的那个曲本你就死了心别再惦记啦!"

"大贝勒爷,九岁红可还在台子上唱着呢。"鄂多林台连碟带茶盅端起向着载澂举了举,不矜不盈地说着,"等您真弄到手了,咱两府的家班再'轧戏',到那时,兄弟再服软儿也不迟。"

这时,与孟楞香同坐在载澂身后的柳朝晋小声地提醒载澂说:

"大爷,别的先不说,王爷定规下的……怡神所院里进新人必报王爷知道……"

"别听我阿玛的,王爷也就那么一说,管什么管,朝廷里的事儿阿玛还管不过来呢。"

"保不齐王爷真要是治下罪来……"

"天塌下来,本大爷一膀子扛!"

柳朝晋起身向大堂门口走去。

第 十 章

"……一个又惊又爱，一个娇羞满面，一个春意满怀，好似襄王神女会阳台，花心摘，柳腰摆……"

楼下大堂笙笛齐奏，九岁红扮演的红娘，一唱三叹，顿挫疾徐……

京城四大傀儡戏班子的各位班主坐在二楼似乎也被一楼大堂九岁红的唱腔所吸引，如闻花外娇莺，大家面面相觑，脸上现出讶异赞许的神色，对于刚才打擂台戏争当副庙首的话题，此刻已是觉得意兴阑珊。

天颐轩茶楼掌柜曾盼亲自上来为众位老板斟茶倒水，嘴里还在絮絮叨叨地说着话："九岁红来京城投奔她娘舅，就是咱京城北昆集芳班班主沈芳城，不想她娘舅新娶的二舅母是集芳班头牌旦角儿蓝红玉，得呵，南北的角儿碰在了一块堆儿，又差着辈分儿，自然是不能容她，那九岁红原想着就回南了，不想送她来的老祖父病倒在客栈……"

"咚咚咚……"一阵脚步声响，小茶房吕正来急急走了进来，"掌柜的，您快去大堂招呼招呼吧，西草市的精忠庙来了两位爷。"

曾盼手里忙活着，头也没回："废话，来咱这儿的全是爷，只有先后，没有贵贱，没看我这儿正忙着呢……要你们干吗吃的？"

吕正来急急说道："那……那二位爷不是来喝茶的，吵吵着要和掌柜的去升平署管理精忠庙事务衙门见官评理。"

"哎哟喂，这是哪炷香没烧好哇，诸位老板少陪了。"曾盼赶忙将水壶交到吕正来手里，抽身就走，右手提起大褂前襟，气急神慌地快步下楼。在座的众人也纷纷起身跟了出来，大家站在二楼栏杆前，向下观望。

一楼大堂，九岁红的演唱停了，满座哗然，一片嗡嗡声顿起。楼上楼下喝茶的客人们纷纷交头接耳，七嘴八舌地吵吵着，一门心思要一探究竟。

京城里老少爷们儿看热闹不怕事儿大的那股子劲儿眼瞅着又上来了。

九岁红站在小台式戏台的清音桌前，不知所措。

阿玉护主心切，有些着急地从后面跑上来，站在九岁红身旁。

精忠庙进来的那两位管事一个坐一个站好整以暇地等在那里，年长者秦二奎跷着二郎腿坐在小台式戏台前的一把椅子上，年轻一点儿的马化龙叉着腰，拧着眉站在一旁。

掌柜曾盼绕过茶座，猫着腰一溜小跑来到跟前儿，双手一拱，人未开口说话，脸上早已堆满了笑纹绺："小的就是掌柜曾盼，不知二位爷有何见教？"

老话儿说得好，扬手不打笑脸人，马化龙脸上紧绷的神情渐渐放松，说道："掌柜的，在下马化龙，这位是咱精忠庙管事秦二奎秦爷。"

"噢，是秦爷，久仰，久仰。"曾盼朝着正在跷着二郎腿的秦二奎连连抱拳作揖。

"掌柜的，这九岁红犯了梨园行的行规，没有'报庙'，那是不准唱的，还不赶紧着让她回避了？"马化龙适时找补了一句。

曾盼如实辩解："二位爷，这九岁红……她可没去戏园子唱不是？"

阿玉嘴快，秀目圆睁，一句不让："敢情京城的戏园子都带着茶楼？"

跷着二郎腿坐在椅子上的秦二奎腾地站起身，开口说话带着一副唱花脸的架势："国有国法，行有行规，没有'报庙'，甭管是谁，甭管在哪都不准唱！"

曾盼抬头吩咐站在左近伺候着的吕正来："正来子，我说你别跟个木头桩子似的杵在那儿呀，快给二位爷上茶去，两碗六安瓜片。"吩咐完吕正来，朝着秦二奎又是抱拳一礼，"秦爷，您赏脸，抬抬手，小的低个头也就过去了，打从今儿个起，天颐轩免您二位爷半年的茶水钱……"

"升平署管理精忠庙事务衙门的茶水钱您也都能给免了吗？您得跟着走一趟管理事务衙门，哼哼！这茶水钱能不能免，到了那儿您自己个儿得跟堂郎中说去！"

"秦爷，这四九城的低头不见抬头见，容小的再说句话，法大大不过人情，九岁红来咱京城投班不着，原本搭条船就回南了，不想她那老阿公病倒在客栈，盘缠钱又都花光了，小的知道了，也就是帮衬一把，借这地儿，让她爷孙俩儿挣个回家的盘缠钱……满堂满座的老少爷们儿们，怡情之余，撒几个功德钱……"

"嘿，掌柜的，您这说的怎么比梨园行里唱的还有板眼呢，咱们可是管不了那么多，也没法子管，一码归一码。听您这话儿里话儿外的，也是实情，今儿个我就给您个面子。认打呢，您明儿个跟我们去趟管理事务衙门，人呢，今儿个我们先带回衙门候着您；认罚呢，官银五十两，找个班子替九岁红'报庙'具保。"

"秦爷，小的先谢谢您赏脸，就是找戏班子'报庙'具保，您也得容小的瞅个空儿不是。"

"我说掌柜的,您就别弄这么多的哩根儿嚷儿了,就是眼下,您要是没辙,咱就一块堆儿地奔衙门。"

正对着小台式戏台的不远处,坐在前面正中的两副座头上的载澂,回过头瞟了一眼坐在身后的柳朝晋。

柳朝晋会意,离了座儿,起身来到秦二奎面前,当胸抱拳,浑然装作不认识的样子,说道:"秦爷,在下恭亲王府家班全福班管事柳朝晋,今儿个我家大爷来喝茶,刚才您和掌柜的话赶话说到这儿,我家大爷听见了。"话说至此,柳朝晋转脸望向曾盼,"掌柜的,您刚才那话儿说得在理儿上,四九城的低头不见抬头见,我家大爷准了,'报庙'具保这档子事儿归恭亲王府全福班了,您看可好?"

曾盼不及细想,形格势禁,此刻,事情让人给挤对到这儿,死马权当活马医,心里着急,赶忙说道:"啊?真是高攀了,贵班如能'报庙'具保……那……那还有……"

柳朝晋未等曾盼说完,一抖手拿出两张银票递给精忠庙管事秦二奎:"秦爷,这是四大恒钱庄即兑即付官银五十两的银票两张,一张是罚银,您收好,另一张是犒劳二位的。我家大爷说了,日后还有求秦爷照应的地方呢。"

"谢大爷赏。"秦二奎躬身冲着载澂连连拱手。揣起银票的秦二奎回过身望向站在小台式戏台前的九岁红,说起话来倒是一本正经:"九岁红,恭亲王府家班为你'报庙'具保,你听仔细了,凡七行七科的伶人,'报庙'具名行当后,须凛遵规定,不许鱼竿钓鱼、不许在班撕班、不许临场推诿、不许作奸犯科、不许串行演戏,凡违反行规者,革除梨园。如果愿意,签了'报庙'的具结承班单子,你跟人家走,今儿的这档子事儿就算结了,你可是愿意搭班?"

九岁红顾盼左右,乞怜无助的眼光注视着曾盼,向前胆怯怯地移动了几步:"掌柜的,麻烦您替小女子问问,倘若小女子跟了去,小女子的阿公可否一同……"

曾盼未等九岁红说完,朝着柳朝晋又是拱手一礼:"柳大管事,烦请您跟您府上大爷回禀一声儿,九岁红还有个爷爷她得带着……"

柳朝晋嘿然一笑:"掌柜的,不用回禀,您是真糊涂呢还是装糊涂?我家大爷看上的可是九岁红。至于家眷的事儿,别说王府的家班规矩大,我看甭管哪个班子也是没有管的。"

九岁红一听,未等柳朝晋说完,敛衽一礼,道:"掌柜的,实在是给您添了麻烦,谢谢诸位大爷的好意,九岁红明日就带阿公回南。"

秦二奎揣着恭亲王府赏下来的银票,想着这趟能够巴结上恭亲王府的差事,心里正在暗自得意,不提防遭到九岁红峻拒。秦二奎一下子有些着忙:"如此说来,九岁红,你是不愿意搭班啦?"

"是,这位爷……小女子学艺不精,王府的家班更是高攀不起,这班子不搭也罢!"

坐在前面正中两副座头上的载澂,做梦也想不到这九岁红竟然如此不识抬举,心里的火立马就拱了起来。恭亲王府出面具保,居然不受,这个面子可是丢大发了。他慢慢起身,迈着四方步,踏上小台式戏台,踱到九岁红身旁,意态轻薄:"三张纸糊了个驴头——你好大一个面子,今儿这事儿,你是刚才赶上大爷我高兴,让你搭班,不承想,热脸贴了一个冷屁股,清音茶楼你不请自来,大爷府上的家班你倒嫌弃。别给脸不要脸,你就得跟爷回去,不然大爷我这面儿可是栽不起。"

阿玉挺身护住九岁红,气急地说:"从没听说过,人家不愿意去,还有强要人去的道理。"

站在下面的曾盼这会儿腾出了工夫,细一琢磨,猛可里明白过来,今儿的这事儿看来是糊弄不过去了,原本就是人家设的一个局,敢情是风流成性的恭亲王府的大贝勒看上了九岁红,非要染指不可。曾盼心中暗暗叫苦,江湖道义,世故人情,不由他不挺身去回护九岁红。曾盼一咬牙，一步踏上小台式戏台，来到载瀓面前，打下袖口，单膝着地规规矩矩地给载瀓请了一个安："大爷您吉祥，大爷您请息怒……"

"你给大爷上一边儿待着去！"

曾盼起身，用手拽了一下阿玉，示意她退下，免得吃了眼前亏。曾盼低声下气地继续为九岁红求情开脱："大爷您消消气儿，消消气儿，九岁红初来乍到的不懂事儿，明儿个小的带她去府上让她给您赔个不是！"

"少废话，大爷我等不到明儿个啦，来人啊，带九岁红回府！"

载瀓意在招呼随他而来的孟楞香、柳朝晋。谁知载瀓招呼伴当的话音还未落地，天颐轩茶楼大堂门口不知何事突然引发了一阵不大不小的骚动，喝茶的客人纷纷站起离座的桌椅板凳的磕碰声、不明原委的惊慌诧异的嚷嚷声搅作一团。

紧接着，八名挎着腰刀的衙役分作两边快步走进大堂，直奔小台式戏台而来，后面跟着进来的是顶戴花翎、大腹便便的顺天府尹李朝仪。

曾盼一看，心中着实吓了一跳，看来今儿个这事儿是真的扛不过去了，手掌心里捏了一把汗。坊间都知道恭亲王府势大，若不是眼下这桩事儿，还真不知道恭亲王府势大大到逆了天，府里的大贝勒就想把一个在茶楼里唱清音桌的小女子弄到手，居然可以动用顺天府衙门来伺候。此刻再不容曾盼多想，他躬身一溜小跑着迎了上去，赶紧着上前来应酬。

顺天府尹李朝仪二话不说，将上前来应酬的掌柜曾盼一把推开。

坐在茶座上起身看热闹的景沣大出意外地望向载瀓："哎哟喂，大爷，没想到您还动了真格儿的啦，怎么事先也不跟兄弟们说一声啊？"

"嘿，这事儿办得排场，耍得漂亮！"鄂多林台也站起身，朝着载瀓一抱拳，"这衙门真孝敬，来得还正是时候，得得得，大贝勒爷，兄弟服气啦！"

八名挎刀衙役站定后,已将小台式戏台团团围住。

满堂满座、楼上楼下瞬间安静下来,间或响起三两声压抑着嗓子的咳嗽声。

小戏台上站在九岁红身旁的载澍其实也被吓了一跳,真正是丈二的金刚——摸不着头。载澍不由得向外走了几步,逼近走了过来的李朝仪,问道:"李朝仪,你这顺天府尹不在衙门当值,你可真是勤儿得慌,本大爷没叫你来呀?"

顺天府尹李朝仪退后一步,抱拳在左,对载澍的诘问置若罔闻:"奉上命,立即锁拿大贝勒载澍!"

八个衙役蜂拥而上,不由分说,"喤啷"一声,将铁链子套在了载澍的脖子上,其中两个衙役架起载澍向外走去。载澍急得跳着脚硬着头皮仍在仗势怎么实儿地大声呼喝:"李朝仪,回头大爷我摘了你的顶子,你信不信?"

顺天府尹李朝仪只装作什么也没有听见,低头跟在后面向外走去,高声吩咐属下:"送大爷去养蜂夹道,好生伺候着。王爷在总理衙门还等着回话儿呢!"

顺天府尹李朝仪奉上命带人进天颐轩茶楼锁拿贝勒载澍,来得急,走得快,有如大夏天儿的雷阵雨,顷刻乌云满天大雨瓢泼,须臾云开日出晴空万里。

天颐轩满楼上下非议妄论声顿起,如同马蜂炸了窝,都说旁观者清,这次也头一回的眼看着是糊涂了,只剩下自己个儿一脑袋的糨子。事情来得突兀,顺天府尹李朝仪斜刺里打了一记横炮,随载澍而来的载泊、景沣、鄂多林台三人面面相觑,如坠五里云中,蛇又无头不行,也只有灰溜溜地悻悻然而去。

天颐轩恢复了往日的模样。

孟楞香冲着柳朝晋苦笑,擦着自家脑门上渗出的汗珠,说道:"柳管事，王爷怎么知道这档事儿的，甭管怎么说，这事儿玄得乎，还又透着那么点子邪性劲儿。"

柳朝晋倒还神色自若，看看左右，坦然说道："刚才听府尹李大人说，送大爷去的地儿是养蜂夹道，那可是关押三品以上大员的'火房'，住独院儿，不打不骂，还得好吃好喝伺候着。看样子闹的是王爷的家务事儿，咱们还是少打听。孟教习您就回班吧，我在这儿再渗渗，回头大爷出来，好歹也得给他个交代不是？"

孟楞香冲着柳朝晋一拱手，转身离去。

柳朝晋叮嘱站在一旁看傻了眼的秦二奎，说道："秦爷，在下刚才说的话想必您也听见了？"

秦二奎连连点头："是，柳爷说的话听见了，回头大爷出来了，好歹也得给他个交代。"

曾盼赔着笑脸走了过来拱手说道："三位爷，楼上雅间给拾掇出来了，您几位上去歇歇，喝口茶，用点儿点心？"曾盼抬手招呼九岁红，"九岁红，你也跟上去，给几位爷赔个不是……以后还得……"

"掌柜的，您就别米汤我了。"秦二奎一声冷笑，"不是我跟您较真章儿，大爷去的是养蜂夹道，不是刑部大牢，恭亲王府里闹家务，就是朝廷也管不着，大爷过几天出来了，我还得去回话儿不是？九岁红可是在您这唱的清音桌，放着恭亲王府的家班不搭，按行规，伶人无班则属来历不明不法之人，她不往好潮赶，秦爷我也没法子。咱闲话少说，还是一块堆儿的走衙门吧，您省心我省事儿。"

曾盼一见秦二奎依旧不依不饶，只得忍气吞声地哀告起来："秦爷，您看这过来过去话儿也说了大半天，估摸您口也渴了肚也饥了，您三位爷还是上去歇歇，有事儿好商量！"

秦二奎越想越来气，索性探手从怀里取出那两张银票，交还到柳朝晋手里："柳爷，在下无能，大爷吩咐下来的这趟差事没有巴结好，您得替兄弟多担待！"说完，为了找补面子，一步踏上小台式戏台，推开上来阻拦的阿玉，伸手要拉九岁红就范，"嘿，好你个九岁红啊，爷还真没见过，一个唱南昆旦角的，这脾气秉性倒是像铜锤花脸！"

九岁红拉着阿玉急躲……

大堂内猛然间响起童麒岫的一声断喝：

"住手！"

童麒岫声音虽不响亮，却有一种不容抗拒的威力，低沉的喝止声响起在秦二奎身后不远处。秦二奎不由得将伸出去拉拽九岁红的手缩了回来，扭回头看去。

京城四大傀儡戏班子的诸位老板不知何时来到一楼大堂小台式戏台前，由置身事外已成为事中人了。童麒岫在前，陆麒铖及其他几位老板在后。

满堂满座，楼上楼下的人们再次哄哄起来，争相观望。

曾盼抬眼一看是金麟班班主童麒岫，心中不禁大喜过望，暗忖，救星来了。

秦二奎一看来者人多势众，多少有些心虚，即刻吩咐站在旁边一直不吭声的马化龙："化龙兄弟，赶紧着跑趟腿儿去事务衙门，报说这儿的事儿不能自行解决，让衙门快点来人。"

马化龙稍有犹豫，转身举步就要向外走去。

曾盼见状，不由分说，举双手连推带劝地圈住马化龙将他按坐在一把椅子上，伸手拿过吕正来端来的六安瓜片的盖碗茶，塞进马化龙手里："马爷，马爷，不用劳动您的大驾，请您再候候！"

曾盼一扭脸望向童麒岫，抱拳连连拱手："哎哟，烧香的主儿来了，童老板，刚才小的就想去求求您和几位老板，这不是，一直磨不开身，抽不出工夫来，您几位看今儿这事儿——"

童麒岫一脸正色道："掌柜的，烦请您问问九岁红姑娘，如果愿意搭班，金麟班情愿为她'报庙'具保！"

曾盼一听，正中下怀，招手让九岁红来至面前，问道："姑娘，这是京城四大傀儡戏班子金麟班班主童麒岫童老板，童老板和其他老板有意为你'报庙'具保，你可愿意？"

九岁红一听，趋前几步，走到童麒岫面前，敛衽一礼，落落大方地说："小女子九岁红见过童老板！见过各位老板！"

三义班三班主凌子丙抢前一步扶起九岁红："姑娘请起，有童老板为你'报庙'具保，还有大家伙儿帮衬，尽可放心。"

九岁红热泪盈眶，望向童麒岫，突然双膝跪地，声音哽咽："小女子原名粟雅卿，艺名九岁红，昆山千灯人氏，小女子情愿搭班，望班主可怜我祖孙二人。"

童麒岫双手扶起九岁红，望向秦二奎，从袖中拿出一张银票，一抖手，递了过去："秦爷，这里也有一张四大恒钱庄即兑即付官银五十两的银票，算作九岁红的罚银。"

秦二奎实在是心有不甘，众目睽睽之下迫于无奈，只好伸手意意思思地接过银票。

童麒岫交付银票后作势后退一步，向着秦二奎拱手抱拳一礼，以示郑重："秦管事，在下金麟班班主童麒岫，承领搭班学生粟雅卿，系昆山千灯人氏，艺名九岁红，并非来历不明不法之人。自今日搭班后，倘有触犯行规等事，有金麟班班主童麒岫甘愿领罪，以上所说是实，请赐笔墨，当场具结！"

童麒岫话音刚落，满堂满座再次哗然。

第十一章

凌氏三兄弟从天颐轩茶楼散了约会往家走,在珠市口东大街上从大蒋家胡同南口直接拐了进来。胡同长有一里多地,在大蒋家胡同一侧的扇形地段里,有京城著名的会馆戏楼、果子市、布巷子、绣花街还有老冰窖。

胡同里屋瓦连片,槐树成荫。

远远望去,狭长的胡同里,一盏闪着微弱黄光的灯笼颤悠悠地向前移动着。远处断续传来的热闹市声,清晰可闻。凌子丙手中攥着灯笼杆儿,平端灯笼照着脚底下的路,脑子里却在想着半个时辰前在天颐轩茶楼发生的事儿,懊悔自己一念之差,不期然而然地竟让童麒岫抢了风头占了先。

莫之致而至者,命也。又有谁能知道自己对九岁红居然一见倾心。恨来无方,一股无端的恼怒直冲凌子丙胸臆,他恨完了载漪恨秦二奎,恨完了童麒岫恨自己,恨童麒岫多事,恨自己做事瞻前顾后,多有畏惧,错过了向九岁红示好的机缘。一路上胡思乱想,不经意间将灯笼杆儿垂了下来,纸糊的灯笼磕在地上,灯笼里面的烛苗熄灭了,四围一片昏黑。

黑暗中,凌子乙倒是目光如炬,仿佛一眼看透凌子丙的心思,多少有些嗔怪地说:"老三,想九岁红哪?赶紧着,再把灯笼点上啊!"

"算啦算啦,前面没有几步路就到家了。"凌子甲随口劝解,站定了脚步。

夜色昏暗中,凌子丙将灯笼交到二哥凌子乙手中,从身上摸出一盒"洋取灯儿","嚓"的一声划着了,重新点亮了灯笼。注视着蜡烛捻儿向上跳跃的火苗,凌子丙仍然沉浸在自己的思绪中:"二哥,您别说,九岁红那小模样,还真是让人惦记着……我……"

凌子乙重新将灯笼杆儿塞回到凌子丙的手里:"兄弟,真的要是看上啦,回家求你大嫂和二嫂,找人托媒给你说媳妇儿?"

三人继续向前走着。

"可远观不可亵玩焉,别往跟前儿凑了,那边厢还戳着个恭亲王府的大贝勒呢,谁能招惹得起?"凌子丙突然冒出了一句话,让人听起来,是一种无可无不可的自嘲式的喟叹。

"老三,你明白就好。"凌子乙不无关切地说,"你二嫂给你瞅了一门亲,女方住你二嫂娘家对门,姓富察,正黄旗人,听你二嫂说家道还算殷实,那姑娘长得十分齐整,就是脚大了点,她爹是善扑营的扑户,一等一的撂跤高手。咸丰爷驾崩那年,跟着醇亲王爷去过古北口,在古屯老镇半壁甸驿捉拿过肃顺,赏穿过黄马褂。"

凌子丙举起了灯笼,照亮凌子乙的脸:"二哥,谢谢二嫂。兄弟的意思是麻利儿地打住吧,两口子过日子,没有不叽咯不拌嘴的,万一哪天爹护闺女,找到门上来,别说咱哥儿仨了,就是再加上十个八个的也不够她爹摔的不是?"

凌子乙讨了个老大没趣,道:"嘿,你个老三,不愿意归不愿意,哪来这么多的片儿汤话?"

凌子甲从旁听不下去、看不过眼,略带责备地说:"老三,哥哥们还有你那两位嫂子也都是惦记着愿意你早日成个家嘛,大吉片儿的房子一年前就给你置办下了,你大嫂背后老是嘀咕,你也老大不小的了,总这么里外院儿的跟哥嫂住着,终归不是个事儿啊。"

长嫂比母,这话真是不假,凌子丙自小可是大嫂一手给拉扯大的。对大嫂,凌子丙是当娘看待的,事无巨细,家长里短,从不说一句忤逆大嫂的话。提起大嫂,凌子丙是一点儿脾气都没有,讨饶般地说道:"得,得,兄弟在这儿给两位哥哥赔个不是还不成吗?玩笑话何必当真,成亲事咱以后再说。刚才在路上,兄弟一直在琢磨,在天颐轩,瞧那金麟班的童麒岫,一股子豪气干云假模假式的样儿,揽下了为九岁红'报庙'具保的这档子事儿,乍一看是仗义之举,救人于急难,甭管怎么说,兄弟总觉着童麒岫在这件事儿上还是有一些不尽不实之处。"

凌氏三兄弟一路上闲磕着牙说着话就到了家。

高台阶的两进四合院,宅子外墙磨砖对缝,规规矩矩。门口有石礅儿一对,如意门上一副髹漆楷书的门心对——瑞日芝兰光甲第,春风棠棣振家声。

这就是三义班班主凌子甲的宅院。凌子丙虽说弱冠之年已过,眼下尚未成家,仍和兄长凌子甲一同居住在此。老三住前院儿,隔着一道垂花门,老大住二进院落,正房三间两旁带耳房,左右厢房,有回廊直通后院。

后院有枣树数棵,泡池一围,高于地面两尺,长宽各丈余,上面苫着苇箔竹帘;沿北墙一溜七间平房,是班子里制作傀儡托偶的木刻作,青泥瓦顶绿门窗。

院落里静悄悄,一盏气死风的风灯吊在院中的天棚下照着亮儿。

上房檐下挂着一张笼内没有鸟却一提溜儿俱全的老竹子鸟笼。笼子的竹条泛着深红颜色,整个鸟笼早已上了一层包浆,看得出是个老物件儿。

大三间的北房宽敞洁净。北墙前的条案上,一只紫檀木的底托、紫檀木的框架、见棱见角的大玻璃罩内,供奉着一尊大个儿、扎着两只小辫的祖师爷喜神的木刻彩像，造像面部表情似笑非笑，细腻生动，彩像设色鲜艳，活脱就是风俗年画中的一个大娃娃。

条案前，支起一张圆桌，凌氏三兄弟围桌而坐。凌家大奶奶带着丫鬟正在桌前整治酒菜。凌子甲顺手接过凌家大奶奶递过来的酒杯，说道："去请后边儿木刻作的泉师傅过来一坐。"

"哦，天擦黑时，泉师傅自己个儿出的门……逛街去了吧……"

"你也真是的，怎么就不打发个人跟着呢？"凌子甲有些嗔怪凌家大奶奶，"这黑灯瞎火的，万一出点子事儿……"

凌家大奶奶答道："哪回出去，哪回都跟他连说带比画地要跟个人陪他去。人家泉师傅也是客气，连哇啦带摆手不要人陪。他也就是逛逛街，不是去东边儿玄帝庙烟市，就是去下二条胡同龙岩货栈买点子能呛死人的烟叶子，说不定正往回走呢。"

凌子丙拿起酒壶探身为二位兄长斟起酒来，劝慰道："大哥，您别埋怨大嫂，泉师傅一个能听不能说的半语子，能出什么事儿啊？再说泉师傅在咱家的年头也不算短了，哪回不是好好回来的？好啦好啦，大哥，咱们先喝着。"

凌子甲端起酒盅，自顾自地一饮而尽后又说道："我刚才寻思了一路，庄亲王爷许下的精忠庙副庙首兼管三班一职，那是任谁也得动心啊……今晚在天颐轩，金麟班为九岁红'报庙'具保，难怪刚才老三在路上也说，怎么看也还是觉得好像多着一层意思呢……"

"还能有什么意思？莫非童麒岫看上了九岁红，想娶她做妾？"凌子乙夹起一筷头子的海蜇皮，放进嘴里，"咯吱咯吱"地边嚼边说，"童老板自己个儿不是也说，他金麟班那两出压场的大轴戏真的没法子唱了，大家伙儿仁至义尽公推他当副庙首，他不干，咱们让到是礼儿。大哥，他不干，你干不就结啦？"

未等凌子乙话说完，凌子甲手拿筷子指点着凌子乙说："你懂个屁！咱们班子的戏码硬不过人家，你就是当上了副庙首，能服众吗？"

凌子丙似有所指地说："大堂上九岁红开嗓儿一唱，金麟班陆师兄脱口那一声'师姐'，可是赞那九岁红唱得好，兄弟听得清清楚楚。"

凌子乙随声附和："那声'师姐'我也听见了，这九岁红唱得是珠圆玉润，还真不白给。"

凌子甲端起酒盅，凑到嘴边，一副要喝不喝的样子，一边儿想着什么一边儿说："童麒岫他师妹不在了，碰巧来了一个九岁红，虽说是隔行如隔山，这九岁红连命杆儿是什么都不知道，可这金麟班压根儿就用不着她动傀儡一指头，可以就和着她的唱……"

凌子丙接过话来说道："让九岁红'钻筒子'！"

"这就对上茬儿了不是？"凌子甲一仰脖儿，一口咽下了满满一盅酒。

"好一个童麒岫，拍着胸脯，跺着脚，真江湖假仗义，落着好儿地圈住了九岁红。"凌子丙心有不甘地说，"难怪分手那前儿万喜班的放牛陈在我跟前嘟囔了一句'这买卖太上算了，名利双收'。"

凌子乙却大不以为然，紧接着说道："呵呵，大哥，你和老三小心眼儿了不是，童老板推辞不做副庙首那时辰，一楼大堂的九岁红还没开唱呢，模样俊丑唱腔的好坏大家伙儿在二楼，任谁也是不知道，大哥，如……如果九岁红不来咱京城呢，还在昆山……"

凌子甲为自己和老二将各自面前的酒盅斟满了酒后，不疾不徐地说道："老二，你是想说，九岁红不来京城，到时候他童麒岫还不知找谁到'关防'那儿坐着去？"

凌子乙点头道："没错，所以兄弟觉得童麒岫在这件事儿上实话实说，还不算欺人。"

凌子丙一声冷笑："二哥，他童麒岫跟大家伙儿玩儿蝎勒虎子呢，这个不在了，那个又走了，等到升平署让四大傀儡戏班子的擂台戏再开打，您就等着吧，他金麟班一准儿的当家坐庄！"

"老三，这大晚上的，你说话糊弄鬼哪？"

"二哥，咱这行里可是有说金麟班的那两句话——"

"男怕《金钱豹》，女怕《红佳期》。别说二哥了，就连王爷都知道，那晚儿在王府梨园，说实话，王爷已然点了名儿要看金麟班这两出大轴子戏，可巧宫里头的安公公来传旨，虽说是搅了皇上看戏，可也救了他童老板，当时呢，他是不知道府上走了水，可他师妹病重，无法起身跟过来坐'关防'配唱，这可也是实情。你是说他犯鸡贼，我看未必，他师妹没了，师兄又音讯皆无，他还要坐庄？"凌子乙说完，端起酒盅来也是一仰脖儿，一口咽下了满满一盅酒，自诘自问间猛醒，"他要坐庄……除非他手里还扣着一张牌！"

"二哥总算是想明白啦！"

"你说我想明白了，我自己个儿的都没想明白我明白什么啦？"

"他童麒岫手里还有一张牌！金麟班里还有一句话！"凌子甲一字一顿地说道。

"啊……金麟班里还有一句话——"凌子乙看看凌子甲，又看看凌子丙，"什么话？"

凌子甲没有回答，慢慢拿起面前的酒盅凑到嘴边儿上"嗞"的一声嘬了一口酒。

凌子丙仿佛没有听见他二哥的这句问话，伸手夹了一筷子的酒菜送进了自己的嘴里。

屋外传来了胡同里卖散酒的小贩从西往东走着的清亮的吆喝声："爱喝不喝，就是凉水多！"

从街面上隔窗望进去，茶楼内仍然是灯火通明，人声鼎沸。

茶楼门口水牌前，已经卸了头面的九岁红弯腰坐进一乘软轿中。阿玉守在轿旁。

掌柜曾盼向着童麒岫拱手为礼，款款说道："童老板古道热肠，安宅正路，令人感佩不已。小的真替九岁红姑娘高兴，小的替天颐轩也有一个不情之请。"

"掌柜的但说无妨。"

"九岁红搭了贵班，可喜可贺……只是可怜了小的茶楼清音桌。"

"好说，好说，只要九岁红姑娘愿意，就先在掌柜的这儿唱着，方才的事，不足为虑。那个秦管事好像忘了自己好歹也算是梨园行的人。"

"谢童老板仁义，照顾小店生意，小的会尽快再去邀角儿请人。"

"掌柜的，时辰不早了，兄弟就此别过。"

童麒岫转身从袖中又摸出一张银票塞进陆麒铖手里："师弟，送九岁红姑娘先回客栈歇息，顺便将所欠客栈的挑费全给开销了，明儿的事儿咱们明儿再说。"

夏夜的风吹拂在脸上，酥软沁凉，风中掺杂着一股淡淡的水草河腥味儿，正是从南护城河上飘过来的。

陆麒铖手中提着照路的纸灯笼，跟在软轿一侧，随着轿班步履的节奏不快不慢地走着。陆麒铖一侧软轿小窗口的遮帘打了起来，露出九岁红姣好的面容，她有些羞涩地说道："真是不好意思，今夜劳动陆师兄了。"

"姑娘说的哪里话，这是班主吩咐的。"

"陆师兄，方才听掌柜的说，金麟班是百年老班？"

"是。"

"还听掌柜的说金麟班时不时地要进宫唱承应戏？"

"是。"

"啊……倒是听我阿公说起过，集雅班也曾进过皇上家的园子里伺候过戏……不过，那都是几十年前的事情啦！"

"姑娘来了班子里，以后也会进宫唱戏的。"

"我唱得不好，贻笑大方了。"

阿玉噘着小嘴儿说："陆师兄，我家小姐是跟你客气！"

陆麒铖点着头说："是，是，你家小姐唱得是真的好，和我虞师姐唱得一样儿一样儿的……可惜几天前我虞师姐因病离世了。"

"陆师兄，你别难过，人这一辈子让你想不到的事情还多着呢！今年春上南边一场瘟疫，小女子爹娘抛下小女子说走就走，任凭你眼泪哭干，不是还得咬牙挺着。上京投奔舅舅，舅母容不下，舅舅胆小又做不得主，小女子拉着阿公望着正阳门的城楼子，举目无亲……所幸老天待小女子不薄，金麟班收留了小女子，像是寻回了家。"

"是，金麟班以后就是姑娘的家，班子里的兄弟姐妹都是姑娘的家里人。"

阿玉说："陆师兄，你人真好，老实。"

陆麒铖生性憨厚老实，待人接物沉稳不足，腼腆有余，"腾"的一下脸竟红了大半边儿，顿时慌了手脚："是……哦，不是……不对，是做人就应该老实！"

陆麒铖一番慌不择言的神态，逗得阿玉"哈哈"大笑起来。

软轿内，九岁红掩面笑了起来："请问陆师兄贵庚？"

"二……二十三啦。"

"班主今年贵庚？"

"虚岁上数，二十六了吧。"

"班主大奶奶也是金麟班的人吗？"

"我师嫂是咱京城梨园行皮黄索家班班主的长女，也是坐科出来的，工青衣，艺名雏凤青，打从嫁进金麟班，就很少登台了。"

第十二章

夤夜时分，金麟班老宅三进院落，院中阒然无声。

正房的睡房拉起了帷幔，墙角处立有一盏木托高脚灯，圆形纱罩上绘着兰草花卉的图案，灯光幽幽，缠绕着淡淡的光晕。索万青坐在梳妆台前对镜正在卸妆，童麒岫坐在靠墙的一张小几前，饮着消夜酒，小几上摆有玻璃罩的桌灯一盏，烛光闪亮，盛酒的瓷瓶一钵，小菜数碟。

索万青慢声说道："你师妹走了，班子里缺人手，又恰恰是在这要命的地方儿，既然你说那九岁红唱得和虞师妹别无二致，延揽进来，也是意料之外、情理之中的事情。"

童麒岫放下手里的酒盅，低声说道："那日在王府梨园，王爷点了名要听咱班子那两出大轴戏，要不是安公公进园子来传太后口谕，把擂台戏给耽搁了，不然还真不知道怎么收场呢。"

"既然是王爷指了名要听那两出大轴戏，你就实话实说呗，一个病着起不来，一个走哪儿去了都不知道。"

"原想着据实禀告给王爷，可不知怎的，话到了嘴边上……就是说不出来。"

"你不是说不出来，你是不敢说，舍不得说。"索万青看透了童麒岫的心思，"你个官儿迷，挂四品职衔兼管其他三班的精忠庙副庙首如果当上了，自然风光。话说回来，那四品的顶子你也得有能耐才能戴得上它呀！你不说，就这么渗着，我的爷，这擂台戏还得打不是，你就是挨时候，看你还能挨多久？"

"天上掉下来一个九岁红，我也是灵机一动，算是救了金麟班的驾。"童麒岫说着话，不无矜功自伐的意思在里头，"过两天院子里摆几桌，请我岳丈那边来出个堂会，银子咱们照付，再请我师娘出面，叫上行里四大班子的人，大家来热闹热闹做个见证，让九岁红拜师娘为师，请出拜匣，叩拜祖师爷……"

"你倒是想得美，人家九岁红是搭班唱戏，不是拜师学艺。"索万青从梳妆台前的软凳上站起，拖着睡袍向童麒岫走来，"你救她于急难中，她势必领情。一个南昆名旦，真要拜师进了傀儡戏的班子，我都替她抱屈，要想长久留住九岁红，咱还得另外想个法子。"

索万青在童麒岫对面坐了下来。童麒岫为索万青斟上一小盅酒，道："当然要长久留住才好，你是说……另想个法子？"

"法子不是没有，先顾眼目前儿的吧，为了应付官面儿上的差事，过去虞师妹一个人的活儿，说不得也只有两个人分担了，就让九岁红'钻筒子'坐'关防'，让火凤儿手里的红娘就和着她的唱，这《红佳期》就算是应付下来了……《金钱豹》嘛，耍这傀儡手上的钢叉你还能应付得来，'铁门槛接单腿翻下'那是慕师兄的绝活，你不成，还有什么'倒拾虎''云里翻'啊的，带着傀儡'下高儿'什么的就都省了吧。"

"这……'偷油'能行吗？"

"你不会把戏改改啊，重新安身段，安唱腔，也只有走一步说一步了，不求有功，但求无过。我也是看出来了，自打班子里你师傅这档子事儿一出，怎么着寻思，也跟要倒灶了似的。"

童麒岫听见这话，是老大的一个不愿意，有些嗔怪地说："你别打破头楔儿,咱这百年老班可不是混日子混过来的!金麟班真正镇班的还没有亮出来,再说了,不是还有我呢,这看得见抓得着的四品顶戴岂能拱手他人。"

索万青端起酒盅呷了一小口酒,抿了抿嘴唇道:"哼!就凭你,齐云岫,一个螟蛉之子……还什么再说了,再说什么也是白搭,师娘那关压根儿就过不去。六十年前,不就是把这镇班的半本残戏唱了出来,末了搭进去凌师爷的一条性命,差点儿招致灭班的大祸。依我看,这镇班的什么大台宫戏不唱也罢……"

索万青话赶话的无意间提到了大台宫戏,童麒岫一听,不由得心里打了一个激灵,好像又想起了什么,赶紧说道:"那晚在王府梨园,安公公来传口谕,我趴在地上听得真儿真儿的,两宫让升平署庄亲王爷查问'大台宫戏怎么回事',亟等回奏,当时啊吓得我脉都没了……"

"哎呀,这可都是好几天前的事儿了啊,你回来怎么也不言语一声儿呢?"

"我哪敢跟师娘说呀,师娘她老人家的身体眼看着是一天不如一天。"

"心里没鬼,半夜谁来敲门咱也不用怕。那大台宫戏的戏词儿又没传你,唱的是什么都不知道,这都多少年啦,大伙儿就知道个名儿,只知道镇班的是一只傀儡,还剩半本残戏!"

"这倒有些不尽不实……影影绰绰地听师傅说起过,那是在顺治朝时,咱金麟班天祖祖师爷童方正出'海差'奉旨进宫,携镇班的两只傀儡在西苑翔鸾阁承应,刚下了戏,顺治爷当场赐名'大台宫戏'……"

"进西苑翔鸾阁承应,可是两只人物傀儡,听说用的就是祖师爷的手泽,两只一对的傀儡,那后来到底又是因为什么呀,佚失了一只,落得眼下只剩一只傀儡?"

"师傅不说,师娘又守口如瓶。"

"说鼻祖祖师爷当年在江湖上有个绰号……"

"'鬼斧神工活木头'。"

索万青"倏"地站起身，以手指按住自己嘴唇，示意童麒岫噤声。索万青蹑足走到窗前，用手轻轻拨开窗帘向外张望了一下，旋即走了回来，压低了声音道："鼻祖祖师爷鬼斧神工的这件活儿，到底神到什么地步，就是连查响爷也没见过，如今班子里看见过这件活儿、听过这出戏唱腔的、经历过这件事儿的也就只剩师娘她老人家一个人了……鼻祖祖师爷的那件活儿就锁在拜匣里，镇班的物件，师娘看守得紧那是自然，可让人不明白的是……"

"不是不拿出来让师傅学着做，是师傅自己个儿说，他功力还差着火候儿，画脸还好说，是困在刻功上头了，雕木偶，讲求的是五形三骨，画龙必得点睛，一刻到眉骨上就滑刀，眼睛刻不好，那偶就活不起来，再说用的那料又极其难得，不容师傅糟践刻料来练手儿。说也奇怪，雕作这只偶，历经金麟班'方、含、义、怀'上四代传人都未雕成，传到德字辈，师傅发誓在他这一代要收全功，克师尊们未竟之业，续半本残戏。十年间，谁劝他也是不听，嘴里老是念叨着'性命攸关'，浸淫在后院木刻作里，活像是高僧闭关。师傅沉迷不能自拔……唉，直到出了那桩事儿……"

"这转眼也都快一年了，你师兄一点儿消息也没有吗？"

"师兄看来是伤透了心……"

"师兄以后会再回班子里吗？"

"依着师兄那脾气，我看够呛。别说是师兄了，就是我，也一定咬牙跺脚不回头了。"

"有件事儿搁在我心里好长时间了，是有一次师娘突然提起了鼻祖祖师爷……"

"你就是心思重，师娘怎么突然提起鼻祖祖师爷，这是什么时候的事儿？"

"去年的八月十五，就是师傅出事的那天晚上。"索万青低下头极力在回想着什么，"那天晚上云彩遮着月亮，四下里朦朦胧胧的，看什么都不很真凿，我和火凤儿安顿好师傅的灵堂，回到东跨院儿，天都快亮了，师娘从梦中哭醒……"

童麒岫瞪大了眼睛问道："是不是师娘说了什么？"

索万青抬起头，目光显得有些迷离，小声说道："师娘迷迷糊糊地像是要睡过去的样子，嘴里嘟囔着'尘土衣冠，江湖心量'……好像还嘟囔着什么'不知道什么时候还能再出一个鬼斧神工活木头'……哦，还说了一句'《金人捧露盘》，两截人唱隔江歌'……"

"'《金人捧露盘》，两截人唱隔江歌'？"童麒岫嘴里重复着这句话，似乎在咀嚼着这句话的滋味。

索万青端起酒盅，盅内的酒水闪着微光，问道："师娘这话是什么意思，还有……还有你师妹临走时留下的那句'叹茂陵、遗事凄凉'，这话又是什么意思？你别告诉我你不知道！"

"我是真不知道……这句话，师娘说了是一句戏词……"

"我家虽说是唱皮黄的，从小学戏，昆乱都有，那么多的戏都是爹教的，我寻思了好几天，告诉你，我学过的昆乱戏里就没有'叹茂陵、遗事凄凉'这句戏词儿！"

"就你贼心眼儿多，听这词意，说不准还真是哪出戏里的戏词儿，可话又说回来，唱戏都唱了半辈子了，还真是不记得哪出戏里有这么一句戏词，容我慢慢再想想……"

"我问你，这大台宫戏里，两只主角儿傀儡，在家的这只咱知道名儿，佚失的那只叫什么呀，难不成连你这班主都不知道吧？"

索万青的一句话戳在了童麒岫隐秘在心中的痛处，他搞不清楚索万青是不是明知故问，但他清楚自己身为百年老班金麟班的班主，竟连祖师爷传下来的镇班的物件儿的名字都不知道，想至此，不禁有些沮丧起来，期期艾艾地说："是呀……从没听师傅师娘说起过……"

索万青看着丈夫脸上变化着的神色，对于童麒岫此刻的心绪，八九不离十猜出了一个大概："今儿晚上，话说到这份儿上，索性就把知道的全告诉你吧……'叹茂陵、遗事凄凉'，你师娘那天答对火凤儿，说是一句戏词儿，这就对了。梨园行传宗接代凭的就是口传心授，有这句戏词儿的戏没传你，你当然不知道，估摸着……你师娘已经传给你师兄慕麒涵了！"

童麒岫再次瞪大了双眼："这又是什么时候的事儿啊？"

师傅传戏给徒弟，原本就是根据每个徒弟身材的高矮胖瘦、天分资质因人而异，说起来本也无可非议。可是此时此刻在童麒岫听来，多少有些薄此厚彼酸溜溜的感觉。为了掩饰自己被搅乱的心情，童麒岫强抑着心事为索万青将酒斟满。

索万青端起酒盅欲饮又止，慢慢将酒盅放下，神色变得更加专注，声音压得更低地说："你师傅出事前的头一个月里，那天我在屋子里，隔着窗子看见慕师兄进了东跨院，好像是要帮师娘找什么家巴什儿。我走过东跨院儿门口，看见霞衣站在月亮门那儿守着，就随口问了一句，霞衣说师娘在给慕师兄讲戏词儿，不许旁的人进来打搅。"

"你为什么不早告诉我？"

"戏大如天，班大如家，我一个做媳妇的，你们又是同门师兄弟儿，好得跟一个人似的，说出来，像是在挑拨离间，遭人恨，看来啊，你师娘有点儿偏心眼儿……"

"咱可不能胡乱猜疑！"

"是谁都知道这个理儿，不然的话，你要不问，我还闷在肚子里呢。"

"如若以后庄亲王爷追问起大台宫戏……"

"一问三不知,神仙怪不得,打死不开口,神仙难下手。咱们不说,六十年前的事儿,谁还能知道?你师娘早就定规下,嘉庆朝的那档子事儿,任是谁也不准提一个字儿不是?"

"那……那宫里头的西太后好么央儿的,怎么瞅不冷子倒提起这档子事儿来了呢?"

"说得是啊……原以为班子在外避祸这么多年,辗转回来,这才刚过了几年的消停日子啊,唉——"索万青愁肠百结,起身轻叹,低头一口气吹灭了桌灯玻璃罩内的烛火,安顿说,"你先歇了吧,我去前院儿西厢房里看看孩子,火凤儿和霞锦毕竟姑娘家家的,这带孩子可也都是头一遭。"

薄暗中,前院隐约传来胡琴声,一曲《风吹荷叶煞》搅扰心神……

一曲《风吹荷叶煞》急促快板,琴声震颤。老宅一进院落,临街的倒座房,中间屋内,一灯如豆,窗纸上映出查万响前俯后仰独自拉琴的身影。

第十三章

庄亲王府梨园一侧的射圃。正晌午的大太阳地儿。月明风清戏厅的那边儿半园梨树，却是满地阴凉儿。

庄亲王辫子盘在头顶上，赤膊穿着汗褡，一口气接连射满了几个箭垛子，觉得有些乏力，想缓上一缓，将手中的清弓交给站在一旁伺候着的怀抱囊鞬的太监。转过身，一屁股坐在八仙桌旁的太师椅上。

八仙桌后面不远处的草地上，顶着大日头，黑压压跪着一片府里的听差，居然有二三十人之多。王府规矩大，自然是一动不能动。众人低着头，晒得已是四脖子流汗，浃背透湿。真正是汗珠子掉在地上摔八瓣儿。海拉尔跪在众人前面。

庄亲王回头看着跪在草地上黑压压一片的听差："你们都给本王再好好想想，这京城里还有什么犄角旮旯没有去到的地方？"

一片沉默，大日头底下，没有人敢站出来回答。

"哼，一帮光吃不拉的饭桶窝囊废。"庄亲王用眼睛瞄着三十步开外的最后一个箭垛，回手将桌上晾有凉茶的大海碗端起，一仰脖儿，"咕咚咕咚"一口气喝了个底儿朝天。庄亲王一抹嘴，猛然站起，手一伸，旁边伺候着的两个太监赶忙递上弓和箭，弓是硬弓，箭是长箭。庄亲王侧身站定，盘弓搭箭，开弓似满月抱怀，箭去如电光流星，"砰"

的一声,箭透靶心红色圆环,箭羽处微微颤动。

两名侍卫立即提着箭垛向着庄亲王快步跑了过来。

庄亲王向着从远处跑过来的侍卫挥挥手,示意停下来。看样子,庄亲王又想起了什么,他回身用手指戳点着不远处跪着的那帮府里的听差,粗声大嗓:"你们自己个儿说说,这都找了多少日子啦,格格怎么会不见影儿了呢?"

海拉尔向前膝行了几步,抬起头向着庄亲王进言:"王爷请息怒……奴才们该死,格格吉人自有天相,奴才敢用脑袋担保,什么事儿也不会有,兴许明儿个就回来了。"

一个太监手捧托盘低着头小心翼翼走了过来,托盘上一摞软白的揩汗布巾,布巾下面衬着一层细小的冰块儿。

庄亲王伸手抓起一条软白布巾擦着头上冒出的汗水:"这事儿可也真就邪性了,本王把傀儡戏的班子都叫到府里来打擂台了,原指望这锣鼓点儿一响,那在外边儿打游飞的听见还不回来……这小安子也真是的,早不来,晚不来,偏偏那个时候来,搅了皇上看戏不说,把本王正儿八经的事儿是正儿八经地给搅啦!"

海拉尔讨好地说:"启禀王爷,奴才有句话不知当说不当说?"

"讲!"

"格格出府那天,奴才叮嘱格格早点儿回来,免得王爷惦记。格格回过头来问奴才去扬州走旱路快还是乘船快,奴才回说奴才没走过不知道。当时没在意,现而今想起来,奴才斗胆进一句话,格格……莫不是去了扬州?"

庄亲王向前跨出一步,双手叉腰,直视着海拉尔:"不错,她娘就是扬州人……照你这么说,难不成格格回南去找她姥姥姥爷了?"

"奴才该死,奴才没能拦下格格!"

"回头用本王的手札送军机处,六百里加急,让扬州知府在那边儿跟着搭把手，府里打今儿起再添派人手，仔仔细细地找！要让四九城的人都知道本王爷找闺女！"

众听差同声一气地答应："嗻——"

庄亲王大手一挥，吩咐道："你们都下去吧，老海留下！"

众人起身，低着头唯唯诺诺地退了下去。

海拉尔觑着众听差离去，俯身凑近庄亲王爷说："请王爷放心，自打那天格格出府，打听下扬州的道儿，奴才觉了警，暗处里立马儿就添派了人手在格格的身边跟了下去。王爷放宽心，用不了多少日子，格格心里的气消了，自己个儿在外面玩腻了，也就回府了。昨儿个派出去盯梢儿的来报，格格去了庆王府，昨儿晚上和庆王府的四格格睡在了一起。王爷，您请放宽心！"

"老海，你这个'明知故找'的主意好，格格这回该知道我这个阿玛是惦记她的！唉，就算本王酒后误伤了她娘，不治身亡。老海，你凭良心说说，这孩子虽是庶出，本王待她如何？"

"回王爷的话，照奴才看，您疼格格，比疼府里的阿哥还娇惯呢！"

海拉尔给王爷的这句回话并非有意恭维，而是一句不带打一丁点儿折扣的大实话。他偷眼看着王爷的脸色，此时王爷的情绪似乎平复了许多。老海心里着实为自己捏了一把汗，王爷面前回话，少说一句不行，多说一句岂不是又为自己找不自在。有其父必有其女，格格的脾气秉性像极了王爷不说，其实更像她的娘，好恶行焉，率性而为。王爷是主子，格格也是主子，爷俩闹别扭，这做奴才的就得为主子分忧不是，两边还都不能得罪，都得照顾到了。王爷的心思海拉尔明白，说一千道一万，只要格格在外一切安好，那天就塌不下来。

"那劳你替本王多费点心思，在府里，格格又是和你最亲近……唉，老海，也不知格格身上带着银子没有，倘若真要到了扬州地面上，寻不见她姥姥姥爷……"

"奴才请王爷宽心，奴才用脑袋担保，甭管格格走到哪儿，一丁点儿的委屈也受不着。格格自小在府里是在奴才的背上长大的，瞅机会奴才一定劝格格早些回府，省得王爷这么整日惦记着。"可王爷又哪里知道，海拉尔有难处，这难处只有自己受着，任是对谁也不能说出来的，眼下也只有如此这般模棱两可地回答王爷。

载洎从园子那边儿斜么插儿地急急走来，看见园子里这么多的听差屏息低头一声不吭往园外走，吓了一跳，快步来到庄亲王跟前，抢上一步一安到地："儿子给阿玛请安！"

庄亲王挥挥手，海拉尔退下。

庄亲王向来督子甚严，从不假以辞色，回过身来一屁股坐进太师椅里，绷起了面孔："起来说话儿。"

"谢阿玛。"载洎存着小心，身体微躬，垂手站在离庄亲王不远的地方，"阿玛叫儿子……有事儿吩咐？"

"这几日，府里没见着你呀，又上哪疯去啦？"

"没……没上哪去呀，就和……和……"

"明儿个起，和你六叔家的载滢一起进宫！"

"干……干什么？"

"多余问，让你干什么就干什么不就得啦？弘德殿，陪主子爷读书！"

"啊？"载洎闷头不再吭声。

"明儿个进了弘德殿，主子爷读一句，你就跟着念一句，多余的话一句也别说，别勾扯着主子爷净想些玩儿的法子！"

载洎仍然闷声不响。

"你听见没有？明白回话儿！"

"回阿玛话，听载滢哥说起过，主子爷顶烦那几位师傅，拿着书偏就不好好念，可他是皇上，上书房那几位师傅不敢骂皇上，就'当着和尚骂贼秃'，陪读的也就是去那挨骂的角儿，惠王家的奕详、奕询受气不过辞差不干了，载澂哥这不是也快顶不住啦。"

"挨骂也得忍着，为的将来送你个前程不是，你以为谁想去那挨骂的角儿，就能去得了吗？这是昨儿个你额娘和庆王府的四格格进宫陪着东西两宫说话儿解闷儿，为你求下来的恩典。"

"这……连戏文里都唱，伴君如伴虎。"

"小兔崽子，你懂个屁，胆小不得将军做。你是去弘德殿陪主子爷读书，做天子近臣！难不成也是想去那养蜂夹道？哼！你们几个在天颐轩干的勾连搭的事儿，你是觉着没人知道是吧。本王看你又是皮紧了……"

载洎一听，"扑通"一声，双膝跪了下去："回阿玛的话儿，这事儿真的和儿子不挨着。最初是宝鋆家的景沣给恭亲王府通风报的信儿，走在去天颐轩的路上，载澂哥还伴伴乎乎，说京城里的大妞他见得多了，一个唱清音桌的能有什么稀罕。车王府的小鄂子就和载澂哥打赌，如果载澂哥看不上九岁红，载澂哥赌车王府康熙朝傅三紫漆靛颏笼一对，如果看上了九岁红，小鄂子赌恭亲王府家班收藏的一出戏的曲本，这个曲本车王府的小鄂子可是惦记好长时间了。"

"车王府的小鄂子惦记这曲本做什么？"

"回阿玛的话儿，车王爷不是有搜集天下曲本的嗜好嘛，小鄂子想弄些坊间的秘珍曲本孝敬他叔叔。"

"什么曲本啊这么珍贵？"

"回阿玛的话儿，听载澂哥说过，原是附在……哦，《茅洁溪集》后面的两出传奇本，前一出叫什么不知道，六叔府里家班只得了后一出《云鋻寻盟》的曲本，小鄂子说他叔叔曾说过，要是有全套的《茅洁溪集》曲本，车王爷宁愿用半座车王府来换。"

"越说越走迹，这个茅什么集的两出曲本，能值半座王府？这老车迷戏本都疯魔啦！"

"是前明有个叫茅维的，在湖州洁溪旁的凌霞阁自己印写的曲本，每套三册共二十四卷，存世量很是稀少……"

"物以稀为贵，倒是说得通，可这曲本是唱戏用的，为什么不多印，唱戏的人手一本儿？"

"回阿玛的话儿，只因这里头有个讲究……儿子不敢说。"

"别废话，让你说你就说！"

"回阿玛的话儿，那个叫茅维的故国情怀，为悼念他的皇上崇祯，因崇祯在位十七年……所以只印写了十七套。"

"车林端布家的那个小鄂子哪是在赌戏本，他是在赌自己个儿的脑袋。前明那些事，上头知道了，那是要兴大狱诛九族的，以后跟载澂小鄂子他们玩儿，旁的事儿少打听，不知道就说不出来，记住，祸从口出！"

"阿玛的话儿，儿子记下了。"

庄亲王向载洎抬抬手："大热天儿的，就别跪在那儿装可怜啦，起来回话儿。"

载洎站起身，用手背横抹了一下脑门上渗出的汗珠，心有余悸："哪知进了天颐轩，那九岁红被大贝勒一眼就看上了，就琢磨了个法子，本打算先把九岁红鼓捣进他家全福班里去……后来，都要得手了，不知怎的，那顺天府尹李朝仪带人直闯了进来，不由分说将载澂哥套上锁链子就……就给拘走啦……"

"你个糊涂车子，这不是明摆着的嘛，不是你六叔发话，这四九城的谁敢动他呀……那个九岁红怎么样啦？"

"后来……后来听说是让京城傀儡戏班金麟班给'报庙'具保下来了。"

管事太监快步走了过来，躬身俯向王爷："禀王爷，内务府奉宸苑来人请王爷的示下，为庆西宫万寿，粉刷升平署戏楼一事已毕，请王爷去过目，奉宸苑回禀，按照王爷的示下，全部采用龙凤和玺图案，青地画凤，绿地画龙，凤在上，龙在下。在勾描勒抹该用沥粉贴金的地方，料都用足了十成。"

正说着话，戏提调管事太监尚二丑也急匆匆走了过来，躬身俯向王爷："禀王爷，敬事房的全福刚刚过来传话儿说，明儿个长春宫西佛爷有旨意到衙门，请王爷召集内头学外头学一体候旨。"

庄亲王霍然站起身，吩咐说："得嘞，那就差人麻利儿地去趟管理事务衙门传本王的话儿，让内外两学明儿个一大早儿齐集升平署都去候着旨意。"

大清早的阳光和煦温存不烫脸，载淳上身穿了一件黑中含紫红青色马褂，背后一根乌黑油亮的大松辫儿、辫梢上缀着半尺长明黄色的丝绦辫穗子。他站在殿前抱厦的廊柱间，舒服地押了一个懒腰，把脸迎在阳光里打了一个大大的哈欠，活动了一下身上的筋骨，抬眼看着凤彩门外空荡荡了无生气的汉白玉石的台基，凤彩门内南北向对着脸儿站着伺候着的六个小太监。

载淳猛然间想到了什么，问："小锡子，一会儿是哪位师傅过来进讲啊？"

站在抱厦台阶下的随侍小太监杜之锡躬身俯首："回万岁爷的话儿，今日进讲师傅是李鸿藻李大人。"

"今儿个都该讲什么啦？"

"回万岁爷的话儿，上次听翁师傅说，今儿个是讲……'讲折子'。"

"什么时辰啦？"

"回万岁爷的话儿,卯时刚过,辰时未到,还早着呢。"

"昨儿晚上,皇额娘给朕说,今儿个来伴读的是载洎、载滢,你说,他俩不会忘了吧?"

"回万岁爷的话儿,这是旨意,谁敢抗旨啊?"

正说话间,敬事房小太监胡春从凤彩门外躬身弯腰快步走到殿前台阶处,单膝跪地,道:"奴才敬事房胡春,启禀万岁爷,弘德殿书房伴读载洎和载滢奉旨在外面候着哪。"

"叫!快叫!"载淳吩咐着。

胡春起身快步向凤彩门外走去。

杜之锡站在台阶下,垂手扬声:"叫——弘德殿书房伴读载洎、载滢。"

载洎、载滢哥俩穿戴一新,不等杜之锡将叫进的口谕传完,肩靠着肩,胳膊蹭着胳膊,唯恐落于人后似的抬腿迈过凤彩门高大门槛,脚下还有着急步中的踉跄。俩人相继跪倒在院中,给载淳行君臣大礼,嘴里慌不迭地说着:

"奴才叩见主子爷,主子爷吉祥。"

载淳看见来了叔伯兄弟,心中自然高兴,降贵纡尊一步跳下台阶,伸出双手:"哎呀,快起来,快起来,什么奴才,门口站着的那些才是。"

载洎、载滢起身,再次躬身俯首,二人嘴里依旧一递一声地说着:

"奴才谢主子爷。"

"你俩是臣弟,朕是皇兄,咱们是一家人可不许说两家话。"载淳不见外,说完,率先转身进殿,载洎、载滢随后而入。两兄弟好奇地看着眼前的一切,摩挲着殿内的摆具陈设。

载淳对最后跟进殿来的杜之锡摆了摆手,杜之锡回身轻轻将双交四椀菱花隔扇的殿门虚掩了起来,垂手侍立在门旁。载淳、载洎、载滢三人进殿后，君臣各已经落座。

"书房这几位师傅，要说授读嘛还就数翁师傅讲得有点儿意思。"载淳说到读书，头自然大了起来，索性站起身，"书房这点儿事儿，说不说的也就这点儿事儿。"

载洎、载滢看见皇上站起，不明所以，惶悚不安，慌忙离座起身。

载淳以手示意载洎、载滢坐下："皇兄赐你俩坐着……以后啊，日子长着哪，老是这么着客气，你俩累不累啊？"

载洎和载滢重又落座。载淳独自一人背手在殿内来回踱步，问道："载滢，听说你大哥去了养蜂夹道儿，是怎么个茬儿，惹得六叔发了这么大的脾气？"

载滢见问，心中忐忑："回主子爷的话儿……"

"没记性，是皇兄！"

"臣弟知错了，是皇兄，回皇兄的话儿，听说是我大哥看上了在天颐轩唱清音桌的南昆集雅班的一个旦角儿，琢磨着弄回府里的家班去。不知怎的我阿玛知道了这事儿，指使顺天府的人从天颐轩茶楼都没拐弯儿，直接把我大哥送进了养蜂夹道儿，给……给圈禁了。"

载淳停步在伴读的书案前，看着载洎："载洎。"

载洎慌忙站起："臣弟在。"

"坐下说。"载淳隔着书案拍着载洎的肩头，"你不吭声儿想装好人儿，朕让小锡子都扫听啦，那天你也在天颐轩对不对？"

"回皇兄的话，那天臣弟确实也在天颐轩，只是……只是……"

"只是什么？"

"臣弟的阿玛叮嘱臣弟只准陪皇上好好读书，其他一概不准。"

"朕让你说，你就说，不说就是抗旨！"载淳说完，背着手装模作样地又开始踱起步来。

"臣弟遵旨。"载洎没了辙，皇上问，知道不说那就是欺君，只好如实地说,"那天跟着去的还有景沣、车王府的小鄂子,他和载澂哥还打的赌,只要九岁红进了恭亲王府家班,小鄂子就算输了,送给载澂哥康熙朝傅三紫漆的靛颏笼一对儿。"

"小鄂子手里还真是有点儿好玩意儿。"看得出,载淳来了兴致,"想来那九岁红还真不是一般人儿?"

载洎渐渐放开了初来乍到时的拘谨,变得活泛起来,轻快地说:"回皇兄的话,那模样……真的是花容月貌!"

第十四章

升平署三楹开间的衙门口,一左一右钉子般垂手侍立着两名身穿灰布长衫的门房苏拉。

衙署对面影壁的阴凉地儿里,一乘小轿、前后两名轿班、一名随轿伺候着的小太监等候在那里。衙署一侧,陆麒铖急步走来,神情中带着慌张。陆麒铖走到台阶前,踟蹰左右,欲进又止,正在不知如何是好,扭头瞥见衙署对面影壁的阴凉地儿里,随轿伺候着站在那里的小太监,小心翼翼走了过去,上前一步,拱手一礼:"这位爷可是宫里前来升平署宣旨的吗?"

小太监一副爱搭不理的腔调:"知道还问!"

陆麒铖低头矮颠颠地说:"小人是外头学金麟班的,有急事找班主,这位爷,您看——"

小太监用眼睛白愣着陆麒铖说:"里边儿在传西佛爷的懿旨,半不啰啰的谁敢进去开搅?靠边儿站,等着!"

升平署议事厅内,李莲英宣读完有关内、外两学整顿戏码的懿旨,用手向着庄亲王虚扶了扶:"王爷请起。"

庄亲王站起身,官袍内里前胸后背已经被汗水湿漉,跪在氍毹上聆听李莲英在宣读懿旨，离得近，声声入耳。朝野上下都知道西边儿喜欢听戏，他一直以为两宫听戏原是为了解闷儿消遣打发时间。今儿个一听，他才是真正领教了什么叫作喜欢戏。

庄亲王转过身挥挥手，在他身后前来听旨的内外两学的掌班管事皆低头退了出来。

庄亲王留住李莲英在西官廨看茶，他有话要说。

李莲英宣完旨，内外两学一帮人等领了旨意便都散了出来，大家说笑着向着升平署大门口走来。

陆麒铖踮起脚，伸长了脖子，用目光在极力搜寻，他在向外走着的人群里看见师兄童麒岫，紧走几步，迎了上去，大声招呼："师兄……师……"

童麒岫看见陆麒铖，有些奇怪，避开人群急步走了过来，一把拉过陆麒铖，问道："师弟，怎么找到这儿来啦？不是让你接九岁红去场子里认个地儿吗？"

"师兄，我一大早和木棠带着轿子就到了客栈。"陆麒铖急急说道，"没承想九岁红的爷爷精神可是不太好了，说有事儿要见班主，九岁红在旁边直落泪……我……我觉得那老爷子像是要托付后事的光景，我让木棠快去请郎中……心里头一着急，就跑来了。"

"好，那就快走吧。"童麒岫偕陆麒铖出了衙署大门刚要举步，其他三个班子的班主随在后面也都跟了过来。凌子丙首先招呼童麒岫："童老板，是要回班子里吗？今儿个陈老板做东惠丰堂，请众位老板吃水晶肘子。"

童麒岫回过身，很是客气："承情！承情！陈老板美意改日再拜领。今儿个有点急事儿，怕是不能够了……"

"是府上的事儿还是班子里的事儿？需要兄弟们效力请尽管盼

咐！"放牛陈很是热情。

"我师弟急着跑来送信儿，九岁红的爷爷好像有些不大好，急着要见我一面。"

"这就是了，童老板，九岁红是你具保下来的，自然是你送佛送到西喽。"高月美半是认真半开玩笑地说着。

"一波未平一波又起。"凌子丙回过头来用征询的目光看着大家伙，有意在张罗，"得，咱走着，众位老板吃惠丰堂，去的是观音寺街，正好顺路，不妨一起去瞅瞅，事起仓促，万一有什么可以帮忙的。"

众人齐齐点着头。

童麒岫拱手抱拳："在下在这里先代九岁红谢谢诸位老板！承蒙诸位老板如此急公好义，今儿的惠丰堂在下做东！"

众人你一句我一句地说着话，向正阳门外走去。

抬眼望去，远处的正阳门城楼巍峨耸立，在蓝天白云映衬下，闪着光泽。

升平署内西官廨，庄亲王请李莲英上座，苏拉过来奉茶。庄亲王吩咐放下外面廊檐下挂着的苇箔帘拢，光线暗淡下来，坐在官廨窗前的太师椅上，给人的感觉很有一种幽静中的舒适。

庄亲王举手肃客："李爷，请尝尝，这是圣祖仁先帝爷翻过牌子的茶品，敬亭绿雪，茶形似雀舌，挺直饱润，色泽翠绿，此茶身披白毫，芽叶相合，不离不脱。连续冲泡，汤色清碧，香气不减。叶如兰花，朵朵下沉，伴随白毫翻滚，有如绿树丛中雪片翻飞，因产自宣城近郊名胜敬亭山上，故得名'敬亭绿雪'。"

李莲英听后，一脸的惶悚，赶紧起身，向着庄亲王躬身一揖："奴才该死，奴才怎敢和王爷坐在一起品茶论道。不是奴才不识抬举，没把这趟差事儿办砸了就好，王爷有什么差遣请尽管吩咐……奴才这次出宫过来宣旨，西边儿让奴才问问王爷，那大台宫戏到底是怎么回子事儿，不知王爷查实了没有？西边儿在宫里一想起这事儿，就好半天地纳着闷儿。"

庄亲王再次举手肃客，请李莲英坐下说话，问道："上次安大总管来园子里传两宫口谕……'援例国朝'，升平署这边儿的典籍存档翻了个底儿朝天，是什么也没有啊，就是'援例'，那也得有个出处不是。李爷或许知道些什么，能否见告，西边儿怎么瞅不冷子问起这档子事儿来，还是谁在两宫的耳朵边儿上嘀咕什么啦？"

"王爷真是贵人多忘事儿啊——"

"这话儿怎么说？"

"前些日子王爷为西边儿昆腔改皮黄本，进呈了一套升平署嘉庆先帝爷那前儿的内府刻本儿。"

"没错，有这回事儿。"

"王爷进呈的戏本儿，您想想，再旁的就没有什么啦？"

"还能有什么呀……不就是一套戏本儿吗？"

"王爷给长春宫呈进的那套嘉庆朝的内府刻本儿里头，夹着半扣嘉庆二十一年旨意档的折子夹片儿。"

"啊……是不是那半扣折子夹片儿上面记注了什么事儿？"

"六十年前的折子夹片儿，棉料单宣纸都泛了黄，上面记注着一个词儿——'大台宫戏'。"

"嘿——看我这个醒儿给提的！"庄亲王只觉得自己个儿就是那黄柏木做的磬槌子，外头光鲜体面里头苦。庄亲王用手连连拍打着自己个儿的脑门儿，此刻，那茶自然是顾不得品了，心里懊悔不迭，这岂不是应了那句话，补破锅的揽了件瓷器活儿——没事找事。

"奴才那天在漱芳斋院子里头当值，也就听了这么一耳朵。"李莲英意态殷勤,"好像就是为了这个什么大台宫戏,先是让安总管去了文渊阁查典籍,压根儿就没有,就为这还叫了弘德殿上书房师傅的起儿,那天是翁同龢师傅当值,翁师傅来是来了,也是一头的雾水。"

"依李爷看……西边儿许是有点儿要较真儿的意思?"

"回王爷的话,半扣的折子夹片儿,没头没尾的。"李莲英在椅子上欠了欠身子,屁股未敢坐实,接着说道,"折子上说,就是京城外头学的一个戏班子,六十年前进山庄承应戏,唱词儿里好像有句'碍语',犯了忌讳,惹得嘉庆爷生了气,下旨这大台宫戏再不许演了。"

"啊?这事儿听起来挺邪乎的啊。"

"打世祖朝那会子赐名儿的'大台宫戏',到了嘉庆爷这儿算是'搁车'再不让唱了。王爷您又不是不知道,西边儿的嗜戏如命,凡戏必较真儿。"李莲英翻着眼睛,一副使劲地要想起什么来的样子,"像什么《迓福迎祥》判脸实在是粗糙;《万花献瑞》马得安不等尾声完下场,属懈怠,以后有尾声俱得唱;狄盛宝上场应穿皂靴,不应穿薄底靴;安进禄上场不准横眉立目,不准卖野眼;王进福不准瞪场面人;穿皂靴开后口,钉纽扣;内学人等上角儿没有神气,上下场好松走,不许跑;以后俱个提起神唱曲子,不准糗。不是奴才说嘴,您听听,西边儿整个一个全管,谁也别想打马虎眼。在西边儿这儿啊,凡是沾一个戏字的边儿,那就非得弄它个四门兜底儿才成。"

听李莲英这一番话,庄亲王恍然大悟,敢情这西边儿拿听戏还真就当作了正经营生。

"王爷,您说说,这半扣折子夹片儿,怎么就会夹在这套戏本儿里,想来也是蹊跷?"这是李莲英好奇,一直想问王爷的一句话。

"这套内府刻本原本是在档房架子的顶上层放着,外面套着函套,落的尘土有一个铜钱儿厚,把外面函套上的土掸干净了……想着是呈送长春宫的,谁敢先翻着看啊,那可是大不敬!眼下管不了那么多了,李爷回去,一定要在两宫面前,替本王说句实情话儿,您可是两宫身边儿的近人。"

"王爷真是客气,咱是什么身份,贱躯一条,心里头想着主子,把主子伺候周到,让主子舒服喽,这就得呵。出来工夫大了,都怕主子惦记呢,不是说主子惦记奴才,是怕主子惦记着奴才的差事办得好不好,千万不能让主子劳神费心不是。"李莲英话说到这里,起身,向着庄亲王爷躬身一揖,"时辰不早了,奴才告退。"

庄亲王送李莲英出了西官廨客厅顺着廊子向衙署大门口走来,心里猛地打了一个磕碜儿,听着李莲英自矢忠悃的一番话,又由此及彼地想到了安德海为人处世轻浮躁动,乖张跋扈。眼前的这个李莲英虽说只长安德海几岁,论岁数也就三十上刚出头儿,看他说话行事,寓巧于拙,用晦而明,十分地沉稳老道。短短几句话,总觉得话里话外在和你参禅斗机锋。此人一定不可小觑,日后宫里头怕是要大起大用呢。思忖至此,庄亲王心里便有了要与他结交的打算。

"哈哈哈,李爷不愧是太后身边儿的人,有道是'人情练达即文章',真是叫人不可小觑,日后宫里头怕是要大用呢!"

"王爷抬举,奴才可不敢当……也就是尽些做奴才的本分而已!"

"听李爷说到的半扣折子夹片,这可是六十年前的事儿,要找的那个进庄子承应戏的童姓外学也是六十年前的人,麻烦李爷回去上复太后,真要找,看来也只有尽人事,听天命了。"

说着话儿的工夫走到了衙署的大门口,庄亲王向着签押房一招手:"来呀。"

签押房内应声出来一位身穿灰布衫子手举托盘的小苏拉,托盘内两锭五十两足色"官宝",阳光下闪着白光,耀眼生花。

庄亲王爽利干脆地做了一个"请"的手势:"李爷辛苦了。"

李莲英连连摆着双手:"王爷真是太客气了。"

正在相互推让间，庄亲王从身上又掏出一个物件儿，塞进李莲英的手里。李莲英低头一看，吓得大惊失色，"扑通"一声跪了下去："王爷品望高清，勋戚重臣。奴才是个什么东西，如此赉赐，实受不起。"

庄亲王伸手拽起李莲英："一个玩意儿，小可手握，随身带着方便，里边儿是上品大金花，酸头儿的。"

李莲英双手捧着庄亲王爷赏下来的鼻烟壶，执意奉还："王爷抬举，王爷瞧得起奴才，这份恩典奴才铭记，但有驱使，敢不用命。那银子奴才就厚着脸皮谢王爷赏，这个物件儿奴才要是不知好歹地拿着，离死不远啦。"

"李爷这话从何说起？"

"回王爷话，虽说奴才眼拙，可这件儿鼻烟壶奴才是认得的，满朝文武谁不知道，乾隆爷那前儿御制的竹根佛手鼻烟壶，咱大清拢共就一对儿，一只在恭亲王爷手里，一只在庄亲王爷兜里。"

"呵呵，李爷还真成，有见识，得，本王今儿个高兴，就放你兜里了！"

李莲英一听，还没缓过神儿，一弯腰又要跪下。庄亲王赶忙一把拽住："没听说过，王爷送人东西，还兴收回来的。李爷，你就拿着玩儿去吧！"

李莲英这回是真心实意地"扑通"一声给庄亲王跪了下去："奴才李莲英谢王爷赏！"

庄亲王再次一把将李莲英拽了起来："别磨叽了，和李爷说点正经事儿。西佛爷十月的九九万寿，今年可是与往年不同，这传戏怎么想起点傀儡戏进宫承应了呢？"

李莲英袖起了鼻烟壶，凑近王爷，压低了声音："恕奴才斗胆，说几句大不敬的话儿。西边儿是圣母皇太后，所以事事对万岁爷势必严苛，一丝丝也不敢骄纵，即便心里头喜欢，面儿上可也得绷着不是？

东边儿面慈心软，先帝爷在时，自己个儿膝下也未能有个阿哥公主的，辛酉年过后，东边儿这心思可就都扑在了万岁爷的身上……东边儿喜欢吃点心，由来已久，满朝皆知，王爷，您说说，小孩子又是有几个不嘴馋？打从一小儿起，万岁爷往东边儿跑得是勤了点儿，西边儿的心里头多少有些酸酸的不大得劲儿……明年皇上大婚，两宫撤帘，政归皇上，估摸万岁爷以后玩儿的日子就没了。万岁爷打小儿就喜欢傀儡戏，这次东边儿抖搂了一下正宫的位分，用西边儿的万寿节庆为万岁爷传傀儡戏进宫承应，其实是含着一层体恤疼爱万岁爷的意思在里头。前不久，万岁爷不是还微行去了王爷府上的梨园儿看傀儡戏了……"

"啊？主子爷微行的事儿……太后知道了啊？"

"王爷说笑了，咱大清，还有什么事儿是西边儿不知道的？"

"那……西边儿还……还说什么没有啊？"

"回王爷话儿，西边儿笑笑说：'这个奕谌，四大傀儡戏班子打擂台戏吃白肉，堂会放在梨园儿里，还挺风雅。哪天得了空儿，让他也给咱宫里头操持一回！'"

庄亲王心有余悸地掏出手帕擦了擦额上的汗珠说："太后没有降罪那就好。李爷，西边儿的万寿庆典……东边儿却是为主子爷传戏，这戏码可如何掂对？东边儿为这打擂台戏的傀儡戏班子可还赏下一枚翡翠扳指儿呢！？"

"要不说有点儿较劲儿呢，是吧？王爷，您慢慢掂对着，时辰不早了，奴才就告退了。"李莲英说完冲庄亲王拱拱手，转身向着候在大门口外面的轿子走去。

庄亲王真的有些慌了神儿，对自己刚才拉拢结交李莲英的举措暗暗为自己喝一声彩儿，叫一声好，抬腿大步赶在李莲英身旁："请李爷再提点一二？"

李莲英走到轿旁，随侍小太监已将轿帘打了起来。李莲英侧转身回过头:"王爷,这傀儡戏是不是戏呀?"

"李爷的意思是——"

"只要它是戏,升平署是王爷的,唱什么戏那就是王爷说了算,王爷怎么忘了?这戏码掂对着唱西边儿喜欢听的不就完事儿啦!"

庄亲王恍然大悟,用手拍着自己的脑门说:"绕住了不是,亏得李爷提点,本王怎么没有想到呢!"

第十五章

　　童麒岫一行人众大步流星赶到李铁拐斜街水生一客栈的时候，已近晌午。客栈掌柜金作梁是个大戏迷，破天荒地头一遭店里进来这么多的戏老板，自然有着一番景慕已久的表示，率领着伙计一通忙活将众人让进九岁红与她阿公寓居的最里面的那座小院。

　　小院北房三间，一明两暗。商旅客栈，房屋间量自是不很宽敞，跟着来的就站在院里的阴凉地。掌柜金作梁赶紧招呼着伙计往这小院里头送茶搬椅子。

　　堂屋八仙桌旁，老郎中顶着瓜皮帽，鼻梁上架着老花镜，正在开着药方子，毛笔在纸上艰涩地移动着。他的对面，老郎中的徒弟一手扶着砚台，一手正在研墨，不时伸长脖子探过头去，极力想看清楚药方子上面的字迹。

　　东边儿里间，九岁红倚在床头，眼圈儿红红的，极力抑制着自己的啜泣。从江南跟来的老家人靳伯、丫鬟阿玉，两人将九岁红的阿公粟良俦从床榻上扶坐了起来，靠在被褥垛上。粟良俦双目紧闭，微微喘着气，似乎在积蓄着全身的力量。

　　童麒岫、凌子丙、放牛陈坐在窗前的椅子上，也是一脸关切的神色。

看看床榻上九岁红的老阿公喘息稍定，童麒岫从椅子上站起，走近床榻，微微俯身向前，拱手为礼，声音温和："见过老人家，在下就是金麟班班主童麒岫。"

粟良俦此时睁开了双眼，眸子在缓缓转动，目光有些沉滞，嘴唇翕动着，终于发出了声音："恕小老儿病榻沉疴，不能起身以礼相见。今日有幸得以拜识尊颜，童班主性情中人，于小孙女急难中施以援手，感沛五衷，本应到府上拜谢才是……"

粟良俦话未说完，已在喘着粗气。

童麒岫赶忙劝慰说："天下梨园是一家，更遑论南与北，老人家真是太客气了！"

阿玉为童麒岫将椅子搬了过来，请童麒岫坐下说话，待童麒岫在床榻前的椅子上坐好。粟良俦看着九岁红，用手指指外面，有让孙女回避的意思："小卿，你带阿玉去厨房为几位老板泡茶来喝，阿公与童班主有几句话说！"

"是，阿公。"九岁红不知怎的脸突然红了起来，用一种异样的目光投向童麒岫，蹲身向几位班主福了一福。九岁红轻盈转身，带着阿玉退了出去。

"童老板，实不相瞒，小老儿有一事相托。"

"老人家有什么话请尽管说，只要在下能够做到的，但凭吩咐，定当一诺无辞！"

"天地之大，山高水远，许多年过去，小老儿不想又见金麟班后人，实在是命数啊……"

童麒岫不由得"啊"了一声，回过头来扫了一眼坐在窗前的凌子丙、放牛陈。二人也是一脸惊诧之色。

童麒岫很是不解："老人家话出有因，江湖万里，云在青天水在瓶，愿闻垂教。"

粟良俦闭上眼睛，清癯疏淡的面容里有了一丝笑意，好像是在追忆着什么，俄顷，舒缓了气息，重又睁开了双眼，道："这话果真说起来……小老儿与贵班多少还有些渊源……那是六十年前，嘉庆二十一年的十月里，皇上'守制法祖'东巡龙兴之地，盛京谒陵，眼看着皇上九九万寿节庆就要到了，东巡路上太过劳累，决定驻跸避暑山庄。"粟良俦说至此，略歇了一歇，"昆山集雅班原奉召京城承应，半道上有旨意下来转道赶赴避暑山庄……就在那里，不期遇见了当年贵班班主童怀青……"

童麒岫倏然起身，耸然动容，孺慕之情现于颜色："那是在下的师爷，师爷三十年前作古，在下忝列门墙，却未曾见过师爷，每逢想起，实在是令晚辈嘘唏泣下！"

"小老儿那年……也就在十七岁上，出道不久，本名粟良俦，艺名一枝春……"

童麒岫讶然，失声说道："失敬，失敬，原来是名重一时，南昆北唱响彻大江南北的粟老前辈！"

"承蒙过誉，盛名之下，其实难副，但凡出了名，必为其名声所累……记得那天是皇上万寿的正日子，在山庄的云山胜地楼小戏台，集雅班承应的戏下来得早，贵班承应的戏是大轴，又是有个前来朝贺的番夷点着名儿要看……"

粟良俦突然咳嗽了起来，在旁照料着的靳伯慌忙地又是拍背又是端水。粟良俦接过靳伯递过来的水杯，喝了口水，咳嗽平复了许多。

童麒岫急问："粟老前辈，当年那戏码可还记得名字？"

粟良俦重又蹙眉思索着，两眼盯住对面墙壁的一个地方，似乎在极力搜索着记忆深处，由于着急，又咳嗽了起来，最终还是摇了摇头。

"那唱的曲词儿呢？"

"［瑞鹤仙］的开场引子，听的是'燕子东风里。笑青青杨柳，欲眠还起。春光竟谁主？正空梁断影，落花无语'……记不清啦。"粟良俦说到这里，目光渐渐变得迷离，"那时年轻，刚出道就有了些名头，不知天高地厚，从心里就没把这傀儡戏看得重……唉，都是命数啊！原以为那傀儡戏不过是番夷要看罢了，不知怎的，心里就是活泛着一个念头，一定要听这唱，你师爷一开嗓就是乙字调……大气磅礴的北曲，苍凉凄楚，跌宕豪爽，那是秋天的原野，清新寥廓，再一听，又全不尽然，揉进了南昆的唱法，'南北合套'，这才知道了什么是天外有天。"

粟良俦讲述着过去的事情，精神上似乎振作了许多，他一声慨叹："就听了你师爷这一次的唱，小老儿是心悦诚服，认定了你师爷就是小老儿的师傅，虽无师徒之名，却有授艺开蒙之实。"粟良俦大口喘着气，闭上了眼睛。这一大段的讲述，看得出他是用尽了唱戏的底功，在他是一种追忆往事钩沉温馨的慰怀，在旁听者是一次从未有过的抉隐索微的感受。

不知什么时候，东边儿里间的门口、外间堂屋里站满了在听粟良俦讲述的人。

此刻，童麒岫心中很是有些惆怅，他万万没有想到粟良俦提到了六十年前金麟班承应避暑山庄之事，更是没有想到粟良俦居然听过师爷的唱腔，仅凭这一点也足够使人神往。"老前辈何以只听在下的师爷一次唱，就认定是师傅了呢？"

"只因了这唱词……"

粟良俦再次咳嗽起来，似乎有意在躲避童麒岫的问询。他慢慢闭上了眼睛，思绪倏忽回到六十年前的那一天，他偷听了金麟班在御前承应的大轴戏，令他没有想到的是，金麟班在小戏台上的唱词与唱腔竟然和自己师门严嘱不许外传的一出戏中的词曲一样。震惊之余很是令他惶惑不解，南北之遥相隔何止千里，难不成世上竟有如此暗合之事？

童麒岫刚才不经意间的一句"老前辈何以只听在下的师爷一次唱，就认定是师傅了呢"的询问，顿使粟良俦心中慌乱起来，为了掩饰，只好装作咳嗽，有意躲闪。

"那……粟老前辈见过在下的师爷了？"

粟良俦轻轻摇了摇头，神情委顿下来："与你师爷失之交臂，令人怅然，是终生的憾事！"

童麒岫见状，起身相询："粟老前辈见召，晚辈敢不从命，不知老前辈所托何事？"

"小老儿想把孙女雅卿的终身托付给童班主！"粟良俦说罢，抬了抬手，靳伯转身从放在床头的箱子里取出一只红信封，交到童麒岫的手中。

粟良俦喘息着，轻声说道："这是孙女雅卿的八字庚帖，请童班主收好！"

童麒岫知机识变，想到这样就可以长久留住九岁红。众目睽睽，碍于情面，童麒岫手拿九岁红的庚帖真江湖假仗义地很是一番推辞，不过态度上未免显得有些暧昧："老前辈，您……您……这可使不得，在下上有师娘下有拙荆，兹事体大……退一万步讲，即使在下没有家室，您卧病伤旅，在下又岂是那乘人之危，不仁不义之徒？"

粟良俦以手强撑着身体坐了起来，喘息着说道："童班主万勿推辞。小老儿的孙女已到及笄之年，况且，自那日金麟班为她'报庙'具保后，雅卿……也颇属意于班主。这姻缘自有天定，任谁也……是强求不来的……小老儿的病，小老儿自己知道，枯藤老树，所剩时光已是如烟似水……关山虽胜路难堪，只要小孙女终身有靠，纵然客死他乡，也就瞑目啦！"

第十六章

观音寺街因一座观音寺而得名。寺始建于明朝，观音寺的山门坐西朝东，正对着观音寺街。观音寺街东邻大栅栏，西边是一个丫字形岔路口，分别连接着李铁拐斜街和樱桃斜街。观音寺街南侧，就是京城的"八大胡同"；北侧则是以会馆、书局而闻名的杨梅竹斜街。地理位置的巧合，注定了这几条街巷在岁月流逝中的不同凡响。

坐落在观音寺街西头的丫字形分岔口上的惠丰堂，是咸丰八年开张的大饭庄子。大门坐北向南。这是一个带回廊的有着几进深的四合院，院内画栋雕梁，古朴典雅。最后一进院落里还有一个办堂会用的三面敞开的亭式小戏台。店堂都是隔断好的一个个雅座单间。每个单间门楣上悬匾一块，附庸风雅地临摹题写一些适情应景的辞藻笔髓。

刚刚水生一客栈里的事情来得突然，却是一桩喜事。傀儡戏众班主离开了客栈，一路说笑着来到了观音寺街。

隔着街，大家伙儿愣了神儿。

京城八大饭庄之一的惠丰堂，门脸儿已是改得面目全非，街对面原先的惠丰堂饭庄古色古香的广亮大门不见了，改头换面修建起的却是一扇圆形门脸儿，门两侧是各自向后延伸的弧形景墙，圆形门两侧的景墙墙面上一边开了一扇圆形鱼鳞纹花窗。左看右看活像个鱼嘴儿，错愕间一瞬的恍惚，真是让人以为走错了地方。

惠丰堂在闹市背阴儿的地方，生意一向清淡，门可罗雀。那时进来用餐，环境自然显得幽雅安静。可是眼下却为之改观，宾客满座，一片热闹，生意红火得有如戏园子一般。

惠丰堂堂头濮西白正在新改的门脸儿前招呼进出的客人，点头哈腰带拱手，迎来送往好一阵忙活。凌子丙率先走了过去，众人好奇，尾随着要看个究竟。未等到得跟前，凌子丙便高声招呼起来："濮头儿，怎么个茬儿，你家惠丰堂改门脸儿改成戏园子啦，这么多人进进出出？"

濮西白听见招呼声，扭头一看，认得凌子丙，又看见后面缀着一帮子人，赶紧上前抖下双袖总请了一个安，起身后又拱手连连："啊，是凌三爷三老板，哎哟，还有几位老板哪，快，快，全都里边儿请！小的在这里替东家先谢谢诸位大爷赏光莅临。"

濮西白伸手肃客，陪着大家伙儿往里面走来。

"哎，我说濮头儿，饭庄子原先那广亮大门不是挺气派的吗？"凌子丙发问，"你东家这是出什么幺蛾子哪，怎么把门面给改啦？刚才在街对过儿远看活像个鱼嘴儿。"

濮西白不无得意地说："得嘞，三老板，您圣明，真是一说一个准儿，不但您在街对过儿看着像鱼嘴儿，您就是从东边儿、西边儿、南边儿哪边儿瞅，它都是鱼嘴儿。"

"听濮头儿话音儿，这里头还透着讲究？回头您可得给说道说道。"紧接着凌子丙言归正传，"濮头儿，咱还是老规矩，菜嘛回头你看着给上，那水晶……"

"水晶肘子一位爷一只，吃不了的带走！"濮西白老练中透着格外熟络，一边接口应承着，一边将众人往里让。

院子两侧回廊下的每个雅座单间里，座无虚席，喧闹声一片，满满登登都是前来应席吃饭的人。凌子丙等一行人众在堂头濮西白的引领下,径直被让进了第二进院落的上房大雅间雪柳冰蝉,雅间宽敞舒适,布置陈设也很是得体。

濮西白意态恭谨:"诸位爷请稍候,小的先去后厨吩咐一下菜码就来。"

濮西白说完转身沿回廊快步向后厨走去。

童麒岫等一行人众纷纷落座,众位老板刚往那高背黑漆的木雕椅上一靠,有伙计立即送上手巾和茶水。大家纷纷擦汗、喝茶。

童麒岫接过手巾却忘记擦汗,满腹心事地只顾想着什么。

高月美看在眼里,用胳膊肘碰了一下童麒岫,打趣地说:"童班主,你这一路上沉思不语的,都挨到惠丰堂了,眼瞅着就要抱得美人归,其实心里是不是在偷着乐呢?"

放牛陈则带着些许妒意说:"今儿这顿饭还非你童老板做东不可。天大的好事儿,兄弟就不明白了,你居然还一副不太情愿的样子,别假不指着啦。那九岁红美人一个,嫩得一把都能掐出水儿来。这要娶过门,老兄真个是温香软玉抱满怀,艳福不浅,享这齐人之福,也不是每个人都能够得着的不是?"

"二位仁兄说笑了,在下哪有那个心思?"童麒岫忧心忡忡,"此事还要从长计议,内子虽说不是那一等拈酸吃醋之人,她若同意才好,以后方得平安无事……更有一层,在下师妹新亡,师娘身子骨也是不好,劳动不得,西跨院走了水,要建最快也得秋后,刚才在客栈,一枝春老前辈的意思在下明白,怕自己不久于世,要亲眼看着孙女嫁出去……"

凌子丙未等童麒岫说完,接口说道:"如此说来,童老板在府上办事儿,任谁也是面子上磨不开。你我是兄弟,兄弟这里替童班主想了一个辙。去年夏季天儿,我家老大在大吉片儿南海会馆的对面,给兄弟置办了一套两进的四合院子,房子倒也规整,只是童老板千万不要嫌弃!"

凌子乙瓮声瓮气地说:"老三,那套四合院儿是大哥大嫂为你娶媳妇备下的!"

"二哥,你别瞎搅,兄弟这哪到哪还早着呢,事急从权,童老板先用着就好!"

童麒岫慌忙起身,拱手致谢,意在推辞:"贤弟有意成全,令在下铭感于心。借房一事,却是万万不可,万万不可!"

凌子丙面上现出颇不以为然的神色:"童老板万不可做小儿女状,你我都是江湖中人,君子之德,成人之美,乃是本色。"

"鹊巢鸠占,世间哪有这个道理。"童麒岫仍在拱手致谢,"此事真的万万不可,在下只有敬谢不敏!"

"童老板,竟拿我兄弟如此见外吗?"凌子甲满面含笑地在劝说。

"不敢,不敢!"童麒岫探身取过圆桌中间预先摆放着的酒水菊花白,掰开泥封,先为自己斟满一杯,随即举起,环顾四座,道:"兄弟承情之至,在下先自罚一杯!"说罢,一饮而尽。

这时,堂头濮西白走进雅间,身后跟着两名伙计端着大托盘每人一碗如数为大家送上冰镇的冰糖莲子羹。濮西白朝着大家伙拱手抱拳:"诸位大爷,请先尝尝这冰镇的冰糖莲子羹,压压热,敝店的冰窖里还有……"

凌子丙用调羹搅动着碗里的冰糖莲子羹:"濮头儿,先别忙活啦,您倒是给说说啊,惠丰堂怎么想起改门脸儿来啦?"

凌子丙一句话正好搔到堂头濮西白嘴快好说的痒处。濮西白轻咳一声,漱了漱嗓子,拉开了架势:"诸位大爷都知道,咱京城八大堂,讲究红白喜事出堂会,不设散座。八大堂之首的天福堂在大栅栏,那是风光地场儿,人多热闹。敝店在这小街上,有点背阴儿不是。几年啦,老是这撑不着也饿不死的劲头儿,名副其实地成了冷庄子,别说东家了，连小的都跟着起了急……那是头儿年的清明节刚过也没几天。小的记得是清清楚楚，那天戌时都过了，天儿啊黑得透透的，大门外头来了一个瞎婆子，蓬首垢面破衣拉撒的挂着根棍儿，一屁股就坐在了大门正中间儿的台阶上，嚷嚷着肚子饿。凡事讲究一个缘，该着是东家带着小的来到大门口收那门檐下点着的灯笼。一整天了，一单生意没有不说，临了，临了，饭庄子大门口正当中间儿的台阶上还坐着个要饭的瞎婆子……"

"生意本就清淡，真是给人添堵。"凌子乙理所当然地说。

"谁说不是呢！"濮西白用眼角一溜，见在座的诸位老板都在静听下文，似乎来了精神，更加绘声绘色起来，"小的低下头就要赶那瞎婆子走，却让东家一把给拽住了，吩咐说把这婆婆搀进去，问她想吃什么，立马儿给做。谁知那瞎婆子不动地方，说就坐在这地方吃。没想到东家说：'成，就依大姐的！那大姐想吃什么呀？兄弟吩咐后厨去给做。'那瞎婆子真不客气，除了水晶肘子不吃，敝店的几样招牌菜什么烧四丝、砂锅鱼唇、三丝鱼翅都点了，最后吩咐糟熘鱼片儿不要片儿，要糟熘整条的。东家耐着心烦儿应了下来。小的知道东家这是自己个儿跟自己个儿赌气呢，生意不好，不上人，气得东家反着来了。没用半个时辰，瞎婆子点的菜齐了。东家亲自下厨还有伙计伺候着把菜端到了大门口。小的特意把那盘儿糟熘整条鲅鱼放在了瞎婆子面前。菜上齐了，瞎婆子说一个瞎老婆子吃口饭没什么看头儿，等吃完了再叫伙计出来收拾碗筷儿盘子碟儿。东家二话没说，掉头就走。约莫是过了半个时辰，听听大门口没动静了，东家带着小的出来一看，那瞎婆子什么时候走的都不知道。菜吃得风卷残云，一点儿没剩，只见碗筷儿盘子碟儿整整齐齐码在一边儿，那盘儿整条的糟熘鲅鱼只剩了一个鱼头，规规矩矩摆在大门口儿正中间儿的地上，鱼嘴儿朝南……"

众人皆是作声不得，只觉得此事来得蹊跷。

"东家对着那吃剩下的鱼头愣了半天神儿,弯腰用手巾把那鱼头包了起来。第二天就歇了买卖,动工改门脸儿,诸位爷进来也是瞅见了,打那儿之后见天儿的这样,座无虚席。"

凌子丙眨着眼睛,低声问道:"那……那瞎婆子呢,知道去哪儿啦?"

"没过多久,就听说永定门外的沙窝,前朝神木厂那儿有个从大房山皇陵尖儿上下来的瞎婆子,给人算命断阴阳灵验得很,城里头的达官显宦大户人家可是去得不少。东家听说后带着小的颠儿颠儿地专程跑了一趟,想去认认人……"

放牛陈也好似着了魔,急急问道:"见着人了吗?"

"沙窝神木厂后面有一座关帝庙,神像倾圮,破败荒凉,那瞎婆子住在庙里的一个偏殿。依小的看明明就是那晚蓬首垢面的瞎婆子,可那瞎婆子却不认账,说她眼瞎,连这庙门都走不出去,让东家以后也不用再找了,回去好好做生意,多行善事……"

院内,惠丰堂一个小伙计从外面急步走来,一步跳上台阶,站在雪柳冰蝉雅间门口。

堂头濮西白眉飞色舞地讲得正在兴头上,回头看见小伙计一点儿眼力见儿没有像根桩子似的杵在雅间门口,立马儿眼一瞪,呵斥起来:"站在这儿等着领赏钱哪,上后厨给催催菜去呀!"

小伙计多少有些委屈地说:"堂头,外面……外面有人找三义班的三班主凌爷。"

凌子丙随口问道:"什么人啊?怎么都找到这儿来啦?"

小伙计上前一步,道:"回凌爷,来人说是内务府九堂的。"

凌子丙一听,倏然站起,抽身就向大门口走去。

第十七章

养心殿造办处，始创于康熙初年，是专供宫中用度的造办处。南侧是内务府公署，北侧是内务府造办处，又称匠作处。两个造办处之间隔着一条东西走向的通道。

郭万里走在去往内务府公署的通道上，看着两侧高大的黄瓦红墙，有着一种莫名的感触，兴奋掺和着伤感似乎更多的还是新奇。前边当值领路的小太监不时地回过头来催他快走。

自从那日在天颐轩茶楼应下了恭亲王府的这桩买卖，他心里一直有些狐疑不定，抓耳挠腮地不自在，总觉得恭亲王府长史吴干臣说出来的话，乍一听是在与你商量买卖，可从对方或直视或斜乜的眼神里，感觉到的更像是上面交办下来的一桩差事。可这差事万一给办砸了呢？郭万里不敢想下去了。

领路的小太监把他让进这间陈设简易空荡荡的公事房，二话没说，扬长而去。

郭万里坐在内务府造办处公事房的太师椅里，一只手攥着烟荷包，用系着烟荷包吊在烟杆儿上的那根六股锦丝拧成的小绳，来回缠绕着另一只手中的京八寸铜锅旱烟袋的烟杆儿，思忖着等会儿见了从未谋面却与父亲有过八拜之交的边冷堂时，话该怎么说。

等了约莫有一袋烟的工夫，窗外响起了由远而近的脚步声。

"边头儿，您老这是——"

"啊，一个多年未见的世侄来寻我，在这儿见见！"

郭万里一听，赶紧收起了手中的烟袋锅，肃然起身静候。

边冷堂走进公事房，就在这一脚门里一脚门外的当口上，郭万里低眉顺眼向前一步，屈膝给边冷堂请了一个安，紧接着起身向前又走了一步，再次蹲身屈膝，郭万里执子侄辈礼，给初次见面的伯父边冷堂利利索索地请了一个双安。

郭万里请双安时，低头不能抬眼，眼角余光只能瞄见边冷堂穿在身上的江崖海水的袍子边儿和足下一双高勒的靴子。郭万里知道，在宫里穿高勒靴子的太监，无官有品，品秩都很高。

"小侄郭万里给世伯请安！"

边冷堂伸手一把将郭万里扶了起来："世侄不必见外，请坐吧。"

二人落座，由于边冷堂的到来，小苏拉随后进来奉茶，旋即躬身退出。

边冷堂年过近旬，高身量，直腰板儿，方脸凤眼寿星眉，眉梢见白，面色红润，精神矍铄。边冷堂双眼直视着窗外，神情沉静，说起话来，四平八稳，不慌不忙："老朽的义弟何时驾鹤西去的？"

郭万里着着实实吓了一跳，初次晤面，没有寒暄，也无客套，上来就是直接问询，压根儿就没拿自己个儿当外人。

郭万里的泪水在眼眶里打转，声音有些哽咽低沉，并非做作，实在是因见到了这位父亲的故友、中国礼仪交往最高规格的八拜之交，由彼及此，自然不免有些动情："家父去年腊月二十三，过小年儿那天辞世的。"

"人生一世，草木一秋，节哀顺变吧。令堂大人可还安好？"

"谢世伯惦记，家母安好！就是家母打发小侄来看望世伯的。"

"世侄跟老朽是一家人,有话请尽管说。"

"唉,人为财死,小侄实在是没有出息,让世伯见笑了。小侄没有那金刚钻儿,却揽了桩瓷器活儿……"

"不就是恭亲王府上的大贝勒想淘换几个前朝养虫儿的罐子吗?"

"啊——世伯知道?"郭万里着实吓了一跳,他想不明白对方是怎么知道这回子事儿的,眼下也没有时间容他细想,多少有些难为情起来,只得示弱,以退为进地说,"真是不明白自己个儿这面软的毛病何时才能改。京城古玩行老字号那财雄气大的五斋五大买卖家的掌柜都不敢接的硬茬子活儿,自己个儿的小买卖却还要装什么大门面!"

边冷堂不以为意地蔼然一笑,做了一个请对方喝茶的手势,说起话来仍然是四平八稳:"自古富贵险中求,此不为过!"

"小侄听恭亲王府上的长史说,大贝勒是要为明年皇上大婚准备贺礼,因是天子近臣、弘德殿伴读……所以出手的物件总要见些新意才好!"

"如此看来世侄是要跑趟苏州陆墓了。"

"是。"

边冷堂颔首不语。俄顷,抬手褪下左手拇指戴着的一个扳指,放在了桌子上:"世侄可是认得这个物件儿?"

郭万里从桌子上拿起那枚扳指,举在眼前,就着亮处仔细察看,却又多了一份心眼儿,看样子世伯是在押量自己的道行。想到此,开口说话,有如盘道一般:"自八旗入关,举天下以奉养,扳指这种扣箭弦之用的物件儿眼下已成为一种了不得的饰物,八旗子弟争相以贵重材质制作扳指,相互攀比炫耀,风气日渐奢靡。当今扳指则以翡翠为上选,尤以碧绿而清澈如水者价值连城。这个驼鹿角骨素面武扳指是个老物件儿,扳指呈姜黄色,经于岁月的磨砺已变为浅褐色。不用说这个扳指绝非那些纨绔子弟手上的浮华之物,铁定非比寻常……断代最晚也是大清入关之前，可以想见这只扳指当年曾跟随着主人铁骑征战，风烟万里。"

"说得不错，这只'憨得憨'就算是给世侄的见面礼吧！"

听着边冷堂的话里有旧日时光的味道，郭万里慌忙起身，向着边冷堂躬身一揖："谢世伯！"

"世侄到了苏州，可先去织造衙门里找一笔帖式，官名顾土，号月白。他见到这只扳指，就如同见了老朽，世侄不必客气，他自然会鼎力助你！"

大书房九思堂内，堂烛厅灯十分明亮。

堂内宽大的书案上、靠窗的几张茶几上、太师椅上、门口大条案上、中堂与次间的地上一摞摞、一堆堆到处都是晒了一天刚刚收进屋内的典藏书籍。伺候大书房的两名小苏拉在沿墙大书架前整理码放着书籍。

醇亲王坐在大书案后正在翻看一册宋版书。书案上堆满了高低参差不齐的书籍。

九思堂外有小太监传报："侧福晋回府啦。"

院中即刻响起了侧福晋颜扎氏银铃般的娇笑声："来了，来了，在宫里我这心里就不踏实，惦记着小阿哥……原本想着先去看看阿哥，换了衣服再来给王爷请安。"

侧福晋一边说笑着抬腿一步迈进了九思堂："哎哟，爷这是要升文华殿大学士啦，怎么满世界都是书啊？"穿着吉服褂的侧福晋和身后跟随的两个侍女一齐给醇亲王福了一福。

祁慧茑屈身给侧福晋请安后，退在一旁。

醇亲王抬眼问道："净闹这虚礼儿，今儿个进宫，西边儿赏看的是什么戏呀，哪有看戏看了一整天的？"

"看完戏，东边儿要去宁寿宫花园的禊赏亭看点蜡烛的曲水流觞杯，不免耽搁啦。"侧福晋回身找了一张椅子坐了下来，挥手让侍女退下，转过头说，"噢，老祁——"

祁慧苪躬身，毕恭毕敬地应道："奴才在。"

侧福晋急急问道："广渠门外有个地方叫沙窝，那儿还有一个……什么庙？"

"回侧福晋的话，广渠门外有个沙窝，沙窝那儿有个前朝的神木厂，后边有个早就断了香火的关帝庙。"祁慧苪应声回答。

"对，对，对呀。"侧福晋频频点头，笑着问道，"那关帝庙里是不是还有个偏殿？"

"哪个庙里也都有正殿和你说的那个偏殿。"醇亲王看着自己的侧福晋说话时一本正经认真的模样，不禁哈哈大笑起来。

"哎呀，我的爷，今儿个在宫里，庆王家的四格格是说那偏殿里住着个瞎眼老婆子，算命断阴阳可准了。老祁，瞎子算命这事儿你也知道吗？"

"回侧福晋的话，瞎子算命也叫盲算，盲算这绝技听人说早就失传了呀……难道又重现江湖了？盲算这一派行话叫'暗金'，人神合一，不算则已，如算是极准的。"

"哦，难怪四格格说起她府上的事儿来活灵活现的，听四格格说那瞎老婆子是从大房山的皇陵尖儿上下来的。"

祁慧苪听完侧福晋的这句话，不禁微微晃动了一下身子。

金麟班演出场子旁边的院子里，班子里的人刚刚吃过晚饭，古麒凤和班子里专司做饭的文青嫂正在归置收拾炊具碗筷。

靠门口的一张八仙桌子，陆麒铖坐在旁边的椅子上，低头想着什么。

古麒凤手里拿着炊帚敲着锅的边沿儿"嘭嘭"作响，催促着陆麒铖："你倒是说话呀，师兄是应了人家，还是没有啊？"

"好像是应了……又好像是没应……说回来得商量商量。"

"是不是嘴上打着乌涂语儿，其实是心里头愿意的那种神情？"

"我……我在外间屋，就听师兄说了这么几句……不过……"

"不过什么，你倒是说呀？"

"那……那老阿公把九岁红的八字庚帖给了二师兄。"

"二师兄收下啦？"

"没……没瞅见，我在外间屋来着。"

古麒凤扭头对文青嫂安顿说："文青嫂，这儿剩下的回头我归置，您回屋歇了吧，我和陆师兄还有几句话要说。"

文青嫂笑了笑，解下围裙，掸了掸衣裳，顺手倒了碗凉茶，送到陆麒铖下巴颏儿底下，走了出去。

古麒凤走过来一屁股坐在陆麒铖的对面，若有所思地说："师嫂的肚子这几年一直没有动静，二师兄那点儿心思我知道，说什么为了金麟班，这在其次，再娶一房，倒是他心里的正点子，是男是女另说，但毕竟是自己个儿亲生的。"

"你也别把人都往歪里想……师嫂咱不说，师兄也是从小就没了爹妈。那年冬天大雪，要不是咱师傅把咱们从天桥被大雪压塌的草棚子底下刨出来，咱俩说不定早就冻死了。是师傅师娘把咱们拉扯大，又给他说的媳妇儿。家里出了这档子事儿，将心比心，正是师兄和咱们报恩的时候了……"

"那好，和你商量个事儿——"

"但凡什么事儿你什么时候和我商量过呀？跟个大师姐似的，凡事还不都是你说了算！"

"师兄只要娶了这个九岁红，咱就立马儿成亲！"古麒凤猛地站了起来，一脸凝重的神色，"你当爹，我当娘，把麒麟儿抱过来，咱公母俩养！火凤儿替师娘做主了，咱不用他们……"

"你呀，这脾气秉性真得改改，有话不会好好说吗？别总想着掰生！"

古麒凤心急火燎地伸手解下围裙，一把扔给了陆麒铖，吩咐说："这儿剩下的你归置，我先回去了，霞锦在家一个人带孩子，我不放心！"

金麟班老宅三进院子东跨院，伙房屋檐下小泥炉上正在煎着药，药罐在火上"噗噗"冒着白汽，顶着罐盖儿一起一落，霞衣蹲在小泥炉前用蒲扇对着炉口来回轻轻扇着，火光映在霞衣的脸上一闪一闪。

童麒岫、索万青夫妇走了进来。

霞衣看见班主夫妇进来，赶忙站了起来，手里攥着蒲扇，用手背抹了一下额头渗出的汗珠，悄声说道："班主、大奶奶，老太太现在睡着了。"

索万青走近，低声问道："老太太好些了吗？"

"老太太晚上吃饭时清醒些，饭吃得不多，刚才又睡过去了，响爷来过看了一眼。"

"霞衣，你一人儿忙不过来，我让霞锦过来帮你吧？"索万青关切地说。

"谢谢大奶奶，等忙不过来时，我再跟大奶奶回。"

黉夜时分，从老宅前边儿一进院落中隐隐传来悠悠扬扬的胡琴声。

老宅三进院落正房。睡房内，拉起了帷幔，墙角处立有一盏木托高脚灯，圆形纱罩上绘着兰草花卉的图案，灯光幽幽，散发着淡淡的光晕。

索万青坐在梳妆台前对镜正在卸妆。梳妆台上放着那只装有九岁红的八字庚帖的红信封。

童麒岫坐在一张小几前，饮着消夜酒。小几上雕花玻璃罩的桌灯一盏，烛光闪亮，一钵盛酒的瓷瓶，小菜数碟。

索万青有事要和童麒岫商量，尽量压低着声音说："原本想着的是进去给师娘请个安看望一下，顺便把你要纳妾的事儿跟她老人家禀告一声。按说她是我的婆婆……刚才亏得师娘安歇了，转念一想，先不告诉她老人家也罢，这时候说起来终是不妥，瞒一时是一时，到时候我自有说辞。"

童麒岫抿一口酒："那日在天颐轩，为九岁红具保，只是想的以后如何应付官面儿上承应的戏码，也好保全金麟班，不想粟老前辈如此抬爱，可在我总觉得六十年前的那桩事儿好像没有完似的。"

索万青从梳妆台前站起身，慢慢走向童麒岫，道："哎呀，你不用说那用不着的，我又不是那拈酸吃醋的人。几年啦，我这肚子一点儿动静都没有，难不成咱公母俩真的就给别人的孩子当一辈子爹娘？你师妹走了，师娘把这麒麟儿归在了咱们名下……"

"你话不要说得这么难听，怎么是归在了咱们的名下？"

"那孩子天生就跟我没缘分，说来也怪，我抱他他从来不笑，火凤儿一抱他，他就'咯咯咯'地乐。"索万青为童麒岫的酒盅慢慢地斟满酒，"真要是当了爹当了娘那也就算了，可这件事儿上，咱俩就是个走过场跑龙套的，你看你那小师妹，一口一个师傅的骨血……"

"你别说了！"童麒岫粗声喝止索万青，他猛然端起酒盅，将满满一盅酒一饮而尽。

索万青不再说话。前边儿一进院落的琴声不知何时停了下来，一曲终了。

第十八章

　　天颐轩茶楼大堂，清音桌小台式戏台上，九岁红头上贴额，坎肩彩裤，系着腰巾，扮演的红娘眼波流转，娇俏可爱，身段袅娜，步履蹁跹，体状之工令人目往神移。

　　安德海一身贵公子服色，手里掂着把折扇，站在二楼雅间的窗前注视着楼下大堂小戏台上正在演唱的九岁红。安德海收回目光，转过身来，坐回到桌旁。

　　凌子丙端起茶壶，欠过身为安德海斟茶。

　　安德海脸上浮起狡黠的笑容："今日一见，这妞儿还真不赖，果真名不虚传。弘德殿的陪读换人了，咱家这才知道载澂让他阿玛给圈禁了，真是该着，他哪有这个艳福呀？哼，在庄亲王府的梨园当着万岁爷的面儿他让咱家喝那不放盐的白肉汤，这一回是咱家让他连那不放盐的白肉汤都没得喝！"

　　凌子丙一脸逢迎地笑："眼下九岁红名满四九城，今儿个请您过来，小人就知道，大总管一准儿地能相中。"

　　"唔，这妞儿还真不赖。"安德海抬起拿着折扇的手，转动手腕，扇子头朝下，在面前虚画了一个圆，像是在圈定什么东西，骄矜得意地说，"就是她了，九岁红！"

安德海说完与凌子丙二人相视大笑。

凌子丙正色说道:"请大总管放心,只要是大总管相中了,小人还是那句话,这事儿包在小人三兄弟的身上!"

安德海"欻"的一声打开折扇:"好,一言九鼎,你们大哥的事儿也包在咱家身上。"

隔着桌子,凌子丙起身一揖:"谢大总管!"

"有什么好谢的,一句话的事儿,回头咱家瞅着空儿去趟升平署,跟那庄亲王爷言语一声,就说是西边儿喜欢看你们三义班的《闹天宫》,那庄亲王爷是顶明白不过的一个人了……倒是咱家这事儿有点让人忌惮……"

"听说了,大总管家里的大奶奶有点儿小脾气。"

"妒妇必悍,当初把家安在铁狮子胡同,看来是安错了地方,咱家家里养了头母狮子。"

"大总管说笑了,知道家里大奶奶的性情,想替大总管再安处家。小人在大吉片儿有处两进的四合院,虽说不大,倒也精致,刚刚粉刷一新,就算作小人兄弟们的贺礼了。两个住处两头大,谁跟谁也不用伏低做小,谁和谁也见不着面儿,自然是打不起来的。"

"自古讲'妻要贤,妾要美',咱家是没有根儿的人,妻不贤,咱家认了,老弟……"

凌子丙倏地起身,错开桌子,再次举双手一揖:"大总管太抬举小人了,如果大总管不嫌弃小人,小人愿意跟大总管结拜兄弟,认下大总管这个哥哥!"

安德海挥挥手,示意凌子丙坐下:"老弟,咱家已经不是那全乎人儿了。"安德海说到这里,略停了停,端过茶盏,将茶水一饮而尽,"你们哥儿仨有意结交咱家,要用咱家的权势为你们办事儿,咱家心里明白。可话得两头说不是,你们哥儿仨拿咱家当朋友处,当全乎人儿看，什么都为咱家打算好了，咱家心里很是感激。"

凌子丙起身为安德海斟茶。

"咱家打小两三岁上就死了爹娘，爹娘疼爱是什么滋味儿都不知道，在村里吃百家的剩饭，身上缀的是百家的补丁片子。记得咱家八岁那年，在村口，一挂什么府上的带轿篷大马车跑着颠儿着过来，把咱家撞到了泥水里，咱家腿上流着血，等爬起来，那挂大马车早就跑远了。周围的人哄笑着，咱家站起来指着远去的马车说将来咱家也要有这样的马车，周围的人笑得更是厉害……"

凌子丙看见安德海的眼眶里噙着泪水。

安德海声音有些哽咽，喘息着，看得出，他在尽力平复着自己的心绪："咱家看都没看那些笑话咱家的人，咱家一直向前走出了村子，没有再回头……咱家最后下了狠心净身进了宫。"

"那……那后来呢，大总管回过村里吗？现而今别说那一挂马车了，就是十挂二十挂也不在大总管话下了。"

"前年春上清明，跟西佛爷告了假，回了南皮几天，就干了一件事儿，悄悄地把自咱家爹娘死后，从小收留拉扯咱家长大的村南头那孤老婆子的土坟头儿给重新修了个石头的，立了个碑，前面盖了阴宅，也认作了娘。"

"大总管是真不易啊。"

"说句掏心窝子的话，咱家甭管娶谁，都是造孽。咱家心里跟明镜儿似的，这不是缺德带冒烟儿又是什么，可这心里就是有一道迈不过去的坎儿！"

外面一个穿着常服的长随小太监低眉顺眼走了进来，趋前一步给安德海请安后站起身："请大总管示下，时辰不早了，宫里可是快要下钥了，是回铁狮子胡同还是——"

安德海摆摆手，长随小太监弯腰退了出去。安德海随即起身，手握折扇向着凌子丙拱拱手:"咱家得赶回宫里去,明儿一大早,长春宫当值,今儿个就说到这儿,外边儿的一切就都归老弟张罗喽吧。"

凌子丙谄媚一笑:"大总管这话说得客气。附骥尾则涉千里,攀鸿翻则翔四海,我们兄弟以后要仰仗大总管的地方可还多着呢。哪天大总管方便了,抽个空儿,到那大吉片儿给您备下的宅子瞅瞅去?"

安德海满意地点点头,向外走去。凌子丙起身相送,走到雅间门口,安德海折扇轻摆,示意凌子丙留步,自己一闪身溜出了雅间茶室。

送走安德海,凌子丙走回桌旁,慢慢坐了下来,端起茶盅,舒心随意地呷了一口茶,仰身靠在太师椅上,闭上双眼,摇晃着脑袋,捏起小嗓,模仿着九岁红刚才所唱《红娘》中的一段唱腔小声哼着,还用手指轻叩桌面,为自己的哼唱敲打着锣鼓点……

小茶房吕正来提着长嘴茶壶一步走了进来,惊扰了正在暗自得意哼唱的凌子丙。凌子丙睁开眼,坐正了身子,很是没有好气儿地开了腔:"嘿嘿,你真是勤儿得慌啊,闲得没事儿干,爷又没招呼你进来续水!"

"凌爷,不是小的非要进来。"吕正来凑近凌子丙,"是界壁儿的雅座有三位爷吩咐小的过来请您。过那边儿的座儿上一同品茗,您这边儿座儿上的茶水钱那边儿的三位爷已然都给'候'了。"

"哪儿来的……什么样儿的三位爷啊?"

"看架势,那三位爷来头着实不小,小的也就是听招呼传个话儿,实话说,小的都没敢正眼瞅那三位爷。"

凌子丙满腹狐疑地站起身,下意识地整了整自己的衣帽:"人可不能不识抬举,你说是不是?那就头前领路,过去会会那三位爷。"

吕正来在前,凌子丙随后,来到了界壁儿的雅间。吕正来高挑雅间的门帘,凌子丙略微挺了挺胸,缓步走了进去。

凌子丙抬眼看过去,吕正来嘴里所说的来头不小的三位爷岁数都不大,却衣着华丽,各自身上佩金挂银、腰里吊着绣荷包,是正儿八经的三位满族亲贵。凌子丙不知对方的路数,觉得似曾相识,急切间可又想不起来在什么地方会过面,只有硬着头皮先拱手为礼,自报家门:"在下京城傀儡戏三义班凌子丙,承蒙抬爱,奉召而来,见过诸位大爷。"

坐在中间左手大拇指上套着碧绿翠扳指的鄂多林台站起身,举手肃客,示意凌子丙坐下说话。凌子丙眼睛留意着雅间里的一切,顺从地慢慢坐了下来。

"算我们哥儿仨冒昧。"鄂多林台继续打量着凌子丙,"自世祖朝顺治爷定规下的铁律,公公们可是不准出宫,能与长春宫大总管在天颐轩一块堆儿喝茶,尊驾想必也不是等闲之……"

凌子丙素有急智,未等对方话说完,赶紧站起身,向对面的三位大爷重又拱手一揖,以示尊重:"公公们私下出宫行为举止一向比较隐秘,怕的就是铁律拿人。在天颐轩这么一个人多繁杂的地方,居然被三位大爷撞见识破,可见三位爷也是交通宫内的主。实不相瞒,在下认识安总管是在去年车王府车王爷六十大寿的堂会上。今儿晚上在下路过正阳门,碰见了安总管的轿子,安总管想起了明年皇上大婚时要承应的戏码,因皇上喜欢看傀儡戏,故叫在下上来喝口茶,特为叮嘱京城傀儡戏四大戏班子明年务要承应一些新戏码,不想惊动了三位大爷。"

载洎看着鄂多林台和景沣说:"这安德海什么时候变得如此乖巧,倒还惦记着主子爷的喜好了?"

景沣接口道:"喝完皇上赏给的那碗白肉汤呗。"

鄂多林台翻着眼睛想了想,依稀记得去年叔父过寿时,安德海确实来过府里,不由得点点头:"唔,去年叔父过寿,安德海来府里……记得是有这么一回事。"

"啊?这位爷是——"

景沣有意显摆:"这位就是大名鼎鼎的车王府的贝子爷鄂多林

台。"

凌子丙心中既惊且喜，顿生攀附之心，表面却不动声色，装出一副吃惊不敢相信的表情，站起身，退后一步，给鄂多林台屈膝请了一个安："在下重新见过贝子爷，请恕在下眼拙。"

鄂多林台隔着桌面子伸出手虚扶了扶，示意凌子丙起来说话："既然大家都认得安公公，那就都是相识。我来给凌老板介绍这两位爷，这一位是户部尚书的大公子景沣，这一位是庄亲王府的大阿哥载泪。"

凌子丙一听，敢情庄亲王府的大阿哥也在这里，今天若能结交，以后在升平署、在庄亲王爷面前自然又多了一重奥援。礼儿多人不怪，想至此，凌子丙故伎重演，再次退后一步，朝着景沣、载泪再次屈膝一并请了一个安："凌子丙见过二位爷，二位爷吉祥。"

景沣起身离座，表示客气地将凌子丙扶了起来："既然是京城四大傀儡戏班子的人，说起来也都不远……哦，那晚在天颐轩，傀儡戏班金麟班为九岁红'报庙'具保，凌老板也在其中？"

"是，那晚京城傀儡戏四个班子的班主，聚齐儿也是商量今年十月圣母皇太后九九万寿节庆的戏码，正巧碰见恭亲王府的大贝勒想让九岁红姑娘搭恭亲王府的全福班。结果不知怎的，突然进来了顺天府的人将大贝勒请走了。"

"那是恭亲王府闹家务。"景沣一副以正视听的样子说，"跟旁的事儿不挨着。凌老板，那金麟班的胆子也够大的，竟敢和恭亲王府的大贝勒对着干？"

"景爷，那金麟班班主童麒岫他哪有那个胆子敢和大贝勒叫板！也就是话赶话事儿赶事儿地挤对到那儿啦。曾掌柜用面子拘着大家伙儿，童老板又有点血气方刚，不就是报个庙具个保……"

鄂多林台说："哼，我看啊，那个童麒岫也是贪图九岁红的美色！"

凌子丙不以为然，为童麒岫竭力辩白说："三位爷有所不知，咱京城里的这个金麟班可是三百年的老班，梨园傀儡戏行里流传着两句话，'男怕《金钱豹》，女怕《红佳期》'，说的就是这金麟班里的两出镇班大戏。升平署的庄亲王爷点名要金麟班的这两出镇班大戏进宫承应。谁知庄亲王爷的示下一出，童麒岫真就麻爪了，只因他那班子里能唱《红佳期》的师妹病死了，能唱《金钱豹》的师兄一年前就回了老家青城山。听童老板说九岁红姑娘的唱和他刚过世的师妹别无二致，金麟班为九岁红姑娘'报庙'具保，估摸也就是想十月进宫承应戏时，请九岁红姑娘'钻筒子'坐'关防'帮场配唱。"

"听说那晚安德海进园子传太后口谕'问大台宫戏，怎么回事'，凌老板，这大台宫戏……你们外边儿的戏班子里有谁有知道的吗？"

凌子丙的脑袋摇得简直像个拨浪鼓："这大台宫戏宫里都不知道，您说这外头学的又上哪能知道去？"

"嘿，这可有点让人挠心不是？"

"贝子爷的意思是——"

"叔父没子嗣，拿我小鄂子当儿子养，这当儿子的就得孝顺爹娘不是。叔父一辈子就这么一个嗜好，喜欢世间古奇秘珍的曲本，八方找寻，四处搜罗……"

"贝子爷说的是，京城里有句话谁不知道啊，'车王爷好曲本，铁网珊瑚天下，听车王府家班戏，千金难求一座'！"

"那日安德海梨园传口谕，我一听什么大台宫戏？这一准儿地有意思，要是把这曲本给车王府弄了来，叔父一准儿地高兴。回府后让家班还有曲本库管事的查了个遍，不但没有这个曲本，还问谁谁都不知道……哎，凌老板，说起这傀儡，可是上下三千年，傀儡戏这行当里的老戏秘本儿的也一准儿有很多吧？"

"回贝子爷的话，这么多年来，京城四大傀儡戏班子的戏码一般都是眼下的昆乱戏，无非就是人在傀儡身后的配唱而已，没有听说哪个班子里还有什么出自古奇秘珍曲本的戏码。"

　　"但凡是戏必定有曲本，刚才说的那金麟班可是三百年的老班，保不齐的就有什么古奇秘珍的曲本藏着掖着呢？"鄂多林台说着话，眼里泛着光，不错眼珠地直直盯着房间里的某处地方，仿佛已经看见大台宫戏的曲本放在那里。

第十九章

侵早，童麒岫怀里揣着九岁红的八字庚帖，带着师弟陆麒铖，二人相跟着出了老宅。在太平街口，陆麒铖招手雇了一辆大鞍车，师兄弟二人先后钻进车厢，晃晃荡荡一路向东逶迤奔广渠门外的沙窝而来。

大鞍车晃荡着进了广渠门的瓮城，陆麒铖从车上探出头来左右瞧着新鲜："师兄，听人说，这瓮城里有一家老字号裕顺斋糕点铺，炸的排叉香满四九城，口碑甚好，城里众多酒馆都来这里把排叉买了去，用来给老主顾们佐酒。"

车老板儿回过头来搭着话茬儿："这位爷说的这话不假，裕顺斋的排叉可是远近闻名哩。"

说着话，大鞍车晃荡着也就来到了裕顺斋糕点铺门前。童麒岫未等车子停稳，轻轻纵身跳下车辕，然后大步走进铺子。

陆麒铖跟着跳下车，伸胳膊撂腿地舒展一下浑身的筋骨："车老板儿，等下出了城，离这沙窝神木厂的关帝庙还有多远？"

车老板儿摆弄着牲口的缰绳，头也不抬地说道："头年小的倒是走过一趟神木厂，大估摸着还有一个时辰不到的脚程。"

童麒岫从裕顺斋糕点铺里走出，手上捧了三大袋儿排叉，重又跳上车辕，将其中一大袋递给了师弟陆麒铖，另一袋扔给了车老板儿，算是一番客气。

响晴薄日的天上一丝云彩都没有，车子离了集市，视野豁然开阔起来：近处麦垄新黄，菜畦碧绿，远处阡陌纵横，平平展展，顿觉心旷神怡。

回头看去，京城高大的城垣此刻被高远蓝天压得低矮平伏。抬头看着极远处的天边渐渐涌起的一片黑云，童麒岫坐在车内闭眼默祷起来。流年不利，旱象严重，自打进了六月，连着天的大白日头，天上一丝云都难得一见，今日如能下雨，苍天保佑以后一切事情顺遂如意。

车子后面突然响起一阵急促的马蹄声掠过车篷一侧，继续向前。陆麒铖好奇地从车篷内探出头来观望，前面一匹马沿路边疾驰而去。

陆麒铖不由嘀咕起来："师兄，骑在马上的那位……看背影挺像是醇亲王府里的松九。"

放了大鞍车等在大路边。童麒岫身后跟着陆麒铖，二人深一脚浅一脚地踩着旋涡状的沙窝向着神木厂后面的关帝庙走来。经年累月，风吹沙移，去往神木厂的路面已被风沙掩没，炙热荒凉的气息扑面而来。

童麒岫带着师弟陆麒铖绕过一溜七间的瓦屋，迎面就是一堵当年曾是高大辉煌的照壁，如今矮矮的好似烂墙头的只剩须弥座的残壁横亘在眼前。抬眼望去，这座关帝庙内，焚毁前的殿阁轩墀的台基柱础隐约可辨，仅从地面遗留的建筑残迹上就可想见当年是怎样的一座庄严华美的大庙堂。

赫赫关帝庙，劫后之余，由于年深日久，风沙的侵蚀，触目皆是颓圮与破败。庙内曾经般配着的一对石华表拦腰折断躺在沉沙中；当年曾是焚表塔的塔座尚存；曾有的一双铁旗杆如今只剩了一根，孤零零挺立着。一匹马的缰绳拴在铁旗杆上，权当充作了拴马桩。马匹喷着响鼻，不停地踏动四蹄。

更远处，一对铁鹤分立在沉沙掩埋着的崇宁殿月台的石基上。

陆麒铖压低声音，有意提醒："师兄，你看，醇亲王府的马匹。"

"王府马快，捷足先登。"童麒岫说着，走近马匹。看着这匹屁股滚圆、膘肥体壮的乌骓马，马背上墨色缂金丝的雕鞍，显示着王府雍容华贵的气派。

陆麒铖似乎有所见地："'里扇儿的'那边儿的府里一定是发生了什么事情。"

童麒岫似有同感："是什么事情呢，竟让这天底下一等一当朝权势熏天的醇亲王府也来此求卦问卜？"

陆麒铖一听，抬脚就要向偏殿走去。童麒岫一把将师弟拽住："咱先别忙着进去呀，一有外人，人家兴许就不说了。"

童麒岫猛然间灵机一动，好奇心敦促他要一探究竟。童麒岫将身子转了半个圈儿，环顾左右，踅摸着四周，耳旁除了风声，一个人影儿也没有。

童麒岫用手一拉陆麒铖，随即弯腰俯身向着一堵南山墙快步走了过去，陆麒铖亦步亦趋尾随着师兄。

南山墙在残破的偏殿一侧。偏殿坐东朝西，乃劫后仅存，台基很高，由于经过大火的焚烧，殿门只剩了半扇，廊柱梁枋和菱花窗格子自然是一色焦黑，窗框有的地方已经酥裂，窗子上有几处烧断的窗棂耷拉着挂在那里。

童麒岫率先紧走了几步，抬腿蹿上台基，陆麒铖紧随其后。二人蹑手蹑脚栖身偏殿的南山墙墙根儿下，稍待喘匀了气息，身子贴着墙，顺东南墙角转到偏殿的后面，抬头四处张望，想寻找一处可以偷窥窃听的地方。

童麒岫由偏殿后山墙转到东北角这一侧的时候，发现北侧山墙上部已经塌落，抬头可以看见殿顶的大梁。眼前有一道由上至下斜斜开裂足有半尺宽的缝隙，童麒岫在上、陆麒铖蹲身在下，二人凑近缝隙，向殿内窥探。

偏殿内光线昏暗，殿内积土寸厚，零落不堪，处处尘封，蛛网联结，供案翻倒在一旁，周仓持刀身披甲胄战袍的高大泥塑如今只剩了下半截自腰部勒藤甲部分尚能辨认。持刀的右上臂已不知所终，伸出的小臂连接着的右手，紧紧攥下半截儿的青龙偃月刀粗壮的刀柄空悬在那里，右手齐虎口往上，也被平平削去。看上去是那剩下的半截刀柄举着那只独臂，令人不忍卒睹。

殿内正中，周仓身披甲胄战袍只剩半截泥塑的脚下铺着一层厚厚的稻草，瞎眼婆婆鹑衣百结，盘腿端坐在稻草上。长长的头发大半灰白，披散下来遮挡住面庞，使人无法分辨她的实际年龄，上面还粘着几根细碎的稻草秸；她的膝上横陈一根食指粗细、竹节有棱黑黝黝的铁马竿，面前放着一只黑釉陶土水壶，一只破了沿儿的水碗。瞎眼婆婆对面，方砖开裂的地上左右摆放着两只破旧的大圆蒲团，其中一只大圆蒲团上盘腿坐着松九。

"你说的这个八字，只怕是错了？"瞎眼婆婆说起话来慢条斯理，却是中气很足。

"婆婆说……错了？"松九咽了口唾沫，"请问婆婆，错在哪里？"

"是年份上弄错了！"

"只听说有时辰弄错的……哪……哪有年份上弄错的道理？"

瞎眼婆婆一时语塞，扬起脸来，似乎在想着什么，俄顷，开口说道："是肖羊？"

"丁未年当然肖羊。"

"这就怪了，你说的这个人今年是整二十四岁，道光二十七年生人……如果岁数不错，在府上不会是跑腿儿打杂的，倒应当是底下人见着了跪下一条腿给打千请安的，你不妨回去再问问清楚。"

"请问婆婆,那辛未年肖羊的呢?"

"是同治十年六月二十八日子时生人?"

"是。"

"请问这个八字是男命还是女命?"

"男命如何,女命又如何?"

"女命是个游娼。"

"请问婆婆,何以见得?"

"东西南北,四方游走,这个八字,年支未土虽有土却是燥土,是丙丁火之根,寸草不生,说白了,下脚滚烫,立足无隙,命中注定是要漂泊风尘。"

"请问婆婆,那……那要是男命呢?"

"是男命,又要看家世出身,做何行当,要紧处是不可一概而论!"瞎眼婆婆再次扬起脸,似乎在想着什么,看样子颇费神思。

童麒岫站在墙外,竖着耳朵听得真真的,心中着实吓了一大跳。他一把拉起蹲在自己腿前向殿内窥探的陆麒铖,将陆麒铖拉离那道足有半尺宽、斜斜开裂的缝隙,极力压低着惶恐的声音:"刚才殿内瞎眼婆婆盯问松九的这个八字,不就是麒麟儿的八字吗?只知道那日晚街西头儿醇亲王府也添了一个阿哥,不承想居然也是'子时生人',若非亲耳所闻、亲眼所见,不然说出来又有谁会相信!"

陆麒铖同样不无惊诧之意,听见师兄压低声音在说话,自然也有所警觉地悄声回答:"这……这也太凑巧啦……师兄,这位瞎眼婆婆不会……不会是在瞎说吧?"

"嘿,瞧你这话儿说的,没个见识,咱们今儿个算是碰见真正的高人了,你睁大了眼睛去瞅瞅那瞎眼婆婆膝上横放着的那根马竿儿。"

"这又有什么稀奇,瞎子为探道,走路时手里不是都挂着一根竹马竿儿吗?"

"你再仔细去瞅瞅，那瞎眼婆婆膝上横放着的是一根铁马竿儿！"

"难不成这瞎眼婆婆膝上横陈着的就是十三根铁马竿儿其中的一根？"陆麒铖听罢师兄童麒岫的讲述，不禁心中凛然一悚，"这……这么说来，瞎眼婆婆是十三护法其中的一位？"

童麒岫师兄弟刚刚说到这里，听得殿内瞎眼婆婆轻咳了一声。二人重又回过身透过斜斜开裂的缝隙，再次向殿内窥探。

"说实话，老婆子自行道至今六十余载，第一次遇到一个玄妙莫测的八字……心里倒是想到了，只是多说不便哪。"瞎眼婆婆幽幽说道，有如梦言呓语。

"请婆婆但说无妨。"

"忌讳是有的，人常说君子明哲保身嘛，虽说老婆子是就命论命——"瞎眼婆婆说到此处，略停了一停，话锋突转，变得有些凌厉，"乾造是何等样人，府上是何等人家，你一上来便东一句西一句，不肯实说，你不说，便以为老婆子不知道吗？"

"小的知错了，婆婆勿怪，婆婆说这个八字玄妙莫测，恳请婆婆知无不言！"

"是贵格——"

"怎么，婆婆从哪里看出来是贵格？"

"同治十年六月二十八日子时生人，八字是辛未、丙申、丁亥、庚子。三土一火，丙为正官，这个八字印绶重重，祖荫极厚，生来应该是贵公子，聪明忠厚，福禄有余，这个八字，你却说是在府上跑腿打杂的，如若这样，老婆子也就不必到天子脚下来混这口饭吃了！"

松九霍然起身，钦服不已，五体投地，规规矩矩给瞎眼婆婆磕了一个头。

"管家，你请先起来，坐下听老婆子说……这个八字，只是有些可惜。"

松九起身,窸窣一阵,重又盘腿坐好,急急问道:"就命论命,婆婆怎么又说可惜了?"

"第一可惜土多,土厚金埋;第二可惜……"

"不是说土能生金吗?"

"敢情管家也懂五行生克的道理?"

"婆婆太抬举在下了。"

"土厚金埋,话说回来,金多就埋不住了,终究要大放光芒。这个八字若非生辰生得好,非贫即夭。子时生人……子为水,水浸土,三土已是见湿了。《敌天髓》上说,得水为清,得火而锐。金不用火炼,不过顽铁,水来土囤,是常理,话是不错,倘若水发大了,那土自然也是囤不住的。不做他想,安于天命,则此生富贵有余,也应该心满意足了。"

"不知道……有何喜忌?婆婆请赐教。"

"那还用说吗,当然喜木忌水,木能生火疏土,这是好的……水不宜多,总之,五行之中,唯水大忌!"

松九站起身,从怀中掏出一个用丝绢包裹的方方正正的小包,恭恭敬敬地放在了瞎眼婆婆的面前,为瞎眼婆婆奉上卦金。

"婆婆实乃世外高人,这是府上一点儿心意,区区五百金,望乞笑纳,只是家主人……"

"重金求卦,看来还是要问原命局。"瞎眼婆婆一声轻叹,"也罢……就说与你……乾造,辛、丙、丁、庚、未、申、亥、子,纳音,路旁土、山下火、屋上土、壁上土,丁有未为根,弱而不从,官临身而不透,身有根以制官,贵气很足,可握天下财富权势于一身!"

盘腿坐在对面破蒲团上的松九大为惊疑,不由得"啊"了一声。

殿外,偷窥窃听至此的童麒岫也是浑身一震,如遭雷殛,猛然用手捂住自己的嘴巴,惊骇得差一点儿喊出声来。他颓唐地顺着墙面瘫软在地上。

陆麒铖则愣怔在原地，也是一步都挪动不得。

殿内，瞎眼婆婆仍然中气十足、不疾不徐地缓缓说道："下面老婆子就要说到这个八字的'可惜'之处了……可惜就在于了'貌似'……这个八字里头，丁最忌丙，所谓丙夺丁光，丙坐劫煞。丙丁是一阴一阳，格格不入，有道是'阳统阴承'丁火越强，则丙火越旺。丙辛合，有夺祖业之征；丙坐申，亦有占江山之象。丁火为星烛，丙火为太阳，日一出而不知有星……"

"还请婆婆告诉明白！"

"卦不敢算尽，怕的是天道无常！话尽于此……也罢，虽说天机不可泄，有句话，说与你家主人知道，务要记牢……终有一日，必为水所困！"

"婆婆教导，谨记在心！"松九站起离开蒲团，给瞎眼婆婆恭恭敬敬地磕下头去，然后起身，一言不发，拜辞婆婆走出殿外。

殿外，躲在墙角处的童麒岫和陆麒铖眼睁睁看着松九扳鞍上马，扬鞭催马而去。

童麒岫扶着墙壁刚刚站起身，就听见殿内传出瞎眼婆婆的声音："外面热，进来说话。"

童麒岫和陆麒铖浑身又是一个激灵。

二人绕过殿角，心里忐忑不安，步履踉跄地走进殿中。二人面对瞎眼婆婆躬身施礼，然后窸窸窣窣地坐在蒲团上。

瞎眼婆婆有如看见他二人一般，对坐在蒲团上的童麒岫和陆麒铖劈面开口说道："人家种树你来乘凉，人家生儿你当爹娘。"

"啊，婆婆知道了！"童麒岫有过刚才在殿外偷窥窃听的一番经过，深知婆婆定是世外高人，听见婆婆说，此刻倒也不显得惊慌无措。

"知道什么？老婆子就知道你俩站在外面偷听已有那么一会子工夫

了，方才跟前面来过的人已是说得清楚，就是同一时辰生的又怎样？是男命，要看家世出身，做何行当，要紧处不可一概而论！"

"婆婆世外高人，在下是……"童麒岫要说明来意。

"年年纪轻轻的，别净学阿谀奉承的那一套，世外高人有老婆子这样的吗，婆婆无非就是混口饭吃，你俩在殿外偷听了去的那段话万不可放在心上。方才来过的那管家的府上有座金山，老婆子可是坐着没动地方，是那管家送钱给老婆子为求心安，老婆子何必拦人高兴，无论钱多少，他给，老婆子收下就是，如若不收，那管家心里一准儿还不踏实呢。"

"婆婆世外高人，凡事洞察烛远，万望指点一二……"

"指点什么，破解之法吗……问能不能破呢？说破那都是糊弄人的，真能算准，那就是铁了，能破那就是算不准，没有两来事。命这个东西就是种地，种瓜得瓜，种豆得豆！老天爷和阎王写定的生死簿，谁能改，你比玉皇还当家啊！算对了，你泄露天机；算错了，你误人子弟。不是对不起天，就是对不起人，还是老话说得实在，'福自己作，命自己求'。"

"在下和师弟奉教而来，原本是想请婆婆……"

"云无心以出岫，鸟倦飞而知返。自己个儿觉着飞不动了，知道回家就好，到头来，无非是'归去来兮'。世间际遇，两情相悦，自有其缘由。有些人遇见，只是一场烟花，转瞬即逝，白云苍狗，漫道乏情。而有些人相遇，其中的情却要终其一生来偿还。冥冥之中回首望去，此生遇见，皆是相欠。也送你一句话，情不敢至深，恐大梦一场。"

第二十章

松九一人一骑从沙窝关帝庙径直返回了醇亲王府。

王府西官廨，一头汗水的松九，当厅屈膝给坐在太师椅上的祁慧蕊打了一个千。

祁慧蕊闭着眼睛，慢吞吞地问道："怎么……见着啦？"

松九单腿跪在地上，一路上惊魂未定，脑子里净想着关帝庙那瞎眼婆婆的话，生怕有所遗漏。瞎眼婆婆话虽不多，句句关乎天机——

"看样子……是不好说？"坐在迎门太师椅上的祁慧蕊眼睛仍未睁开。

松九嘴唇哆嗦着，一反平日里的干练利落，有些结结巴巴地说："回……回'里扇儿的'的话……见着了，那……那瞎眼婆婆说……"

"不好说，就别说，咱家问你，那老婆子随身带着的是不是一根铁马竿儿？"

"是。"

"法不传六耳，那瞎眼婆婆无论说的什么话，烂在肚子里，打死不能说！"祁慧蕊猛地睁开眼，一脸凝悍，告诫松九，"记住了，等下内府侧福晋问起来，就回说没见着人，白跑一趟。"

琉璃厂。望衡对宇，整条街上一家挨一家的全是古玩书画庄子的店肆铺面。

一辆大鞍车在琉璃厂街的东口稳稳停了下来。

童麒岫跳下车，回过头来，有几句话要嘱咐坐在车上的陆麒铖："师弟，你先回老宅，若你师嫂问起来，一定告诉她，去关帝庙咱俩就算白跑一趟，没见着人！记住，那婆婆说的话，任是对谁也不能再说出来！"

童麒岫说完，扬扬手，催促车老板儿动身。车轮滚动起来，陆麒铖在车上又探身出来询问师兄童麒岫："师兄，回头师嫂问起您来……怎么说？"

"就说去虎坊桥北昆集芳班去借檀板了。"

童麒岫在琉璃厂东口和陆麒铖分手后，转身信步朝街里走来。顺街往里直走，就要走到街西头的时候，只见路北一座临街的倒座房改成的铺面。檐下悬一方破匾，上书"彝鼎阁"三字，却是屋漏痕的字体，行笔藏锋，沉雄有力。

童麒岫走进彝鼎阁，账房先生戴着老花镜坐在进门一侧的拦柜后面正在查看流水账簿，听见响动，抬起头看见进店的客人是曾经有过几面之识的金麟班班主童麒岫，赶忙站起身，摘下花镜，绕过拦柜，迎了出来，举手肃客："这不是童老板吗，今儿个什么风把您给吹来了？"

童麒岫抱拳回礼，款款坐了下来，环顾左右："叨扰贵店，想趸摸一件把玩的东西——"

店内小伙计送上一盅盖碗清茶。

账房先生脸上堆着笑："不知童老板是自赏还是送人？"

童麒岫略一踌躇，似乎还掺杂着一种难于启齿的感觉："送人……是送人……只不过，这物件要精巧……"

"拿在手里不重，但还要有个很重的意思在里头！"彝鼎阁掌柜郭万里接着话茬儿自后堂走了出来。

童麒岫起身，二人重新互相见礼，郭万里再次举手肃客，童麒岫落座。

郭万里脸上挂着笑："容小人唐突一句，童老板索要的物件是想送给在天颐轩唱清音桌的南昆名旦九岁红的吧？"

童麒岫有些腼腆起来，说出话来不免意在言外："掌柜的，只要东西好，又有那么个意思，价钱好说。"

郭万里收敛了脸上的笑容，正色说道："谢谢童老板抬举小店，听说前不久，童老板在天颐轩，安宅正路，救人于危难。南昆名角儿九岁红感念恩义，以身相许，梨园行内，如今已成一段佳话……"

童麒岫霍然起身，朝着郭万里再次抱拳施以一礼："郭掌柜言重了，在下何德何能，蒙粟姑娘如此垂爱。实不相瞒，在下并非仗义磊落之人，班子里也是有那不得已的苦衷……恒有欲也，以观其所噭。在下也是勉力为之。"

郭万里倒也佩服童麒岫的率直，说道："童老板虚己应物，不观万物之妙，倒也不失为君子之行。听人说贵班里有两出镇班大戏《红佳期》和《金钱豹》，小店也有个压堂的物件儿，不知可入童老板法眼？"

账房先生送来了压堂的物件儿。

郭万里起身，一边说着话儿，一边用手抽开匣板："此物可远观，可近取，也可随身携玩，正逢六月天，更有清风徐来的雅致！"

童麒岫探身一看，匣中一柄古色古香的折扇，扇长仅盈掌，套着刺绣的扇囊。

郭万里从匣中取出那把套有扇囊的折扇递到童麒岫手中。

童麒岫接扇在手，宋锦的扇囊系苏绣所刺，针法活泼，色彩清雅，古韵幽然。扇囊由上至下刺有两行小字，字体娟秀，不由得凝目注视——六月薰薰雨乍晴,手有余香两袖风。

童麒岫从扇囊中抽出古扇,折扇小巧精致,散发着一股似无还有的幽幽香气。

郭万里慢慢说了起来:"这把古扇扇钉为空芯圆钉,十分别致,扇骨为六寸十六方水磨骨,扇骨多而密,扇边薄而轻,配上这幅延拜石的《山溪枫雪图》的扇面,真正称得上是铭心绝品。虽说此扇不过盈掌,却是有些来历……此物件儿是南宋朝临安府清河坊扇子巷内的兴忠巷扇业祖师殿出来的物件儿。"

童麒岫手指一捻,轻轻将扇面展开——

扇画中的远山近石被皑皑白雪覆盖,挺立在白雪之上的枫树满树枫叶正红,白雪衬着层层叠叠的枫叶,愈显意境。透过枫树可见连绵起伏的白色山峦与占据扇面大半部分的晦暝重重的天空相接,明暗对比强烈,极远天边有点点归鸦似从山间飞来。扇画靠左下方为皑皑白雪覆盖的巨大坡石,一片枫林前有茅草小亭依山溪而立,亭内一位身着宋代服饰的仕女站立前倾,似在翘首眺望。山溪之上有一乡野木桥。整幅扇画,虽不盈尺,却小中见大,半边山水刻画精细,气势恢宏,摄人心魄。远处天空浅墨渲染,雪山淡远,若隐若现,给人以旷远的空间感。近处溪边,水草苍黄,一隅晚秋清冷的意味,一种静谧岑寂跃然于纸上。画幅周边有数方鉴藏印及半印书画章,一望便知是经元明清三代辗转流传名家鉴藏过的真品。

郭万里带些神往之气,悠悠说道:"延拜石,字村琹,海宁人,南宋三朝画院待诏,赐金带,作画苍古简淡,墨气袭人,善用秃笔带水作大斧劈皴,人称'拖泥带水皴',院人中画山水自李唐以下无出其右者!"

童麒岫不禁喜出望外:"哎呀,这……用贵行的话说,在下今儿个是'开门'了?"

"放心吧,童老板,这六百年前的物件儿绝对'到代'!这扇面上画的正是深秋或初冬时节，山中的暮色雪景，极是安静的。倘若将此扇面中的左右山巅和枫树树梢顶端枝叶三处连成一线，正好贯穿扇面的中心，将此扇面一分为二，这就是古玩行内俗称'延半边'的扇画布局，也是鉴别真伪的铁证。"

童麒岫由衷感佩，起身向着郭万里一揖："受教了，这把小扇现在送人正是时候！"

金麟班一乘小轿，将已搭班的九岁红请来与班子里的大家伙儿见见面、认认亲。

走进场子，迎门的墙上以木作匾，那方木头沉重厚实、色泽黄中带黑，木头纹理有几处横向皲裂，镌刻出两个本色大字：金麟。字体遒劲，金钩铁划，骨气洞达。

演出傀儡戏的台子，正面装有金漆涂就的台栏杆，戏台两侧镌刻着柱联：

一部廿四史，演古今传奇，谁装谁谁像谁，人生皆是戏；
百年三万场，大台耍傀儡，我看我我非我，知古道犹然。

九岁红和随来的丫鬟阿玉坐在后台踏垛处的一张八仙桌旁，班子里的几个女孩儿秋英、仙草还有膀大腰圆、大大咧咧的虎妞围着九岁红和阿玉显得很是热情。

班子里的后厨文青嫂还特意为九岁红和阿玉每人端来一碗冰糖莲子羹："二位姑娘，快尝尝，刚在井水里镇过的，冰凉凉的，喝了也好去去暑。"

文青嫂说完，撤了盘子转身走开。虎妞双手又将冰糖莲子羹的碗往九岁红的面前挪了挪："粟姑娘长得真是好看，就像是画儿里的人。"

秋英说："粟师姐，听班子里的那几个师兄嚷嚷，粟师姐唱的跟刚过世的虞师姐一样好！"

"这都说的是哪里的话。"九岁红有些不好意思起来，"雅卿承蒙金麟班不弃，来日方长，以后在班子里还要靠众位姐妹帮衬照应一二呢……"

仙草感到新奇："哟，看看人家粟师姐，都是角儿了，还和咱们称姐妹，真让人高兴！"

古麒凤走过来做手势轰赶催促着大家去练功，然后对九岁红报以歉意的一笑："粟师姐万万不可当真，都是班子里的小姐妹平素随便惯了，也没个样儿，说话不知深浅。等到粟师姐与二师兄成了亲，以后该教训她们时就教训她们……"

九岁红起身，给古麒凤福了一福："古师姐说话太客气，真是折杀雅卿了！"

古麒凤见状，也赶紧回了礼："哎呀，这么说话太累人了，咱们得改改！"

阿玉说："古师姐说话真痛快，阿玉喜欢！"

古麒凤说："这就是咱金麟班的演出的场子，走，我带师姐四处瞅瞅去。"

九岁红说："不敢当，师姐太客气，敢问师姐青春几何？"

古麒凤说："也快老了，五月初一的二十岁散生日刚过完，说话就奔二十一上去了。"

"雅卿今年整十七，论岁数，该叫你一声姐姐。"九岁红再次起身，给古麒凤福了一福，"这样最好，雅卿这里就先叫一声火凤儿姐姐。"

场子里的氛围由最初见面的生涩变为熟络，九岁红在古麒凤的引领下，正在台子后面浏览金麟班制作演出用的傀儡。看着挂在架子上的一个个戏中的人物傀儡雕作得栩栩如生，五官表情细腻生动，傀儡面部色彩鲜艳各异，傀儡所套行头精美华丽，巾帻飘飘，盔头闪亮。逐个看下来，倍觉新鲜有趣。阿玉惊奇道："哎呀，这就是杖头傀儡吗？这些个傀儡身上穿的行套真好看，竟和戏台上的角儿穿的一模一样……不过就是尺寸上小了些，难怪……"

古麒凤看着阿玉说："听师傅讲起过，《说文解字》上有一个……哦，是个'偶'字，偶，相人也，相人者，像人也……好像还有一个名字叫'俑'。'偶'字吧……就是'照面''碰头'的意思，还有一个意思就是人在照镜子，后来仿照人形用木就制成了木偶，像人的傀儡。木能通神，木刻出五官人形，便有了人的灵气，当然要给傀儡们穿衣服啦！"

九岁红看见一个人物傀儡觉得似曾相识，不由得抬起手从架子上将这个人物傀儡取了下来："师姐，这……这是红娘？"

古麒凤称赞道："哎呀，没错，师妹一眼看见就取在手中，这不是缘分又是什么！"

阿玉嘴快："说到缘分，师姐，你是不知道，我们集雅班祖师尊也很喜欢傀儡……"

"南方的悬丝傀儡雕功上也很讲究。"古麒凤说，"真要说起来，南北傀儡三千年前可是一个祖师爷……"

阿玉说："师姐，我们集雅班祖师尊喜欢的是你们北方的杖头傀儡。"

古麒凤颇觉奇怪："喔唷，原来是这样……难道你们的祖师尊来过北方或许到过京城？"

"阿玉，你又来浑说。"九岁红有些埋怨阿玉嘴快，摩挲着红娘傀儡的面部，有些不舍地重又将人物傀儡挂回原处，"师姐，这'红娘'

雕作得真是好！"

古麒凤欣然说道："师妹喜欢这傀儡？赶明儿个成了我二嫂，想要多少个，让我二师兄给你雕就是了。"

古麒凤一句透着拉近乎的话说得九岁红竟然有些忸怩起来，为了掩饰自己十分难为情，也只有顾左右而言他："师姐，金麟班于雅卿危难中出手相救，'报庙'具保，承情之至……傀儡演出，不知这个'钻筒子'，又是怎样的一个钻法？"

九岁红一句纯粹外行浑然不明就里的问话，一副亟待知道原委的忐忑神情，惹得古麒凤不由得哈哈大笑了起来。古麒凤一把拉起九岁红的手，从后台来到前面的演出场子，指着一侧台口距文武场不远处的一个用帷幔围起的一人多高的形似圆筒的地方，告诉九岁红："'钻筒子'，就是配唱的人站在里面唱曲子，咱京城傀儡行里的行话叫'钻筒子'，又因在台口进出的地方，俗称'关防'。"

九岁红站进了"筒子"里，兴致勃勃，左右环顾，露出天真顽皮的一面，看样子大有"钻筒子"一试之意："师姐，雅卿'钻筒子'唱《红娘》，和师姐合一段？"

古麒凤赞许地说："好呀，好呀！不过，请师妹先不必'钻筒子'，在台子上与火凤儿明里'串贯'一下，找准身法步和气口，等演出时明里暗里方能人偶合一。"

古麒凤转身招手班子里的文武场过来凑趣。班子里文武场的几位老人儿立即走了过来，大家也是饶有兴致地在场面上坐下来，抄起了文武场的家巴什儿在手中，开始调弦定调。

台子上，古麒凤手举杖头傀儡"红娘"和九岁红并排站立。场面上撅笛挡筝，曲调悠扬。

九岁红轻启朱唇，缓声开唱……

古麒凤操动傀儡红娘，配合着九岁红的唱腔，进退有据，一招一式的尤显娴熟……

一侧的场面上虽是与"钻筒子"的唱主儿初试，却与九岁红的唱腔配合得丝丝入扣……

台口另一侧，大家歇了练功，都跑来看新鲜瞧热闹。

老管班查万响捋着胡须不住口地在称赞："真是不错，三下里虽是初试，却是'抱'得紧，好似'一棵菜'！"

九岁红的唱在金麟班众人听来确与大师姐虞麒煲别无二致。众人雀跃交口称赞起来。尤其在古麒凤看来，九岁红待人一片纯真烂漫，言语谈吐表里如一出自天然，不由得开始喜欢起来。想到自己日前对九岁红嫁与二师兄一事曾有过曲解与防范，不免心下对九岁红有了一丝歉然，上前拉住九岁红的手，说："师妹，火凤儿想与师妹结为姐妹，不知师妹意下如何？"

"谢谢师姐，师妹也正在想着这件事儿呢……"

"怎么的呢？"

"结拜成姐妹，师姐以后与雅卿只以姐妹相称，师姐就不用再叫什么二奶奶、二师嫂啦！"九岁红半认真半玩笑的回答引起了班子里众人的惊奇，惊奇之余，还带有几分欢欣鼓舞。

班子里的众人在查万响的安排下，搬来了庙门和香案的砌末，在台子上支起了庙门形片子，在"庙门"前摆好香案，放一只博山香炉，燃三炷线香。古麒凤和九岁红当着众人的面，互报自家生辰八字，双双跪下拜结为异姓姐妹。

对天盟誓，撮土为香，不重形式，贵在心意相通。古麒凤和九岁红仿佛置身在戏中，就在戏台上跪拜磕头，义结金兰。

千金易得，知己难求。结拜讲究的古义——不是亲人胜似亲人。

古麒凤对九岁红郑重说道："雅卿妹妹，从打今儿个起，火凤儿就是你的娘家人啦！"

第二十一章

掌灯时分，醇亲王府内一阵骚动慌乱。

槐荫斋内，嫡福晋坐在太师椅上，愁容满面，不知如何是好，乳母嬷嬷麻婴姑拃挲着两只手站在一旁干着急。侧福晋怀抱着襁褓中的小阿哥，用臂弯正在颠着哄着。

小阿哥不知何故"哇哇"大哭不止。

醇亲王走了进来，见此情景，心烦意乱，转身来到了大书房九思堂，抄起蒲扇一下一下用力为自己扇着凉，在大书房内急得来回踱步，不时抬头向窗外张望。

有侍女进来点灯。

祁慧芮急急走进，屈膝给王爷请安。

醇亲王急问："御医到了没有哇？"

祁慧芮起身禀报："回王爷话，御医常道全已经进了槐荫斋。才刚听御医说，阿哥虽说突然发病，高烧不退，似乎不大关紧。因为京畿久旱无雨，天干地燥，疑是小儿的热瘟。老常已然开出方子，说其中几味药尤其是龙骨一味怕是市面上没有，看来抓药只有差人快马去内务府寿药房取。福晋叮嘱多带几服药回来，以备不时之需，并请王爷少安毋躁。"

醇亲王府门前，灯笼高挑。

松九牵过马来，认镫，正要翻身上马离去。祁慧苒急步赶着出来，站在府门门槛处，打手势招呼松九过来，有话要说。

松九跳下马来，趋身祁慧苒。

"跟寿药房说，就说是福晋吩咐的，多带几服药回来，以备不时之需。"祁慧苒吩咐完，突然又压低了嗓音，悄声叮嘱，"还要再多带出几服药，回来时先送东口金麟班老宅。"

天色向晚，金麟班老宅内外也是一阵不安与慌乱。

二进院中，古麒凤所住西厢房内，一片薄暗。浑身滚烫的麒麟儿不知何故只是在古麒凤的怀里"哇哇"大哭，急得索万青、霞锦、古麒凤三人算是没了章程傻了眼。

索万青张罗着霞锦将灯点了起来，屋内瞬间亮堂了。

"这可真是急死人了。"索万青愁容满面，"也不知陆师弟和窦五乐上哪去请郎中，走了都快一个时辰了，要说去菜市口的鹤年堂请郎中，这阵子也该到家了呀？"

孩子染病，郎中未到，老宅里外慌作一团。凌雪嫣在霞衣的搀扶下从东跨院赶过来探视突然发病的麒麟儿。顺着抄手回廊刚刚走到窗根儿下，便已听见麒麟儿在屋内的哭声，凌雪嫣心下大乱，这可是八百里旱地的一棵独苗儿。

众人见是掌班师娘到来，自然又是一阵忙乱中的招呼。凌雪嫣走进里间屋，从古麒凤手中接过"哇哇"大哭的麒麟儿。说也奇怪，襁褓中"哇哇"大哭的麒麟儿，入怀即停止了哭声，安静地闭上了双眼，转瞬似已入睡。

凌雪嫣看着怀中的麒麟儿渐渐趋于平静，脸上焦虑神色稍缓，抱着麒麟儿走到外间来坐下，抬起头吩咐道："赶快叫车到海淀镶红旗泛地去接大郎中关杏林，就说是我这老婆子请他！"

古麒凤懊悔地一拍自己的额头："哎呀，孩子哭得让人心都乱了，只顾着急，打发陆麒铖和窦五乐在城里近处去找郎中，倒是把去请关大郎中这茬儿给忘了。"

古麒凤话音刚落，房门猛然被推开，打发去请郎中的窦五乐风风火火一脚踏进门来。

窦五乐神色焦虑，急用目光在屋内巡睃："小师兄还没有回来？我转了一个时辰，跑了八条街，十好几个地方，四九城里能看小儿病的郎中早被许多人家一请而空。"

凌雪嫣听见窦五乐如此一说，轻轻叹了口气："看样子是小儿瘟疫。当年师娘在北顶娘娘庙求子，那年也是赶上一次小儿瘟疫，曾听庙里一位有根基的道士说起过，王母娘娘收小孩儿，二十八年一轮回，无药可医，任凭天意。"

古麒凤瞪了一眼毛毛躁躁的窦五乐，扭过头来极力安慰凌雪嫣："师娘，您老人家别着急，火凤儿还真不信这个邪了，咱家麒麟儿一准儿没事儿！"

这时，院子里响起伙房厨娘耿姊儿大声招呼索万青的声音："大奶奶，大奶奶，快出来呀，大郎中关先生来咱家了！"

众人抢步出门一看，耿姊儿身后站着一位老郎中，面容清癯，神情祥和，身旁跟着一个穿汉服背药箱，头顶上一边梳着一个螺髻的药童。

众人与大郎中关杏林见礼后，赶紧将大郎中请进屋来，跟在关杏林身后进屋的古麒凤高兴得眼里闪着泪花。

大郎中关杏林气定神闲，走进屋来，看见凌雪嫣，上前一礼："老嫂子，别来无恙？"

凌雪嫣看见关杏林，不似刚才那样着急了，脸上有了笑模样，怀抱着麒麟儿站起身肃客让座："大兄弟，方才老婆子还要打发人去镶红旗泛地请你，没想到，你倒自己个儿就来了。咱们可是有几年没见了，弟妹还好吧？"

"身子骨还算硬朗，劳您惦记着！"关杏林并未坐下，走上前来仔细审视凌雪嫣抱在襁褓中熟睡的麒麟儿。

霞锦颇有眼力见儿地赶忙举着烛台上的蜡烛，凑近来给照着亮。

襁褓中熟睡的麒麟儿抬起一只胳膊，攥着粉嫩的小拳头在自己的脸上揉搓。关杏林伸出右手拇指及并拢的食指与中指趁势捏住麒麟儿抬起伸出的那只胳膊的腕脉处，轻轻将孩子的胳膊放进襁褓中，只此一瞬间的诊脉，关杏林脸上浮起笑容："不打紧，不打紧，老朽既然来了，请老嫂子不必担心。"

看着大郎中关杏林的神色，凌雪嫣放下心来："有劳大郎中了，改日老婆子必当登门拜谢！"

关杏林连连摆手："老嫂子，您这话说得可是里从外来啦！"

此时，耿婶儿从厨下端来了沏好的待客的香茶。

关杏林坐回桌旁，侍立一旁的药童，见状打开背来的药箱，取出一只卷袋打了开来，里面是开方子所用的笔墨砚台，放在大郎中关杏林面前。

大郎中关杏林戴上老花镜，不假思索，蘸墨挥毫，一气将方子开好后拿起药方重又浏览了一下，将药方交到站在一旁的窦五乐手上，面色沉静，一捋下颏胡须，郑重叮嘱："烦请这位小哥，坐府上门口送老朽来的大鞍车，赶紧着去菜市口鹤年堂抓药，这个方子里，其中一味叫龙骨的药至关紧要，因为这味药怕也只是鹤年堂才有。鹤年堂掌柜见到老朽的这张方子，有药绝对不敢耽搁，如果没有抓到，人救不下，非老朽医术不精，那就是天意了。"

大家一听，重又紧张起来。窦五乐接药方在手，虽是薄纸一张，却好像很沉重似的用手掂了掂，面上现出不胜负荷的神情，大有推诿之意:"听大郎中您这么说,那可是人命关天呀……跟您老一起回来的我的陆师兄呢?"

关杏林端起茶盏:"什么陆师兄?老朽并不认识也没有见到。"

索万青见大郎中关杏林如此说,很感意外:"大郎中没有见我陆师弟,那……大郎中如何得知我家麒麟儿染病要看郎中的?"

关杏林呷了一口茶,放下茶盏:"一个时辰前,老朽给他人医完病刚进家门,一辆雇好的大鞍车已经等在家门前。车老板说贵府上银子已经付过,包送来回,你府上老朽自是认得的呀。"

索万青望向古麒风说:"这事儿有些奇了,是什么人去府上请的大郎中?"

关杏林在极力回想:"听老朽的内人说来人戴着好大个的斗笠,遮眉挡眼的没看清,想着治病救人,急如星火,不及细问就坐上车赶了过来。"

众人面面相觑,如堕雾里云中。

古麒风一拍窦五乐的肩头:"五乐兄弟,站在这儿听傻啦,还不快去抓药!"

窦五乐只好硬着头皮拿着药方向门外走去。

院中传来急促的脚步声,紧接着房门被推开,陆麒铖手里提着一串中药包走了进来,后面跟着查万响。陆麒铖急急说道:"转了一圈没有请到郎中,真是急死人啦!刚进大门,就碰见西口醇亲王府'里扇儿的'打发松九送过来的宫里寿药房的药,专治小儿瘟疫的。听说醇亲王府里的小阿哥也染上了病。"

坐在桌旁的大郎中关杏林招呼道:"快将药拿过来,老朽看一看。"

陆麒铖这才注意到屋里的大郎中关杏林。陆麒铖手里提着一串中药包朝着关杏林躬身一揖:"大郎中关先生,失敬,失敬!"说完,将手里提着的一串中药包放在了桌子上。

关杏林站起身，亲自动手打开药包，一一检视纸包里的各味草药，时而抓起一味草药凑近鼻孔嗅其气味，关杏林频频点头："不错，看来你们不用去鹤年堂了……这几味草药一看便知是御医常道全的方子，大可放心，赶紧煎服了给孩子喝下，三服即可，老朽保你家小儿无虞！"

此刻，院子里响起耿婶儿招呼童麒岫的声音："哟，是班主回来啦！"

第二十二章

在大蒋家胡同三义班班主凌子甲的宅子里，凌家大奶奶为了老三凌子丙将自己准备娶亲成家的房子借出去一事刚刚又发生了一场口角争执。

白天在大吉片送走了来看房的童麒岫夫妇，凌子丙兴冲冲地捧着童家为酬谢凌家借房一事赠予的傀儡猴儿行头回到了大蒋家胡同。灯下看着精工缝制的闪闪发光的猴儿蟒、大靠金甲、紫金冠和翎子，还未等凌家老大和老二开口称赞，不承想凌家大奶奶兜头一盆冷水，把凌子丙骂了个狗血喷头。老大凌子甲一个劲儿地朝着老三使眼色，意思是让老三暂且忍耐，不可作声。

老二凌子乙从中和稀泥将老三凌子丙从上房拽了出来，哥俩说着话，穿过回廊向后院走来。

凌子乙素来大嗓门，边走边在埋怨着凌子丙："老三，咱爹娘去世早，你那前儿……也就才四岁吧，大嫂刚过门，抬头见人笑，低头不说话，就像娘一样把你拉扯大了，去年又张罗着为你置下了房产，连你二嫂也是盼着你早点成个家。"

凌子丙和凌子乙一前一后走进了后院。

后院里沿墙枣树数棵，院子当中泡池一围，高于地面两尺，长宽各丈余，上面苫着苇箔竹帘；沿北墙一溜七间平房，青泥屋顶绿门窗。东头两间用于日常起卧，剩下五间房打通隔墙做了班子里制作傀儡托偶的木刻作坊。

凌子乙跟在老三凌子丙的后面走着，嘴里依旧不依不饶："你可倒好，拿着给你娶媳妇的房子做了人情，让人家用来娶小。这金麟班和咱三义班怎么回子事你是真不知道啊还是……唉，难怪刚才连大嫂都要跟你急！"

走到木刻作门前，凌子丙突然停住脚步，转回身，一本正经地对跟在后面数落他的凌子乙说："京城里虽说是四大傀儡戏班子，说实话，也就是他金麟班能和咱们在副庙首的这件事上争一争。童麒岫娶妾，正急得没有地方，我用这套房子拘着他，他还好意思跟咱三义班争这副庙首吗？二哥，你就赗好儿吧，兄弟非让大哥戴上这四品的顶子！"

凌子乙执意劝阻："你别瞎打岔，刚才大嫂和你说的是你娶媳妇的事儿。"

凌子丙转过身抬手推开了木刻作的房门，一低头率先走了进来。木刻作内一张长而宽的厚重的木头案子，上面杂乱无章地堆满用来制作傀儡的一应工具、材料及各种颜料；四围墙上到处悬挂着做好的套着行头的傀儡和尚未完成的各种人物傀儡，满墙色彩杂陈，花花绿绿。

案子靠近里面一端横头处，一盏高枝烛台上插着两只粗如儿臂的素蜡，照得屋内很是明亮。

木刻作师傅泉石淙坐在案子的横头处，正在低头忙活着手里的活计。

房门被推开，凌子丙和凌子乙一前一后走了进来。泉石淙抬起头，傻傻地朝着进来的凌子丙和凌子乙笑了笑，算是打了招呼。

凌子丙进屋后，随手抄起案子上的一块刻料，掂在手里，绕过案子，找了一张凳子，挨着泉石淙坐了下来，道："二哥，兄弟没打岔，兄弟和你说的是一回事，兄弟拿大嫂就像娘亲一样对待。大嫂操持这个家也这么多年了，大哥当上了副庙首，大嫂人前人后脸上才有光。才刚大嫂骂我，你就是不把我拽出来，我也不会回嘴。你说，这么多年，凡是大嫂吩咐的话，兄弟有一次拂逆过吗……只是这回……"

隔着案子，凌子乙叉腰站在那里："不把你拽出来，还让你站在地当间儿气大嫂吗？不就是一个九岁红嘛……再者说，没几天也就成了人家的妾了。真让人闹不明白的是，你和大哥却还心甘情愿地将房子借给童麒岫，真不知道你们哥儿俩的脑袋是让驴踢了，还是让门给挤啦！"

凌子丙顺手将刻料"啪"的一声蹾在泉石淙面前："泉师傅，明儿个跟我去天颐轩听九岁红的清音桌，记住她那模样，回来就先给我刻一个九岁红。"

恭亲王府坐落在什刹海西南角的柳荫街，街长而静谧。

王府的府邸和花园前后相连。恭亲王府花园，好大一片楼台水榭。西路以水景为主，东路主要的建筑就是花园大戏楼。

眼下恭亲王的嫡福晋瓜尔佳氏和侧福晋薛佳氏二人坐在香雪坞宽敞的雕花太师椅里，正在等着什么人的到来，空气中飘浮着似有还无的花香。坐在这里，可以看见窗外廊下倒挂的紫藤和院中的牡丹花圃，还能断断续续听得见戏楼后面的院子里全福班的伶人正在练功的唱腔与文武场的声响。

侧福晋嗔怪道："您也真是的，怎么就不问问王爷，到底为什么圈禁大贝勒？"

嫡福晋无奈地苦笑了一下，说："王爷那脾气，你又不是不知道，他不说，谁敢问，每天朝廷里的事儿也就够他烦的了……唉，让我说什么好，爷儿俩天生就犯冲！"

恭亲王府家班管事柳朝晋躬身走进香雪坞，柳朝晋规规矩矩屈膝给两位福晋请安："二位福晋吉祥。"

嫡福晋冷冷地不假辞色道："站起来说话吧。"

柳朝晋起身，一脸没有把差事办好的愧疚神色，意态恭谨地站在一旁等候两位福晋的问话。

嫡福晋的眼睛直瞅着门外甬道旁的牡丹花圃："柳朝晋，知道为什么叫你来吧？"

柳朝晋偷窥嫡福晋的脸色，知道此时回话若不说出个真章儿所以然来，嫡福晋怕是不能善了。想至此，索性如实将那天在天颐轩茶楼大贝勒喜欢上了那个唱清音桌的九岁红以及顺天府尹李朝仪带人突然闯进茶楼，将大贝勒锁拿直接送进了养蜂夹道的事情和盘托出。

嫡福晋不愿意了，埋怨道："这李朝仪，真是王爷的一条狗，让他咬谁他还就真咬哇？"又轻轻叹了口气，"虎毒还不食子哪，王爷怎么就这么狠心将自己的儿子圈禁？"

嫡福晋站起身，告诉柳朝晋她瞅机会要在王爷面前替载澂求情，吩咐柳朝晋带人去看载澂，还加意吩咐要将家班里拉琴的带了去，给大贝勒解解闷儿，别把她儿子给憋闷坏了。

柳朝晋一听，巴不得，一迭声地应承着。

养蜂夹道的刑部"火房"隶属刑部的牢狱，但又不同于刑部的其他监房。这里一进门是一个大大的院子，周边厢房一间挨着一间，凡是刑部办理差事应有的签押房这里也都有。在院子的东北角和西北角上各有一个月亮门，进了门，里面又是一个个独立的小院儿，门不宽，院墙很高。小院一个挨着一个，每个院门口都有狱卒看守，戒备森严。

自从那日在天颐轩茶楼被顺天府尹李朝仪带着衙役锁拿后直接送到这里圈禁，恭亲王府的大贝勒载澂就被圈在最里面的一个院子里。载澂从小到大哪受过这等委屈？这些日子以来，人就跟疯了似的，终日百无聊赖。偶尔想起什么高兴了，便对着高高的墙头儿哼几句戏词。

恭亲王府闹家务，爷儿俩龃龉，参商不见。旁的人又有谁敢搭茬儿劝架往里瞎掺和？大都躲得远远的。这些日子，亏得老管家哈桂接长不短地给府里这位他从小看着长大的少主子送些酒肉过来，陪这位大爷聊聊天解解闷儿。

那日，王府那边的小厨房故意给嫡福晋上错一道菜，果然引起嫡福晋的责问，从而不露声色地将载澂被圈禁在养蜂夹道这个消息透露给了她。这一招就是哈桂暗中指使安排的。

柳朝晋遵从嫡福晋示下，会同载滢、载洵、景沣、鄂多林台还有府里家班文武场面上的几个人，带领着府内苏拉抬着一个大大的食盒来探望载澂。一行人浩浩荡荡开进了刑部"火房"。

众人依次给大贝勒载澂请过安，载澂见到众人，想到嫡福晋一片慈母心怀，想到阿玛对自己却如此严苛，叹口气，又有些英雄气短的模样。就在小院里，狱丞祖福寿吩咐狱卒支起一个大大的圆桌面，下人将席面铺排开来，自然是载澂坐了上座。

看着满桌丰盛的菜肴，听着耳旁几位小兄弟的胡诌八扯，载澂感受到一种久违的热烈气氛，左顾右盼便来了兴致。谈起话来对九岁红仍然是念念不忘，急着询问天颐轩的近况，大家拗不过载澂的再三追问，说出了那日自他走后，傀儡戏金麟班为九岁红出面"报庙"具保的事情。

景沣起身为载澂斟酒，有意讨好地说："大爷，您在这儿甭瞎惦记着，说不定哪天王爷高兴了，您就出去了……我们哥儿几个也是隔天儿就去天颐轩替您看着九岁红，四九城的现在都知道是您相中的人，没人敢来捋虎须。"

载澂听到这里，端起酒杯一仰脖儿将酒灌进嗓子眼，一抹嘴，将酒杯"啪"的一声蹾在了桌上："这个童麒岫，还真是有点胆色，本大爷相中的人，他竟也敢染指？"

景沣一边为载濑斟酒,一边说:"大爷息怒。前几日在天颐轩,听梨园傀儡戏行里三义班三班主说,那姓童的就是为了十月份九九节庆进宫承应戏码,想借用九岁红的唱……"

载泪端着酒杯,走了过来,很是认真地点着头,证明此事不假,特意提高了声音说:"大哥,那日我也在,三义班那姓凌的是这么说的……依兄弟看啊,也得亏是那姓童的给'报庙'具保下来,不然,九岁红在京城哪还能待得住,早就回南了。"

载濑转念一想,觉得载泪说的话倒也在理,随即又高兴起来。

鄂多林台抄起桌子上的莲花白酒坛,站起身,绕过隔座的景沣,为载濑斟酒,半开玩笑半认真地说:"大爷,看来今年咱们这两府家班的'轧戏'是泡汤了,咱俩打的赌还作数吗?"

"不就是你惦记着我手上凌霞阁老茅的那个曲本吗?急什么,等本大爷打这儿出去了再说不迟。你别以为就你叔父车老王爷懂行,别人是棒槌,本大爷还想趸摸着老茅那上一出的曲本,凑成一套,去红罗厂换它半座车王府呢!"

鄂多林台走回到自己的座位上,说:"得嘞,大爷,您豪横,咱们还是在戏上见真章儿吧!"

载濑向柳朝晋问起了府里怡神所的情况。柳朝晋想起嫡福晋的盼咐,给众人使着眼色,赶紧岔开话题,哄着大贝勒转到唱戏上来。说到唱戏,对于从小在怡神所泡大的载濑来说,又有何难。于戏上他腹笥甚富,随口吩咐:"唱《西厢记》吧!"

柳朝晋带头鼓动,在众人极力捧场声中,载濑心境似乎又好了起来,索性抖擞精神,耸肩一摇,晃着脑袋说:"今儿高兴,嗓子在家,那……就来上一段?"

载濑说完,走几步站在当院。家班跟来的几位文武场上的师傅,急忙抄凳子坐在一侧,撅笛挡筝……

载漪的目光越过院墙望向极远处，看得出，他似乎想到了什么，想得很远。

载漪收回目光，做了一个身段，为大家唱的是张生的唱段，借以抒怀：

"无限春愁横翠黛，一脉娇羞上粉腮。行一步似垂柳风前摆，说话儿莺声从花外来。似这等俏佳人世间难再，真愿学龙女善财同傍莲台。世间竟有这样的女子！庸脂俗粉多如海，好一朵幽兰在空谷开。俺张珙今日把相思害。"

载漪的这一段唱是情真意切，声色俱佳，招引得小院外面站满了前来听唱的狱卒。

柳朝晋不由得自言自语起来："哎哟，大爷这是要反性子啦？"

坐在旁边的载滢听到这句话，不明所以地追问："柳管事，我大哥到底怎么啦？"

柳朝晋颔首道："大爷唱的是张生第一次见莺莺时的感叹，可谓一见钟情终难弃。"

第二十三章

　　凌氏三兄弟一大早就来到了为凌子丙准备娶媳妇置办的两进四合院，哥儿仨是要在此恭候长春宫大总管安德海的到来。蒋妈招呼着七巧赶紧端上茶来。
　　看着新近粉刷完工焕然一新的小院，凌子甲满意地点点头。
　　老话常说"朝中有人好做官"，话说回来，那也得抻量抻量朝中的这个人有多大的权势，您在外面才能做多大的官。去年在车王府车王爷六十寿宴堂会上，凌子甲带人去扮戏房，举着镇班的齐天大圣杖头傀儡猴儿在廊子的什锦花窗前不小心碰着了进府贺寿的安德海的头，这下算是撞对了人，跟在身后的班子里的人心都提到了嗓子眼儿，班主这下子就是不死也得蜕层皮。出人意料的是这位太后跟前的大红人、长春宫大总管揉着被撞红的额头，不但不恼，反而对着这齐天大圣杖头傀儡猴儿笑了起来。安德海一把拉起了跪在地上给他磕头赔罪的凌子甲，只说快去上堂会，别耽误了车王爷的好时辰。
　　堂会散了，回来后，凌氏三兄弟越琢磨越不踏实，老二凌子乙记起精忠庙管事秦二奎可是与长春宫首领太监李莲英同乡，平素里听说二人也有往来。三兄弟立即搬出管事秦二奎居中请托，很快，事情有了结果。

凌氏三兄弟在什刹海边儿上的会贤堂设饭局，宴请安德海算作赔罪。会贤堂的一道招牌菜"红煨熊掌"吃得安德海心满意足，奇怪宫里的御膳房为什么没有这道菜。

凌氏三兄弟做梦都想交通宫中，哪知反倒因祸得福结识了太后面前第一大红人可以引为奥援。就是那次饭局，凌氏三兄弟在意气风发中，答应为安德海再置一房美妾。

一乘小轿，跟一名长随小太监，安德海常服简从来到大吉片。

两进院落转了一圈，安德海很是满意。落座后，丫鬟七巧奉茶。凌子丙告诉安德海，这座院子连同厨娘蒋妈、丫鬟七巧一并送与大总管。觑着安德海的脸色，凌子丙顺势又说，在这院子里纳妾娶亲的日子经过掐算，应定在九月初九，两阳并重，九九大成，图个吉利。再者说，九字又应在了九岁红的这个九字上头。

安德海连声说好，随之又商量着要将喜宴铺陈定在京城八大堂之首的天福堂。凌子丙感到有些奇怪，说："大总管，按说男人娶妾也算不得什么大事儿，可安爷娶的可是九岁红呀，为何不将喜宴设在官面上的饭庄子隆丰堂？"

安德海听罢摇摇头，一本正经地认真说道："不为招摇，只为郑重。那九岁红又怎会心甘情愿嫁给咱。明人不说暗话，你们哥儿仨为咱家这件事儿一定是费尽了心思。九月初九，九岁红能住进这院子里来，你们不说，咱家也不问。可有一宗，咱家哪能装作不知道呢？喜宴办在隆丰堂，倒是担心那些吃喝玩乐的主儿看轻了咱家。"

主宾落座，话说得投机，很快就说到了兴头上。

安德海面对凌氏三兄弟，手拿把攥地说："梨园行精忠庙副庙首一职，你们哥儿仨甭管是谁，咱家在，保准儿有一个四品的顶子戴。"

说到进宫承应，凌子丙假作关心地问道："那日大总管在庄亲王府的梨园传两宫口谕问大台宫戏到底是怎么一回事，最近可有什么着落？"

"嗐，快别提了。"安德海的脸上现出有些焦急的神色，"就这一出什么大台宫戏，可都有些时日啦，西边儿根本没忘这个茬儿，时不时地只要一想起来，就要问上几句。不但要弄明白是怎么回事，还要一睹大台宫戏的风采……这半扣折子夹片啊，记注的是外头学的戏班子进庄子承应，戏词里有了'碍语'，惹了嘉庆爷，再不叫唱了。这不是，西边儿的让升平署查实当年是哪个班子进的山庄。"

安德海刚刚说到这里，凌子乙便接口说道："六十年前的事儿了，又有那么多的班子进庄子里承应，这可上哪儿去查呀？"

"听西边儿的说过那么一句，那进庄子承应戏的班子好像就是你们傀儡戏班。"

凌子丙略微沉吟了一下，仰起脸来说道："傀儡戏……咱京城四大傀儡戏班，要说嘛，金麟班是百年老班，说不准……六十年前，是金麟班奉旨进的山庄……"

"哦，凌爷倒是知道？"

"回大总管话，那金麟班是百年老班，其余三班起班开唱的年头都还不足六十年呢。"

"啊，那金麟班会唱大台宫戏吗？"安德海急急问道。

"回大总管话，金麟班是三百年的老班不假。"凌子甲有意停顿了一下，"这可没有听说过，金麟班压箱底的就两出大戏，《红佳期》和《金钱豹》，这两出大轴戏，世人皆知！"

"京城四大傀儡戏班子——"凌子乙有些迟疑地说，"一块堆儿的摽在一起唱了这么多年的戏，还没听谁提起过什么……大台宫戏。"

"嘿，折子夹片上说的这事儿还有这出戏码听起来挺远，找起来好像又很近！"安德海隐约感觉到，这件事似乎有了门道，他想到应该麻利儿地去趟升平署。

凌子丙拿眼横了一下他的两位兄长。

"大总管可是太后跟前的人,有句话也不知当讲不当讲。"凌子丙一副欲言又止的模样。

"嗐,咱们是谁跟谁呀,凌三爷说话太客气。"安德海一副急于要听的模样。

"讲得不对,怕误了太后要查访的事儿。"

安德海如梦初醒,最终,安德海听明白了,梨园傀儡戏行里都知道金麟班有两出名震遐迩的镇班大轴子戏《红佳期》与《金钱豹》。多年来,梨园行里甚至还流传着两句话——"男怕《金钱豹》,女怕《红佳期》",这是说戏好看,戏难唱。其实,鲜为人知的还有一句话"尘土衣冠《双麟记》",这句话说的才是金麟班里一出真正的镇班大戏。

若是依照凌氏三兄弟的说法,金麟班里其实流传有三句话——"男怕《金钱豹》,女怕《红佳期》,尘土衣冠《双麟记》"。可最后一句话金麟班是秘而不宣,从不在人前提及,竟至如此地讳莫如深,事情反倒显出蹊跷。

安德海坐不住了,事情看来有了眉目,至于说到大台宫戏是个什么戏码,六十年前的事眼下谁又能说得清楚。难道这大台宫戏就是金麟班这第三句话"尘土衣冠《双麟记》"中的《双麟记》?

一定要弄清楚大台宫戏的始末根由。安德海想到这里,决定回宫时绕道升平署,要在庄亲王面前卖个乖,有关推选精忠庙副庙首一事顺便替凌家哥儿仨垫句话。

事不宜迟,他朝站在门口伺候着的跟来的长随小太监一招手,小太监走上前来,将手里一个蓝布包放在桌上,随即将布包打开,里面是一本折子戏的安殿本、一本"串贯"、一本戏中人物穿戴提纲。

安德海眼风一扫凌氏三兄弟,面有得色地说:"这是御制本,是西边儿连日来在漱芳斋把昆腔《昭代箫韶》改成皮黄的戏本中的一出折子，虽说升平署那边都已给安了腔，可宫里还没走过台，再者说你们承应的是傀儡戏，'刨戏'的事儿是决不能够。如果能在西边儿的万寿庆典上承应一出皮黄腔的傀儡戏的折子戏，太后瞅新鲜，一准儿会高兴，不用说什么精忠庙副庙首，就是封'御戏子'吃俸米的日子估摸着也就在眼前。"

安德海兴高采烈地离开大吉片，回宫的路上果真绕道去了升平署。碰巧庄亲王正在和几名笔帖式计议，署内戏楼已经重新粉饰完毕，台子两旁的柱联最好也要锦上添花重新写过。

安德海的到来，让庄亲王颇感意外。

在西官廨落座后，外面廊檐垂下苇箔帘拢，署内苏拉奉上香茶。

庄亲王客气地说道："大总管，请尝尝，这是圣祖仁先帝爷翻过牌子的茶品，'东水横波'，汤色香气与'敬亭绿雪'当在伯仲之间。"

安德海现在哪有心思品什么茶，嘴上没说心里嘀咕着，还没听说过品茶来升平署，要说听戏来这儿还差不多。他随即摆手示意不必客气，讪讪地笑着，谎称西边儿让他来问问大台宫戏查问得有什么着落没有？庄亲王不及回答，脸上带着有些张皇的神色，命人捧来一摞用明黄色包袱皮包裹的经升平署润色精抄装订好的《昭代箫韶》皮黄本其中一部分的安殿本，惴惴不安地说道："这是经过本署润色精抄装订过的皮黄《昭代箫韶》安殿本第十八本到二十二本拢共一十六出，烦请大总管受累代为奉上。"

"王爷吩咐，自当遵从！"

站在安德海身后的长随小太监双手麻利地接过装订好的本子。

安德海转着眼珠儿，东一句西一句，有一搭无一搭地闲聊，最后将话题引到十月份万寿九九节庆承应戏码的事情上来："两宫疼爱皇上，皇上大婚后估摸用不了多久两宫就要撤帘子，万岁爷以后玩儿的日子就少了，两宫的意思是准备叫傀儡行三义班再承应一回猴儿戏《闹天宫》，想让万岁爷再眷顾一次儿时光景……"

"两宫圣明，平心而论，外头学傀儡行三义班的《闹天宫》演起来可比皮黄戏上的《安天会》热闹得多！"庄亲王如实地说。

前日李莲英来升平署宣旨临走时也曾说起过东边儿要在西边儿的万寿庆典上为皇上点傀儡戏的事儿，所以庄亲王对于安德海的话竟然信以为真。

"听说精忠庙要在傀儡行里选一个班子的班主出任精忠庙副庙首兼管三班，请问王爷，可有这回事情？"

人高马大的庄亲王，心思却是比绣花针的针脚还要细密，一点即透。他闹不清楚这是两宫的本意，还是三义班已经交通上了安德海。总之，那精忠庙副庙首谁干不是干？想至此，便逢迎地说："既然两宫太后很是中意三义班的戏码，只要这次进宫伺候戏不出纰漏，两宫太后还有皇上高兴，这精忠庙副庙首一职非他三义班莫属，还请大总管放心。"

"全凭王爷安排！"安德海起身，向着庄亲王抱拳一揖。

送安德海至署衙大门口，安德海钻进轿中，庄亲王再三拜托安大总管替自己在两宫太后面前陈情，有关大台宫戏，容他再想办法查问"怎么回事"。

谁知就在这时，坐在轿中的安德海，轻描淡写地说了几句话，庄亲王听罢，直愣愣地站在那里动弹不得。

正阳门外大栅栏，京城里数一数二繁华热闹的好去处。

九岁红要为自己准备嫁衣妆奁等物品，携丫鬟阿玉慢步走进了瑞蚨祥绸缎庄。阿玉两手提着已经买下东西的大包小盒。

瑞蚨祥店大人多，四围柜台，绫罗绸缎、经锦绫绡，应有尽有。柜面上，看着令人眼花缭乱的各种绸缎布匹，阿玉眼尖手快地拿起一匹大红的鲜活衣料，刚要招呼掌柜，九岁红用手拍打了一下阿玉，示意她赶快放下。

九岁红和阿玉刚一进店，掌柜的一眼就认了出来。看见九岁红用手按下了那匹大红衣料，心下明白，不动声色地赶紧抽出一匹上好的紫红苏州细锦递了过来，不失时机讨好地说着："这匹细锦紫得好，青出于蓝而胜于蓝，紫出于红而压过红，不然大红大紫这话儿是打哪来的呀？绝对是先红后紫，人们若夸起顶尖的梨园行的角儿时，不是都说红得发紫。"

阿玉翻看那匹紫红细锦，头都不抬一下，甩出一句话："我家大小姐九岁时在江南就已经红得发紫，是顶尖的角儿啦！"

九岁红和阿玉走出瑞蚨祥绸缎庄。在熙攘的人群中，不想迎面碰见了沈芳城。

阿玉赌气拉着九岁红闪避沈芳城，沈芳城上前低声下气地给自己的外甥女赔着好话，叙说自己的无奈，原因是二舅母蓝红玉生怕九岁红搭班后抢了她这个集芳班头牌的风头。

大栅栏人来人往，在路旁尤其又是在说家事，如此一来显得多有不便。沈芳城请九岁红和阿玉就近去了西口的致美斋。

致美斋一楼一院，院里南味点心萝卜丝饼、焖炉火烧还有双馅馄饨驰名远近；楼上正餐一鱼四烧，是当家招牌菜。几人在院里的凉棚下，拣了一副座头。落座后，掌柜送上萝卜丝饼和三碗双馅馄饨。

九岁红低下头盯着自己面前碗里清汤中漂浮着的馄饨，馄饨皮儿薄得晶莹透亮，有如金鱼的鱼尾。放在碗边的筷箸没有动，抬眼看着舅舅鬓边已生出几根白发，想想事已至此，此刻多说也是无益。

坐在一旁的阿玉大概是饿了，毫不客气地吃了起来。

"阿卿，事已至此，是舅舅让你受委屈了。"沈芳城也是无意动筷箸，望着自己的外甥女，伸出手比画了一下，将手势停在了略比桌面高些的地方说，"舅舅走时，你才这么高，这些年没见，没想到，你这脾气和你娘一个样……可舅舅的本意是想让你和阿公还是回南为好，舅舅到现在都想不明白你阿公撒手苏州的班子不顾，带你来京城到底是为了什么。"

阿玉嘴快："听靳伯讲，老主人担心自己时日无多，来京城是要了却一桩师门遗愿……"

"为一桩师门遗愿？"沈芳城糊涂了。

"是啊……问阿公，阿公说到时候就会知道的……想当年祖师尊为情所困，剪三千青丝，毅然出家入道……祖师尊半生孤灯黄卷、碧海青天，最终飘然离去，不知所终。"

"这事有些奇了……从没听说过昆山集雅与京城这边儿……"

"这几年，断续也曾隐约听到过祖师尊曾与当年的金麟班有过过节……可到底是一些什么样的过节，竟至成了师门遗愿？"

"难不成是当年集雅班进京城承应戏时……"

"还有阿公年轻时自己的际遇，都是与这京城的金麟班有所牵连。"九岁红说归说，脸上可是一副参详不透的神情，"这些事情，就像蜻蜓点水，若即若离。那日在天颐轩，恭亲王府势大，没有人敢吭声，又是这个金麟班出面为我'报庙'具保……阿公说，这就是命数……"

"南北方的这可差着好几千里地……你们师门什么遗愿还非要在京城了却……难道真的是与这金麟班有关？"

"集雅班有什么，非得让你这集芳班知道？"阿玉嘴快，不客气地抢白了沈芳城几句。

沈芳城宽厚地笑了笑，不再作声。

换过话题，九岁红希望自己的舅舅在九月初九过门的当天来参加自己的合卺礼。沈芳城大喜过望,满口答应,当即说道:"当然要来,在京城你九岁红只有舅舅一个亲人。唯一感到美中不足的是给人家做小。"他又不由得埋怨起老阿公这事办得有些糊涂。

九岁红却不以为然。

沈芳城眼角含着泪水,自怨自艾地说对不起九岁红已经过世的娘亲。

分手在即。望着舅舅沈芳城言犹未尽、依依难舍的样子,九岁红拉着阿玉转过脸去,忍住了就要夺眶而出的泪水。

夜晚,水生一客栈。

九岁红寓居小院,东厢房内明灯亮烛。外间屋,剪裁衣料的案子已经支起,九岁红和丫鬟阿玉正在准备为自己缝制嫁衣。铺在案子上的衣料在光影里显得很是华丽。阿玉嘟着小嘴儿,端着针线笸箩,在为小姐出嫁时不能穿大红色的嫁衣而抱屈,一副就要垂泪的模样:"老主人也真是的,就算是师门当年与这金麟班有过什么牵绊……可也犯不着把小姐给搭进去呀……"

九岁红表现得倒是平心静气,莞尔一笑,温和地说:"好啦,好啦,那童班主在危难时出面回护,保得我周全,他不惧恭亲王府势大,看来是个有担当的,至于给人做大做小……那也就是个名分上的事,是虚的,夫妇之间,最重真情实意,你看他日前送我的那把小扇,足见是用过心思的……"

院外响起了敲门声,打断了九岁红正在说的话。隔窗望出去,是靳伯去开门。

院门开处,是古麒凤和班子里的秋英、仙草还有虎妞几个女孩子一同来看望九岁红。

九岁红和阿玉赶紧迎了出来。

古麒凤身后，虎妞手里端着一个大大的锦盒，秋英手里同样捧着一个高高的四方锦盒。大家随即被九岁红让进了东厢房。

几位姑娘各自带来几件小小的精致首饰给身处异乡的九岁红添加妆奁。屋子里顿时热闹起来，喜气洋洋。大家叽叽嘎嘎地说着话儿。

打开带来的两只锦盒，古麒凤送上自己准备出嫁时的凤冠霞帔。九岁红婉拒，连称使不得。古麒凤执意要九岁红收下，告诉九岁红她古麒凤就是她的娘家人。看着新买回来的紫红衣料，古麒凤眼里含泪，搂着九岁红的肩头，充满歉意地表示无论怎么说也是委屈了九岁红。

临走时，古麒凤再三叮嘱九岁红，出嫁那天，她要亲自来给九岁红穿嫁衣。"不管那些幺蛾子规矩，也不顾那些瞎讲究，我古麒凤的妹妹出嫁当然得穿大红的嫁衣！"

第二十四章

议事厅顶头大书案后面,庄亲王坐在宽大的太师椅里,睁圆了双眼扫视着全场。

前几日安德海造访升平署,临走时在轿中说了有关大台宫戏的几句话,这在庄亲王听来不啻当头一声炸雷。在来衙门的路上,坐在轿中的他就已想好,要用"凉水煮蛤蟆"的法子,慢慢加热灶中的柴火,一定要问出这件事的端底。

王爷开口讲话,全场肃然。首先议的话题就是围绕着十月西宫圣母皇太后的九九万寿节庆而谈,无外乎各班准备戏码务必要新、要精。随后说到此次进宫承应的戏班将和往年有所不同,东佛爷另外钦点傀儡戏进宫。

前日在庄亲王府里的梨园四大傀儡戏班子打擂台戏,欲一争高下,后为长春宫总管安德海进园子来传两宫懿旨所打断,副庙首一职至今仍在虚左以待。庄亲王说,此次章程改为万寿节进宫承应的傀儡戏四大班子同台竞演,形同在漱芳斋"轧戏",哪个班子的戏码两宫太后叫了好,赏下来的多,哪个班子荣膺副庙首。

众人皆点头称是。

不料想,庄亲王话锋一转,提起了上次四大傀儡戏班子在梨园打擂台戏时,安德海进园子来传两宫口谕——问大台宫戏,怎么回事?

庄亲王话说完,议事厅内一片静默。

庄亲王目光凌厉地扫视全场,众人是面面相觑,心里嘀咕着,不知所以。

俄顷,庄亲王点名叫了坐在椅子上耷拉着脑袋在挨时候的童麒岫。

童麒岫起身,向着王爷躬身一揖。

坐在宽大太师椅上的庄亲王往前探了探身子,胳膊肘支在了案子上,用手摸着下巴,似乎在端详着童麒岫,语态温和;"童老板,记得你曾跟本王说起过傀儡行里流传有两句话'男怕《金钱豹》,女怕《红佳期》',说的就是你们金麟班每年腊月二十三封箱前只演一次的那两出镇班大戏《金钱豹》和《红佳期》?"

"回王爷的话,王爷说的是,上次在王府梨园,在下也曾禀明过王爷,那是傀儡这一行众位老板抬举,赏金麟班一口饭吃。"

"听说前些日子在天颐轩茶楼,你们金麟班为一个唱清音桌的南昆名旦'报庙'具保,可是有的事?"

童麒岫硬着头皮,实话实说:"回王爷话,金麟班原唱《红佳期》的是在下的师妹虞麒燠,不幸抱病,不堪忍受病痛,自焚了断残生。因在天颐轩听南昆名旦九岁红的唱腔与在下已故师妹别无二致,为十月份进宫承应做打算,所以斗胆为九岁红'报庙'具保,实是为了请九岁红姑娘'钻筒子'配唱……《金钱豹》一戏虽说在下大师兄尚未归班,在下总还可以勉力为之……"

"看来童老板为十月份的进宫承应是费尽了心思。"

"王爷抬举,在下不敢当,这都是在下和在下的班子应尽的本分!"

"好一个应尽的本分!"庄亲王看似随口漫应着,将身子稍稍后仰,靠在椅背上,扬起下巴,猛然提高了嗓音,"金麟班里'男怕《金钱豹》，女怕《红佳期》'只有这两句话吗？"

童麒岫见问，心里"咯噔"一下，不明白王爷踪着这两句话的真实用意，只得期期艾艾地回答："是……回王爷话，班子里这么多年来……只有这两句话……"

"好你个大胆童麒岫，事到如今，竟还敢欺瞒本王？"庄亲王身子压向案子，一声冷笑，"金麟班里这两句话'男怕《金钱豹》，女怕《红佳期》'……你们金麟班可是还有一出真正的镇班大戏，还有第三句话……'尘土衣冠《双麟记》'？"

议事厅内满座皆惊，一片唧哧。

童麒岫一刹那间感到手足冰凉，脑袋"嗡"的一下，像要炸裂开来一样。金麟班多年以来压箱底的一句话居然被当众翻腾出来，而且是在这升平署的衙门里。他打死也想不出王爷是从何而得知！不由得腿一软，跪倒在厅内紫红的氍毹上，本能地告诫自己，此刻，多说或是说错一句话，便有性命之忧。

庄亲王猛地一拍案子，倏然站起，大声叱责童麒岫："金麟班胆大包天，欺瞒朝廷，多年来这出戏码竟敢雪藏不露！"

诘问变成了威逼，气氛沉闷而压抑。

庄亲王爷虎视眈眈地注视着童麒岫："童麒岫，本王问你，六十年前，金麟班可曾进过避暑山庄承应？"

童麒岫咽了口唾沫，强自定下心神，抬起头，嗫嚅着："回王爷的话，六十年前，那也是金麟班上两代师爷那时候的事儿了，班子里是有这么一句话，'尘土衣冠《双麟记》'，只因能唱此戏的上两辈的两位师爷童怀青、凌怀亭早已作古，况且师爷凌怀亭又是掌班师娘的先父，班子里的人生怕师娘伤心，从来不敢提及……也并非有意雪藏……"

"那大台宫戏又是怎么回事？"

"回王爷话，在下只知道大台宫戏这一名号的由来，是金麟班第八代'方'字辈祖师爷天祖童方正当年在顺治朝时,进西苑翔鸾阁承应《双麟记》,为世祖顺治爷所青睐,赐名'大台宫戏'……余下的……在下真的所知不多,还请王爷明察!"

庄亲王大概其算是听清楚了,也明白了千里来龙,结穴在此。

关于大台宫戏一事,看样子童麒岫确实所知不多,眼下就是掐着他的脖子,估摸也是再说不出什么来。

庄亲王心下倒是松了一口气,两宫交代下来的差事,这次总算有了眉目,幸好金麟班传人都在,对此事倒也认头。看来这个金麟班是属核桃的,不敲不开。想至此,庄亲王故意板起面孔,做出一副被惹恼了的样子,一拍案子说童麒岫回话尚有不尽不实之处,独留童麒岫衙门问话。

一干人众纷纷起身散了出来。回头看看仍然跪在厅里氍毹上的童麒岫,众人七嘴八舌,慨叹金麟班号称百年老班,果然是实至名归。

从升平署出来,正赶上大中午的饭口。梨园行的人们刚刚走出不远,三义班凌氏三兄弟分外殷勤地拉着索家班班主索德琛上了什刹海北岸的会贤堂。

京城八大饭庄之一的会贤堂,有二层小楼临着海子,水面上微风徐来,波光潋滟。楼上十二开间大隔扇窗,画栋雕梁,门辟其间。炎炎夏日,临水把酒,别有一番风情。

索德琛被延进主位,面对一桌丰美菜肴,看着傀儡戏三义班的三位班主对自己如此意态恭敬,着实有些受宠若惊,同时也着实有些摸不着头脑。

很久没有这样了,尤其是对自己而言。索德琛面上在应酬,心里却很酸楚。四九城的人一提起皮黄戏,张嘴就说京城有四大班子,三庆、四喜、春台与和春。难道索家班在京城里就算不得是大班子?可眼下索家班里有京城最好的青衣和长靠武生。难不成就是因为索家班是和秦腔玉庆班合用一个场子的缘故？如若只以有无场子论，还叫什么皮黄四大班子，干脆就叫皮黄四大场子岂不是来得更加贴切。索家班常年入不敷出的窘况无力置办场子确是索德琛多年来的一块心病。索德琛不再想下去了，人人头上一方天，家家一本难念经。

推杯换盏，酒过三巡。一千两即兑即付的银票放在了索德琛面前。索德琛错愕间，凌子丙巧舌如簧说动了唯利是图的索德琛，俟十月万寿庆典，两班联袂进宫承应，许以将来的宫廷供奉。老话说财帛动人心，更何况还有功名的诱惑。

索德琛一心要跻身京城"五大皮黄班子"。

端起酒杯，一仰脖儿喝干了凌子丙为自己斟满的那杯酒，然后向席间在座各位照了照空杯，以示干净利落脆。索德琛袖起银票，答应索家全班皮黄腔为三义班"钻筒子"，由长女大青衣索万青为这一御制折子戏中耶律琼娥配唱，只因雏凤青的青衣有一唱冠绝四九城。

索德琛一口应承，在十月西宫万寿节庆三义班在漱芳斋登台亮相前，绝对不在京城梨园行里露一丝口风。席间双方把酒言欢，微醺之际，索德琛探知三义班主老三凌子丙尚未婚配，想到自己的二女儿索万红转过年也到了谈婚论嫁的年纪，心里想着，嘴上却是没有说。

直到掌灯时分，饥肠辘辘身心俱疲的童麒岫才拖着沉滞的脚步由南长街的升平署回到太平街的老宅。刚刚走到大门前，身后便传来惶急的脚步声。童麒岫不由得回过头来张望，只见陆麒铖神色慌张地急步赶到了面前。

"师兄，不好了！"陆麒铖气急败坏地说，"咱们的场子半个时辰前被管理事务衙门带精忠庙的人来给封了。戏演了一半，把人都给轰了出来。班子里的弟兄们不知怎么回事儿，我让大家伙儿在旁边院子里等着听信儿，不准随意走动。"

"喔，场子封了，这事儿我知道。"童麒岫一边答应着率先走进院中。北墙根儿下用栅栏圈起来的三只母山羊"咩咩咩"地叫着。

"封场子，师兄知道？"跟在身后的陆麒铖不明所以，着急地问道，"师兄，到底出了什么事儿？"

"你先别问了，咱们见了师娘再说！"

东跨院的上房里，霞衣扶着掌班师娘凌雪嫣慢慢坐在了太师椅上。

童麒岫、索万青、查万响、陆麒铖、古麒凤众人围坐，愁颜相对。

童麒岫今儿个在升平署遭到庄亲王爷开门见山的究诘盘问、从未有过的好一顿排揎，被吓出了一身冷汗。顾左右而言他的支吾搪塞，终于惹恼了庄亲王，他被独留衙门问话。结果罚跪两个时辰，王爷没有再问。直到笔帖式陈登科走进议事厅，他从笔帖式陈登科口中得知——金麟班即日封场，金麟班精忠庙削籍报散"革除梨园"，班主杖责后一体撵出京城。

上午还在衙门里问话，下午就封了场子，雷厉风行，看来庄亲王是动了真格儿，陈登科的话毋庸置疑。

掌班师娘凌雪嫣环顾众人，陷入深深思索中，幸而王爷所知不多，只知其一，尚还不知其二，但是令人百思不得其解的是庄亲王那边儿又是如何得知大台宫戏的底细？

想大台宫戏一事，自嘉庆二十一年十月里在喀喇河屯行宫出了那档子事以后，金麟班直如漏网之鱼惶惶然回到京城。草草为凌怀亭设灵堂祭奠，将班子里其他事情略作安顿，匆匆结束停当。彰仪门外三藐庵，燃香三炷，默祷金麟班西去避祸，有朝一日，平安归来。

金麟班化整为零，潜走边地。一路上风餐露宿，颠沛流离。沿途冲州撞府，走村过镇，逢大集摆地摊儿，赶庙会搭戏棚，以乡下草台班子面目示人，实求韬迹匿光保全金麟班。岁月倥偬，时光荏苒，挨时候估摸着换了两代皇上，想来事过境迁，物是人非。直至咸丰元年，在外萍飘蓬转已有多年的金麟班得以返回京城。

金麟班六十年来的谨言慎行，不承想，山高九仞，功亏一篑。眼下又该如何应对，真正是一筹莫展。

夤夜，太平街上空空荡荡。街口转角处一家"大酒缸"。

"大酒缸"门面不大，店堂却很宽深。一进门的左手边是曲尺形柜台，台面黑漆斑驳。上面一排盛酒的白瓷坛，为防酒气跑味儿，用红绿布包裹着的大软木塞紧紧盖在坛口上。店堂内纵横交错摆放着七八口粗瓷挂釉大酒缸。酒缸大都高三尺五六、缸口直径二尺七八。酒缸一半埋入地下，一半露出在地面。厚厚的红漆油过的缸盖分两个半圆形对拼而成。揭开柞木缸盖，下面沿着缸沿儿垫有一圈棉垫，垫儿的四周缝着红布裙。酒缸粗大滚圆的缸壁上贴着用菱形红纸写着的"财源茂盛"四个黑字。酒缸作存酒之用，酒缸盖子兼作酒桌，四周摆几条长腿板凳。酒客们端一盘佐酒小菜，坐在板凳上围缸而饮，小酌怡情乃至谈天说地。

"大酒缸"里卖的酒基本都是来路正的"官酒"。其中，有来自东、南、西、北各省的白酒；有黄酒里的"苦清儿""甘炸儿"；有露酒里的"莲花白""茵陈""四消""黄连液"等等不一而足。来"大酒缸"喝酒的老客讲究"认口儿"，喝下了，便成了回头客，有一个算一个，都是醉在心里，欲罢不能。"大酒缸"里的酒菜也极简单，炒花生米、炸花生米、煮花生米、开花豆、烂蚕豆、煮毛豆。酒菜又多放在白瓷盘儿里，喝酒统统用的是黑皮子马蹄儿碗，每喝完一口酒，将手中碗往朱漆大缸盖儿上一蹾，显得古风十足，粗犷豪放。"大酒缸"接地气儿，最具老北京神韵。

童麒岫掀起门帘子低头走了进来，掌柜的趴在一进门的柜台上昏昏欲睡。他抬眼略一巡睃，角落里有零星客人在喝酒。童麒岫往柜台上扔了几个大钱，顺手从柜台上抄起一盘用来佐酒的煮花生米，端着，找一处酒缸坐下,放下那盘煮花生米在一半的缸盖上,拿起舀子,揭开另一半缸盖,舀了半瓢酒,仰脖儿喝了一大口。

不一会儿,松九一掀门帘子也走了进来。松九照样掏出几个大钱扔在了柜台上,然后径直走了过来,坐在童麒岫对面。童麒岫拿起舀子,揭开缸盖,舀了半瓢酒,倒在一只黑皮子马蹄碗里,递了过去。松九接过,仰脖儿喝了一大口,又伸手抓起几粒煮花生米扔进嘴里咀嚼着,扭头看看周围,抹抹嘴,压低了声音:"童老板,今儿个这事儿……'里扇儿的'也有点嗑牙花子。庄亲王刚愎自用,认准的事儿,一条道儿走到黑,谁说也是不听,何况又是两宫太后交办下来的这件差事,就是央告了醇亲王爷,估摸着也没法开口转圜。现下只有一个人,兴许可以说得通庄亲王爷。"

"还请松爷教我!"

"长春宫大总管安德海,他在西边儿面前是大红人,如果安德海肯卖这个人情面子,庄亲王爷一准儿可以通融。"

童麒岫听罢,揭开缸盖,伸手又舀了半瓢酒,仰脖儿喝了一大口。

童麒岫和松九脚跟脚地走出"大酒缸",天上繁星点点。童麒岫真是烦闷透了,事情不谐,一桩连着一桩。人常说"多事之秋",可眼下,刚刚进入七月,秋未到,事儿可全来了。这个班主也自觉当得太窝囊。眼下的金麟班老弱病残鳏寡孤独一样不缺,真要像升平署那个笔帖式老陈所说,自己挨顿板子倒还能忍得,可金麟班一体撵出京城,茫茫天地间,又去何处安身?全班上下几十口人,远的不说,这撵出京城的第一晚住在什么地方都成问题。童麒岫不敢再往下想,左右张望,阒无一人的大街上,只有刚刚离他而去走回醇亲王府的松九的背影在夜色中渐渐朦胧起来。

夏夜的风温润宜人。一阵风吹过,童麒岫不由得打了一个冷战。

第二十五章

　　天热。楼上雅座包间的雕花窗子统统敞开着。站在窗前望下去,大栅栏一街筒子的人,熙熙攘攘,照例天天如此地热闹。

　　今日,童麒岫借口有事相商,特意在致美斋设饭局,款待傀儡戏其他三班班主。场子被封,昨天他与班子里的人在忐忑惶恐中熬过了一天,官面儿上却无任何动静,说不定王爷暂且搁置了金麟班这档子事。眼下一切都是虚的,百年老班的生死存亡才最为紧要,说到底不就是一个副庙首嘛,让给凌家又如何,只要这次凌家能够帮助金麟班渡过眼前难关,那副庙首一职童某人情愿奉赠。

　　从席面儿上的氛围看起来,这顿饭诸位老板吃得还算满意。高月美和放牛陈不时与凌氏三兄弟东拉西扯地在说笑,大家对于金麟班前天发生的事情绝口不谈,不过是心照不宣而已。

　　酒至半酣,看看时候差不多了,童麒岫起身为诸位老板再一次斟酒,然后放下手中酒壶,向凌子丙躬身一揖:"老弟,童某人今日在此有一不情之请,陈老板和高老板可作为人证,只要三老板肯于援手,出面与宫内疏通,让金麟班避过前日王爷在升平署的责难,今日在此言明,金麟班退出副庙首之争。"

　　凌子丙慌忙起身,躬身回礼:"童老板何出此言,三义班实不敢当。金麟班有危困，我辈中人怎能袖手旁观，容小弟想想办法。"

放牛陈眼风一扫席面上的几位老板，表示关切地往前探了探身子，一语双关："哎呀，童老板，您这算是找对人了，三老板跟宫里是有交情的，面子大得很。"

高月美也往前凑了凑，接着说道："此话不假，听说去年在车王府堂会上，三义班镇班的傀儡猴儿碰了宫里安大总管的头，那安大总管不但没有恼，事后反而与他成了朋友……"

童麒岫没有想到高月美这句话正中下怀，省去他多少绕路兜圈子的废话，未等高月美说完，接着这句话，随即向着凌子丙又是一揖："童某人正是想请三老板拜求安大总管出面斡旋此事。非如此，怕是王爷不肯见谅。"

凌子丙再次起身见礼："好说，好说，那小弟就勉力为之。"

放牛陈察言观色，毫不放松："咦，童老板何以知道非长春宫安大总管出面不可？"

童麒岫含糊其辞地随口应道："这是高老板刚才的一句话，提醒了兄弟。"

宾主重又落座。凌子丙仰脖儿将杯中酒一饮而尽，冲着童麒岫照了照杯："童老板请放心，兄弟自当尽心竭力，不过丑话说在前头，这事若犯在别人那里还好说些，金麟班偏偏犯在了庄亲王爷的手里。"

朝阳门外东岳庙。一派荒凉落寞的景象。

九路车趿拉着大鞋，身后跟着大佛寺的小乞丐油葫芦，二人跑进庙门，不想迎面又撞见正在大殿前扫地的香火道士曲六如。

九路车眉头微蹙，硬着头皮走上前，冲着老道一抱拳："六如爷爷，您怎么整天都在扫地，就不兴去干点别的什么吗？"

曲六如眯缝起眼睛，用手摩挲着光秃秃的下巴颏："小九啊，不是老道整天在扫地,是老道一扫地,你就来。好啦,多天未见一个香客,今儿个是齐醮的日子口,你就去殿里……"

九路车未等曲六如说完话,利索地伸手从兜里摸出几小块散碎银子塞进曲六如手里。曲六如收起银子:"好,好,你快去吧,七爷在后面呢,这炷香啊你六如爷爷替你去上。"

祖师喜神殿一侧的偏院,一棵合抱老槐树,洒下半院子阴凉。后山墙前三间房舍,是老七头儿每晚栖身的地方。

九路车带着油葫芦跑进祖师殿偏院。院子里静悄悄的没见人。二人蹑足走到窗前,探头向屋里看去,老七头儿正在拾掇明儿个赶庙会时要卖的耍货儿小偶还有用河泥捏制的偶人小玩意儿。

九路车来东岳庙,是什刹海茶店子的杜三娘打发来给老七头儿送个口信儿,请他去一趟什刹海,说有事要商量。

"什么事儿啊?"老七头儿只顾拾掇手里的活儿,头也不抬地问道。

"三娘说想请师……七爷……到她茶店的棚子底下见天去唱扁担戏。"

"那你回去跟三娘说,老七头儿谢谢她!"

"那……七爷到底是去还是不去呀……三娘说到时候扁担戏、茶水钱攥拢在一起跟您五五分账。"九路车说到这里,隔着箩筐蹲在了老七头儿的对面,好像有意避人似的小声说,"七爷,您就应了吧,眼下外边天儿太热,依小九看,三娘有心疼您的意思在里头呢。"

老七头儿抬起头来:"不许胡说,你一个小孩子家,懂个什么?"

"哎呀,差点把正事儿给忘了,七爷,打从昨儿个起,正阳门外鲜鱼口内的京城四大傀儡戏班子之首的金麟班不知何事,被升平署和管理精忠庙事务衙门封了场子……"

老七头儿只顾低头摆弄着箩筐里的那些耍货儿,头也不抬随口问道:"不知这金麟班到底是因为了什么?"

九路车望向跟来的油葫芦,催促道:"油葫芦,把你听说的快跟咱七爷说道说道啊。"

油葫芦一向听喝,胸脯一挺,向前一步,规规矩矩给老七头儿抱拳一礼:"回七爷的话,听说是为了一出什么戏……哦,说是为了一出大台宫戏……"

"咦,这大台宫戏是什么戏?"曲六如在门外搭了腔,他将手里扫地的长把扫帚靠在门框上,从外面一步跨了进来,"老道可是从南府出来的,天南地北嘎杂子的戏没有老道没听过的,这大台宫戏看来还挺邪乎,为了这么一出戏还要封场子?"

自打前儿个场子被封,金麟班的人惶惶然不知所终地整整熬过了两天。

金麟班演出场子旁边的院子里,大家进进出出的连大气儿都不敢喘,说话时也都尽量小声地在交谈,生怕又招来更大的祸事。班子里傀儡耍手窦五乐不禁有些气馁,大晌午在伙房吃饭时,小声对他的师弟门钉唠叨了一句闲话:"场子被封,咱们在这里吃饭不知还能吃几天。"不想这句话被坐在身后的木棠听见了,心中老大不乐意,讥讽窦五乐犯小人势利眼,言外之意嗔怪窦五乐不讲义气想背班跳槽。一时间,众人对封场子一事七嘴八舌地议论起来,以后这吃饭的活计、傀儡行的营生着实堪忧。

窦五乐懒得争辩,也懒得跟班子里的人一般见识。心里想着良禽尚知择木而栖这句话,随手将没吃几口的饭碗撂在灶台上,索性自顾自走出了后院来到了街上。耳听着斜对过传来的一阵紧似一阵文武场的声音,窦五乐蹭蹭鞋底,不由得走了过去。站在三义班场子前的单牌坊下,看着坊柱前戳在地上的水牌告示,大红纸的告示上醒目地写着八个大字：奉旨承应排戏停演。下面盖有大大的升平署紫红印泥方形官印。

这一刻，窦五乐自己心里头说不清是酸还是苦，是羡慕还是嫉妒。望着三义班带有八字撇山影壁的有如大宅门的场子门口，他心血来潮，想要进去一探究竟，看看三义班正在准备的进宫承应的戏码。

突然，一只手拍在了窦五乐的肩上，窦五乐吓了一跳，扭过头一看，身后站着三义班三班主凌子丙，窦五乐赶紧回过身子，抱拳一礼："啊——是三老板，窦五乐见过三老板。"

凌子丙举手肃客，做手势往场子里让着窦五乐："走，窦五爷，去班子里坐坐。"

"三老板抬举。"窦五乐脸上讪讪地笑着，脚下可是没有动地方，"这……不大合适吧？"

"哎，窦五爷过都过来了，又不是让窦五爷'撕班'，虽说金麟班班大规矩大，使大劲说白了也就是串个门；再者说，您都到门口了，您要不肯赏脸进去坐坐，以后说起三义班不懂事慢待同行，三义班可是担待不起。"

凌子丙话说得满，不留余地，顶得窦五乐真不知说些什么才好。就这样，凌子丙连说带劝地将窦五乐让进了三义班的场子。

凌子丙和窦五乐二人走进场子，外面亮里面暗，窦五乐略一闭眼适应，刚一抬头，台子上文武场的声响戛然而止。三义班众人纷纷停下手里的托偶，放下傀儡探出头来有些惊奇地看着随三班主走进来的窦五乐。

凌子丙赶紧招呼班子里的众人过来和窦五乐相见："大家快过来见个礼儿，看我把谁请来了，这可是咱傀儡一行'硬里子（是戏班术语，指不可或缺的大配角儿）'头牌窦五乐窦五爷。"

此时此刻，满腹心事的窦五乐简直有些受宠若惊了。

正如三义班三班主凌子丙所说，窦五乐在傀儡一行中确是叫得响的

"硬里子"的头牌，这绝非浪得虚名。

说起傀儡行里的猴戏，当属三义班的镇班大戏《闹天宫》，不用说，《闹天宫》中的傀儡猴儿齐天大圣孙悟空与那玉帝派下的天兵天将外带一个脚踏风火轮的小哪吒战在一起，忽往倏来，从凌霄宝殿直打到花果山，天兵神器怼上了金箍棒，硬碰硬，火星四溅。两下里直打得天昏地暗，日月无光。紧锣密鼓声中池子里的座儿们看得也是目不暇接叫好连连。

老话里有这么一句，外行看热闹，内行看门道。金麟班窦五乐的手里也有一个孙悟空，那是在金麟班的镇班大戏《金钱豹》中的一只与豹精厮打缠斗的傀儡猴儿，一句话，此猴儿非彼猴儿也。《金钱豹》一戏中窦五乐手里的傀儡猴儿在红梅山前倏然腾空仰面平身双手稳稳接住豹精投掷过来的亮闪闪的精钢叉后连摔三个元宝锞子，可谓艺压四座，技惊全场。平心而论，这可是三义班压轴大戏《大闹天宫》里花果山上的傀儡猴耍不来的。

窦五乐在外面消磨了整整一个下午，直到掌灯时分这才晕晕乎乎地回到了鲜鱼口的场子里。进了屋，一头扎在炕上，人就像瘫了一样，一动不动。门钉和木棠先后两次招呼他去伙房吃晚饭，他竟如没有听见一样。

回味下午时光，有些令人流连。先是在三义班的场子里受到极大恭维的他，接着就被凌子丙盛情相邀到胭脂胡同的一家清音小班去玩耍。南国金粉胜过北地胭脂，这是在论的。尽管知道，这个莳花班在八大胡同里是拔头筹，但这一辈子能进来光顾却是自己从未想过甚或从不敢想的事情。

香气氤氲中，当他接过班子里香菱姑娘递过来的纯银烟枪舒舒服服躺在湘妃榻上的时候，他想到的却是：看来人有时候也不能太过老实，这不是,眼下他就耍了个贼大胆儿,跟着三义班三班主凌子丙一步踏进了这软红十丈的地界儿里。

窦五乐不傻,一眼看出这位三义班的凌爷有意延揽他入班的意图。他暗自得意,决定将计就计,一定要装作浑然不觉,上赶着本来就不是买卖。他喜欢这种被人抬着捧着的感觉。睁开眼看着自己喷出的团团烟雾在鼻尖上渐渐散开,他似乎也想清楚了,就是不为自己留条后路,也要为班子里伺候掌班师娘的霞衣姑娘想一想。霞衣最爱吃不老泉的冰糖葫芦,这要随班被撵出了京城,到时候上哪儿再去给她买不老泉的冰糖葫芦?她真要是耍小性哭起来,还真就没法儿哄她高兴。眼看着场子被封,说不定哪一天金麟班就在精忠庙除籍报散,然后一体撵出京城。真要到了那一天,也顾不得其他,就是为了霞衣姑娘,也只有见真章豁出去,担着欺师灭祖的罪名,我窦五爷说不得也只好"在班撕班"。

窦五乐突然想到了什么,一个鲤鱼打挺坐在了炕沿上。他来不及穿好衣衫,趿拉着鞋又跑到大街上来,他现在就要去买两串不老泉的糖葫芦,给在老宅那边儿的霞衣姑娘送过去。仿佛眼下不去,以后就再也见不着了似的。

一声不太尖厉的呼哨从老宅院墙外响起。

东跨院里正在伙房灶台前收拾碗筷的霞衣听见哨声后偷偷抿嘴一笑。她放下手里的家巴什儿,解下围裙擦了擦手,临出门时顺便一口气吹灭了放在灶台上的灯。她轻盈地走在院子里,趋身东窗根下:"老太太,霞衣出去一下,就回来。"

"听见了,又是那勾魂儿的来啦?"隔窗由屋内传出凌雪嫣平缓的声音,"不然赶明儿个去跟班主说说,没事儿的时候让他也可以进老宅来看看师娘。"

"那可不行,不能因为他坏了班子里的大规矩!"霞衣说完,隔窗朝着屋里双膝一弯略蹲了蹲,转身向外走去。

老宅大门口对面的老槐树下,窦五乐手里举着两串不老泉的糖葫芦,正在等待霞衣。"吱嘎"一声,老宅大门开启,院内的亮光即刻照出来,衬着亮光,霞衣窈窕的身影出现在大门里。窦五乐迎前几步,举着糖葫芦送到霞衣眼前:"突然想起来,买了就给你送来了。"

"你瞎急个什么劲儿,不老泉那儿又不是卖光再也没有了……"霞衣一边假意嗔怪着一边接过那两串糖葫芦。

"场子被封,听说不几天咱班子就要一体撵出京城,我担心以后就……你可就吃不着了。"

"都听说了,场子那边大家伙儿还都好吧?看把你给吓得,不至于的啊,我看咱掌班师娘这几天下来跟没事儿人儿似的……这不是,打从下午那前儿,班主被人请到天颐轩喝茶去了……"

"啊?没事儿就好,但愿没事儿,我问你,真要有了事儿,你就跟我走呗,咱们……"

"跟你去哪儿?"霞衣咬了一口一串糖葫芦顶尖儿的那颗蘸着晶莹透亮麦芽糖稀的红果子。

"甭管去哪儿,反正让你有糖葫芦吃。"

听见窦五乐如此说,霞衣将嚼了一半的糖葫芦一口吐在了地上,杏眼圆睁,一字一字地说:"窦五乐,我可告诉你,眼下这当口,不许你动歪心眼儿!"

第二十六章

　　天颐轩茶楼。前来喝茶的老客盈门。一楼大堂明灯亮烛，人声鼎沸。

　　楼上雅间，此刻，童麒岫坐在太师椅里，一动不动，人像死了一样。从凌子丙的口中得知，他和九岁红的婚事此生看来再也无望。

　　天热，二楼雅间的窗子敞开着，生怕有风进不来，可是压根儿就没有风。这已然都过了掌灯时分，一阵阵潮湿闷热的熏蒸之气仍在不断地涌进来，给人一种黏腻的感觉。暑气层层包裹着坐在椅子里的童麒岫，面对呶呶不休说着劝解话的凌子丙，他想说几句什么，哪怕是一句感谢对方的话也行，甭管说什么只要能打断凌子丙的话，求他不要再说下去了。可他就是张不开口说不出来，只有眼睁睁地听着。

　　"辛酉年若不是安德海行苦肉计骗过肃顺到京城送信儿给恭亲王爷，哪里还会有同治这个年号。童老板，太监要办起事儿来，有时还真顶饯。"

　　童麒岫眨动着眼睛，他想不明白此刻凌子丙为何如此为太监张目。岂料凌子丙话锋一转，似乎对太监又大张挞伐："太监死要面子，通常是招惹不起的，一旦开罪了太监，您就瞧好吧，阴、损、坏是他们看家的本事，踹人小肚子、掐人脖领子是他们的拿手好戏。就说前些日子，安德海去庄亲王府梨园传旨时，吃了大贝勒载澂的苦头。皇上他是真惹不起，可心里又非要出这口气，自然迁怒到大贝勒的身上。得知大贝勒看上了九岁红，所以趁他被圈禁养蜂夹道，安德海非要把九岁红娶到手，针尖儿对麦芒。要说，这事儿也该着，兄弟为金麟班的事一说，安大总管一口就答应帮忙，哪知，他后面还跟着要纳九岁红为妾这档子事儿呢……兄弟当时心里那个急，是答应不是，不答应也不是，可着这四九城除了安德海还有谁敢和恭亲王府的大贝勒叫板？敢夺大贝勒之所爱？"

童麒岫听完凌子丙里挑外撅一番话，耷拉着脑袋跌坐在椅子里，神态痛苦而颓唐。

凌子丙最后的一句话，有如一桶冰水从上到下直浇了童麒岫一个透心凉。九岁红貌美，唱功也是好得一等一。那日在天颐轩，自己不假思索逞一时之勇，没想到博得了梨园行的赞誉且又抱得美人归，贤妻美妾，享齐人之福，人生如此夫复何求！这些日子自己晕乎乎的有些飘飘然了，忽略了一些事情。童麒岫猛醒，安德海出面，眼下升平署这件事可以转圜，庄亲王爷抬抬手，金麟班就过去了。如若动了大贝勒载澂或是那个安德海之所爱，人家不用抬手，动动小手指，就能将金麟班捻成齑粉。

凌子丙偷觑童麒岫脸色，揣摩着童麒岫的心思变化，继续假意哄劝，话里话外的意思安德海在西边儿跟前儿宠幸日隆，权势过大，万万得罪不起，不然庄亲王又怎么会买他的账呢？

童麒岫揩去额头上冒出的冷汗，古之大化者，应化物于无形。为金麟班计，为了班子里所有的事儿和所有的人，童麒岫把打落的牙齿生生咽进了肚里，强忍锥心之痛答应了凌子丙。

童麒岫强自镇定，在天颐轩与凌子丙分手后，一路上神思恍惚，跌跌撞撞地往回走。走了没有几步路，恍惚中站定，辨认了一下方向。他知道九岁红寓居的客栈应当距此不远。搬去大吉片那是明日之事，眼下一切还来得及。他想去客栈告诉九岁红，让她和老阿公早作打算。此生虽不能和九岁红神仙眷侣，至少拼全力尚能保全九岁红的名节，也算对她有个交代。他抬腿刚要迈步，又想到自己身后的班子和老宅里的一大家子人，他仿佛看见金麟班几十口子人背包罗伞哭天抢地被手拿水火棍的衙役连推带搡地驱赶着撵出京城。天地茫茫，实不知何处安家。

一阵凉风吹过，白日里潮湿闷人的暑气消退了一些。童麒岫有如摔倒的猪爬起来后甩甩耳朵那样，拼命晃动着自己的头，要为自己下个狠心，做个决定，今生对九岁红的这段孽缘债看来是百死莫赎。过了九月初九的吉日，这件事传扬出去，梨园行里却又如何去做人？如不这样又能怎样，他恨自己竟然是色大胆小，当时为九岁红"报庙"具保焉知不是为了贪图九岁红美色而一时冲动？

童麒岫再也提不起当时在天颐轩那股子顾盼自雄的精神头儿，最终回转身悻悻然走向老宅。

走在路上的童麒岫，回想起在天颐轩凌子丙说了那么多的话，他好像一句也没有记住。纳妾九岁红这件事乐极生悲，最终兜底反转过来，悲惋中只有切肤之痛。推开老宅大门的时候，他甚至后悔起来，后悔自己在天颐轩没有盯问凌子丙，安德海答应帮忙这件事到底是真还是假。结果放手九岁红他倒是答应了，事实上也由不得他不答应，因为他既惹不起大贝勒载澂，更不能开罪安德海。

拖沓着步履走进外院，不承想查万响坐在那里已候他多时。就在他去天颐轩应约走后不久，升平署管理精忠庙事务衙门来人告知——圣母皇太后十月万寿庆典，金麟班承应大台宫戏《双麟记》，升平署对前一事既往不咎。

童麒岫从查万响手中接过升平署管理精忠庙事务衙门一并送来的盖有升平署紫红印泥官印的告示，那官印大而方正。他突然觉得身子一下子瘫软了，打不起精神、拾不起个儿来。

童麒岫一屁股坐在了垂花门前的台阶上，他此刻想到的却是凌子丙在天颐轩说过的那句话："太监办起事儿来，有时还真顶戗。"

金麟班场子前的单牌坊下面，童麒岫亲手将一块水牌放置好，他后退了两步，左右端详起贴在水牌上的告示，大红纸上醒目写着八个大字：奉旨承应排戏停演。告示下面盖有升平署紫红印泥方形官印，官印大而方正。他心有戚戚，扭头望向街对面，好在还能看得清，三义班单木牌坊下的水牌告示上面同样的字体，同样的盖有升平署紫红印泥方形官印。

童麒岫心中暗暗舒出一口长气。

一乘小轿颤巍巍地抬了过来，轿班将小轿停放在牌坊下。随轿而行的霞衣从轿中扶出掌班师娘凌雪嫣。童麒岫见状上前紧走几步，伸手在另一侧扶住凌雪嫣，道："师娘，您看，水牌上告示贴出来了，班子里的人都在等着您呢！"

"那告示贴出来就贴出来吧，人在屋檐下怎能不低头，等下跟班子里头说，让众人攒足劲儿，咱就上那镇班的大台宫戏！"凌雪嫣抬眼看看已被撕掉封条的场子，指着头上坊额"解罣园"三字说，"但愿此次可以解罣！"

傀儡戏中久负盛名的大台宫戏终于就要排演，金麟班的人雀跃不已。事情棘手，确乎情非得已，极不情愿中又掺杂着几许莫名的兴奋。

入夜，四围岑寂。金麟班老宅三进院的上房内，灯光昏黄，烛影里，童麒岫颓丧地坐在椅子里，双目紧闭，看不出他是在想事儿还是在养神。厨娘耿婶进来安排了夜宵的酒菜，走出时轻手轻脚地带上了房门。

今日白天在场子里，听罢师娘向班子里众人宣布排演真正雪藏多年的镇班大戏大台宫戏《双麟记》时，一刹那，童麒岫身体里的热血也曾猛地奔涌了那么一下子，继而又归于平静。他想到那日在天颐轩无论对谁都不能言的与安德海那桩屈辱的交易，还有自己对于权势的怯懦。

院子里响起刚刚走出屋来的厨娘耿婶的招呼声：

"哎哟，这都多早晚儿了，是大奶奶回来啦！"

房门开处，金麟班大奶奶索万青走了进来。

童麒岫坐在椅子里，动弹一点儿都觉得全身酸痛。尽管身心俱疲，他仍要装出一副很是高兴的样子，对刚刚从娘家回来的索万青连连说着宽慰人心的话："人不该死有救，金麟班峰回路转，遇难成祥。"

"我就说嘛，老天爷饿不死瞎家雀儿。"索万青脱去外衣，一派颇有见地的口吻。

"王爷总算是想明白了，网开一面，又准了金麟班进宫承应大台宫戏，升平署对此事既往不咎。"

索万青不由得瞪大了眼睛，拿起了放在几上的金麟班镇班大戏的戏本。戏本扉页上三个隶书大字——双麟记。

"师娘她老人家今儿个去了场子里，跟大家伙儿说了，十月进宫承应大台宫戏。"童麒岫说着话，为自己和索万青各斟上一盅酒，"看得出，师娘她老人家是忧心忡忡，无奈地说如今朝廷又翻出六十年前旧账，既然皇家非要重新搬演，那也顾不得这许多了……还叮嘱大家打起精神，好好准备进宫承应的戏码。"

索万青听着童麒岫说话，心有所动，端起的酒盅凑到了嘴边，又慢慢放下了，心存疑虑地说："你刚才说师娘交代下来的可是全本的大台宫戏《双麟记》，依照戏本要刻全堂傀儡？"

"不错！"

"那……师娘手中拜匣里的那只傀儡又是哪出戏里的？为什么这么

多年一直有半本残戏的说法？难道班子里有两出《双麟记》……还是另有一出镇班大戏？"

"那不能够！"童麒岫用不容置疑的口气说，"班子里的三句话说得再是明白不过，'男怕《金钱豹》，女怕《红佳期》，尘土衣冠《双麟记》'，看来以前的那些话，都是班子里的人私底下的瞎说乱琢磨。"

"你别像傀儡似的也是一个木头脑袋，"索万青却很不以为然，撇撇嘴角说，"你师傅为的什么出的那档子事儿，算下来，金麟班历经五代嫡亲的传人，这么多年来孜孜以求非要完成另一只傀儡的雕刻复作，又是为的什么？"

索万青话音未落，响起轻轻的叩门声。夜深人静，敲门声尽管声音不大，也足以让童麒岫心惊肉跳。索万青横了丈夫一眼，镇静地走过去开门，门外霞衣蹲身施礼，轻声说："师娘请班主和大奶奶过去一下，有话要说。"

童麒岫夫妇随霞衣来到东跨院正房，进得屋来，看见查万响、陆麒铖、古麒凤三人已经在座。凌雪嫣抬抬手，示意他夫妇俩坐下。屋内的氛围很是沉闷，没有人说话。童麒岫与索万青相互目语，知是有事发生。

霞衣轻手轻脚将灯挑亮。众人心中明白，这是掌班师娘有话要说，她再次环视众人，终于压低了声音说："眼下让班子里准备排演进宫承应的《双麟记》……是一出假大台宫戏。"

此话一出，吓得众人面面相觑，半晌作声不得。

凌雪嫣语出哀婉，讲述了大台宫戏的钩沉始末。

嘉庆二十一年十月，金麟班奉旨去避暑山庄承应戏，师祖童怀青踌躇满志，定要挣得宫廷供奉，要像顺治朝金麟班第八代天祖童方正那样唱大台宫戏挣得"御戏子"的名头。只因鼻祖祖师爷传下来的镇班的两只傀儡在顺治朝时，不知何故，其中一只就在得到大台宫戏封号的第二天遽尔佚失，实际上这镇班的大台宫戏到头来仅存傀儡一只，剩半本残戏。在去山庄的路上，师祖童怀青仓促间将全本大台宫戏改了一出折子戏，为的是亮出金麟班镇班的傀儡金麟童。这傀儡真不愧是祖师爷的手泽，一经亮相，惊艳四座，满场哗然。哪知道就是因为这出折子戏里的几句唱词，惹下一场大祸，罪名是"旧词未去，黍离之悲"，既有"碍语"之嫌，自然犯了皇家的忌讳，师祖童怀青被杖责四十。班子当晚宿在喀喇河屯行宫，夜半时分，山庄那边追下一道"驾帖"，此次所有承应九九万寿节庆的各路傀儡戏班要将傀儡尽数留下，供外邦来朝庆贺万寿庆典的番夷挑选。不想圣旨尚未宣完，后面金麟班堆放箱笼砌末的东配房却突然起了一场无名大火，所有的傀儡及箱笼砌末统统付之一炬。

为救金麟班，同班另一师祖凌怀亭果决行事，挺身认下了这场火事肇端是由他而起，然后瞅不冷子拔出了站在身旁的御前侍卫的佩刀，引颈自刎，拼死保全金麟班。人死大于天，皇家不得不放一马，不然金麟班哪得还有今日。

金麟班历代相传的真正镇班的大台宫戏中的两只人物傀儡，其中一只顺治朝时遽尔佚失，另一只在嘉庆朝又遭焚毁，两只人物傀儡如今已经丧失殆尽。

戏班演戏，天经地义。天底下哪有戏班压着戏本不演的道理？只是大台宫戏一经演出，必见血光。多年来，为此事，几代传人一直守口如瓶，讳莫如深。不想事与愿违，大台宫戏这件事到底还是被揭了出来。如今若据实告知"明白回话"，别说庄亲王爷，任是皇家那边又有谁会相信？说是不信，不说更是不信，两害相权取其轻，看来也只有行此下策，铤而走险，不得不唱一出移花接木的《双麟记》。

众人默然无语。

六十年前，避暑山庄金麟班御前承应这件事原本没有几人知道，如今何故上至太后下至升平署反倒兜头追问起这件事来？记不清是哪个话本里有两句话说得再好不过——从来见说没头事，此事没头真莫猜。

事出蹊跷，可这眼下是顾不得了。

烛台上，灯花猛然间跳跃了一下。

"大台宫戏说起来终究是二百年前唱给顺治爷听的戏码，那是在西苑翔鸾阁。六十年前，为嘉庆爷万寿庆典，金麟班奉召进避暑山庄，记得当时是在云山胜地楼的小戏台上御前承应，除了皇上和番夷，也确实没有几人看过。"凌雪嫣神情肃穆，扶桌站了起来，环视着众人，沉声说道，"今日之事，实在是为盛名所累，真是有嘴说不清。圣母皇太后九九万寿节庆，奉召漱芳斋御前承应，胆小不得将军做，但愿此次进宫承应，金麟班能够全身而退！"

第二十七章

这些日子有一件事使得哈桂坐卧不宁，简直是吃不下睡不着。那一天他无意间从天福堂掌柜口中得知，长春宫大总管安德海欲娶在天颐轩茶楼唱清音桌的九岁红为妾，喜事定在九月初九，包下天福堂办喜宴。哈桂不由得心里着了急，所幸载澂圈禁在"火房"，尚还不知有此一事。可载澂究竟是为了何事被他阿玛送进来圈禁，哈桂却是再清楚不过。如何将此事消弭于无形，那就是必须让载澂远远离开京城。如若不然，安德海强娶九岁红为妾这件事，依着载澂的脾气秉性，必然要为九岁红与安德海争个你死我活。想到王爷与西边儿还有皇上在朝局里的参伍错综紧张微妙的关系，眼下恭亲王府实在不能再横生枝节，乱中添乱。

恰在这时，进京谋求实缺的湖北候补知府李光昭找上门来，哈桂背着王爷，居中撮合，通过狱丞祖福寿，得以让李光昭进刑部"火房"与大贝勒面晤。进而说动王爷，答应载澂与李光昭去南方购买木植报效朝廷。就这样，哈桂身不动膀不摇地借着劲儿将大贝勒载澂稳妥地送出了京城。

跟来送行的八名王府侍卫齐齐翻身上马，就要回王府交差，眼看着大贝勒载澂乘坐的挂满风帆的大船慢慢驶离了漕运码头，哈桂心里悬着的一块石头总算落了地。

庄亲王一早穿戴停当,兴冲冲地进宫"递牌子"请起。

慈禧放下手里正在看着的戏本,就在长春宫的东次间,命人卷起帘子,以"家礼"与庄亲王见起。

赐座后庄亲王回奏,大台宫戏总算查访得实,是当年世祖顺治朝时,京城傀儡戏金麟班进西苑翔鸾阁承应,蒙世祖顺治爷青睐,赐名大台宫戏。

"查访真凿啦,还真是的啊,这大台宫戏唱的就是一出傀儡戏。"慈禧释然,"可那傀儡戏里边儿唱的是什么,这出傀儡戏想来一定很叫彩儿,不然何以得到世祖顺治爷赐名?"

庄亲王回奏:"回太后话,奴才已经吩咐下去,金麟班在十月圣母皇太后寿辰的九九万寿节上承应全本大台宫戏。"

"唱全本儿,好啊!"

"回太后话,这大台宫戏是太后寿诞庆典进宫承应的戏码,恕奴才大不敬,那……六十年前,嘉庆先帝爷那半扣折子夹片上所记注的'永不叙演'……"

"不碍事儿,不碍事儿,六十年前的事儿啦。"说到听戏,慈禧来了兴致,"'黍离之悲'不过几句戏词儿,算不得犯忌讳,唱来听听,不打紧的,听戏嘛,听的就是一个原汁原味。"

慈禧接下来夸赞庄亲王会办事,升平署戏楼重新粉饰的事情她也知道。慈禧告诉庄亲王,载洎伴读比载潋在时好得多,皇帝读书最近也是大有进境。觉得大清的官员如果都像庄亲王这样实心办差,国运何愁不兴旺发达。慈禧唠家常表示关切,问起庄亲王府上格格出走一事。

庄亲王心下骇异,正如李莲英在升平署传旨时所说,咱大清就没有西边儿不知道的事情。

"奴才的家事，还劳烦太后记挂。"庄亲王心中惶惑，想起闺女，心情自然有些沉重，"小孩子贪玩淘气，多说了她几句，赌气就跑了，连日来，府里增派人手，四九城的已去找了。"

"唔，看得出，这孩子的脾气秉性像极了她的额娘。"

"奴才回太后话，谁说不是呢，自打这孩子她额娘走后，奴才心里总觉有些亏欠她的地方，所以平日里对格格的管束不免有些放纵，任由了她的性儿。"

"派人手早些时候将格格寻回来还是对的，毕竟是个女孩子家。"

"太后的话奴才记下了。"庄亲王如释重负地应着。

与庄亲王东拉西扯话家常，慈禧兴致很高，说出了自己长久以来思谋筹划的一件事情。

慈禧告诉庄亲王，她打算在长春宫成立一个戏班子，叫本家班。生旦净末丑各个行当全部由宫内太监担当，原南府副掌事、梨园名宿，现在翊坤宫的首领太监孙福喜任本家班的掌事。本家班的一切开销归长春宫出，不要升平署一两帑银，升平署适时派员只负责教习即可。并让庄亲王为这个即将成立的内廷本家班起个名字。

庄亲王福至心灵，略加思索，立即高声回答："回太后话，太后今年万寿，明年皇上大婚，都是普天同庆的大事儿，奴才以为，莫如就叫普天同庆班！"

慈禧当即首肯："这名儿起得喜兴，从今儿个起，咱这长春宫里的普天同庆本家班就算'起班'了！"

正在这时，李莲英进殿来报："长春宫后殿怡情书史殿中大紫檀书案遵懿旨需要更换案子腿，眼下养心殿造办处的人过来搬取书案。"

慈禧点点头："那案子沉，人少了不够抬。"

李莲英回奏："回主子话，连油木作催长在内拢共来了九个人。"

慈禧问道："油木作的催长福大宝可是有几年没见着他人了。"

"回主子话，眼下油木作的催长叫边冷堂。"

"那福大宝呢？"

"因病自请休致了。"

"这催长叫……边……"

"回主子话，叫边冷堂。"李莲英有问必答，"边冷堂是当年南府傀儡班的副掌事，南府裁撤后，留任调拨进养心殿造办处油木作的。"

"如此说来，当年南府还真有一个傀儡班，记得上次在漱芳斋听翁师傅说起过。"慈禧随口漫应道。

灯草胡同的索家班，大门紧闭，院子里堆放着一些属于傀儡戏班的衣箱行头。

过厅内，文武场动着响器。索万青青衣短襟，脚蹬彩鞋，正在练唱，一招一式，腰身柔媚，看得出幼功深厚。

索万红坐在一张八仙桌后注视着姐姐练唱时的身法步，桌上放着那本《昭代箫韶》折子戏的"串贯"。三义班的几位傀儡耍手手持杖头傀儡站在一旁。他们手中傀儡的行头已是辽兵的装束，头盔两侧挂有兽尾垂缨。其中一位耍手手举耶律琼娥的杖头傀儡跟在索万青的身后，一招一式在转动着身法步。身披辽邦公主行头的杖头傀儡耶律琼娥的五官面容刻作得酷肖索万青。

索家班三进院落上房内，支起一张大圆桌，素洁的桌布、五颜六色的各式菜肴、精致的酒具，索德琛正在款待凌氏三兄弟。索家班见机行事，为傀儡戏三义班十月进宫承应的戏码"钻筒子"，两班合作，各取所需，双方自然是心照不宣。

此刻，索德琛举杯劝酒："此次索家班得蒙三位班主不弃，一力抬举，索某感激不尽。依前所言，十月进宫承应前为不使人知，今日虽是中秋，也只好在舍间委屈三位班主了。"

凌子丙看看在座的两位兄长,微笑着说道:"索老板此话差矣。此次三义班进宫承应,还要仰仗索老板大力。这两年看起来,昆腔有些式微,听安大总管说长春宫西边儿的喜欢皮黄,咱们这么做也就是投太后之所好,十月进宫承应,图的是给太后一个乐儿!"

凌子乙接口说道:"太后要是一乐儿,赏下来的许是一辈子受用哩!"

第二十八章

　　月亮升起来了，一轮圆月影影绰绰地飘浮在一片泼墨彩韵画似的云里。那片云笼罩着月亮，使人越发看不清楚。月光冲不出来，只给那片云镶了一个金边儿。

　　童家老宅东跨院，院里摆一副祭案，案中鼎炉梵香。霞锦抱着襁褓中的麒麟儿站在一旁。

　　掌班师娘凌雪嫣带着霞衣正在摆放月饼水果等祭祀供品。霞衣点燃了放在案头的两只粗如儿臂的素蜡。雾雾蒙蒙的夜色中，烛苗荧然。

　　凌雪嫣一声叹息："老头子，又是一个八月十五云遮月，你老实规矩了一辈子，出了这档子事儿，没有人怪你，要怪就怪我这老婆子，说到底，就是为了这个班子，为了那件事儿。"

　　霞衣在案子前铺下拜垫。凌雪嫣从霞锦手上接过襁褓，孩子在襁褓中熟睡。凌雪嫣将襁褓小心抱在怀中，缓缓在拜垫上跪了下去："老头子，这是你的骨血，孩子壮实着哪……可怜啦，刚一落生，孩子的娘抛下孩子也走了。孩子他娘性情刚烈……唉，当初怪我这笨老婆子少想了这一层……造孽啊，老天要罚，老婆子一个人扛，童家一脉香火不能断。咱这行……打从鼻祖祖师爷偃师算起，到咱金麟班祖师爷童春秋……经历多少代才能出一个'活木头'啊，老婆子掐算着，论年头上是差不多了，实在是不得已，走了这一步。总算老天不负有心人，留给咱金麟班八百里旱地一棵独苗儿，待孩子长大了，还要看孩子自己个儿的造化！"

陆麒铖和古麒凤相偕来到东跨院。

月光从云的缝隙中透了出来。人在院子里，院子里也有了浅浅的晃动着的身影。

大家吃完月饼，霞锦回房，抱走了熟睡中的麒麟儿。霞衣为坐在太师椅里的掌班师娘凌雪嫣披上了夹袄。趁着朦胧的月光，凌雪嫣仔细端详着自己的徒弟陆麒铖和古麒凤。只见两人模样身形高矮胖瘦很是般配，不由得喜上眉梢，含着笑说："那年你们师傅从浙江的泰顺回来，路过天桥，把你俩带了回来，没想到竟也是配着对儿呢。记得那天还下着大雪，刚一进门，师娘在院子里瞅见，连同你们二师兄，就以为你们师傅捡回了三个小小子儿呢，等到给你们洗完脸，师娘一看火凤儿啊，当时就想这要长大了可是个俊俏姑娘。师娘还跟你们师傅说，这孩子学傀儡戏，真是可惜了了，把这脸蛋儿都给埋没在傀儡的行头里了。"

古麒凤望着满头华发、瘦骨嶙峋的师娘，心中无以名状地涌动着一股酸楚。她扬起笑脸说："傀儡戏好看，戏里说的都是处世为人的道理，耍傀儡的人钻在行头里，傀儡就有了心，台子下面的人只顾看戏，不曾想过傀儡也有心，傀儡是假的，人心是真的。"

古麒凤一番话，情真意切。凌雪嫣感叹之余更多的还是欣慰。

夜凉如水。查万响一进院，便高声催促大家庭院中实不宜久坐。进了屋，凌雪嫣将古麒凤叫到跟前，伸手褪下自己手腕上戴着的一只金镯子，套在古麒凤的手腕上。镯子分量很重，形制简单，线条硬朗。凌雪嫣拉着古麒凤的手说："凤儿啊，这只镯子就算是陪嫁，今天师娘做主把你许给你的三师兄陆麒铖。"

陆麒铖、古麒凤双双跪倒在师娘面前。

十几年的含辛茹苦，成就了一对佳偶。看得凌雪嫣是心花怒放："霞衣，快把你三师兄三师嫂扶起来！"

查万响捋着胡须哈哈大笑，连声说道："好啊，好啊，弟妹终于又了却了一桩心事！"

"那咱就把喜日子定在九月初九，新房就放在前面院子里，最近发生的事儿……"

"师娘，火凤儿想能不能把喜日子放在进宫承应后再说。"

"师娘定的日子不好吗？"凌雪嫣虽然不知道古麒凤为什么这样说，但还是和蔼地问道。

"不是……不好，只是……觉得……"古麒凤有口难言，一时又不知如何措辞，这一刻竟然显得有些局促不安。

查万响仿佛明白了一切，呵呵地笑着说："男大当婚女大当嫁，敢情咱们的火凤儿是害羞啦，火凤儿啊，就听你师娘的，九月初九，道家讲消灾延寿、福禄兼至，好日子。"

古麒凤一听掌班师娘将她和师兄陆麒铖成亲的日子定在九月初九，心里就像被火燎了一下，她知道这是师娘的好意，却不知和童麒岫娶九岁红的喜日子冲撞在一起。若在平时这是双喜临门的大好事。可她作为九岁红的"娘家人"不能不顾及九岁红出嫁的婚仪。更何况江南一代名角儿九岁红情愿下嫁做妾也要嫁进金麟班，在她看来，总有些不为人知的地方，可到底是因为了什么事情呢？以致她对于九岁红这桩婚事从一开始就高兴不起来。

凌雪嫣说："火凤儿啊，听师娘的，最近事儿太多，官面上的差事也不顺，十月进宫承应，保不齐的还会有什么事儿，师娘怕给你俩的亲事儿耽误了，还是赶早不赶晚。咱就定在九月初九，不用张扬铺排，班子里的人都给叫回到老宅，自己办堂会，就在前面的两进院子里摆席。"

凌雪嫣让霞衣从里间屋捧出那摞早已准备好的四铺四盖的绸缎被褥面，放在了古麒凤面前。

查万响连声称好，从贴身衣兜里取出一只吊着锁骨链的小儿长命锁，长命锁錾金镶玉，两面篆隶楷行草五种字体的百福字，异常精巧。

查万响将长命锁交到陆麒铖手里说："响爷除了会拉琴，一身别无长物，这只长命锁是响爷小时候戴过的，送给你，算是个心意，望你俩早生贵子。"

时候不早了，陆麒铖、古麒凤满心欢喜告别了师娘，走出了东跨院。

古麒凤晚间要和霞锦做伴儿轮班照看麒麟儿。陆麒铖也要回鲜鱼口去照看场子。就要成亲了，俩人在老宅大门口亲热地说着体己话儿。古麒凤担心如此一来，九月初九那天班子里的人都集中在老宅这里，大吉片那边就会显得很冷清，怕是要委屈了九岁红。陆麒铖安慰她说，当天不行好在还有第二天，九月初十金麟班一体前去大吉片庆贺九岁红新婚宴尔。

看着陆麒铖一副认真的样子，古麒凤"扑哧"一声笑了出来。

这时，索万青坐着小鞍车在梅香的陪同下回来了，索万青下了车，叮嘱坐车回去的梅香，家中有事可派人来叫她。

古麒凤高兴地告诉索万青："师嫂，刚才师娘做主把火凤儿许给了三师兄。"

"那以后你可得对人家好点儿！"

"火凤儿知道。"

"日子定了没有，是哪天啊？"

陆麒铖喜滋滋地说："师嫂，师娘她老人家把我跟凤儿成亲的日子定在了九月初九。"

索万青一听，心里着实"咯噔"了一下，赶忙小声问道："这是怎么个话儿说，师娘知道你们师兄娶九岁红的事情啦？"

"师嫂，看把你吓的，师娘不知道，不过是碰巧罢了。"古麒凤调皮地说，"这好日子又不是只留给师兄一个人用的。"

中秋节的第二天，晚饭过后，霞衣搀扶着凌雪嫣来到老宅的前院找查万响商量事情。

听完凌雪嫣说出的一番话，查万响着实吃了一惊，他没有想到凌雪嫣居然打了一记隔山炮。有意将陆麒铖和古麒凤的成亲日子也定在了九月初九，查万响明白，班主童麒岫纳妾之事，凌雪嫣装作不知道，大有体恤成全童麒岫之意。

事情压根儿不知道与装作不知道本就不同。凌雪嫣有些坐不住了，于是乎来找查万响商量，明面上要仍然装作不知道，暗地里抽空去正阳门外鲜鱼口的场子里，她要相一相九岁红。人的模样俊不俊倒在其次，听听唱得如何，是不是像霞衣告诉她的那样，九岁红唱起来和死去的大师姐虞麒奱别无二致。毕竟十月进宫御前承应，"钻筒子"是一件要紧的大活儿。

耿婶送进茶来后，顺便点上了灯。

霞衣说火凤儿姐成亲的事情九岁红知道后很是高兴，既然姐妹二人同在一天成亲，时间上无法顾及对方，九岁红决定九月初六那天，就在金麟班的场子里，她上彩妆为贺古麒凤成亲唱一出折子戏。

查万响觉得凌雪嫣有了相看九岁红的心思，眼前正好是个机会。遂打算由他先去安排，到时凌雪嫣可以悄悄地不为人知地去到场子里相看九岁红。

金麟班场子前的单门牌坊下一块戳在地上的水牌告示，大红纸上醒目写着八个大字：奉旨承应排戏停演。告示下面盖有升平署紫红印泥方形官印。

查万响来到场子里，吩咐众人将演傀儡戏的空心台子全部用五寸厚的杉木大台板横竖平铺上下两层地将台子顶起来装成了实心，然后将顶起台板的台子可边儿可沿儿地铺上大红的氍毹。专等九月初六那天的堂会专场，"二师嫂"九岁红登台献艺。

到了九月初六那天，凌雪嫣有意安排童麒岫和陆麒铖在老宅后院的木刻作赶工，又留下查万响在老宅羁绊住二人。借口自己要去菜市口鹤年堂看大夫，带着霞衣乘软轿来到了演出场子，在伙房文青嫂的接应下，悄悄地上了二楼包厢。现在她沉静地坐在二楼包厢帷幔的后面，盯着台子上正在演唱的九岁红。霞衣站在包厢门口，像是在把风。

楼下，靠着台沿前的池座里坐满了金麟班的人。

用杉木大台板装起的临时戏台的一侧，文武场上拍牙冷板，撅笛挡筝。搭班后的九岁红在唱《佳期》一折。

曾几何时，这里台子上的红娘已经不是天颐轩清音桌前的红娘了，扮上彩妆的九岁红将红娘演得簇簇生新。

昆曲戏中像崔莺莺、杜丽娘、陈妙常等女主角儿基本都是闺门旦，服膺于剧情的需要，一举手一投足抑或一颦一笑演来都很端庄，要的是处子的文静、大家闺秀的风范。《佳期》一折中以丫鬟为主角儿的红娘，演来自然又是与众不同。这在昆曲里应是破天荒的特例，是热情活泼极富生命力的一个形象。

九岁红的红娘通身灵慧，分外地娇憨机智。张生和崔莺莺偷情那会儿，红娘独自在门外把王实甫那段美轮美奂的偷情描写生生给唱了出来，妙哉妙哉！

一折演罢，金麟班的人在台下齐声喝彩。

"我家小姐还有一段清唱。"九岁红下场去换戏装，阿玉告诉金麟班众人。

凌雪嫣暗自点头，想这清唱最是不饶人，全凭功夫见真章。清唱，俗语谓之"冷板凳"，不比戏场借锣鼓之势。魏良辅在《曲律》中说得明白:"全要娴雅整肃,清俊温润。其有专于磨拟腔调,而不顾板眼;又有专主板眼而不审腔调,二者病则一般,惟腔与板两工者,乃为上乘。"

九岁红再次登台,场子里一下子安静下来。

众人注目细看九岁红这次闺门旦的扮相,一袭水袖丹衣,临风飘逸,端庄典雅;听唱腔南派正宗,累累如珠玉洒落盘中:

"(旦)咳,细雨寒窗,微吟独酌,正好赏玩此杯也。呀!杯里却有个影儿。

"〔南吕过曲·香遍满〕玉颜斜照,梨花一枝春动摇。仔细端相非奴貌。呀,竟像个男子!幅巾犀导,小轻衫,罗带飘。便俺会作乔,也做不出男儿俏……

"…………"

台子上唱的是众人从没听过的一折戏,但是众人知道这可是为贺三师姐成亲的堂会专场,不用问绝对是二师嫂的拿手好戏。

众人将目光齐集在古麒凤身上,弄得古麒凤反倒不自在起来。她又何尝不是第一次听见这折戏?古麒凤下意识地四顾张望,班子里的老人一个都不在;即便在,估摸着也打听不出什么来,因为听起来这毕竟是一折南昆腔的戏。

坐在二楼包厢内的凌雪嫣听着九岁红"南北合套"的唱曲,心中不禁一动,而后九岁红的一句唱词听起来似乎觉得耳熟,只是记不起在哪里听到过。急切间,凌雪嫣想到了一个办法,她不由得在心中开始默念下一句戏词,果不其然,她心中默念的戏词,与对面台子上的九岁红竟然一字不差地唱了出来……

凌雪嫣感受到自己内心的强烈震动,来自江南的九岁红居然会唱大台宫戏!

凌雪嫣听着唱腔心往下沉。

说起这出镇班大戏,班子里除去上两代班主童怀青以外,竟无一人能唱。凌雪嫣灵光一现,难不成会唱这出戏并知道大台宫戏的人,是九岁红和她的阿公?难不成金麟班在上几代遽尔佚失的那只傀儡与她爷孙俩或许有些干系?更重要的是那爷孙俩或许知道祖师爷的遗泽玉麟锦的下落?

　　这一刻,凌雪嫣内心有着一阵不可名状的兴奋与冲动,她险些就要走下楼去到台子上拉着九岁红细说究竟。童麒岫在天颐轩救九岁红于急难中固是应该,当时四大班子的班主都在,为何竟是童麒岫脱口说出"报庙"具保?此后,九岁红阿公主动许亲,九岁红屈尊为妾嫁进童家似乎也不为意。今天在台子上的清唱居然是大台宫戏,难道在冥冥之中,这一切都是天意?

　　凌雪嫣倏然起身,幸亏临来时查万响曾有告诫,霞衣不辱使命。她横加拦阻,提醒掌班师娘,即便有什么,回去以后再说不迟,反正九岁红就要嫁进金麟班。直到回了老宅,凌雪嫣的心情才渐渐平复下来。看来这件事还需斟酌,凌雪嫣重又想到玉麟锦,想到还有随着这件事传下来的一首词《金人捧露盘》。只有对方真正知道写这首词的缘起与出处,方可相询此事。

　　最后,凌雪嫣和查万响商量,待童麒岫和九岁红成亲之后,应尽快与那老阿公见上一面。

第二十九章

　　最近几次来给九岁红阿公诊脉瞧病的老郎中今日又来了，坐下的工夫不大，老郎中便要起身离去。这次竟连方子都没有开。九岁红看出端倪，当着阿公的面又不好细问。阿玉打起门帘，九岁红送老郎中出来。老郎中的身后依然是那个年轻跟班背着药箱。老郎中话本不多，自打给阿公诊脉瞧病，除去询问病况，一不多说二不多问，看得出，是一个谨言慎行之人。身后跟着的背药箱的年轻人更是规矩，进得屋来，站在老郎中身旁，甚至连眼皮都不带往高了抬一下的。因为老郎中第一次来时，有古麒凤那一通说辞，九岁红与阿玉想着的是姑爷拜托醇亲王府"里扇儿的"请来的宫里的御医，所以一直也未多问。

　　来到前院，九岁红向老郎中问起阿公的真实病况，老郎中摇摇头，没有再说什么，告辞后转身走出门去。

　　九岁红站在门口微微有些发愣，心里有了一种不祥的感觉。目送老郎中一步一步渐渐远去的背影，她突然回转身，一低头忍不住啜泣起来。蒋妈和阿玉赶忙将九岁红劝至前院屋内，蒋妈说："二奶奶今晚成亲就是给阿公冲喜。"蒋妈说完，连连给阿玉和七巧使眼色，说："咱们三人该替二奶奶换装打扮了。"

　　这时，门外响起了敲门声，九岁红以为是老郎中还有什么事情需要交代故而又折返回来。大家重又走了出来。阿玉紧走几步打开院门，上来敲门的一望便知是车老板，手里攥着白檀木的鞭杆，缠绕着尺把长的牛皮鞭梢。那赶车的看年纪四十出头，穿戴齐整，脸上光溜溜的。门外一匹"墨里藏针"陕西骡子驾的一挂大车，车轴包铜，那头骡子油光水滑。车上四口黄铜包角的大樟木箱子，车旁站着与车老板穿戴一样的四名利利索索的小伙计。看见大门打开，小伙计不等主家问询，便两人抬一口箱子，径直走进院内，四口箱子转瞬搬进了院子。蒋妈忙说里院有病人，就先放在外院。四名小伙并排放下箱子，齐齐站好，同时给九岁红打千请安，口称"请二奶奶安"，站起后不走也不再说话。九岁红猛可里想起这是在等着打赏，赶紧吩咐阿玉进屋取了五两银子打发了来人。

看着放在地上的四口黄铜包角大樟木箱子，九岁红心里犯了猜疑，脱口说道："看这四口箱子很是气派，倒不像是寻常百姓家中使用的东西。"

站在一旁察言观色的蒋妈急忙打着乌涂语说："哟，一看这箱子就知道夫家真是疼爱二奶奶，生怕委屈了二奶奶。"

九岁红听见蒋妈如此说，心中一动，急忙吩咐阿玉和七巧打开四只箱子看看端底。箱子盖一个接一个地被掀开，四只箱子里装满了绫罗绸缎，还有穿戴头面样样齐全。阿玉有些惊奇，从箱子上抬起头来："小姐，依着阿玉看啊，箱子里的这些东西可真是比瑞蚨祥的还要好呢。"

阿玉的一句话使九岁红心里更加不踏实起来。她想到今天也是师姐古麒凤和陆师兄成亲的好日子，班子里的人都去老宅办婚宴，看来即便有什么也只有等到晚上姑爷过来了再说。

蒋妈请九岁红示下："二奶奶，这四口箱子抬进里院？"

九岁红稍一犹疑，吩咐说："就先放在这里，晚上等姑爷过来再说。"

听九岁红说完,蒋妈似乎在无意间用眼睛颇有深意地瞟了一下七巧。

这时,外面响起了敲门声,阿玉抢着去开门,伸出头来看,不想童家的人影儿不见一个,却是小姐的亲娘舅沈芳城带着集芳班唱堂会的和文武场的七八个人如约而至。身后还有两个人抬着一个大箱笼,上面贴着大红封箱条,一看就是娘家舅舅沈芳城送来给外甥女的陪嫁。

靳伯和阿玉将客人让进用作客房的东厢房,靳伯左手抱右手拳向沈芳城道喜。九岁红带着蒋妈进来忙着奉茶。集芳班里的人也纷纷站起身来给九岁红贺喜。蒋妈凑趣地说:"今儿晚上开席,订的是天福堂全席宴的菜,差不多的时辰里也就送来了,等姑爷到了,咱这喜宴上预备的酒水是来自宫里秘制的瀛台莲花白,就连这合卺酒也都是宫里的玉泉酒。"

"要说还得是这百年老班,吃过俸米,做过宫廷供奉,不然,寻常百姓家哪得这般口福。"沈芳城不无醋意地搭腔说了几句话后,端起茶盅,捏起盖子在茶水上轻轻刮动了几下,滗开浮着的茶叶,呷了一口茶,终于说出了自己的不满,"这都什么时辰啦,金麟班童家的人怎么一个都没见,依舅舅看得打发人去催催!"

九岁红很是懂事地安抚沈芳城:"舅舅有所不知,金麟班那边儿今日也有喜事,是古麒凤师姐过门的日子,姑爷既是班主又是师兄,那边自然也要应酬,时辰上耽搁些就耽搁些,雅卿过门后就是金麟班的二师嫂,以后就是一家人,不要太过计较。"

沈芳城听罢,不好再说什么,站起身,吩咐班子里的人听从蒋妈和阿玉的安排,在二院垂花门前摆放喜宴和唱堂会的桌椅。

沈芳城吩咐完后随九岁红进西厢房去拜望老阿公。

童家老宅从一大早起来,班子里的人就全都到齐了。不用查万响吩咐，大家便在院子里摆开了喜宴的桌椅。有的人忙着给桌椅换上了大红颜色的桌布椅帔，也有的人忙活着给院子里到处张贴喜字。宅子里处处显得喜气洋洋。

二进院落就在垂花门那里唱堂会的小台子眼看着也要搭了起来。

金麟班流年不利，赶上个多事的夏天，眼看着秋深了，说起这事儿真还不知道哪天才能消停下来。凌雪嫣强撑起精神，外人看上去师娘脸上笑呵呵的，有说有笑。可凌雪嫣自己明白，随着进宫承应的日子越来越近，心里那根绷着的弦是越绷越紧。这也是她执意要把火凤儿和陆麒铖的婚事办在十月进宫承应之前的缘故。凌雪嫣心里要办的事可是有几桩，有长远的也是极要紧的，有眼目前儿的也是非办不可的。凌雪嫣自己是再明白不过的了，她天生就是一个操心受累的命，打从她七岁上娘死后就开始了。

心里头惦记的事儿就是人们常说的心事。心事一般是不能与人说的。正如那晚给火凤儿和陆麒铖定亲时查万响所说，她又了却了一桩心事。

筹办陆麒铖和古麒凤的婚事，凌雪嫣决定紧守门户，不请外人，不事张扬。好在班子里人多，关起门自娱自乐。戏班子自家办堂会，关门唱戏，最是省事。陆麒铖和古麒凤的亲事张罗得也算是热热闹闹，人前看得过眼，人后说得过去。

天色向晚，陆麒铖、古麒凤成亲的喜宴已经开席，凌雪嫣、查万响，还有几个班子里文武场面上辈分高的坐在一桌，众人举杯，看着眼前的一切，说着十月份进宫承应的事情。

童麒岫既是师兄又是班主，操持着陆麒铖、古麒凤双双给师娘行跪拜大礼、二人喝合卺酒，众人团团围住，一片喜气洋洋。童麒岫忙活了半天，刚刚坐下来，索万青凑过来悄声嘱咐，为他做好的一身新衣包在包袱里，放在前院查万响的屋里，走时一定要带上。童麒岫点头，哼哈答应着。

院子里灯火明亮，班子里的人个个兴高采烈，临时搭起的小戏台上有人正在唱着戏。

陆麒铖、古麒凤轮流在给大家敬酒，走到童麒岬和索万青这里，古麒凤端着酒杯悄声催促师兄说，这都什么时辰了，怎么还不去那边儿。古麒凤生怕耽误了九岁红的好日子，索万青也催促童麒岬赶快起身，师娘如果问起来，她自会应对。

童麒岬趁众人不注意，来到前院查万响住的屋子里，迎门的桌上放着一个包袱，童麒岬打开包袱，包袱里面一身新装。童麒岬慢慢系好包袱，挎在肩上，心情沮丧地溜出了家门。

今夜他竟无处容身，踟蹰街头。

身后隐约传来院子里唱堂会喜庆的器乐声。童麒岬下意识地走进街转角处的"大酒缸"，掏出几个铜制钱刚要扔到柜面上，掌柜的一伸手就给拦住了："童老板，今儿个不是你师弟师妹成亲的大喜日子吗，你家里的喜酒喝光啦，你背个包袱是要去哪？"

童麒岬猛醒，假意装醉，转身离开了"大酒缸"。

夜色微茫中，童麒岬向距此不远的城西南角上的八瞪眼戍楼一步一步走了过去。

天福堂，京城八大饭庄之首。自打昨儿晚上打烊后堂口就已高高挂出了牌子，上面写着：堂会包场，散客概不接待，敬谢不敏。

今儿个可是九月初九安德海娶妾的正日子，天福堂的掌柜从一早起就忙前跑后儿进院子来回折腾，吩咐堂头及一众伙计，今儿个可是要眼到手到小心伺候。大堂散座及所有雅座高间儿眼下已经全部换上了喜宴应有的大红颜色的桌布椅帔。饭庄里的那些跑堂伙计们还有后厨的红白案师傅是有一个算一个按人头儿答对，鞋袜裤子袄里外三新的也都整治齐全。

　　说起四九城的饭庄子里头设戏台的也就那么几家。饭庄子里头的戏台大都在院落里搭建罩棚。在饭庄子里头设戏台，吃饭时听戏，取"鼎食钟鸣"之意。击钟列鼎而食，排场豪华，讲究的是气派。天福堂在京城居八大堂之首，就是因为饭庄子里头设的戏台比什刹海岸边的会贤堂饭庄的戏台大了一圈。若论起菜品，两个饭庄子那是各有千秋，不分伯仲。

　　天福堂大门口，车水马龙，人们只进不出，京城里头趋炎附势的达官显宦如约而至。其中不乏花翎顶戴的各部官员。

　　饭庄内，小戏台上，聘请来的戏班正在唱着喜庆的戏码。台下疏疏落落坐着几个听戏的人。各个雅间灯光明亮，觥筹交错，人声鼎沸，人们似乎都在忙着吃喝。

　　大堂内，高朋满座，胜友如云。正中大圆桌主位上，安德海一身新衣，已经喝得醉意醺然，硬撑着还在应酬众人的敬酒。一个身穿毛蓝布长衫的小太监跑进大堂传报说太后的赏赉到了。大堂内瞬间安静下来。安德海惊得浑身一激灵。

　　李莲英带领抬着几个箱子的太监走进大堂，担子上系着结成大花骨朵的红绸带，箱笼上贴着大红的封箱条。安德海跪接赏赉，李莲英抬眼扫了一眼大堂，有如宣读懿旨般尖着嗓子说："圣母皇太后特地赏赐白银一千两，绸缎一百匹。以示对大总管的恩典。"

　　安德海真是感激涕零，不由分说，扑翻身，朝北跪在地上磕头谢恩。然后站起身借酒盖脸，强把李莲英按坐在一把椅子里。他一边给李莲英斟酒一边小声追问起太后怎么知道他娶妾的这档子事。

　　李莲英端起酒杯"吱"的一声将酒吸进嗓子眼儿，咧咧嘴说道："大总管也不想想，咱大清国有什么事儿是太后老佛爷不知道的？"

掌灯时分，大吉片九岁红临时住所的前后院里，喜庆的红蜡烛各屋各房都已点燃，小院中一片红色光影。天福堂的全席宴也已按时送来，不多不少整整八个大提盒的菜肴，规规矩矩排放在厨房的案子上。灶台旁边的架子上，码放着几大罐为喜宴预备的瀛台莲花白，上面扣着大红的泥封，还有一小瓷坛玉泉酒。就等吉时一到，立马摆桌开席。

九岁红梳洗穿戴整齐，坐在上房里间床榻边，静等童麒岬的到来。阿玉、七巧站在廊下说着有关娶亲的闲话。垂花门前摆放着喜宴和唱堂会的桌椅。

靳伯脚步匆匆从西厢房走了出来，告诉阿玉唤小姐到西厢房，老主人有话要对小姐讲。

西厢房内，粟良俦强撑着坐起身，断断续续地讲完他要嘱托给九岁红的话，靳伯从墙边一口方木箱子中取出一只素蓝布包裹着的长方形的物件，从包袱的外形上看里面包裹的应该是一只木匣，长不足三尺，高与宽亦不过尺。粟良俦伸出枯瘦的手摩挲着包袱说，这就是祖师尊遗愿，冥冥之中，自有其命数，原想在九岁红成婚之际将它物归原主。

靳伯将包袱放在九岁红面前。

至此大家才明白老主人为什么弃集雅班于不顾，执意来到京城，不想一病不起，眼下只有将此祖师尊遗愿交托给九岁红。九岁红哭泣着让阿公放心，她一定要完成祖师尊的嘱托。粟良俦微弱喘息着，告诉九岁红，眼下吉时已过，事情似乎有变。九岁红经阿公提醒，猛然记上心来，也觉事情有些蹊跷，让阿玉即刻去将七巧找来问话。

西厢房的窗外。七巧伸长了脖子，将耳朵紧紧贴在窗缝儿上，想偷听些房里的谈话。继而又闭起一只眼睛，透过窗缝儿使劲向里偷窥，想看到些什么。突然，阿玉从西厢房走了出来，七巧退开身后尴尬地冲着阿玉笑了笑，掩饰自己在窗外偷窥的行径。阿玉并不说破，只是让七巧进房来，说："我家小姐有话要问。"七巧吓得不敢作声，硬着头皮跟着阿玉走进了西厢房。

七巧跟随阿玉进了西厢房,看见二奶奶横眉立目注视着她,知道事情瞒不过去了。估摸童姑爷这个时辰不来,便永远不会再来了。此刻生米已煮成熟饭,索性早点告诉二奶奶,将此事挑明,大家都能好过一些。大不了二奶奶装模作样地寻死觅活闹一场,反正已是嫁给了安公公,荣华富贵还能落下一样。想至此,七巧"扑通"一声,双膝跪地,将这件事情从头到尾,凡是她知道的,再无隐瞒,一五一十地向着二奶奶和盘托出。

一乘轿子停在门前,轿后跟着几个抬着太后赏赉的银两箱和绸缎箱的小太监。安德海醉意朦胧中钻出轿子,随侍的两个小太监上前扶住安德海,安德海打着酒嗝,嘴里含混不清地还吩咐那两个小太监,明天已时带轿班来接他回宫。

一个小太监举手刚要敲门,不想院门却不敲自开,原来是蒋妈等候在门内。安德海挥挥手,示意小太监们将太后赏赉的箱子抬进院中。安德海进了前院,醉眼蒙眬中看见了放在当院的那四口黄铜包角的大樟木箱子,兀自奇怪,"蒋妈,这箱子怎么还不抬进屋里头去?"

蒋妈看见安德海醉酒,赶忙上前低声说道:"老爷您可回来了,二奶奶好像明白了什么,正在审七巧呢,还有客房里来了一大帮子人,是二奶奶娘家舅舅京城北昆集芳班班主和他带来的班子里唱堂会的人。"

安德海醉人醉语:"哪来的什么娘家舅舅,咱家从没听谁说起过,让他们滚出去。"

蒋妈说完故意高声喊着老爷回来了。蒋妈话音儿刚落,在客房里早已等得不耐烦的沈芳城一步跨了出来,注目一看不是童麒岫,而是一个穿着华贵不男不女的活像是唱男旦的一个人,院子里还有七八个正在忙活的身穿毛蓝布的小太监。

"你是哪里来的东西?狗胆包天,还敢自称是老爷?"沈芳城大喝一声，劈胸揪住安德海，不由分说，就要向外推搡。

蒋妈赶紧上前劝阻："舅老爷您闹误会了，这就是您外甥女婿大内长春宫总管安德海。"

安德海的名号，简直如雷贯耳，此刻，沈芳城的脑袋好像炸裂开一样，他的手无力地垂了下来，倒退一步，愣在了当地。

这时，只听得里院猛然间响起九岁红撕心裂肺的一声呼喊："阿公——"

安德海的醉意吓醒了一半，他推开蒋妈的搀扶，急步走进里院西厢房。七巧背对着门跪在地上，九岁红的阿公刚刚撒手西去，九岁红伏在她爷爷身上大恸，老家人靳伯、阿玉围在身旁手足无措，安德海的闯入，打断了九岁红的悲伤。

沈芳城仍然直愣愣地站在那里，他就是打破脑袋也想不明白这个急转弯是怎么拐过来的，外甥女嫁给的不是金麟班班主童麒岫吗，怎么入洞房的竟是大太监安德海？但蒋妈所说是那样的肯定，安德海名头太大，以前只是听说没有见过，今天看见这个神情阴鸷、衣着华贵的不男不女之人，猛然记起刚才蒋妈倒茶时说的外甥女准备喝的合卺酒都是宫里的玉泉酒，看来一切都是真实的，一切无可挽回。本想跟进去与那太监撕掳一番，转念一想，真正是羞惭难当，当初自己若是收留了外甥女，何至于让外甥女走到今天这步田地？

沈芳城狠狠扇了自己一个耳光，向着里院跪了下来，嘶哑着嗓音大声喊着："阿卿，舅舅不是人，舅舅对不起你，对不起你娘亲！"

沈芳城起身，满怀愧怍，用袖口擦抹着泪水，带着前来贺喜的北昆班的人，悄没声地走了。

西厢房内，九岁红伏在阿公的床边，慢慢抬起了头，继而站了起来。

九岁红出身昆曲世家，三岁习幼功，五岁始学戏，九岁出道即名满江南。及至长成,台子上唱的是才子佳人的戏,戏里讲的都是男欢女爱的故事,有时入戏深,常常不能自拔。今天该着讲自己的故事了,却是这般不堪。

九岁红没有哭,用手紧紧攥着绢帕,神态却出乎意料地沉静。九岁红直视安德海,语气如同唱戏一般,丝毫不带烟火气:"你就是安德海安爷吗?小女子知道来给阿公看病的郎中是宫里御医,是你吩咐来的,四大箱衣物是你送的,金麟班的事情也是你在庄亲王面前缓颊说情的。事已至此,多说无益,但有一桩,小女子要扶棺回南,把阿公安葬故里。以后的事以后再说!"

安德海看着满脸泪痕的九岁红在灯光下楚楚动人,别有一番韵致,竟一口答应下来:"你说的咱家全都依你……你阿公作古,你也不要太过伤心,节哀顺变吧……只是天大热,你阿公善后事怕是等不到你扶棺回南了,明早咱家派人手,还是将你阿公火化了更要妥帖些。"

安德海说完掉头走出了西厢房,走过了院子,径直走了出去,头也没回。一众小太监抬着慈禧赏赉的那几只箱子脚步杂乱地尾随在身后。

深夜,屋内一切依然,只是大红的蜡烛已经全部换上粗如儿臂的素蜡。九岁红一身缟素,坐在床上发呆。"风住尘香花已尽",九岁红想到回南料理完阿公后事,自己便可以了此残生。阿玉进屋来劝小姐多少睡一会儿,明天一大早就要去东直门外左家庄的化人场了。

九岁红站起身,慢慢地走到前院,沉静地吩咐阿玉打开那四口箱子,让七巧和蒋妈将灯油泼在四口箱子里的衣物上,亲手点燃了箱中之物。七巧有些胆怯地躲在蒋妈身后,探头看着四口箱子里燃烧的衣物,心疼地用手紧紧攥着自己的衣襟。

院中火光熊熊,火苗向上蹿跳着,映红了九岁红平静的毫无表情的面容。

内城西南角八瞪眼戍楼上,童麒岫站在雉堞前,满腹怅然与失落,不由得想起昆曲《奈何天·误相》第九出阙里侯请一戏班正生代他相亲,正生唱的一句戏文,童麒岫自我嘲讽地唱了出来:"戏文今日演《西厢》,要与那俏莺莺奇逢殿上。恁要在画中求爱宠,教俺在影里做情郎。"

距此不远的戍楼擎檐柱后面,老七头儿不为人察觉地站在黑暗中,注视着童麒岫。

第三十章

童麒岫在八瞪眼戍楼上挨到天亮,便直接来到了场子里。昨晚发生的事情以后如何面对,他心乱如麻没有一点儿章程,更不敢往深里去想,这辈子算是欠了粟良俦老前辈祖孙俩一笔还不清的阎王债。惦记着十月份进宫承应的戏码,人物傀儡还得加紧赶工,白玉娘的配唱,九岁红看来是指不上了,他想到了北昆集芳班的头牌蓝红玉。

童麒岫悄悄溜进场子,隐身在柱子后面,看到班子里的人并未因昨晚师弟与师妹的喜事而耽搁了早课晨功,他心里稍感慰藉,旋即转身又悄悄溜了出来。

童麒岫肩上挎着包袱,站在自家场子前面的牌楼下不禁低头踌躇起来,现在回老宅似乎时辰还早。正在左右为难、进退失据的时候,冷不丁觉得肩膀上被人拍了一下,回头一看,不知什么时候,放牛陈、高月美二位老板站在了身后。

双方拱手寒暄,放牛陈、高月美贺喜童麒岫昨日与九岁红结秦晋之缘。二人声言一定要讨杯喜酒喝。童麒岫双手抱拳:"二位老板美意,兄弟在这里道声惭愧,事出有因,一言难尽。"

放牛陈察言观色,知道有事发生,又不便明问,旁敲侧击道:"童老板昨日'小登科',今儿个这么早就来场子里,莫非是有些什么事情？"

童麒岫抬眼四顾，此刻这里绝不是久留之地，赶忙转移了话题，强装热情道："择日不如撞日，既然二位老板来到金麟班场子，在下略尽同道之谊，请二位老板就近移步，奉屈小酌，致美斋叙话。"

致美斋一楼一院。在楼上落座后，放牛陈抢先说道："童老板，自那日天颐轩分手，后来听说庄亲王爷果然放了贵班一马。金麟班不愧是百年老班，能得到世祖顺治爷的青睐，赐名'大台宫戏'，想来这出戏码一定不同凡响。那日在街上碰见凌氏三兄弟，说起十月份进宫承应之事，还说琢磨着要排个新戏，盛邀兄弟有空儿过来看看。这不是，今儿个就约了高老板一同过来领教。没想到的是他三义班大门紧闭，竟连一个人影儿都不见！"

童麒岫略微想了一想，皱起了眉头，道："难怪，前几日就听班子里的人说对面三义班的场子连天儿的听不见一点儿动静，兄弟以为班子里的人多事，还真是没有在意。今日如二位老板所说，怕不是有些古怪？"

高月美满腹狐疑："这神龙见首不见尾的，三义班会不会是在弄什么玄虚啊？"

放牛陈接口说道："二位老板，恕兄弟在此坦言相告。三义班哥儿仨从一开始就惦记着副庙首这四品的顶子，自上次在庄亲王府四个班子擂台戏没有打下来，事后凌老大做东天颐轩，以退为进，让咱们三个班子推举金麟班为副庙首，兄弟一听就是言不由衷嘛。"

放牛陈是说者无心，童麒岫却是听者有意。连天来心中郁闷，无人倾诉，昨日九月初九吉时已过，一夜之间，物是人非。童麒岫告诉放牛陈、高月美二位老板，日前拜托凌子丙疏通宫内为金麟班说人情走门路，庄亲王点头，事情有了转圜。可打死没有想到的是安德海居然趁金麟班之危，将移花接木之计使在自己身上，巧娶九岁红为妾。昨晚去大吉片进那小院的是长春宫大总管安德海。如今大错已然铸成，后悔当初一念之差，贻误九岁红终身，这辈子再是无颜与之相见，百死莫赎。

童麒岫一吐心中块垒，不管不顾，只是闷着头大口喝酒。

放牛陈和高月美相互目语，看着大口喝酒的童麒岫，此刻二人也有兔死狐悲之感，实在不知用何语言来安慰童麒岫。

整整大半天，三人盘桓在致美斋。吃酒吃到日暮时分，分手之际，放牛陈、高月美两位老板连说就等下月进宫承应漱芳斋，要一睹金麟班大台宫戏的风采，安慰童麒岫，人在屋檐下，怎敢不低头。

童麒岫心中有事，借酒浇愁，自然是酒不醉人人自醉，叫了一辆车，回到老宅。童麒岫步履踉跄走进院子，迷迷糊糊中觉得是霞衣和耿婶把他扶到了炕上。霞衣告诉班主，大奶奶回娘家照看生病的索母了，陆麒铖、古麒凤在场子里排戏还未回来。霞衣叫伙房耿婶赶快去给班主做碗醒酒汤来喝。

童麒岫一觉睡到大天亮，这一夜他睡得很沉。做没做梦他好像也不记得了，他只盼望着近来发生在金麟班和他身上的事情就像噩梦一样终有醒来的时候，终会过去。

院子里突然有了声响，听动静是师妹古麒凤走进了院子，碰见了霞锦，在问霞锦看见班主没有。还未等霞锦回答，他推门走了出来。古麒凤看见师兄，站在阶前，双手叉腰不由分说就嗔怪起来："师兄，昨儿个一整天没见你人影儿，你去哪儿了，今儿早上派人去了一趟大吉片找你，这不是，派去的人回来说，大吉片那边开门的蒋妈说人天不亮就都出去了，去什么地方她这做下人的也不知道，你不在那边，怎么一个人倒在这里？"

童麒岫一听，知道事情出了岔子，嘴唇上下翕动，看样子是想说什么就是说不出来，只是愣愣地怔忪在廊下。古麒凤一看，知道是师兄气急，一时间胸闷，闭住了气。古麒凤顾不得再说，上前用力猛地拍了一下师兄的后心，"哎呀"一声，童麒岫缓上一口气，沮丧之余一屁股坐在廊下台阶上，低声呜咽起来。

古麒凤直觉事情有变，追问师兄到底发生了什么事情。

童麒岫择其主要的说了事情的始末，还未等说完，古麒凤恨恨地用手戳着童麒岫的脑门说："师兄你害死九岁红啦！"

古麒凤说完，扭转身撒腿向外跑去，边跑边招呼站在二进院里的陆麒铖。陆麒铖虽然不知发生了什么事情，但脚下并不慢，跟着古麒凤一直跑出老宅来到了街上。古麒凤拉着陆麒铖打算去醇亲王府马厩借马一用，碰巧看见松九带着伴当骑马回府。

古麒凤当街伸臂一拦，随即双手抱拳，大喊一声："松九大哥，家中有急事，请借马一用。"

松九乖觉，看着古麒凤睁圆了的一双秀目，知道事情紧急，并不多问，招呼伴当跳下马来，齐齐递过马缰绳，古麒凤、陆麒铖双双翻身上马，拨转马头催马疾驰而去。

古麒凤、陆麒铖策马来到大吉片的九岁红临时住所，古麒凤决意要问出一个究竟。古麒凤跳下马，一步跨上台阶，举手"嘭嘭嘭"敲门，七巧开门，告诉古麒凤，二奶奶今早已随老爷的楼船回南，安葬她阿公去了，并交给古麒凤一个信封，说这是留给金麟班的。

古麒凤急急取出信纸，白纸一张，上面只写了八个字，字体娟秀——浮生相忘，一纸薄凉。

古麒凤抬起头来，已是热泪盈眶。

深夜灯下，童麒岫将这次不得已被逼同意移花接木的事情原原本本讲了出来，众人这才明白童麒岫是为了金麟班，忍辱负重。古麒凤仍然不依不饶，责怪童麒岫为什么事先不和大家伙儿商量，另外寻找一个补救的法子，九岁红又不是金麟班的人，拉人家替金麟班垫背挡灾，岂不是小人行径，江湖上最讲恩怨分明，此举有欠光明磊落。

刚刚回家来的索万青偏祖丈夫对古麒凤说，这就是师娘常说的"江湖心量"。

痛定思痛，从在天颐轩为九岁红"报庙"具保、三义班主动借宅子给童麒岫、升平署庄亲王突然发难直指大台宫戏，逼不得已请托大太监安德海，最后直到安德海顺理成章地住进了大吉片。几件事联系起来，查万响觉得后面好像有一双眼睛在盯着金麟班，有一双手如同在耍傀儡一样在操纵着一切。如果说三义班就是为了争副庙首，这心机动得也未免太深。

九岁红走了，带着老阿公的骨殖满怀悲情回南了。这里一切归于平静。

凌子丙大声吩咐点亮了全院的灯，他讪讪无趣地在各屋转来转去，这里陈设的家具和摆件，依旧如初，仿佛这里从未发生过什么事情。恍惚间，竟以为是梦一场。

蒋妈和七巧跟在凌子丙的身后，喋喋不休地说着，蒋妈告诉凌子丙，二奶奶亲手将安德海送来的四箱衣物在院子里一把火烧个精光。凌子丙想到这是在表明一种决绝的赴死之心。

七巧告诉凌子丙，二奶奶的老阿公临终前，从箱子里拿出一个长方形、用素蓝布包裹着的物件，看形状，里面包裹的应该是个匣子。那包袱长约三尺，高与宽均不过尺。老阿公好像是在托付一件很重要的事情，应该是二奶奶师门里的一件什么事。最初七巧还听得见二奶奶哭泣着连连点头，说她一定办到，让阿公放心。后来阿公说话声音就越来越低，她就听不清楚了。

凌子丙满腹狐疑，继而心中怅然若失。

童麒岫想重金聘请集芳班蓝红玉来金麟班"钻筒子"配唱,以应付十月九九万寿庆典进宫的承应戏。不想却在集芳班碰了壁,心情抑郁,也只得回家再做商量。还能再说什么呢?毕竟对不起人家外甥女在先,较起真儿来说是坑害也不为过。师兄弟二人回来一头扎进后院木刻作屋内,系上围裙,抄起家巴什儿闷声不响地继续刻作《双麟记》的人物傀儡。

木刻作的门被推开,师娘凌雪嫣在霞衣的搀扶下,和查万响来到木刻作。师兄弟赶紧起身,给师娘、查万响让座倒茶,凌雪嫣从宽大的粗木案子上拿起已经雕作完成的一只只人物傀儡检看着并嘱咐说人物傀儡的神韵尤为重要。

童麒岫忧形于色,向师娘说起去北昆集芳班商借蓝红玉遭拒的事情。

凌雪嫣说,九岁红的事情搁在里头,这事儿看来一时半会儿的也无法化解,让大家不要担心,到时她来"钻筒子"给古麒凤的白玉娘配唱,加上查万响包人包调的那把琴,想来问题不大。大家担心师娘的身体,凌雪嫣爽快地说:"老婆子豁出去了,就是这把老骨头散了架,九九万寿庆典那天也要把这场戏撑下来!"

城南菜市口路北,鹤年堂中药铺,进进出出的都是前来瞧病抓药的人。

霞衣走了进来,正在坐堂的药铺掌柜认得是老主顾,赶忙将霞衣让到后面坐下。霞衣从身上取出药方递过去,掌柜的一看,瞪大了眼睛:"霞衣姑娘,敢情换方子了,你家掌班师娘的病是在哪儿瞧的,这方子是哪位郎中给开的?"

霞衣说:"掌柜的,您就别管了,这剂凤鸣清音汤是祖传的方子,是老太太准备给自己个儿吃的药!"

掌柜的沉吟着，连忙到外面中药柜子那里亲自把药抓好，包好后，回到后堂，将药包放在霞衣面前："这方子你家老太太以前用过吗？"

霞衣歪着头想了想说："掌柜的，我不知道，反正我记得这是第一次。"

掌柜的又拿过一个小包，很是有些不放心的样子，郑重其事地叮嘱说："这味药也是这方子里的，这服药不加小包里的这味药进去，喝了是温补，加了这味药进去，药性大变，遂成虎狼之剂。霞衣姑娘记住了没有？"

霞衣一字一句地说："霞衣记下了！"

药铺掌柜送霞衣出来，一副送君千里惜别伤离的架势，语重心长地再次提醒说："告诉你家老太太，干什么都好，悠着点儿，可千万别玩儿命！"

第三十一章

京城十月,秋渐深,已有了寒意。风吹过,落叶在风中打着旋儿。

十月初十日,圣母皇太后的九九万寿节庆的正日子,也是京城梨园行各个戏班的大日子。各家各班都准备了将近三个月,就为今日进宫的一场承应戏。

天还没有亮透,童家大奶奶索万青就被家里人用车接回娘家去照看索母的病了。

老宅东跨院。晨光熹微中,厨房檐下小泥炉前,霞衣在煎药,药汤翻滚。凌雪嫣走过来,让霞衣把小包的那味药倒进药罐里。霞衣含泪将那味药倒进药罐。

凌雪嫣叮嘱霞衣,此事不可对任何人讲。

按照宫里的规矩,十月初九暖寿,长春宫晚宴赐食。十月初十,西宫圣母皇太后寿诞的万寿正日子。内务府在长春宫、御花园里用盆栽和鲜花各扎起一座带寿字的花篮形牌坊。长春宫的鲜花牌坊扎在了当院,御花园的这座寿字花篮形牌坊扎在钦安殿前。御花园亭台楼阁的檐下平添了一些带有寿字的明角宫灯,苍松古柏间飘挂着寓意祥瑞的彩带。

眼下漱芳斋升平叶庆戏台台边的三面朱栏已用锦幔做围遮挡起来,

锦幔上刺绣着戏文图案。锦幔高约三尺，是专为傀儡戏演出而设。

戏台后面两侧直通扮戏房的廊子用布幔也全部遮挡起来，供戏班子里的人上下场用。戏台周围沿着两侧廊柱间依次悬挂着写有寿字的明角宫灯。院子里、廊子下到处站立着一动不动身穿黄马褂带刀的御前侍卫。

顺着布幔廊子鱼贯进入戏台东侧的金麟班的扮戏房，看看还算宽绰，众人总算松了一口气。升平署戏提调太监板着面孔告诉金麟班，不得随处走动。太后正在长春宫接受百官及命妇们的贺拜，酉时左右两宫太后和万岁爷便要过来听戏。

童麒岫催促众人赶紧将箱笼砌末码放停当。在扮戏房内拉起帘帐，也算是内外有别。正在忙活着的当口，鸿庆班班主高月美串门似的走了进来。鸿庆班先于金麟班安顿进来，就在金麟班隔壁。童麒岫看见高月美心中一紧，寒暄过后，忙着搬椅子给高月美让座。

"哟，童老板，我这前儿进来不是给您添乱吗？"高月美以退为进地说着话，一屁股就坐在了童麒岫给他搬过来的椅子上，"童老板，您还不知道吧，三义和万喜两个班子的扮戏房隔着院子就在对面。三个月啦，真不知今儿个三义班能耍出什么鬼花活来？"

此时此刻的童麒岫哪有闲心顾及其他，只是敷衍地说："高老板，俗话说得好，既来之则安之，各家各班都是凭能耐靠本事吃饭，您家的武旦戏《九莲灯》那也是咱京城傀儡戏里一绝，不然又怎么能排在咱四大班子里头不是，还请放宽心。"

秋深日短，看看已到掌灯时分。漱芳斋前院，升平叶庆戏台周围，沿着两侧廊子，依次挂着写有寿字的明角宫灯齐齐点亮。进宫承应的傀儡戏已经开演。

漱芳斋明间风门前临时铺设起地平，并排放有三只蒙着明黄锦缎的御座。两宫太后和皇帝并排坐在那里正在观戏。李莲英及其他太监垂手肃立在下面。

被赏戏的三品以上的大臣们站在左廊下，朝珠补褂，翎顶辉煌。

各府近支宗室的命妇福晋们则站在右廊下，珠冠锦衣，一律大妆。

升平叶庆戏台前，一左一右的两只三脚竹支架上高挑着两盏绛纱大红宫灯，灯光粲然。

戏台上，万喜班的傀儡戏《小放牛》已近尾声……

升平署戏提调太监赶过来告诉金麟班，下一个压轴的承应戏码是三义班，最后的大轴子戏是金麟班的大台宫戏。

提调太监转身刚刚离去，院子里响起传戏太监奏报戏码的声音："京城傀儡戏三义班恭祝圣母皇太后圣寿千秋，特献皮黄腔御制本《昭代箫韶》中第十八本中的一场折子戏《剖露真情》。"

两宫太后和载淳大感意外。

慈禧莞尔一笑，颇为赞赏地说："一定是小安子给鼓捣的。"

载淳说："皇额娘御制的连台本戏本家班还没排过，倒先看一场外头学傀儡戏的折子戏，也算是管中窥豹，先睹为快。"

两廊下被赏戏的大臣和命妇们也颇显惊奇，纷纷低声议论起来。

金麟班扮戏房，凌雪嫣今天的精神看起来很好，此刻坐在帘帐后面的太师椅上闭目养神，正在默戏，根本不为外面的事情所牵动。童麒岫的脸上则现出十分担心忧虑的神色。

此刻，鸿庆班班主高月美再次溜进金麟班扮戏房，一脸恍然大悟的表情，对着童麒岫大骂三义班不仗义："童老板，我就说嘛，三义班这几个月来藏着掖着，没想到，真是见利忘义，耍了这么一个希荣固宠的手段。"

童麒岫又能说什么，好说歹说地劝走了高月美。

古麒凤心有疑虑，望着查万响小声说："响爷，这事儿可是有点蹊跷，从来就没听说过三义班里头有人会唱皮黄呀？"

查万响没说话，似乎在琢磨着什么。陆麒铖看了古麒凤一眼，不屑置辩："人家就不会请皮黄班子过来'钻筒子'？当年二师兄和二师嫂不就是这么结的亲！"

傀儡耶律琼娥上场，幕后念白一起，金麟班扮戏房这边却都坐不住了。古麒凤侧耳一听，秀目圆睁，断然说道："师兄，给三义班'钻筒子'坐'关防'的怎么会是师嫂？"

"没有影儿的事儿！"童麒岫不容置疑地说，"你师嫂回娘家照顾她娘的病呢，今儿个天不亮就让她娘家来人给……"

童麒岫话未说完，外面戏台上传来耶律琼娥"西皮摇板"的唱段："机关已露难藏隐，夫妻情肠要分明……"

行腔清丽圆润，索万青繁华脱尽见真淳的气质和韵味，确是当年名满京城的大青衣雏凤青所独有。

童麒岫有如霜打的茄子，蔫着头跌坐在一把椅子里，闷声不响。古麒凤气得直跺脚，看着童麒岫恨声说道："真是报应啊报应。师兄，我看师嫂怎么有脸回老宅来？"

陆麒铖赶紧和稀泥："火凤儿，你先不要急嘛，师嫂娘家索家班那边一定是有什么逼不得已的苦衷……"

"你少在这儿和稀泥，就说师兄负九岁红的事儿是为了咱金麟班，逼不得已，着了人家的道儿。火凤儿不信这个邪，师嫂去给三义班'钻筒子'也是逼不得已？"古麒凤得理不饶人。

凌雪嫣站起身，沉声说道："火凤儿，你就少说几句，先不管你师嫂那边有什么事发生，眼下要紧的是先把咱们这台戏唱下来再说。"

军机处当值的章京双手捧着黄色折匣急急走进漱芳斋。

漱芳斋担任护驾的一名二等御前带刀侍卫立即上前随行陪同。军机处章京双手捧着折匣顺左边廊子溜边儿急步走了过来，从廊下站立着被赏戏的王公大臣的大帽子底下一张张脸看过去,找见站在廊子里的恭亲王和醇亲王,双手奉上折匣。恭亲王接过折匣在手,低头一看,传票上盖着山东巡抚的紫色大印,写明是山东巡抚丁宝桢由济南拜发。拜折的日期是十月初九巳时。核桃大的字特别批明:六百里加紧飞奏,严限十月初十日到京。

"你辛苦,这匣子什么时候送到的?"

"回王爷的话,刚刚送进来。"当值章京回完话随即躬身退了出去。

恭亲王抬眼看了一下醇亲王:"老七,山东丁宝桢的折子,是不是——"

醇亲王打断恭亲王的话头,用手一指站在廊子外面不远处的李莲英:"六哥,您看——"

恭亲王会意,捧着折匣迈腿走出廊子,醇亲王跟着出来站在恭亲王的身后。恭亲王举手招呼李莲英,李莲英眼尖,马上走了过来。恭亲王将手中折匣交给李莲英:"李爷,这折匣是军机处刚送进来的,匣子上批明严限十月初十日送到。"恭亲王从怀里掏出打簧表,揿开罩盖,伸到李莲英面前,让李莲英看清楚上面洋字码的数字,"李爷,钟点儿没过,济南府到京城一千里地,也就一天半的工夫,不过这差事办得还算漂亮。现在将折匣交给李爷,其实就是想请李爷做个见证,这折子是按时送到,没有违限延误。"

李莲英低眉顺眼,微微一笑说:"回王爷话,奴才估摸也就是安大总管的请安折子,请二位王爷放心,甭管多急的折子,也得等过了今儿个的万寿节再说。"

升平叶庆戏台子上,此刻笙笛齐奏,鼓乐拍挨,《双麟记》一戏中人物傀儡迂回晃动,金麟班大轴子承应戏码大台宫戏已经开始。

李莲英捧着黄匣子,来到慈禧身边,悄声耳语:"奴才启禀主子,有山东巡抚衙门六百里加紧的折子，估摸是安大总管怕老佛爷惦记，送来的请安折子。"

慈禧眼睛盯着戏台上晃动的傀儡说："知道了，你麻利儿地去看看大书案到了没有。"

李莲英"嗻"了一声，扭身退了下来。按照往年成例，万寿庆典庆贺完后都要由皇上或太后给臣工颁赏墨宝，这一天的九九万寿节庆才算圆满。

李莲英顺着廊子走到外面去迎书案，抬头一看，边冷堂率领着油木作八名工匠已将大书案抬进了重华宫。李莲英赶紧迎了上去，叮嘱抬案子的匠人们小心脚底下千万别给绊着磕了案子。

大书案顺崇敬殿的东虎廊，经葆中殿转向东，进入漱芳斋院内。李莲英让大书案原地放下来等在这里，待到最后金麟班的大轴子戏大台宫戏演完，再接茬儿抬过去。

李莲英心急，想先看看改过后的书案腿子。一个匠人蹲下身，慢慢扯开缠绕在案子腿上的毛毡条。就在这时，李莲英清晰地听见身后的边冷堂嘟囔了一句："这哪是什么大台宫戏呀？"

边冷堂说话的声音不大，在李莲英这里听来却如同炸雷一般，李莲英顾不得再看什么书案腿子了，急转过身来追问边冷堂："边头儿，如果咱家没有听错，您刚才说台子上演的傀儡戏不是大台宫戏？"

边冷堂继续注视着台子上的演出，缓缓说道："老朽六十年前和掌事师傅在山庄亲眼看过大台宫戏，虽说只是一出折子戏，但也全不是今日台上的这般人物傀儡……"

李莲英听不明白了："边头儿，六十年前，您多大？"

"老朽那年十二岁。"

"在……山庄？"

"避暑山庄。"

"您和掌事师傅？"

"当年南府内头学总教习兼傀儡戏班掌事边涧秋。"

"哦……六十年前的戏码，难为边头儿还能记得如此清楚。"为稳妥起见，李莲英似信非信地盘问边冷堂。

"老朽的师傅也就是老朽的养父。"边冷堂异常平静地说，"老朽当然记得清楚，老朽的养父就是因为这部大台宫戏受杖责丧的命，李爷只要去查对台子上的戏里边有没有金麟童这个人物傀儡，便知真假。"

照边冷堂所说，李莲英心里打了一个寒战，此事非同小可，想要压下来不说，太后万寿节庆免生枝节，大书案已经抬来，太后给众臣工颁赏完墨宝，马马虎虎也就算交了差事。反过头来又一想，谁让自己个儿嘴欠，偏偏多问了这么一句。不知者不罪，既然知道了，倘若再装作不知道，岂不就是欺君罔上？

李莲英让边冷堂候着千万别动地方，低头急步走回漱芳斋。李莲英来到漱芳斋明间风门处，偷眼看着台子上的傀儡戏，又用眼角瞟着风门地平处，见两宫太后和皇上看戏看得很是专注。

李莲英多了一个心眼儿，心里忐忑着侧耳细听，听了半天，正如边冷堂所说，戏里果真没有金麟童这个人物傀儡。看看台子上的戏就要唱完了，李莲英急忙抽身往回走。在左侧廊子里找到庄亲王，拽着庄亲王在殿后左近无人的地方，将刚才知道的事情如实地说了出来。

李莲英的一番话对于庄亲王来说不啻是当头一棒。自从开始追查大台宫戏，金麟班一直是吞吞吐吐闪烁其词，不问不说，问一句答一句，多一句都不说。原想着在署里对童麒岫拍吓一顿，让金麟班识趣，应付过这次进宫承应，事情就算完了。说出大天去，不就是一出傀儡戏，几个木头脑袋套上行头在台子上晃来晃去。哪知这个金麟班居然还有这么多的罗乱。吓坏了的庄亲王又气又急，赶紧向李莲英讨教办法。李莲英不慌不忙地低声和庄亲王说了几句话。

金麟班下了戏，刚刚回到扮戏房，李莲英用托盘送来了两宫太后和皇上的赏赐。霞衣搀扶着凌雪嫣和全戏班的人跪下叩头谢赏。李莲英临走时叮嘱金麟班任何人谁也不得出去，要等太后给大臣颁赏完墨宝后才能收拾出宫。随着李莲英走出扮戏房，门外一左一右站着两名身穿黄马褂的带刀侍卫立即关上了扮戏房的门。

恭、醇两位王爷因和皇上商议冬至飨祭山陵之事便已先行告退，君臣三人去了养心殿。

院子里，大书案抬到了漱芳斋风门地平前面，稳稳放下。李莲英很有眼力见儿地让小太监赶紧将摆放在戏台前的一左一右那两盏三脚竹支架挑起的绛纱大红宫灯往近处挪了挪。又有太监搬来了两只大大的带着紫檀木底托的铜铸螭龙纹罩的火盆，里面烧的都是寸长的"银骨炭"，红里透着蓝。

东宫慈安站在大书案前，饶有兴致地看着慈禧挥毫写字。

慈禧写完一幅字，钤上一方"佛爷宝"，逐个颁赏下去。得到赏赐的大臣走上前来行君臣跪拜大礼，站起接过墨宝，倒退几步，转身离开。

窦五乐隔着扮戏房的窗缝儿向外面偷窥，发觉有些不对劲，悄悄跟师兄陆麒铖说："陆管班，怎么看也像是咱们金麟班被看守起来了。"

查万响满不在乎地说："五乐啊，响爷看你这咸吃萝卜淡操心的毛病到哪儿都改不了。"

窦五乐赶紧讨饶："得，得，响爷说得对，就算我没说还不成吗。"

漱芳斋的院子里，最后一位拜领墨宝的是升平署总裁兼领内务府大臣庄亲王。

庄亲王走上前来，隔着大书案，掸下袖口，就要跪下行君臣大礼。站在案子旁的东宫慈安赶忙拦住说："三哥不必客气，这不是在朝堂上，前面外臣都已走了，现在就剩咱家里人了，行家人礼儿就好了。"

慈安说归说，庄亲王跪归跪，到底双腿一软跪了下去，头碰地，颤声说："罪臣该死。"

两宫不明就里，东宫慈安急让李莲英赶快扶起庄亲王。庄亲王如实将刚才发生的事情原原本本讲了出来，又连说"臣有失察之罪"。

漱芳斋里喜庆祥和的氛围此刻为之一变。

慈禧和慈安坐回到风门前地平的御座上，吩咐李莲英叫边冷堂。在廊下候了半天的边冷堂躬身走了过来，隔着大书案，给两宫行了庭参大礼。

慈禧让起来说话。边冷堂站起，又躬身向着两宫太后一揖，不慌不忙地将嘉庆二十一年十月里在避暑山庄云山胜地楼小戏台发生的事情一五一十讲了出来。

慈禧听完，似乎明白了事情的始末，脸上罩一层寒霜，语气已经变得冷峻严厉，吩咐李莲英叫金麟班班主过来问话。

李莲英走进扮戏房，身后跟着两名带刀的侍卫。金麟班的人面面相觑，委实不知发生了什么事情，刚才两宫太后赏赐颇丰，想来不会有什么大事，这才略减童麒岫所感到的不能不先问一句的为难，于是仗着胆子说："敢问李总管，太后见召不知何事？"

李莲英袖着双手一声冷笑："你们金麟班撑破天的胆子，竟敢欺瞒太后，大台宫戏今儿个就算穿帮啦！"

凌雪嫣听见李莲英如此说，知道一篑之亏，前功尽弃，事情走到这一步，已是风流云散。

童麒岫知道出了大事，接下来也只有听天由命。他紧闭嘴唇，走过来，突然跪下给师娘凌雪嫣规规矩矩叩了一个头。童麒岫起身，再无旁顾，一步跨出了金麟班的扮戏房。

第三十二章

慈禧一夜没有睡好，脑海里有两件事紧紧缠绕着她。

第一件事是折子上奏报安德海被山东巡抚丁宝桢以维护朝廷颜面为名在济南给杀了。第二件事是升平署进呈的内府刻本里翻出半扣嘉庆二十一年旨意档的折子夹片，折腾出这么一大段有关大台宫戏的秘闻逸事。此次万寿庆典，东宫心疼皇帝，调进京城四大傀儡戏班子进宫承应，漱芳斋唱一个傀儡戏专场，皇帝看得倒是挺高兴。幸亏六爷和七爷有事拽走了皇帝，不然得知承应的大台宫戏是假的，这该是一件多么大煞风景的事情。

说到底这大台宫戏到底是一出什么样的戏码，金麟班为何如此讳莫如深？现在想来总算弄清楚一件事，就是那半扣折子夹片上最后一句话"即刻交出金"，想必嘉庆先帝爷下旨钦点的就是这个戏中的人物傀儡金麟童。可这金麟童到底是个什么模样？据那个边冷堂说金麟童是一个"只要看一眼，让你一辈子忘不了"的傀儡。还有昨晚跪在漱芳斋院子里的童麒岫，侍卫的刀都架在脖子上了，仍是一副打死不说的模样，再问，则语焉不详。

为了这个金麟童，一前一后相隔一百六十年，两朝先帝爷钦点，金麟班里居然有人以命相搏，人死大于天，照此看来这个金麟童金麟班是没有交给嘉庆爷。六十年来,也正是因为这个金麟童,使得边冷堂魂牵梦绕念念不忘。还是这个金麟童,金麟班宁可冒着欺君杀头的罪名,在漱芳斋搬演了一出假大台宫戏,意图瞒天过海。事情串联起来,影影绰绰的似有还无,一定是在金麟童这个傀儡物件儿上较着劲儿呢。

内府本家班普天同庆已经起班,应当再起一个内府的傀儡戏班子,就让边冷堂过来掌事,本家班"钻筒子"给内府的傀儡戏班,一定要把大台宫戏复原出来,一定要看看金麟童到底是个什么样子!

慈禧觉得这件事情想通了,回头交代下去,让升平署办理就是了。

在升平署议事厅内,众人在等待庄亲王爷的到来。趁着这会子工夫,梨园行里的各位班主纷纷向陆麒铖问起九九万寿庆典上金麟班发生的事情。陆麒铖含糊其词,无言以对,凌子丙做张做智地回护着陆麒铖。

庄亲王走进议事厅,众人齐齐给王爷请安后坐回自己的座位。庄亲王决定了三义班班主凌子甲荣膺京城梨园行精忠庙副庙首一职,主管其他三班傀儡戏班。

升平署衙门的苏拉端出一个大托盘,上面摆放着簇新的四品顶戴和官服。

正四品文官的官服,前后是绣雁的补子,文官帽顶镂花金座,中饰小蓝宝石一颗,上衔青金石的帽饰,闪光耀眼。

凌子甲率同他的两个兄弟跪接官服。众人站起纷纷拱手祝贺。

笔帖式陈登科进来禀报:"请王爷示下,刚才万岁爷打发御前侍卫直接送来了两只箱子。皇上口谕:'此物系悬丝傀儡,着升平署查找渊源出处。'"

"人呢,还说了什么没有?"

"那两名侍卫放下箱子就走了。"

庄亲王再问:"那箱子呢?"

陈登科向着门外招呼了一句:"抬进来。"

升平署的两名苏拉躬身抬进来两只箱子,径直放在王爷的脚边,随即退了出去。

看着送来的两只箱子,四面髹漆彩绘《骷髅幻戏图》,古意盎然,俨然是个老物件儿。

陈登科说:"王爷,御前侍卫传完皇上口谕,还说只知道这两只箱子是从避暑山庄送进圆明园的,皇上去看修园子的工程,见着了,顺便就给带了回来,至于是哪年的物件儿可是不知道。箱子里的悬丝傀儡已经残破不堪,让咱们这儿拾掇好了,还要送回园子里去。"

打开箱子,两只箱子丝绸衬里,各盛着一个悬丝傀儡,看偶人服饰是一男一女,一个是书生,一个是小姐。偶人高约二尺有余,衣衫凌乱,面目残缺不全,乱七八糟的丝线缠绕在身上。凑近细看,偶人残存的面部设色鲜亮,五官雕作栩栩如生。

"拾掇这事好说!"庄亲王觉得事情不大,放松了心情,"回头送造办处,那里能工巧匠一大帮。"

笔帖式陈登科晃着脑袋说:"回王爷的话,隔行如隔山,造办处如果能修那就也能做,如能做那就都成御制的了,还要外学傀儡戏班子做什么?像大台宫戏这么响亮的名头当年不赏南府内头学,却偏偏赐给了外学金麟班,想来自有一家独到之处。'高手在民间'此语不虚说。如今箱子里的这两只悬丝傀儡已经面目全非,原来长的什么样子,谁也没见过,皇上的旨意是修复,意思就是修旧如旧,这又难上加难。如果外学傀儡戏班子里实在没有人能接这差事,到那时升平署再行文福建巡抚衙门,派人上京来拾掇也不迟。"

庄亲王觉得很有道理,抬眼环顾众人,问道:"哪个班子的木刻作能够修复?"

凌子甲新官上任三把火，将这差事揽了过来。

陆麒铖突然起身离座，跄步跪倒在庄亲王面前，求庄亲王爷救救师兄童麒岫。庄亲王爷一拍案子，冷笑着说："大胆！这事儿已然惊动了两宫太后，金麟班欺君罔上，就连本王爷都受了你们的连累，归咎失察，升平署也是坐实推不掉的。"

陆麒铖声泪俱下地说："请王爷代为说情，能否去大牢探视？"

三义班三班主凌子丙也起身离座，跪在陆麒铖旁边，一力求情。精忠庙庙首杨小轩率另外两班班主放牛陈、高月美也站起向庄亲王爷躬身一揖，请求王爷网开一面。

群情可愍，庄亲王勉强答应下来，说回头进宫请懿旨后再行决定。

从这天起，顺天府每两名带刀衙役一个班，一左一右站在大门口，值守四个时辰，三班倒，差事派在了太平街尽东头的童家老宅，那里只准进，不准出。

金麟班奉召圣母皇太后万寿庆典进宫承应大台宫戏，不承想百密一疏，六十年前的事情竟然还有人清楚记得，经当年曾在南府内头学傀儡戏班的边冷堂指认，假戏穿帮。班主童麒岫当即下在了刑部大牢。金麟班的这一夜在极度的恐惧和慌乱中度过。掌班师娘凌雪嫣的心里可是跟明镜儿似的，暗暗叫苦之余实有不甘，莫非是天意，该当金麟班有此一劫？

老宅东跨院，大家聚在一起，又一次愁颜相对，眼下情势大变，简直无计可施。

打探消息的陆麒铖回来说师兄童麒岫现在关押在刑部大牢，任何人不得探望。正阳门外鲜鱼口的演出场子也被封了。那边班子里的人和这边一样，也是不准随便出入。

索万青回来了，满是歉意地拉着古麒凤的手，红着脸，很是有些不好意思地和大家说起娘家的无奈和窘迫。请师娘不要着急,她已经让她爹去托人找门路设法救出童麒岫。

初冬的夜晚,大街上风冷人稀。

太平街转角处"大酒缸"里倒是热气腾腾。陆麒铖约醇亲王府拜唐阿松九出来喝酒,有话要说。陆麒铖面现焦虑之色:"松九爷,金麟班这次算是给天捅了个窟窿。下午在升平署,兄弟跪求庄亲王爷,就连去大牢探视师兄都不能够,眼下别的更不敢奢求,只想请'里扇儿的'援手,疏通一下关节,至少能够去刑部大牢探视一下师兄。"

松九端起黑皮子马蹄碗喝了一大口烧刀子,抹抹嘴,满口应承:"这个不难,陆老弟放心,醇亲王府出面,他刑部也得听招呼。你师兄进去的第二天,'里扇儿的'就已经跟刑部那边打过招呼。回去转告你家掌班师娘,你师兄在牢里,不会受委屈。'里扇儿的'说了,容他几日工夫,他要想法子救你家班主出来。"

陆麒铖听罢,耸然动容,站起身,向着松九躬身一揖:"请松九爷上复'里扇儿的',兄弟在此先替师兄谢过救命之恩。"

松九一把将陆麒铖拉坐在板凳上说:"陆老弟,不用瞎客气啦,我知道'里扇儿的'和你们金麟班好像有些渊源。"

陆麒铖使劲摇晃着脑袋,像是要记起什么,道:"松九爷,说实话,兄弟也不甚清楚,隐约听班子里老人儿说,是咸丰四年,冬月里大雪连天,'里扇儿的'的兄弟进城来找他哥哥报丧,差点儿被冻死,亏得金麟班老班主给救了下来。好像是这样,反正都是上一辈的事情。"

陆麒铖不敢久留,晚上出来这么一阵子,也是贿赂了大门值守的衙役,才放出来一个时辰。

入夜,大蒋家胡同三义班凌子甲的宅子。

院落里静悄悄,一盏气死风的风灯吊在院中的天棚下照着亮儿。

上房檐下挂着一张笼内没有鸟却一提溜儿俱全的老竹子鸟笼。笼子的竹条泛着深红颜色,整张鸟笼早已上了一层包浆,看得出是个老物件儿。

大三间的北房,此刻明灯亮烛,条案前的八仙桌上放着升平署颁赏下来的四品官服和顶戴。坐在一旁的凌家大奶奶稀罕什么宝贝似的摩挲着簇新的官服和顶戴,喜不自胜。

支起来的大圆桌,桌面上七碟八碗一壶酒。回家后,凌氏三兄弟围绕着大台宫戏一事又在计议。

凌子甲扭过头来看了看放在八仙桌上的四品官服和顶戴,道:"副庙首这一步总算是走了出来,眼下宫廷上下,升平署内外两学,都知道了大台宫戏,金麟班这次算是把天捅了个窟窿,童麒岫因罪下在刑部大牢,生死未卜。"

凌子丙嘿然一笑:"大哥,西边儿可还等着看那真正的大台宫戏呢,庄亲王爷若想将功折罪,必然要深究那物件儿的下落,童麒岫真要死了,王爷找谁说去啊?"

凌子甲呷了一口酒:"金麟班那个老婆子做事一向杀伐决断,是个狠角色,又怎么肯轻易交出那个物件儿。眼下两宫还在问大台宫戏怎么回事,估摸着宫里就是想看戏,里头的事儿压根儿不知道,所以不必担心。那物件儿真要还在,那个老婆子打死也是不肯交出来的。"

凌子乙显得有些急不可耐:"大哥,咱们还是心软了,就应该去一趟太平街,也应该把事情挑明了!"

凌子甲连连摇手,表示着自己的见地:"老二,你可是把这事儿想简单了,决不能打草惊蛇,一定要查访得实那物件儿确实还在金麟班,如果贸然行事,反为不美。"

凌子乙不由得焦躁起来:"这么些年过去了,一点儿没见响动儿,兴许那物件儿真的在那场大火里给烧毁了？"

金麟班六十年前奉召避暑山庄承应大台宫戏。后因唱词有"碍语"之嫌，班主童怀青杖责四十。紧接着又出了一件大事，戏班下了戏后当晚宿在喀喇河屯行宫，夜半时分，就在金麟班堆放箱笼砌末的地方不慎走了水，一把无名火，将大台宫戏里头的人物傀儡还有砌末，尽付一炬。童怀青的师弟凌怀亭为此还搭进去一条性命。如果是这样，那金麟班缘何如此讳莫如深？也曾拜托长春宫大总管安德海去内务府，查看了有关当年避暑山庄那边的存档，陈设档中也注明了那晚在喀喇河屯行宫，确实着了一场大火以及火后宫内殿宇毁损情况。

想至此，凌子甲再也无心饮酒，望着凌子丙说："这件事儿还真是让人憋屈，如果在升平署直言相告，即使逼出金麟童，那也肯定是归了官家。这么多年，咱们前前后后的岂不是闹了一场白忙活？"

凌子丙安慰兄长："大哥，俗话说'好饭不怕晚'，来日方长，兄弟一定要将金麟童收归三义班所有。"

"此次瞅准机会，一定要探出虚实来。"凌子甲再次叮嘱道，"老三啊，切记，谋定而后动，万不可伤了金麟童！"

金麟班在圣母皇太后的九九万寿节庆上居然搬演了一台假的大台宫戏，若不是被边冷堂识破，金麟班就可以暗度陈仓躲过一劫。六十年前的戏码，在避暑山庄也只承应了一场，看过这出戏的人屈指可数，就连番夷也早就漂洋过海回去了。倚仗着谁也不知道到底何为大台宫戏，凌雪嫣兵行险招想蒙混过关。谁又能想到，百密终有一疏，当年在场的还有一个南府内头学的小伶童边冷堂，六十年来"阴魂不散"，始终觊觎着金麟班的那只人物傀儡金麟童。

或许以后对边冷堂也要另眼相看了。

凌氏三兄弟低头不语，一阵沉默。金麟班三番五次如此遮遮掩掩，为何还要兜这么大的一个圈子，宁可费力冒死搬演一部假的大台宫戏，看来这个金麟童，一定有后人所不能仿制复刻的地方，铁定是鼻祖祖师爷的手泽。如果真是鼻祖祖师爷的手泽，放眼四海，纵横江湖，这个金麟童就是绝世孤品，无价之宝。

凌子甲站起身，换上了四品的顶戴袍褂，如今他已得偿所愿，成为京城梨园行精忠庙的副庙首，理应到爷爷和爹的灵位前去念叨念叨。

第三十三章

郭万里不顾舟车劳顿,脚下踩着葑门内光滑的青石板路,一路上走过来,粉墙黛瓦、石库门、马头墙、云墙、漏窗……这里的水巷千姿百态,古街老巷静谧而幽雅,疏疏朗朗中屋宇建筑古朴清新,弥漫着一种让人说不出来的书卷之气,这之中还有着一种矜持而朴实的脱俗气质。

初冬的苏州,别有一番令人心动的韵致。

一路打问,沿着紧靠十全街的带城桥下塘小巷往西走,很快就寻到了苏州织造署。抬头看见府衙左右高悬两只硕大的白色灯笼,每只灯笼上四个隶书大字:钦命织造。

郭万里走上台阶,朝着门禁一拱手,道明来意,门禁转身走了进去。

不一刻,门禁身后跟着一个人迎了出来,郭万里所想不错,来人正是伯父边冷堂在京举荐的苏州织造府笔帖式顾士。

顾士的宅子距织造衙门不远。二人客套寒暄,边走边说,顾士将郭万里让至家中。

江南院落却又不同于京城的大宅子,屋宇纤巧精致,亭台轩榭处处秀丽。郭万里被让到厅堂上座,顾夫人带丫鬟整治过酒席,随即退去。

郭万里手掌心里扣着边冷堂赠予的那枚驼鹿角骨扳指,记着伯父嘱咐过的话，想着要让对方看见，使其尽心尽力帮助自己办事。

郭万里举杯，有意露出左手戴着的扳指，他忽然发现顾土注意地看了一下扳指，还未等自己开口说出此行的目的，只见顾土起身离座，神情肃穆，掸袖屈膝向着郭万里请了一个安，慌得郭万里赶忙放下酒杯，起身离座，也要给顾土请安，不想被顾土一把扶住。

二人重又入座，顾土请郭万里将扳指收起，才好讲话。郭万里懵懵懂懂，为何如此，对方不说，自己又不好意思盯问，也只有依言将扳指收起。二人推杯换盏，谈话渐渐活泛起来。顾土很是健谈，说完了内务府说织造府，谈完了字画谈古董。郭万里这边也是倾尽平生所学，说起了疑难杂物趣闻，京城名人逸事，二人谈得甚是投机，大有相见恨晚之感。不知不觉中，丫鬟掌上灯来。

月挂柳梢头，一席攀谈尽欢而散。说好了，明天一早，顾土向导陆墓镇。

九岁红在山东泰安与安德海分手后，携老家人靳伯、丫鬟阿玉还有受安德海支使跟来以供差遣的两个小太监，"起旱"走陆路赶往昆山。

昆山镇外的玉峰山麓。一片竹林深处，篁篁修竹掩映着一座小小的道姑庵院，庵院大门紧锁。周围山峦叠翠，涧水鸣琴。距庵院不远处有一片墓地，是九岁红南昆"水磨调"集雅师门历代师尊的封堆之所在。又一座略大的新坟落成，坟前石供祭桌上的香炉青烟缭绕。最近处有双坟拱卫，那自然是九岁红爹娘安息之地。

在阿公粟良俦的新坟墓碑前，九岁红哀哀哭泣。

想至此，九岁红方知自己当初属意于童麒岫，阿公欣然同意这门亲事，原来是想替祖师尊了却一段情缘，"酒旗戏鼓"，重操傀儡，南北合套，再唱一曲。如今看来，此生注定无缘。

九岁红料理完阿公的后事，回到自家宅院，思前想后，去意已决。

院中游廊曲折，甬路相衔。行走在规模小巧、玲珑剔透的独具江南风韵的庭院中，依然是那样的古朴、沉静。厅堂的廊前放着的藤桌和藤椅，上面蒙着一层灰尘。与阿公赶着进京走时匆忙，竟忘记收进屋里。阶下花草渐黄，风过处摇摇落落，庭院显得荒疏而凌乱。墙外的高树上，间或传来几声鸟鸣。初冬午后的日影投在古旧的墙面上，愈显斑驳。墙下一方池水，池内弱荇牵风，似乎又要荡起涟漪。这一刻，整个庭院是难得的静，静中又掺杂着落寞。在这薄凉如水的阳光里，更让庭园增添了独一无二的清丽况味。

月光挥洒进厅堂，如烟似梦，九岁红一身缟素，正襟危坐，正在抚琴吟唱。琴声哀婉，唱腔低回：

"记当年，曾供奉、旧霓裳。叹茂陵、遗事凄凉。酒旗戏鼓，买花簪帽，一春狂。绿杨池馆，逢高会，身在他乡。　喜新词，初填就，无限恨、断人肠。为知音、仔细商量。偷声减字，画堂高烛，弄丝簧，夜深风月，催檀板，顾曲周郎。"

一帘幽梦，梦醒时分。

九岁红心中惨恻凄凉，面上却不流露。叫过跟来的那两个小太监，给了一些银两，哄着说，她是要回京跟安德海过日子，她的丫鬟阿玉从小跟她在一起长大，形同姐妹，所以阿玉的终身需要安排好了以后她才能动身回京。但两人是宫里头的人，在外时间长了多有不便，打发那两个跟来的小太监先行回京。又叫过靳伯，让靳伯在邻里为阿玉寻门亲事，让阿玉认靳伯做了干爹，这所宅院以后便是阿玉的娘家。

灯下看着那只用素蓝布包裹着的物件，九岁红几次想解开包袱查看，抬起的手最终还是放下了。看来阿公托付的师门遗愿终究无法完成了。

入夜，九岁红支开靳伯和阿玉，悄悄从后门走到街上，雇了一乘小轿，沿着小巷，曲曲折折来到正阳桥上。打发了轿班，低头俯视，桥下江水缓缓流淌。

半月前,郭万里自京中来,登门造访。顾土尽地主之谊,更主要是见着了来人手上戴着的边冷堂给的老物件儿,办起事来自然是尽心竭力。连日来陪同郭万里先后到了陆墓镇及其他地方,索骥寻踪找到的盆和罐总是令人大失所望。于是围绕周边扩大了寻访范围,结果,郭万里和顾土在太仓又是劳而无功。这一日,乘船沿娄江溯水而上返回苏州。

时近冬月,又是一个月明星稀的夜晚。江面波平如镜,夜行的舟楫平稳顺滑。一盏风灯高挂船头,船尾艄公摇橹的欸乃之声有节奏地响着。顾土和郭万里在船舱中小酌。船行昆山水面,顾土谈起当地风土人情,又说到圣祖朝时的苏州织造李煦就曾向内廷送戏送伶人的逸事。看看就要驶近昆山正阳桥,忽然,郭万里觉得眼前一道白影向下迅疾坠落,随即沉入水中,"扑通"一声,听见前方传来有物落水的声响,郭万里心下明白,霍然起身大声叫喊:"船家,有人落水,赶快救人!"

九岁红被救上岸,郭万里和顾土委实放心不下,二人索性将九岁红送回了家。

阿玉和靳伯见小姐得救,自然是满心欢喜。阿玉搂着小姐哭着说道:"小姐难道忘了老主人临终前的师门遗愿的嘱托?"

阿玉端来了热茶,靳伯忙着招呼客人。郭万里看着九岁红,此时不便说破任何事情,只得佯作不认识。问明九岁红投河缘由,这才知道是童麒岫辜负了九岁红的一片真情。

在京城天颐轩茶楼,恰逢九岁红危难之际,童麒岫出手相救,后九岁红以身相许,此事几成一段佳话流传在京城梨园行。那日在彝鼎阁,金麟班班主童麒岫买走小扇欲赠红粉佳人,走时却又留下"在下何德何能,蒙粟姑娘如此垂爱,实不相瞒,在下并非仗义磊落之人,班子里也是有那不得已的苦衷"。寥寥数语,当时听来未曾在意,只以为童老板为人低调，此事不欲张扬罢了。眼下看来，童麒岫那边确有不得已的苦衷。这里的九岁红又何尝不是？不承想，童麒岫赠扇给九岁红，他自己倒先做了一回扇面朋友。

郭万里感事怀人，告诉九岁红，半月前安德海在山东泰安已被山东巡抚丁宝桢奉旨诛杀。姑娘纵然为了名节，令人敬佩，但轻弃生命，岂不是有负天地钟灵毓秀之德？实不可取。

靳伯问起郭万里，京中人氏何故到此。郭万里说起生意，因接了京中恭亲王府上的一单活儿，点了名儿要前朝的南盆南罐儿，因此特来苏州一带寻访。

二人就要告辞，九岁红坚决不允，定要二位救命恩人在家中盘桓几日，盛情难却，只得说声叨扰。晚上歇息在客房，自然一夜无话。

清早，靳伯进来伺候客人洗漱，又陪二人在花厅早餐。看着堪堪用毕早餐，阿玉走了进来，说小姐请二位恩人到后园一叙。

郭万里和顾士随阿玉来到后园。花园不大，却很精致，游廊连着园中的一亭一轩。小亭飞檐翘角，轻盈舒展。小亭西檐下，挂一方亭名匾，楷书镌刻"听绿"二字；两旁亭柱镌刻景联——人远忽闻清籁起，心闲颇得一书香。

走过园中小亭，再走一段游廊，便到了小轩跟前。小轩是园中的主体建筑，这是一座面阔三开间的轩廊式屋宇，四面有窗，前部开敞。单檐卷棚歇山顶，两侧山墙连着游廊。檐下横匾，大篆体阴刻"夜鸣馆"三字，两旁立柱，取郭印诗代楹联——秋虫推尔杰，风韵太粗生；衰草年年恨，寒砧夜夜声。

小轩别致之处更在于轩后，由轩内后窗望出去，可见一片直达园墙的苍翠欲滴、摇曳生姿的修竹。

阿玉告诉郭万里，小姐的阿公粟良俦年轻时深好"养虫"一道，历年下来手里可是有些好盆好罐。老家人靳伯原来就是老主人的蟋蟀把式。

靳伯喟叹："斯人已逝去，'王孙不再归'。"

打开小轩的隔扇门，郭万里看见三面窗下都支着粗拙厚重的老榆木搁架，在搁架上、条案上、地上到处摆放着养蛐蛐的罐和盆，形色各异，古雅朴拙。拿起来端详揣摩，罐罐精致，只只上品。顾土说："这正是应了那句老话，踏破铁鞋无觅处，得来全不费工夫。"

靠北窗的搁架上，一只尺余见方仅五寸高的扁方形黄花梨木匣子引起了郭万里和顾土的注意。匣子上挂着一把小铜锁，玲珑精致。盒面上刻画了几只正在草棵石间玩耍的蟋蟀，刀工细腻，蟋蟀牙须毕现，动感十足。

九岁红告诉客人，这只匣子是个老物件儿，听阿公讲起过，这只匣子自打阿公记事起就有了。实不知有多少年了，因为丢了钥匙，一直没有打开过，里面究竟是什么，谁也不知道，掂起来，有些压手。靳伯说老主人不忍硬生生打开，怕是弄坏了这匣子，也曾几次三番请来高手锁匠，无奈就是打不开，时间一久，也就撂在一边了。

郭万里上手掂了掂那只扁方形的黄花梨木匣，什么也没有说，将它又放回到搁架上去。顾土似有话说，却被郭万里用眼色及时制止了。

知道九岁红有答谢救命之恩的意思在里头，郭万里很有些不好意思地挑选了几只心仪的盆罐，谈定了价格。接下来，话题自然转到九岁红去留的问题上来，大家心照不宣地说服九岁红还是应该回到京城，既然知道童麒岫为了金麟班当时屈从于安德海的胁迫，并非出于本意，应当再续前缘。

九岁红说回京非为别事，只为了却师门祖师尊的一桩遗愿。于是大家决定择日成行，先到苏州少歇一两日，然后买舟北上。

临行那天，顾土为郭万里践行，请他带上给边冷堂的苏州土仪。就要开船了，郭万里终于忍不住将自初来乍到苏州那日起心中便有的一个

269

疑惑问了出来,就是顾土为何一见那个扳指神情就变得很是肃穆。说着郭万里给顾土请了一个安,连声说还请老兄教我。

顾土拦阻不及,只好也照样还了礼。顾土告诉郭万里这个扳指就是睿亲王多尔衮戴着征战有年的老物件儿。那日饭桌上他看见这个扳指,有如见着老主子,自然是要起身给睿王爷请安。

郭万里知道多尔衮曾是上三旗正白旗旗主,织造衙门里的职司人员大都是内务府正白旗下的人。郭万里释然领悟的同时,惊出一身冷汗,真正感到老父拈香的这个八拜之交的分量。

第三十四章

紫禁城的漱芳斋,改戏的事情仍在进行中。庄亲王"递牌子"请起。帘子没有放下来,慈禧以"家礼"与庄亲王见起。

庄亲王回奏金麟班的事情,慈禧沉吟有顷:

"大台宫戏当年曾是世祖顺治爷钦点的戏码,也正是顺治爷迎董鄂妃进宫的日子,世祖多情,这戏码若非好看,顺治爷又怎么会赐名?"

"奴才也以为太后见的是!"

慈禧想到此越发地欲罢不能,贵为太后的她,难道想看出傀儡戏都这么难?

"要复原大台宫戏,原汁原味、一丝一毫不准差!有关大台宫戏的一切事宜,升平署可便宜行事。"

"奴才遵旨!"

慈禧立即差人叫来边冷堂。

"边冷堂,长春宫起本家班普天同庆,以唱皮黄为主,昆腔为辅。要是再起一个傀儡戏本家班,你来掌事,傀儡戏班子应该取个什么名字?"

边冷堂略一沉吟,答道:"回太后的话,太后改戏《昭代箫韶》,借用此事,《尚书·益稷》中有'箫韶九成,凤凰来仪'句,又马致远

《汉宫秋》第四折中，有'猛听得仙音院凤管鸣，更说甚箫韶九成'一句。奴才以为内府的傀儡戏本家班取名'箫韶九成'，请太后嘉纳。"

慈禧听罢，连声说好。

边冷堂接着奏陈："奴才以为，箫韶九成班虽然隶属长春宫，恐怕将来要招些宫外的人参与进来，班子如果放在掖庭恐多有不便，应在宫外择地。承应戏时，连人带砌末行头可暂时安置在右翼门外养心殿造办处，那里有独立院落，与慈宁宫花园仅隔一条甬道，出门向东南可入右翼门，传起戏来很是方便。"

"全都依你。"慈禧非常高兴，又吩咐庄亲王，"箫韶九成班打今儿起就算起班了，班子就安置在升平署的院子里吧。班子的差事虽说就为这傀儡戏大台宫戏，平日里也可搜罗一些傀儡戏行里的古本秘本的戏码演来看看。"

最后，慈禧让贴身侍女春苓子叫来了在翊坤宫伺候书案折子的宫女姜玉瑛。

姜玉瑛三十左右的年纪，身材适中，双目炯炯颇有神采，举手投足间带着一种角儿的范儿。

姜玉瑛进了潄芳斋，见过太后、王爷请了安，站在一旁等候吩咐。

慈禧告诉边冷堂，姜玉瑛是"有师傅的"，她师傅孙福喜是长春宫本家班掌事。孙福喜当年可是京城梨园行内外学武生当行的头牌。此次叫她来，就在箫韶九成班做个教习师傅，以后班子里有了女孩子，照顾起来也方便。

慈禧希望姜玉瑛这个八臂哪吒以后为本家班再教出几个哪吒来。

刑部大牢黑暗、潮湿，弥漫着难闻的气味。

陆麒铖、古麒凤、索万青、霞锦四人走进刑部大牢探望童麒岫。

童麒岫虽说是下在刑部大牢，但镣铐并未加身，脸上手上也未见有挨过刑罚的痕迹，说起来自打漱芳斋承应假大台宫戏穿帮后那晚被投进大牢，狱卒对他也不像对其他牢犯那样非打即骂。看来事情不像想的那样不可收拾。陆麒铖告诉师兄那晚他在"大酒缸"，松九跟他说过的话。童麒岫听罢，感念涕零，隔空遥向醇亲王府方向躬身抱拳拜了几拜。叮嘱陆麒铖，转告"里扇儿的"，他日如能出去，必报此大恩。又对班子里的人居然能够进来探视一事表示惊讶不已。陆麒铖告诉师兄，这也是醇亲王府"里扇儿的"使的劲儿，从老宅到这里，从顺天府到刑部，一路上都已打过招呼。不然哪能进来。就连精忠庙庙首杨小轩也为能够进来探视求过庄亲王爷，都未获准。

童麒岫询问过掌班师娘和班子里的近况后，除唉声叹气以外，倒也平静，也许是听过师弟陆麒铖转告了松九说过的话，所以并未显得过分慌乱。他反而还安慰大家，"里扇儿的"援手，事情似乎会有转机，虽说御前承应了一出假大台宫戏，想来罪不至死。让陆麒铖回去转告师娘，不必为他担心。

古麒风安慰童麒岫，临来时，响爷还再三叮嘱说，转告班主，班子里也会想尽一切办法，早日让班主摆脱牢狱之苦。

索万青怀着一则以喜、一则以惧的心情来探视童麒岫。霞锦将一具小食盒、一罐泥封的烧酒隔着粗实高大的木栅栏递了进去。

童麒岫对索万青的"背叛"，假以辞色，声言要休了索万青，索万青只是哀哀地哭泣。

陆麒铖、古麒风极力替索万青辩白。霞锦最后告诉童麒岫，大奶奶已经有了身孕。

童麒岫一听，既喜且忧，此时此刻，他想生气可又不知气从何处生，只得无奈地低下了头，自认都是冤孽，可也都是命数。

初冬时节，向北而行，风越来越硬。

九岁红从在通州码头下船伊始，觉得这风透心地凉。大家分雇了两辆暖篷轿车，一路向西进了朝阳门，转向南来到正阳门城楼底下，郭万里拱手与大家作别，相约以后见面再叙。嘱咐靳伯和阿玉，好生照顾大小姐，有事可去琉璃厂彝鼎阁找他。

掌灯时分，正阳门外大栅栏，一天当中最热闹的时光。看着眼前灯红酒绿、肩摩毂击，人如潮、车如流的一切，九岁红恍如隔世。对于这个已经死过一次的人来说，眼前的繁华和喧闹的市声似乎已离她远去，以前的一切似乎也已经变得不那么重要了，九岁红此刻心如止水。

九岁红从小在南国的青山秀水里长大，在唱词戏文中渐渐懂事，曾经向往的与所爱之人的鹣鲽情深、缱绻羡爱的生活，一夜之间永远不再属于她了。

经此一番折冲，九岁红还未曾知觉，自己已经在性情大变中重又回到了京城。

九岁红再次下榻水生一客栈，住进原来的那个小院。这可乐坏了掌柜金作梁。一边打发人去天颐轩茶楼告知掌柜曾盼，一边盼咐小伙计赶快送进炭火盆驱寒。主宾互道别后一番人情话。说来奇怪，自打九岁红搬去了大吉片，水生一客栈的生意一直也不错，唯独这个小院，前来投宿的客人始终无人问津。仿佛就是为九岁红专门留下的。

曾盼匆匆赶来，自然又是一番寒暄。当初的两位大媒人灯下劝慰九岁红，既然安德海已死，有些事情也许可以重新来过。扼腕唏嘘之余，两位掌柜告诉九岁红，自她走后，金麟班在万寿节庆进宫承应戏时出了大事，童麒岫现已下在了刑部大牢。金麟班老宅和鲜鱼口内的演出场子，眼下也由顺天府衙门派人都给看管了起来。

九岁红低头，沉思不语。

第二天，九岁红雇了辆小鞍车，带阿玉来到太平街金麟班老宅，开付了双份包回程的车钱，让车子等在门外。九岁红转身抬头看着这座她曾向往多日的宅子，天意弄人，没有想到她竟是在这种时刻走了进来。阿玉上前说明原委，随手塞给了衙役一把散碎银两，请看守大门的带刀衙役给些担待。衙役见是两个女流之辈，点点头说赶快进去，赶快出来。

院子里静悄悄，前院北墙根儿下栅栏里养着的三只奶羊偶尔抬起头来叫上一声。

查万响没有想到，这种时候，居然还有人来，来人居然是班主童麒岫狠心绝情负了的九岁红。查万响不由得老泪盈眶，赶忙举手肃客，将九岁红和阿玉让到二进院里，还未等查万响开口招呼，古麒凤一步就从屋内跳了出来，挽着九岁红手臂，二人见面，自然是一番欢喜。

进屋落座，互道别后的思念与各自的境况。九岁红说金麟班遭难，她自当前来探望。

九岁红执晚辈礼，给凌雪嫣奉上一份苏州土仪，请古麒凤代为转交。待师娘以后病好，再来问候。九岁红经此磨难，再世为人，看得出，少了一些少女的娇羞与腼腆，多了一些经历世事沧桑以后的干练与洒脱。举止言谈间，说起自己来平静得像是在说别人的故事。

古麒凤问起九岁红此次回京做何打算。

九岁红还未作答，阿玉嘴快说我家小姐原本不要回来的，是为了一桩师门的事情。九岁红拉下脸来，嗔怪阿玉多嘴，古麒凤自然不便再问。

九岁红告诉古麒凤，以前的事情既已过去，请不必再说。

说罢，请出索万青，见过礼后，从身上取出那只定亲的翡翠镯子还有那把小扇，当面退还，了却前缘。从此与童麒岫再无牵涉。

九岁红告辞，古麒凤送客只能止步在大门口。古麒凤深感忧虑地说道："麟班这次惹的事情太大了，靠人力怕是扛不过去，只有听天由命。"

到了此时，九岁红虽然是爱莫能助，尽心意的话必须要说："姐姐，吉人自有天相，哪怕事儿再大，只要有用得着雅卿的地方，请姐姐尽管开口！"

二人依依惜别。古麒凤目送九岁红乘坐的小鞍车一直拐出了街口。身后，抱着麒麟儿的霞衣轻轻说了一句话："雅卿姑娘真的变了！"

升平署衙署内，庄亲王和边冷堂正在查看为箫韶九成班腾出的一个院子。走到西花厅，二人坐了下来，苏拉奉茶。

庄亲王啜了一口茶，道："边头儿，请千万不要客气，您可是钦命的掌事，有什么需要请尽管说。"

边冷堂略一思索："王爷，老朽需要进档案房查查当年南府内头学遣散的人员……"

"边掌事是要找什么人吧？"

"当年南府里头有一个百调伶人，天下戏文曲牌没有他不会唱的。"

"南府竟还有这种人？本王倒是没有听下边的人说起过。"

"记得，当年曾听养父称赞过这个人，说他肚子宽，是个戏篓子，唱念做表无有不精，天底下的戏没有他不会唱的。"

"道光七年，南府改升平署，将外学民籍学生尽数遣散，退回原籍，旗籍学生则发交本旗。不知边头儿要找的这个人是旗人还是民籍，或是内头学里净了身的？"

边冷堂说："王爷说的是，所以要先在档案房里查看一下排单，如果没有，也只有想法子再去打听了。"

"在外头学里招募伶工的告示，明儿个就让人给张贴出去。"庄亲王思虑周全地说，"告诉管理精忠庙事务衙门，凡是愿意来箫韶九成班的，不得以'在班撕班'论处。"

边冷堂又想到了一件事,道:"禀王爷,老朽想等到来年的春上,借内务府陵工上办差事的大船,到南边再走走,踅摸几个唱戏的好苗子,充作升平署的官学生,倚为日后应付箫韶九成本家班的差事。"

庄亲王听罢,很是高兴:"边头儿想得周到,到时那就辛苦边头儿了……本王尚还有一事请教。"

"请教不敢当,但请王爷示下。"

"金麟童到底是个什么样子?"

"那时老朽还小,那年也就十二岁吧——"边冷堂回忆着说,"那天是嘉庆爷万寿的正日子,南府在山庄云山胜地楼承应。南府内头学的戏码是压轴,外学金麟班唱大轴。养父见南府的戏码都给压成'倒二'了,心里头有点儿较劲儿不是?拉着我就留下想看看这大轴的戏码到底胜在哪里。就这样,跟着养父在小台子底下,虽说只看过那一眼,但这么多年过去了,这金麟童在心里头就跟个影儿似的……"

荷署内的苏拉有事进来禀报,打断了边冷堂正在说着的话。原来是精忠庙管事秦二奎特意赶来荷署禀报,金麟班的人已经去刑部大牢探望过童麒岫了。

庄亲王问明缘由,深怪醇亲王府多事:"老七也真是的,怎么就看不出个眉高眼低来,跟着瞎掺和个什么劲儿。那天他和六爷还有主子爷早走了一步,不知道后来还有这一连串的事情。金麟班的童麒岫是下在大牢里不假,'欺君罔上'那是杀头的罪过,本王等了几天,没听见西边儿有什么动静,这两天本王琢磨过味儿来了……"

"王爷的意思是——"

"西边儿的喜欢戏,爱惜唱戏的人才。就算他金麟班是唱了出假戏'欺君',但这可不是什么军国大事,说到底,罪不至死。上次在漱芳斋承旨,西边儿的对于下在刑部大牢里的童麒岫是关是杀竟然闭口不提,看来是在等待一个可以转圜的机会。"

"王爷想得没有错，太后也是为了皇家的颜面。还有就是，王爷错怪了醇亲王府。依在下看来，醇亲王爷未必知道此事，估摸着是醇亲王府内总管祁慧苪所为，听说这个祁慧苪好像是和金麟班上一辈有些渊源。既然是打着醇亲王府的旗号，别说是顺天府，就是刑部也不得不卖这个面子。只是……望王爷以复原大台宫戏为主要，尤在金麟童这件事儿上还是宜早不宜迟。"

"说得有道理！"庄亲王叫来笔帖式陈登科吩咐道，"吩咐下去，今儿晚上亥时，升平署会同精忠庙管理事务衙门还有顺天府三家一起查抄金麟班！"

第三十五章

灯笼和火把照亮了童家老宅的整座院子，顺天府挎着刀的衙役兵丁，从老宅大门口一直排进院子里。大门口，拥挤着前来看热闹的街坊四邻，里三层外三层。松九也混在其中。查抄金麟班的消息散布得很快，竟连大佛寺的九路车和几个小乞丐得到消息后也赶了来，挤在看热闹的人群的前面。

眼下童家的老幼妇孺全部被集中在二进院中。

顺天府尹李朝仪遵照庄亲王的示下，会同升平署还有管理精忠庙事务衙门共同查抄金麟班童家老宅。童家的一张大条桌被抬了出来，临时充作了公案。

李朝仪轻咳一声，说起话来倒也和颜悦色："金麟班听清楚了，顺天府今天是会同升平署、管理精忠庙事务衙门，三衙门共同查抄。诸位不可慌乱，只抄捡有关大台宫戏的戏本和人物傀儡金麟童，与其他物品一概无涉。事情到了这一步，望诸位识时务，双方都省事。"

金麟班众人缄口不言。

李朝仪在临时公案后坐下，看见对面站在院中的童家一干人众，里面有白发苍苍的凌雪嫣和查万响，想到来自醇亲王府的人情，随即命人从屋内搬来两把太师椅，送到对面，让凌雪嫣和查万响坐下回话。

精忠庙管事秦二奎一见李朝仪对金麟班如此客气，心中大是不悦，嫌好道歹地说："李大人，没见过对钦犯还有这么客气的！"

李朝仪回过头，狠狠瞪了一眼秦二奎说："你不懂就少插言，自古罪不及父母，祸不及妻孥，何况此次只是抄捡物品，并非抄家。"

秦二奎挨了李朝仪的几句斥责，脖子一缩，不再作声。

李朝仪吩咐陆麒铖，让他领着顺天府书办左宗祺、升平署笔帖式陈登科、精忠庙管事马化龙及几名差役逐间逐屋开始抄捡。

趁着抄捡的这会子工夫，一直站在童家老宅大门口装作看热闹的松九，急匆匆走回西头的王府。老总管祁慧苒坐在回事房里正在等待消息，松九急步走了进来，将自己在东口金麟班童家老宅看到和听到的如实禀告。祁慧苒叮嘱松九不可有任何动作，再去金麟班老宅，混在人堆里察看，等待查抄最后的结果。

童家老宅的院子里一片静默，只听见燃烧的火把在噼啪作响。没有人讲话，众人都在等待查抄的结果。

一阵脚步声传了过来，陈登科手里抱着一只长约三尺、高与宽均不过尺的紫檀木匣子，后面跟着左宗祺和马化龙——二人怀里各自抱着满满的一大摞戏本走了过来：三人将查抄出来的东西放在案子上。

陈登科向李朝仪禀告，全院儿都已查抄过，就连后院儿的木刻作，甚至泡池里面也搜检过，这些东西全是在东跨院里查抄出来的，戏本里好像没有大台宫戏这一戏本。

李朝仪细看这只紫檀木匣子，色泽紫中泛黑，见棱见角，沉稳平实。在灯笼火把映照下，匣子外面的一层包浆闪着乌黑幽暗的光。

李朝仪指着匣子上的锁，让陆麒铖把匣子打开。陆麒铖从凌雪嫣手上接过钥匙，慢慢地将钥匙插进锁孔。周围一下子安静下来，所有人都在等待着匣子打开的一瞬间。匣子打开了，李朝仪凝神细看，里面盛着一只被火烧焦、黢黑的傀儡断臂，自肩峰处至手指尖，相当完整，肩峰侧面约略可见傀儡机关的榫卯。匣子内壁四周装有固定傀儡残肢的卡子和衬垫。

李朝仪看着匣内黑黢黢的残偶断臂，俨然人的手臂被烧灼后一样，庶几可以乱真。心里竟有些发瘆，抬眼望向对面："这可是金麟童的残肢？"

凌雪嫣在霞衣的扶持下，从太师椅上站了起来，环视了一下周围，沉静地回答说："回李大人的话，嘉庆二十一年十月，金麟班奉旨去避暑山庄承应，不知因何缘故，金麟班堆放傀儡还有砌末箱笼的配房，突然起了大火，尽付一炬……唉，家父凌怀亭为了救火竟也未能幸免于难……那晚山风甚猛，风助火势，片刻即烧得房倒屋塌。最后从大火余烬中仅仅找见了金麟童的这只残臂。只因这只残臂出于鼻祖祖师爷之手，是个极大的念想儿，见此鼻祖祖师爷雕刻手泽如见鼻祖，所以盛在拜匣里，是为后来习艺者拜师所用。"

李朝仪拉长了脸，继续追问："众多傀儡都被烧毁，你何以知道这就是傀儡金麟童的断臂，而不是其他傀儡的残肢？"

凌雪嫣缓步走上前来，伸手将那傀儡断臂举起，用另一只手的手指轻轻叩击了一下，不想残偶断臂竟发出微微的金器碰撞的嗡铮之声。凌雪嫣说："此傀儡所用之木非一般木植，入土千年不腐，入水即沉，遇火则色愈黑。叩击则有金声。"

李朝仪心下骇异，赶紧说道："领教，领教。既然那傀儡早在六十年前就已烧毁，升平署承应万寿节庆的戏码时，为何不据实回奏？"

凌雪嫣振振有词："太后万寿节庆，承应戏码，金麟班实为踵事增华，倘若说金麟童已不存世，这戏没法儿唱，想也无人相信。象齿焚身，怀璧其罪，天之苍苍，正色何色？"

李朝仪听罢，似乎觉得没有再问下去的必要了，可拉着架势来了，却被这个掌班师娘寥寥数语就给化解了，弄成个雷声大雨点稀的场面，真让人心有不甘。

李朝仪继而追问戏本下落,凌雪嫣说自古无论哪个戏班都有自己的绝活秘本,所谓秘本,就是戏词,代代都是口传心授,一招一式,一句一字,手把手地教,脸对脸地唱,了然于胸,默记在心。师傅和徒弟,教的与学的,全凭各自的禀赋与悟性。

童家一门,数代单传。此镇班之戏传到德字辈,因童德枏未有嫡子,依童家百年祖规,有子不传徒,无子传首徒,故传于首徒慕麒涵,慕麒涵因家中事,于一年前入川回青城山去了。

至于说到大台宫戏,此傀儡戏系顺治朝时世祖迎董鄂妃进宫,金麟班奉旨"海差"进西苑翔鸾阁承应。金麟班天祖童方正承应了一出折子戏,因杖头傀儡套上行头后与真人高矮相仿佛,需用大台敷演,故蒙世祖顺治爷青睐,赐此名号"大台宫戏",封"御戏子",赏吃俸米。戏中原本一男一女两只人物傀儡,就在西苑承应后不久,不知何故,其中一只傀儡邃尔佚失,金麟班实出无奈,不得已,辞去"内廷供奉"一职。究其原因,江湖上风闻百年的金麟班镇班大戏如今只剩一只傀儡,唱半本残戏。

其时,人了事未了,嘉庆二十一年,金麟班再次奉召进山庄承应,班主童怀青冒蒙儿以一只傀儡唱半本残戏,意欲效仿先祖再次博得"御戏子"或"内廷供奉"。谁知却因旧词未去致有"碍语"之嫌,领杖四十,被打得皮开肉绽,圣上旨意"大台宫戏,永不叙演"。仅存于世的那一只傀儡无巧不巧地又在当晚毁于喀喇河屯行宫大火。

凌雪嫣一番话,言之凿凿,合情入理。李朝仪自是无话可说,沉吟片刻,只好付之阙如。带走那个盛着残偶断臂的拜匣,回去交差复命。查抄的走了,大门口两名挎刀值守的衙役也都跟着回去了。

童家老宅复归平静,院子里,各屋灯火渐次熄灭。

东跨院的上房里间,凌雪嫣连连喘息,咳嗽不止,猛然间厉害起来。霞衣送上巾帕，凌雪嫣咳出一口血来。霞衣吓得刚要大叫，被凌雪嫣举手制止，严嘱对外不得声张。

升平署议事厅宽大的案子上摆着那只盛着黑黢黢残偶断臂的拜匣。

庄亲王背着手在案子前来回地踱步，满脸怒意。他隐隐感觉到这件事远不止于此，症结在哪儿一时又说不清楚，事情前后似乎又合榫对卯。但他就是不相信那个金麟童毁于喀喇河屯行宫的大火。

庄亲王停住脚步，终于开口说话："追查百年绝世孤品金麟童的事先放一放，当前是要尽快复原大台宫戏中的全堂人物傀儡。如若金麟班所说不虚，六十年前就已付之一炬，那就只有重新刻作。虽说当年金麟班承应的是一出折子戏，所幸边掌事曾现场目睹，刻作时就走不了样儿。"

众人的目光齐集在边冷堂的身上，边冷堂站起身，朝着王爷一揖："请王爷奏陈西太后，这出大台宫戏即使要复原，恐怕还要假以时日……"

话未说完，庄亲王就急急打断："边掌事，此话怎讲？"

边冷堂神色淡定，慢慢说道："回王爷的话，遵懿旨原汁原味复原大台宫戏，想来那戏本必是古本或是秘本，能否尽快找到金麟班首徒慕麒涵暂且不管，即便要金麟班再重新雕作一堂人物傀儡，恐怕也是临渴掘井，缓不济急。听说全本戏里有一男一女两只主角儿傀儡，其中一只傀儡，金麟班上几代就已佚失，佚失的这只傀儡长什么模样，穿什么样的行头，就是金麟班里的人也没见过，这也可暂且不论，选料一关就是难上加难……"

庄亲王不知深浅，再次打断边冷堂正在说着的话，接话茬儿一问："找块木头能有多难？"

边冷堂微微一笑说："昨日查抄金麟班，那掌班师娘说起的傀儡所用之木并非一般木植，此木植入土千年不腐，入水即沉，遇火则色愈黑。叩击则有金声，此非虚语。看来那掌班师娘并没有把话完全地说出来……"

"你说什么？"庄亲王不由得一问。

"此木植难就难在可遇不可求，还要兼备木的古雅与石的神韵！"边冷堂回答说。

众人觉得边冷堂说话有些令人匪夷所思，意在哗众取宠。木头就是木头，既然是木头又怎会有什么石头的神韵？

议事厅内众人的议论讥笑声顿起，边冷堂心中大为不悦，摆出一副息事宁人不愿争辩的神情，懒懒地说道："为了承应西太后看戏，若要救急，不妨用普通樟木木料替代刻作……"

"边头儿，这可不行！"边冷堂话未说完，庄亲王连连摆手，"漱芳斋承旨时您也在跟前儿，'复原'二字是太后亲口所说，'原汁原味，一丝一毫不准差'也是太后口谕，别的事情与西边儿都还能求个恩典或许有个商量，唯独在这戏上头，一丁点儿都马虎不得。西边儿的脾气秉性咱们又不是不知道，你要让她不痛快，她就让你一辈子不痛快。"

边冷堂说："王爷见得是，既然这样，那就谨遵懿旨，老老实实找到此种木植！"

"这得上哪儿去找哇？"

"回王爷的话，此种木植出在川边烟瘴密林、人迹罕至之地，千年河道，寒湖水底。"边冷堂感怀往事，轻叹一声，"养父临终前还在念叨金麟童，心悦诚服地说难怪那只傀儡人人想见，确是绝世孤品，傀儡周身金光闪闪，但又非金所包，实乃阴沉木木之纹理，此木是树之精、木之魂！"

边冷堂说完，向庄亲王爷告辞，先行退了出去。

议事厅内骤然安静下来。

凌子丙提醒庄亲王爷:"启禀王爷,据金麟班所说,当年傀儡全部毁于喀喇河屯行宫大火,底细也只有金麟班知晓,再怎么说也应该由金麟班去寻找那木植。"

有此一番折冲,庄亲王一拍书案,大声吩咐:"工欲善其事,必先利其器,那就让金麟班的人入川先去寻找阴沉木,克日出京!"

第三十六章

冬日的午后,一天当中最难得的时光。

醇亲王府后堂,嫡福晋和侧福晋正在闲聊天儿,嬷嬷麻婴姑抱着小阿哥在玩儿。嫡福晋贴身丫鬟夏莲走了进来,回话说府总管祁慧茵请见九思堂。

嫡、侧二福晋有些好奇,一同来到九思堂。祁慧茵一见二位福晋,立即行大礼跪了下来,倒是把二位福晋吓了一跳。嫡福晋赶忙叫夏莲将祁慧茵搀扶起来。

侧福晋说:"老祁,你在王府可是老人儿,有什么事尽管说,何必行此大礼?"

祁慧茵站起,躬身谢过二位王妃,把自己将近二十年前与金麟班有些渊源的往事,娓娓道出,又说到近来金麟班发生的事情,最后说到自己,受人点滴之恩,当涌泉相报,意欲请两位福晋出手搭救童麒岫。

嫡福晋听后,赶忙说:"哟,万寿节那天也是心里头惦记着阿哥,我们姐儿俩回来得早,敢情后面还有这么多的曲折呀?"

侧福晋向着祁慧茵挤挤眼睛,接着嫡福晋的话茬儿说:"太后其实也没什么,就是稀罕戏,满朝上下谁不知道啊,太后是个戏痴。这出大台宫戏她没见过,再说了既然是世祖顺治爷钦点的,想必那戏非常好看，一定是才子佳人的对儿戏。"

嫡福晋说："何以见得？"

"想当年咱家顺治爷和董鄂妃那一段宫闱佳话，至今还在流传，不用说，顺治爷赐名的'大台宫戏'一定好看，说不得也许是当年那个宠冠六宫的董鄂妃喜欢的戏码。"侧福晋莞尔一笑，话锋一转，"这个金麟班也真是的，戏码没有就没有呗，死要面子活受罪，想伺候戏的心是好的，结果，官盐当了私盐卖，自己个儿把这事儿弄拧股了。"

侧福晋小骂大帮忙地溜缝儿敲边鼓，有意把这事儿说成了是一场误会。

嫡福晋当即表示："老祁，你说这事儿我们姐儿俩和七爷怎么帮你，才可以把人从刑部大牢放出来。反正我姐姐的脾气你们也都知道，只能顺着来，可是不敢戗着说。"

祁慧苒上前一步，稳稳地说出了一个办法。

侧福晋拍着手说："老祁，真有你的，这一招就叫作明修栈道，暗度陈仓。"

嫡福晋心里边划算着，看着祁慧苒说："老祁，就是没有你托付的这件事儿，也应该抱着阿哥，进宫去看看长姐，过百日那天，她身子不爽，打发李莲英过来，还着实送了不少东西，从家里讲，这做妹妹的也应当去说声谢谢，进了宫就是君臣，也得去谢恩。"

万喜班班主放牛陈和鸿庆班班主高月美相偕来到刑部大牢探望童麒岫。买通了狱卒，搬来一张小桌，在牢里摆上了带来的酒菜和烧酒。

三杯酒下肚，高月美借酒盖脸，开始大骂三义班卖友求荣。

放牛陈一边给童麒岫斟酒一边说道："二位老板，实不相瞒，早在庄亲王府堂会上，兄弟就看出来了，那哥儿仨是有意巴结安德海，拿九岁红借花献佛。现在安德海死了，看他哥儿仨还巴结谁去。反正啊，咱手里捏着三义班的短儿呢，他三义班当副庙首，如果胆敢假公济私，只知道往自己怀里搂好处，到时别怪我陈万喜翻脸不认人。"

高月美自斟自饮仰脖儿又灌了一口酒，不无惋惜地说："童老板，正阳门外鲜鱼口，那可是寸土寸金的好地方，看情形，金麟班的案子一时半会儿的不能了，这得挨到什么时候还很难说，场子就这么闲置着，真是让人看在眼里，干着急在心里。"

放牛陈在一旁溜缝儿敲边鼓："眼下金麟班'搁车'，连日来三义班的生意很是兴隆，场场满座儿，你们金麟班要加小心，提防三义班惦记着这场子。"

童麒岫明白陈、高二人的言外之意，弦外之音。毕竟人家前来探监，自有一番情意。想到此，也只有装傻，更不便多说。童麒岫一声叹息，向着陈、高二位抱拳一揖："兄弟在这里向二位老板道声惭愧，承情之至，承情之至，场子是闲置着还是转让租赁，实不相瞒，金麟班实际上是在下师娘掌班。再者说，兄弟身陷囹圄，说不准哪天就给'咔嚓'了。"

放牛陈哈哈一笑说："童老板说话兄弟怎么那么不信呢，看老兄刚才说话的神情就好像是在说别人的事儿一样，就说贵班漱芳斋以假戏承应，但罪不至死，更何况，西边儿的口谕是要复排大台宫戏，升平署为了交差，倚重贵班的地方正多着呢，金麟班那是断不能治罪的。俗话说，解铃还须系铃人嘛，如果兄弟所料不错，童老板不日即可出这刑部大牢返回家中。"

"借万喜兄吉言！"童麒岫将杯中酒一饮而尽。

放牛陈略一沉吟："童老板，三家衙门汇总从你府上抄出的那只拜匣，里面盛着的可是一只傀儡烧毁后的残肢断臂，听说庄亲王爷打死都不信……"

高月美从旁加言劝说："听说嫂夫人已有身孕，再说你老兄不过一个螟蛉之子,这又何苦来哉?还是早做决断,为了一个金麟童,犯不着连命都搭在里头。"

童麒岫苦笑着说:"三家衙门抄检完都走了,二位老板还是不相信。原不是童麒岫执拗,姑且不说外人,就连班子里的人,任是谁也没有见过这个金麟童,不由得不让人怀疑金麟童如今是否存世!"

"昨儿个听说王爷已命金麟班去寻找复刻金麟童的木植,克日出京。"放牛陈冷笑一声,"说到金麟童,童老板没有见过,倒也令人相信,可你师娘这障眼法却瞒不过陈某人。"

方家园,慈禧和妹妹醇亲王嫡福晋的母家。

一乘大轿和一乘小轿直接抬到桂公府的二堂滴水檐前,大轿里走出身着大妆的醇亲王府嫡福晋,小轿里走出怀里抱着阿哥的嬷嬷麻婴姑。

桂公爷和福晋赶忙将二姐迎进厅堂。

大家落座,嘘寒问暖。

舅母桂祥福晋抱过小外甥一阵疼爱与欢喜。嫡福晋问起了孩子们。

桂公爷说:"老大德恒、老二德祺、老三静荣一早起来,就吵吵着非要去什刹海,听说最近那儿有个茶店子里演什么扁担戏,很有意思,远近闻名。拗不过孩子们的纠缠,只好让管家胜铁带着去了。"

这时,桂祥家的老四,年仅三岁的次女静芬在嬷嬷手拉手引领下,走了进来。静芬在嬷嬷教导下,给二姑行了请安大礼,嫡福晋高兴地抱起静芬,叫着静芬的小名说:"喜子,来看看,这是你的小表弟。"

静芬嘟起小嘴告诉二姑:"二姑,我也要去看扁担戏。"

嫡福晋说:"喜子快过生日了吧,回头让你阿玛办堂会,叫到家里头来给喜子看。"

聊家常说到了下个月静芬和她阿玛过生日,一个月头,一个月尾。嫡福晋看着桂祥问道:"请什么班子叫什么戏码?"

桂祥说:"二姐,也就应个景儿,随便什么都成。"

"那可不成,别委屈了孩子。"嫡福晋放下抱着的静芬说,"刚刚还答应了喜子,那二姐给你们做主,沾你过生日的光,咱就给孩子们请京城傀儡戏班子来出堂会。"

桂祥说:"二姐的这个主意不错,听说金麟班有两出镇班的大戏《红佳期》和《金钱豹》,也是久闻其名,这次就叫金麟班来唱堂会。"

桂祥的话正中嫡福晋下怀,事情随即商定。醇亲王嫡福晋起身,说还要进宫去给长姐谢恩。

长春宫的东次间,两宫太后和醇亲王府嫡福晋正在话家常。

嫡福晋有意将话题引到方家园母家,话里话外对喜子显示出疼爱的意思。此时,怀里抱着载湉的慈安,倒是一本正经地对醇亲王嫡福晋说:"既然二妹这么喜欢喜子,等将来孩子大了,我做主,指给你做儿媳妇。"

"姐姐这婚拴得好!"慈禧高兴地拍着手对醇亲王嫡福晋说,"二妹,这是多大的恩典,还不赶紧着谢恩!"

醇亲王嫡福晋当即正儿八经地给慈安行了谢恩的大礼。

一瞬间,长春宫里洋溢着欢乐的气氛。嫡福晋又说起从方家园母家刚过来的情形:"长姐,桂祥连同他闺女喜子的生日都在下个月里,桂公府唱堂会,孩子们也都喜欢傀儡戏,听说傀儡戏金麟班有两出大轴子戏《红佳期》和《金钱豹》,远近闻名,桂祥也说一直没有看过呢。"

慈禧接口说道:"桂祥如此说,是把哄孩子的意思放在了里头。"

"长姐,听说金麟班的这出镇班大戏《金钱豹》只有班主童麒岫才能演,又听说不知因为了什么,那个童麒岫下在了刑部大牢?"

东宫慈安秉性敦厚平和,凡和衷相处、亲睦孝悌之事无有不赞同的，自然也是一种附和鼓励的态度，接过话来说："其实也没有什么大不了的事儿，只是这个金麟班为了一出六十年前的戏码，惹你姐姐生了气，说起来也真是不值当。"

慈禧想想，吩咐春苓子："告诉李莲英，传话升平署，许童麒岫先保释回家，准备伺候桂公府的堂会。"

大家都知道，慈禧对娘家一向都是说得少，做得多。

嫡福晋心中暗暗佩服祁慧茚，真是人老鬼大，一说一个准儿。

第三十七章

升平署特为长春宫箫韶九成傀儡戏本家班的安置,将署内西院腾了出来,四进的大院子,粉刷一新。西院最后面的花园角门,隔一条复道对面就是西苑瀛台的东墙,东墙上对着升平署西院花园的角门开有一处随墙门,此处随墙门原是升平署为帝后居住瀛台传戏时内三学进出方便而开设。

二进院中,矗立着一根带有旗斗的旗杆足有三丈高。

风吹过,落叶翻卷。旗杆下,边冷堂独自一人正在打太极,一招一式,行如流水,沉凝持重。笔帖式陈登科身后跟着一名小苏拉手里捧着一大摞存档走了过来。

边冷堂看见,随即收式。边冷堂举手肃客,将陈登科让进正厅落座。西院里当值的苏拉过来奉茶。

边冷堂看着陈登科送过来的一大摞道光朝的存档,拍了拍纸面,说:"老朽是想看看当年南府裁撤时那些伶工的去向,当年曾听养父说起过,一个绰号百调伶人的南府伶工,是个戏篓子,想请他重回升平署,进箫韶九成本家班任总教习。"

陈登科放下手里的茶盏,显得有些担忧的样子:"虽说边掌事想的是不错……只怕是时过境迁,早已物是人非,找起来没有那么容易了。当年南府的那批老人儿，如今存世健在的已是屈指可数，要是净过身的，也没有什么去处，到西郊恩济庄子里就能扫听出来；旗籍的也好办，各旗都统衙门都在京里。怕就怕那人已经回南了，况且又是事隔多年，生老病死或是天灾人祸的也是在所难免，如此一来，根本无从寻问。"

陈登科说完，起身告辞离去。边冷堂一直目送陈登科走出院子，环顾着空荡荡的院落，心中悻悻然不能自已，慨叹人生苦短，世事无常。

上灯时分，天颐轩依然是满楼满座的茶客。

二楼雅间，放牛陈和高月美请精忠庙正副庙首来喝时令茶，要为童麒岫求情。杨小轩带秦二奎、马化龙践约，凌氏三兄弟凌家只来了老二凌子乙和老三凌子丙，凌子丙说，家兄为自己的婚事今日去求亲，实不能来，多有得罪。

放牛陈、高月美二位老板的意思，既然金麟班已经抄检，且一无所获，看看精忠庙能否再次出面与庄亲王爷通融通融，将童麒岫由刑部大牢尽早放回家。金麟班场子封着，全班上下几十口子人的生计确实迫在眉睫。尤其是放牛陈看来一副仗义执言的样子，慷慨激昂。

杨小轩听得出来，陈、高二人其实是想探知金麟班在承应假大台宫戏这件事上最后的结果，看来放牛陈是惦记着鲜鱼口内金麟班的演出场子。

果不其然，接下来，放牛陈和高月美开始抱怨各自的演出场子地界不好，近年来，班子里的营生难以维持，意思是也要往南城这边挪动挪动，凑凑热闹。

秦二奎拍手称好，说京城四大傀儡戏班子一起凑在南城，以后可就有好戏瞧了。

小茶房吕正来进来伺候茶水，无意间说起九岁红已经回京，仍住在水生一客栈。凌子丙听后，便有些坐不住的样子，待到闲聊了几句后，推说自己惦记家兄去求亲之事，遂和二哥起身告辞，二人匆匆离开了天颐轩。

穿过车水马龙熙攘喧闹的大栅栏，凌子丙怀着满腹心事，步履匆匆带着二哥赶往水生一客栈。九岁红回来了，凌子丙着了慌，苦心孤诣设谋的一石二鸟、借力打力之计，大体上是成功的，不想安德海死在了山东，那也怨他自己福小命薄。看来以后还要下死力结交宫廷里的人才是，自古都是朝中有人好做官。这个新成立的长春宫箫韶九成本家班的掌事边冷堂，来者不善，更要时时提防。虽说为难了金麟班，使三义班当上了副庙首，但这个金麟童仍然杳无下落，只要咬住金麟童这个由头，看来金麟班将再无抬头之日。

凌子丙一路走来一路说，听得凌子乙是连连点头，对于自己的弟弟佩服得不得了。凌子丙接着告诉二哥凌子乙，九岁红随安德海回南安葬她阿公骨殖，七巧和蒋妈告诉他的是清清楚楚，七巧铁定地说，她当时趴窗根儿听壁脚，亲耳听见九岁红反复念叨着"风住尘香花已尽"，阿玉哭着劝说她家大小姐，等回昆山安葬完阿公，也绝不能轻生。九岁红斥责阿玉糊涂，说这是有关名节的大事。再看九岁红将那四箱价值不菲的衣物付之一炬，明摆着是不想再回头了，可为什么又回来了？

凌子乙提醒凌子丙，难不成正如七巧偷听来最后告诉你的那几句话，九岁红重返京城，是为了她师门的一件什么事、为了那只用素蓝布包裹着的什么物件。

凌子丙恨自己无能，更恨童麒岫的懦弱，恨自己没有任何权势，就连这么一个他喜欢上的戏子他都没有资格去染指。九岁红看上童麒岫，他心有不甘，尤其是金麟班的人，怎么可以放过。这世道是有权势的人说了算，先是大贝勒载澂，后是安德海，当那天他抬出安德海的名头，看着童麒岫被吓得簌簌发抖、噤若寒蝉的模样，他从心底里又替九岁红惋惜，可惜她错看了一个人，不过是银样镴枪头。

兄弟二人一路说着一路走来,刚刚走到水生一客栈门口,便见客栈里外人头攒动,众人伸长脖子在向客栈里张望,里面是吵吵嚷嚷,一片纷乱。

凌子丙分开众人向里走去,迎面碰见急步向外走来的掌柜金作梁。掌柜金作梁一见凌子乙、凌子丙二人好似看见救星,顾不得客套,上前一把攥住凌子丙的胳膊:"二老板、三老板您二位来得太好了,快去救救九岁红姑娘!宫里来了几位年轻的公公,因以前受过安德海的欺负,在此纠缠九岁红姑娘,寻衅滋事,报复出气来了。"

凌子丙未等金掌柜把话说完,留下他家老二与金掌柜寒暄,自己则抢先奔向最里面那个小院。门口拥挤着住店的客人在围观,探头探脑的就是谁也不敢进去。凌子丙分开众人,大步冲进院中,只见老家人靳伯头上有血,躺倒在院中,客栈中的两个小伙计看样子也是刚刚挨过打,红肿着脸,正在往起搀扶着靳伯,靳伯看见凌子丙,颤抖着手指着屋内,却是急得说不出话。

凌子丙听见房内几个小太监特有的尖酸刻薄的声音,正在七嘴八舌地说着调戏辱骂九岁红的话,凌子丙怒从心头起,一把将门拉开,环顾屋内情形,地上满是摔碎的茶壶茶碗的残渣,丫鬟阿玉围护着九岁红,两人被三个小太监已经逼到墙角,左支右绌,花容失色。

屋内正中,摆放着一张八仙桌,一个为首的小太监正举着一只方凳狠狠地蹾在了桌子旁边,看着九岁红,指着凳子,尖着嗓音说:"这就是踏垛。"说完,又伸出手"啪啪"地拍着八仙桌的桌面刁钻地说,"这就是戏台子,姑娘你可别嫌这'台子'小,站上来给咱们几位爷唱一出《红娘》,你以前怎么伺候安德海的,今天也要怎么伺候咱们几位爷,不准走了样儿。"

凌子丙不由分说,上前一步,伸手推开小太监,横身挡在阿玉和九岁红面前,大声呵斥那几个小太监:"不得无礼,你们是内务府哪一堂的，竟敢来此胡闹？"话未问完，忽然觉得头上一热，其中一个小太监扬手一记铁尺敲在额头上，瞬时血流如注。凌子丙顾不得擦拭伤口，大声告诉那几个小太监："九岁红已是长春宫箫韶九成本家班的当班花旦，你们几个不要命啦？"

那几个小太监一听，立马儿吓傻了眼，转身夺门而出，一哄而散。

掌柜金作梁带人进来收拾屋子。凌子乙知道凌子丙的心事，眼下看到凌子丙为了九岁红如此毫不顾及自己，受了伤似乎也是心甘情愿、在所不惜，只有气得一跺脚返身出去雇车。

九岁红和阿玉忙着为凌子丙和靳伯包扎伤口。

九岁红和阿玉与凌子丙重新见礼，感谢凌子丙搭救之恩。谈起别后之事，九岁红问起箫韶九成本家班是怎么一回事，凌子丙一一作答，很是关切九岁红以后的打算。

九岁红又详细询问了金麟班的情形，凌子丙脸上现出为金麟班深深惋惜的神情，并说金麟班遭此一事，很难再起班了，劝九岁红不如转搭三义班。九岁红以金麟班最后结果怎样还不知道为由，拒绝了凌子丙的好意。凌子丙又向九岁红极力推荐长春宫箫韶九成本家班，口称这可是个大靠山，依照刚才的情形，正是他急中生智，抬出箫韶九成班的名头，这才吓跑了那几个小太监。

九岁红没有作答，抬起头向外招呼阿玉快点沏茶上来。凌子丙乐得趁此机会一亲芳泽，坐在炕沿上，无意间回头瞥见炕桌上放一部薄薄的曲本，套着蓝布函套，拿过来顺手抽出函套中的书册，线装书绫子做面、订口上下绸子包角、虎皮宣纸的签条，楷体书名——《茅洁溪集传奇之春明祖帐》。

不用看清楚，搭眼一望便知是古戏本。

凌子丙好奇，刚想翻看，哪知丫鬟阿玉送茶上来，将茶盘放在炕桌上，嘴里非常客气地让着客人喝茶，抬手很不客气地从凌子丙手上抽过曲本，将戏本重新插入函套，旋即转身走开。

凌子丙一愣，突然有了一种越早离开这里越好的感觉。他不怀疑自己瞬间察觉到的尴尬氛围。为了掩饰，他闲扯了几句无关痛痒的话后便知趣地告辞出来。九岁红感激凌子丙今天为她所做的一切，于情于理，亲自将凌子丙送至客栈大门外。

凌子丙很不甘心就这样分手，心里拱耸地总想要再说点什么，有那么一瞬间，他后悔来这里看望九岁红，甚至很想看到那几个小太监折磨凌辱九岁红最后的样子。眼看着就要步出客栈大门口了，凌子丙鬼使神差地劝说九岁红搬回大吉片，不想九岁红脸色变得非常难看，凛若冰霜。凌子丙自觉失言，告罪后悻悻然跳上了早在大门外等候他的暖篷车。

头上缠裹着包扎伤口的布巾，凌子丙一屁股坐进凌子乙雇来的暖篷轿车，一路上顶着寒风，慵懒疲惫地回到家中。谁知全家人围着"一品锅"都在等他。更让他意想不到的是二嫂竟也挺着大肚子，从隆福寺后身儿钱粮胡同的家中巴巴赶了来。大家齐声给凌子丙道喜，凌家大奶奶满心欢喜地说："三儿啊，今儿去了梨园行索家班提亲，求娶索家二小姐索万红许配给你，没想到，索家是欣然同意。"

二嫂撇撇嘴说："他索家和梨园行精忠庙副庙首攀亲家，难道还能亏了他索家？"

自古长兄为父，长嫂比母。凌氏昆仲三兄弟，父母早亡，凌子丙就是凌家大奶奶一手拉扯大的。凌子丙自小就对这位大嫂有着一种孺慕之情。凡凌家大奶奶的话，无有不听。这门亲事既然是凌家大奶奶喜欢并应承下来，凌子丙自然没有话说。大家问起凌子丙头上受伤之事，凌子丙如实说起，言谈话语中，自然流露出对九岁红的一丝真情。凌子乙为了兄弟也是同声一气地随声附和。谁知二嫂还未等听完，竖起柳眉瞪圆了眼睛，打断凌子乙的话头："无论怎么说，九岁红都是一不祥之人。以后少来往，更别说什么以后还要让她搭三义班唱戏。"

凌子丙有些心烦意乱，借口去后院招呼木刻作的泉师傅过来喝酒，起身向后院走来。刚刚走进后院，隐隐听见木刻作里传出南戏的唱腔，曲调婉转，唱词咿呀，侧耳再听，确是南戏无疑。凌子丙觉得奇怪，泉师傅一个半哑子，能听不能说，难道有来访的客人在唱？

凌子丙满腹狐疑，悄悄走近木刻作，伸出指尖蘸了点儿唾沫，在高丽纸糊的窗纸上晕开一个洞眼儿，闭起左眼向屋里看去，不看则已，一看竟然将凌子丙吓了一大跳。

屋里只有泉师傅一个人，只见他操纵着看来已经修复好的那两只悬丝傀儡，有声有色地在连唱带演。眼前这个泉师傅，手握勾牌，牵动着根根丝线，沉浸在唱腔中，忘乎所以。手底下的那两只悬丝傀儡，随着丝线的扯动，有如活人一般，一举手一投足，气脉贯通，灵动自如。此刻的泉师傅，与平日里那个木讷懵懂、嗓子沙哑、嘴里骨碌着含混不清话语的泉师傅简直判若两人。

凌子丙被泉师傅的表演所吸引，不忍贸然闯进打断。直到屋内泉师傅的表演告一段落，凌子丙这才蹑足悄悄后退了几步，然后有意踏出脚步声，走到门前，轻咳一声，推开了房门。

木刻作内一切照旧，泉师傅坐在大案子后面，手里似乎正在雕刻着什么，抬头看见凌子丙进来，仍旧像往常一样，傻傻地向着凌子丙笑笑，算作是打了招呼。

一瞬间，凌子丙恍惚了，疑惑自己刚才看见的是幻觉，猛可里，凌子丙意识到，泉师傅是在隐藏自己，这么多年来的隐忍藏身，必定有着一个不能与外人道的苦衷。细想泉师傅多年来蛰伏在三义班，平素为人规规矩矩，称得上秉义行洁，此人与此事看来不可以按常理度之。

想到这里，凌子丙搬一把太师椅放在屋地当中，不由分说，从案子后面拉过泉师傅，将他按坐在太师椅里，纳头便拜。慌得泉师傅赶紧起身将凌子丙扶起，二人相视，心照不宣，同时朗声大笑起来。忽然，泉师傅收住笑声，向着凌子丙兜头一揖，凌子丙再次举手相让，请泉师傅坐下说话。

泉师傅开口说话，操着闽西汀州客家方言和北京话的混合音，咬字发音虽不甚清晰，但嗓音清亮，总还能使人听得明白。泉师傅讲起，嘉庆二十一年十月里他的师傅蔺祖孚奉旨去避暑山庄承应戏时，夜宿喀喇河屯行宫，夜半突降圣旨，此次前来避暑山庄承应的傀儡戏班子的伶人天明一体返京，傀儡与傀儡行头一律留在行宫，不得携返。眼下手里的这两只悬丝傀儡连同箱子，就是当年被扣在喀喇河屯行宫的南国一派悬丝傀儡班镇班之宝悬丝双人。凌子丙这才知道泉石淙师傅是南国一派悬丝傀儡的传人。

看着已被修复完好如初的悬丝双人，凌子丙想到如按时间推算，悬丝双人被扣喀喇河屯行宫之日也正是金麟童葬身大火之时。

悬丝双人劫后余生，冥冥之中自也有其命数。

凌子丙为泉师傅斟满一盏茶水，请泉师傅润润嗓子，泉师傅眼角有些湿润，从那两只升平署拿回来修复的悬丝傀儡开始，娓娓讲述起自己受师门重托，潜来京城，瞅准机会，定要一睹金麟童的风采，亲自感知一下这个绝世孤品、北派杖头傀儡金麟童的神奇，以为南国一派傀儡的雕刻作他山之石，为师尊了此心愿。如今依年头算起来，师傅恐怕早已作古，自己无用，有负师门殷殷寄望。看来，师傅早在喀喇河屯行宫时，对于金麟童要想亲手摸一摸、看一看的心愿，如今已成遗愿。

说到紧要处，凌子丙眉头微蹙，可以想见，泉师傅不远万里从福建来到京城，经历自然是曲折生动，万万没有想到，远在闽西汀州的南国一派悬丝傀儡的传人，这么多年来，寄人篱下，隐忍栖身，竟然也是为了北派杖头傀儡中的这个金麟童。

第三十八章

升平署议事厅，案子上放着从金麟班查抄出来的那只拜匣。陆麒铖被传到署，规规矩矩站在那里，一副惊慌失措的样子。

李莲英今天过来升平署传旨，此时坐在旁边，冷眼上下打量着陆麒铖。

庄亲王坐在书案后，手指敲击着案子面，咚咚作响，正在盘诘陆麒铖。庄亲王告诉陆麒铖，这就是长春宫大总管李莲英，今天特来传太后口谕，立等回宫复旨。

陆麒铖张口作答，结结巴巴，总算是把事情说个大概：金麟班重刻大台宫戏全堂傀儡，想来只有大师兄慕麒涵也许可以做到，自班主童麒岫以下确实未经传授。

庄亲王还未想得明白，坐在一旁的李莲英倒是听得清楚，傀儡行里的木刻作，讲究口传心授，手法、心法独辟蹊径，自然与众不同。陆麒铖连连点头，此刻竟然福至心灵，话也说得顺畅起来，恭维了李莲英几句，又顺着庄亲王的话茬儿据实相告，祖师爷手泽佚失一只以后，金麟班历经四代嫡亲传人致力于复刻祖师爷手泽，无奈功力未逮抑或木植不对，一直未能如愿，六十年前剩下的那一只又葬身喀喇河屯行宫大火。一年前班子对外宣称大师兄有事回老家青城山，实际上是派慕麒涵入川去寻找阴沉木，为了复作金麟童。只是慕麒涵至今音讯皆无。庄亲王听到这里，悬着的心放下一半，随即叫来陈登科，吩咐升平署立即行文四川巡抚衙门，在那边张贴告示，协助寻找京城金麟班大师兄慕麒涵。如若找到，令其火速返京。

陈登科答应一声，掉头走了出去。

庄亲王又问起阴沉木出自什么地方。陆麒铖尽自己所知告诉庄亲王，听上一辈的人说，西川有个地方叫打箭炉，山深林密，人迹罕至，那里有古河沉湖，阴沉木多出于那种地方。

陆麒铖一番话大抵和边冷堂所说一致，刻意强调此木世间确实难得。

庄亲王责成金麟班尽快寻找到阴沉木，限令十日后离京。金麟班同时也要尽早召回慕麒涵，早日了结这段公案。庄亲王假以辞色，最后对陆麒铖说："你若同意作保，这只拜匣发还金麟班，你也可以去刑部大牢领出你的师兄，下个月桂公府有场堂会，点了名要金麟班去伺候戏，为此，太后特下懿旨，开释童麒岫。"

陆麒铖听罢，当即向着庄亲王爷和李莲英跪下磕头谢恩："小的代师兄谢太后恩典，代师兄谢王爷和大总管爷的保全。"

李莲英尖着嗓子叫陆麒铖起来，夸奖陆麒铖还算懂事，边说边向庄亲王告辞，径自回宫复旨去了。

山穷水尽，却又柳暗花明，总算是有惊无险，童麒岫被刑部开释回家。

老宅东跨院，大家围着刚刚从刑部大牢回到家的童麒岫，一阵欣喜过后，凌雪嫣从被子下面伸出枯瘦如柴的手，摩挲着跪在病榻前的童麒岫的肩膀，问其缘由。童麒岫说是因为下个月桂公府有个堂会，点名要看金麟班的《金钱豹》，所以才被开释回来。看着病势垂危的师娘，陆麒铖不得不说起升平署限定十日后必须离京，催促金麟班上路，入川寻找阴沉木的事情。

查万响感事伤时，叹口气说："天道不爽，自古福不双至，祸不单行。"

屋内突然沉寂下来，凌雪嫣强撑着身体，让霞衣扶她坐起来，环视众人后，以平静的口吻做出决定："穷家富路，卖鲜鱼口的场子解粜园，给陆麒铖凑足入川的盘缠钱。"

京城梨园行的行会设于东草市精忠庙内，久而久之，人来人往，梨园行的人叫顺了嘴儿，就叫成了"精忠庙"。庙首处理梨园行里日常公事的地方就在二殿。陆麒铖带窦五乐在这里向庙首杨小轩讲明了情况，交还了"题名牌"，注销了鲜鱼口内的演出场子，金麟班以后在此再无演出。继而，提出了要出让鲜鱼口内的演出场子解粜园。

杨小轩听罢，大吃一惊，一时间又找不出劝阻的话来，想想自觉力不从心，但心意不可不尽，嗟叹之余，想尽可能地为金麟班多卖出些银两来，以资度日。于是决定采用"扑买"的方式，由精忠庙梨园行会协同升平署管理精忠庙事务衙门及顺天府主持。定于三日后，就在鲜鱼口金麟班演出场子解粜园内，正午时分，开始举行"扑买"。

杨小轩叫进秦二奎、马化龙，在梨园行内外张贴告示，广而周知。

不到半天，精忠庙的告示还未张出，消息已经不胫而走，竟然传遍了大半个京城。寸土寸金的地方，不但抢眼，更是抢手。

琉璃厂，字画古玩店、文房墨宝庄子挤满了一条街。一辆暖篷轿车停在彝鼎阁门前，九岁红携阿玉下得车来，九岁红在前，阿玉随后，手里捧着一只扁方形紫檀木匣子走进彝鼎阁。

郭万里将九岁红主仆二人让至后堂，与九岁红重新见礼，分宾主落座。郭万里问明来意，九岁红只说急需用银三万两。

阿玉奉上那只紫檀木匣子，郭万里认得是昆山九岁红家中后园夜鸣馆搁架上那只没有钥匙的匣子。郭万里起身接过随即放在桌上，九岁红请郭万里破匣一观，郭万里哈哈一笑，并未直接答话，却叫来账房先生，当即送上三万两即兑即付的银票。

郭万里说："姑娘实是有所不知，这匣子里的物件儿姑娘若出手，岂止三万金，还请姑娘带回，这银子请尽管用，不必介怀。如果不够敷用，郭某将再想办法。"

九岁红站起，再次给郭万里福了一福："雅卿还请恩公破匣一观！"

郭万里一边还礼一边说道："雅卿姑娘，不是郭某矫情，只因此匣一经破开，里面物件儿就算是郭某的了，眼下小店实在拿不出这许多钱来。"

宾主相互推让，最后商定此匣暂放郭万里处。

金麟班演出场子解罣园，大门上升平署的封条已经撕去。眼下重又张贴着场子再过三日就要出让"扑买"的精忠庙的告示。

金麟班演出场子自十月里，就未见再有水牌推出戏码，场子自然冷清了下来。从街面上看过去，门可罗雀。这几日，场子里可是动了响器，隐约传出文武场的梆子锣鼓点。童麒岫为了过几日的桂公府堂会，趁着场子还未易主，督促金麟班正在演练《金钱豹》。

一乘软轿停在了金麟班演出场子前面的木牌坊底下。霞锦随轿而行，轿后还有跟来的两个人。索万青钻出软轿，轿后跟着来的是索家班的两个武生教习，二人都是索万青的师弟。走在前面的是大师弟武青羊，武青羊以长靠武生叫响四九城，兼工箭衣与短打。跟在后面的是二师弟摔打花脸罗震。索万青在霞锦的搀扶下，几人相跟着走进场子。

慈禧万寿节庆，索家班为三义班"钻筒子"，这不但在两班之间，就是在童麒岫夫妇间也是横亘了一道梁子，虽未发生口角，夫妻失和却是实情。索万青借口娘家妈有病，这边班子里的事也多，为了养胎，带着霞锦就长住在了娘家。这时听说童麒岫是为了桂公府的堂会，侥幸得以开释。想到《金钱豹》一戏，丈夫的底功终究还是差着火候，左思右想，放心不下，所以叫上索家班顶尖的两大武生来帮童麒岫练习跌打翻扑的功夫。

临出门时，索德琛叫住了闺女，让索万青借着去解罘园之机，问问姑爷，金麟班要以"扑买"的方式出让场子，底价是多少银子，最好能给个亲戚价，大家也都别费事了，肥水不流外人田，直接转让给索家班也是情理当中的事情。

近来索家班与成连喜班因合租一个场子你演多我唱少的口角纠纷不断，惹气伤神不说，净耽搁营生了。索德琛久有索家班一定要在自己的场子里唱戏的打算，无奈若在京城里置办一个场子所费颇巨，银两实难凑手。此次逢着亲家那边有事，要出让场子，卖谁不是卖，说起来也不应该算作是什么捡便宜或是乘人之危。

索德琛哪想到自己话还未等说完，索万青带人已经转身走出了大门。

古麒凤、窦五乐及班子里的人，见到师嫂很是高兴。场子这边做饭的文青嫂端来一碗热气腾腾的糖水卧鸡子儿，也是围在左右，嘘寒问暖。

索万青道明来意，童麒岫却佯佯不睬，索万青没有想到热脸贴了一个冷屁股。气得身后跟来帮忙的大师弟武青羊，攥拳跺脚，替师姐直个劲儿地叫屈，还扬言一定要讨个公道。

冬日里天黑得早，酉时刚过，什刹海沿岸，远近各处的灯火，都已亮了起来，星星点点，闪闪烁烁。

杜三娘茶店子结束了一天的营生，店子打烊。老七头儿在后面弯腰收拾家巴什儿，准备动身回东岳庙。九路车和杜三娘坐在前面桌子旁，清点结算当日的买卖钱。忽听外面有动静，九路车扒着窗子一看，外面两匹马在店子前勒住缰绳，有人拢住了马匹。紧接着，桂公府的大管家胜铁，掀起门帘低头走进店子。

"三娘，上次在这儿看完扁担戏，府里的两位少爷和格格可还一直惦记着呢。"胜铁话说得很是客气，他是专程来请杜三娘茶店子扁担戏去桂公府唱堂会。

桂公府的这个面子不算小。

前些时候，方家园桂公府的孩子们来看老七头儿的扁担戏，当时杜三娘顺嘴一说为了孩子可以去府上唱，原本是买卖家惯用的客套话，谁知人家当了真。杜三娘高兴，自然满口答应，走街串巷的扁担戏，这次居然可以登堂入室，进府去耍呜丢丢唱堂会，杜三娘和九路车都在替老七头儿高兴。

从后面叫过来老七头儿，谁知老七头儿反倒推辞起来："这扁担戏哄哄胡同里的孩子还凑合，木扦子上插馒头吃馒头，插窝头吃窝头，说真格儿的，哪能登桂公府的大堂。"

"七爷。"九路车做出一副神秘兮兮的样子说，"别人想去都去不成，人家请您您还不去，听说这桂公府的园子可比庄亲王府的梨园儿还大，趁此机会咱们还可以进去逛逛园子不是？"

"还真没看出来，你这京城小九爷人不大，雅兴不小。"杜三娘数落完九路车又连哄带劝地央告老七头儿，"老七头儿，别不识抬举，茶店子的扁担戏现在已经小有名气，咱们生意正隆，你若不去，少挣多少钱还在其次，得罪了桂公府，可不是好耍的。刚才听大管家胜铁说，为了桂公府的这次堂会，桂公爷指名儿要看金麟班镇班的大轴戏《金钱豹》，圣母皇太后为此下了懿旨，已经将下在刑部大牢犯了欺君之罪的金麟班班主童麒岫开释回家。"

坐在桌旁的老七头儿不再吭声，神情渐渐变得凝重起来。

第三十九章

　　金麟班演出场子的"扑买"已经开始，楼上楼下座无虚席。叫价不断递进攀升，场子门口仍然有人进进出出。九路车带着油葫芦大摇大摆走进场子，在后排一处不显眼的八仙桌旁坐了下来，只等着看热闹。

　　油葫芦哈着腰，给九路车斟上免费的茶水。

　　戏台台围子的前面，摆放着一排八仙桌子。精忠庙庙首杨小轩带升平署管理精忠庙事务衙门的人、升平署笔帖式陈登科、顺天府书办左宗祺坐在桌后监场。

　　前排池座里几个主要买家咬价咬得厉害，索德琛也在其中。放牛陈垂涎这个场子岂止一日，所以首当其冲咬起价来，听声音格外响亮，气势咄咄逼人。

　　高月美平日里接人待物逊顺平和，此刻也是一反常态，咬起价来一步不让，压着放牛陈叫出的价码，真是应了那句话，不经事不知人，这自然也让其他人侧目而视。

　　三义班则不慌不忙，瞅准档口，好整以暇地将价码慢慢往起哄抬。

　　叫价已经过了一万两千两，这在当时是两座中规中矩四合院子的价格。这时，京城里几家老字号打发来的账房先生掺和进来，开始加价，此起彼伏的愈见激烈。叫出的价码已经到了一万九千两，三义班二班主凌子乙站起，满堂灌的大嗓门再咬一口价："两万两。"

场子里的嘈杂喧闹声渐渐低了下去，明显的是有些进来叫价的买主退出了"扑买"。

索德琛加价两万五百两，放牛陈加价到两万一千两，紧接着，高月美咬到两万一千五百两，放牛陈困兽犹斗，咬着牙将价码一下子加到两万三千两，高月美起身朝着放牛陈拱拱手，说声得罪，转身退出场子。

三义班二班主凌子乙又是高声大嗓，将价格抬到两万五千两，放牛陈泄了气似的喟叹一声，低下头去。

索德琛继高月美之后，悄然起身，悻悻而去。

全场渐渐安静下来，监场的顺天府书办左宗祺站起身，环顾全场，催问还有叫价的没有。场子里彻底安静下来，左宗祺再次追问还有叫价的吗？没有人吭声，大家在安静中等待着最后的结果，就在左宗祺要喊最后一遍话，事情要有定夺的时候，场子后面角落里站起一老一少，有人认得，老的是九岁红的老家人靳伯，少的是九岁红贴身丫鬟阿玉。

阿玉扬起清脆的嗓子，叫价三万。

场子里瞬间一片安静，坐在最前面的精忠庙庙首杨小轩深以为然地点点头，用韵白念了一句诗："行到水穷处，坐看云起时。"

朝阳门外的东岳庙。

祖师殿内，老七头儿和曲六如正在修补两侧十二乐神泥塑神像残破的部位，老七头儿站在一人高的脚架上，两手糊满了彩色泥巴，曲六如在下面递东西打着下手。

九路车风风火火一步跨进殿来，不等气息喘匀，急着说道："七爷，金麟班刚刚把解罘园给卖了……"

曲六如接口问道："'扑买'场子的主家是谁呀？"

"是在天颐轩唱清音桌的九岁红。"九路车说，"听说买下场子要自己起班唱戏。"

菜市口路北的鹤年堂中药铺。霞衣抹着眼泪走了进来，掌柜的一见，情知不妙，连忙将霞衣让到后面。霞衣"扑通"一声给药铺掌柜跪了下来，求掌柜救救掌班师娘。掌柜搀扶起霞衣，也是急得搓手跺脚团团转，掌柜伏案急写一信，交给霞衣，让她回去赶快派人去海淀镶红旗泛地请大郎中关杏林，或许可以续命。掌柜告诉霞衣，关杏林与他是世交，见信必来。

霞衣拿着鹤年堂掌柜的信，急步往回走，离老宅还有十几步远的时候就看见一辆大鞍车停在老宅大门口，霞衣赶紧上前询问，车老板说是从海淀镶红旗泛地过来，霞衣一听，撒腿跑进院中。

大郎中关杏林又一次"不请自来"。

看着躺在被子里气若游丝的师娘，众人惦记着她的病情，无暇问及其他。大郎中关杏林来到外屋开方子，查万响低声问起病情，关杏林摇摇头并不作答，只是低头开着方子。方子开好后，关杏林起身告辞，众人送到大门口。临上车前，关杏林喟叹一声，说了一句话："尽人事，听天命。"众人听后，不由得心黯神伤。

目送大郎中关杏林的车子走远，众人刚要转身回到院子里，陈登科坐一乘小轿，轿后跟着顺天府四名衙役及精忠庙管事马化龙急急来到门前。

查万响拱手为礼。陈登科为人还算厚道，出了小轿，连忙还礼，说起话来倒也客气："请查师傅海涵，法不容情，升平署庄亲王爷示下，寻找阴沉木，敦请金麟班登程。按大清律，出了九门，就算完旨，咱们也就交了差事。在下派人已经打过招呼，今晚金麟班的人可宿彰仪门外三藐庵，如有亲友话别及未了事宜，可再回城一叙，只此一晚，也算是法外加恩了。"

说话间，陆麒铖率门钉和木棠三人背着行囊已经走了出来。眼看着陈登科率衙役一行人众围拥着陆麒铖三人走去。

天刚擦黑儿，古麒凤在师弟窦五乐的陪同下，来到水生一客栈。请九岁红为桂公府的堂会"钻筒子"，九岁红自然满口答应。

说起"扑买"金麟班场子，窦五乐说金麟班的人都在感念九岁红临危解困之举。

阿玉淡淡地说："反正金麟班卖场子，谁买不是买，你在这里用不着替金麟班老鼠哭猫，你们班主害得我家小姐还不够吗？只是我家小姐和你的师姐古麒凤情同姐妹，我家小姐也就不再认真计较了。买下这个场子，是要了却集雅班的师门遗愿，自己起班唱戏，省得受别人冤枉气。小姐已让靳伯回南，变卖苏州老家的房产，筹措资金去了。"

窦五乐问及老阿公的师门到底是什么遗愿，阿玉却又不肯说。

九岁红欲留古麒凤、窦五乐二人便饭。古麒凤说不能久留，掌班师娘重病在床。谈起金麟班最近发生的许多事情，古麒凤告诉九岁红，为找阴沉木，受升平署催比，按大清律，师兄陆麒铖带门钉和木棠已经离城。临行前，陆麒铖天黑后从城外可再回老宅与众人话别，只此一夜，再见实不知何年何月。九岁红看见，古麒凤说完这番话，眼泪已经打湿了眼睫毛。

和阿玉送古麒凤二人出来，九岁红忽然问起了金麟班的镇班之宝金麟童。古麒凤答应九岁红，以后有时间一定详详细细讲给她听。古麒凤与九岁红商量，等明天送别陆麒铖，她带人去场子将门口悬挂的那块场匾取回。九岁红问起那块原木匾是一种什么木头。古麒凤摇摇头说是什么木头她也不知道，只知那木匾坚硬如铁，一般的斧凿刻上去根本吃不动它。匾上"金麟"二字是出自第八代师祖童方正之手。

九岁红请古麒凤回去和班子里商量一下，这块不知是什么木头的原木场區她很是喜欢，尤其喜欢那木的色泽与沉实。可否就让它还挂在原处。古麒凤丝毫没有犹豫，竟然一口应承下来。

入夜，正如陈登科所言，陆麒铖三人悄悄潜回老宅。

陆麒铖前来与师兄童麒岫辞行，二人唏嘘不已，感叹金麟班遭此不测，时运不济，命途多舛，以后唯小心谨慎。童麒岫再三叮嘱陆麒铖，入川后可绕道青城山，如若与大师兄相见，务必与他一起回来。

拜辞班主童麒岫，陆麒铖三人来到东跨院。

霞衣在院子里摆放好拜垫，陆麒铖、门钉和木棠对着正房的房门，"扑通"一声跪了下去，以额碰地，跟师娘凌雪嫣辞行。陆麒铖三人起身，刚要转身离去，不想正房里传出师娘喘息颤抖的声音。凌雪嫣嘱咐陆麒铖，她很惦记慕麒涵，也不知道慕麒涵现在哪里，希望陆麒铖入川寻找阴沉木，一定要去青城山，找到慕麒涵，带句话给他，就说师娘此生行事，唯一对不起的人就是他。

陆麒铖一步迈上台阶，要再见师娘拜辞。

隔着房门，凌雪嫣说不必如此婆婆妈妈，一定要牢记金麟班上四代传人为续半本残戏的隐痛。最后叮嘱说，阴沉木多在人迹罕至的深山老林中，在有古河岸的地方。一定要在河边先淘出金沙，再下水去摸。听祖师爷说，河边有金沙的地方未必有阴沉木，有阴沉木的地方必定有金沙。

陆麒铖哽咽着说记下了，拜别之际，放声哭了出来。

拜辞了师娘凌雪嫣，陆麒铖回房与古麒凤话别，古麒凤性格刚毅，虽然知道丈夫此行艰危并举，面上却不肯流露出来，只是告诉陆麒铖，她已有身孕，乐得陆麒铖简直不知如何是好。少年夫妻，离别在即，自然觉得有着说不完的话。直到鸡叫头遍，耿婶来催，陆麒铖这才依依不舍地来到前院拜辞查万响。查万响治酒为陆麒铖三人饯行，望陆麒铖早去早回，古麒凤在家，自有他和班子里的众人照料，让陆麒铖大可不必挂念。查万响也再三嘱托陆麒铖一定绕道青城山，寻见慕麒涵一起回来。

晨光熹微中，陆麒铖率门钉和木棠在老宅大门口辞别了众人，三人腰间挂几件文武场的家巴什儿、背负着行囊和几只用于沿途卖艺所用的杖头傀儡，头也不回大步走去。

望着逐渐远去的三人的背影，古麒凤不由得倚在查万响的肩头恸哭起来。

第四十章

春寒料峭,沿着岸边还能看见河床里堆积着厚厚的白灿灿的锋利多刺的冰碴子。阳光下,宛如一条晶亮的带子紧贴着河岸蜿蜒伸向远方。

一艘商旅客船已经停靠在通州的漕运码头上。跳板搭好,靳伯带着十几个苏州集雅班老班底的人走下船来。前来接船的阿玉走上前来与众人打过招呼,大家挎着随身的包裹上了阿玉事先雇来的四辆暖篷大鞍车。

四辆暖篷大鞍车停在水生一客栈门前。下得车来,阿玉招呼众人走进客栈,乐坏了掌柜金作梁。久负盛名的南昆正宗百年老班集雅班,不请自来,犹如天降,此刻就在面前,令人一饱眼福。看那班子里的人,且不论男女,吐字开声,吴侬软语,个个清丽,人人俊美。

掌柜金作梁围前跑后地一通招呼,唯恐照顾不周,收拾出了界壁儿的院子,安排了一行人的住宿。

夜晚灯下,九岁红详细询问了靳伯回南的情形。看着班子里的人手差不多地也算齐整,九岁红与大家商量,待场子戏台拾掇完毕,报备精忠庙,领取"题名牌",择吉日,南昆正宗"水磨调"就要唱响京城,集雅班开班连唱三天打炮戏。

事不宜迟,第二天九岁红携阿玉再次造访彝鼎阁,奉还前次为"扑买"场子商借的银两。

郭万里贺喜九岁红盘下了场子,又拿出那只紫檀木匣子放在桌子上,意欲归还。哪知九岁红执意不肯收回,坚持放在彝鼎阁。九岁红说出自己的打算,准备起班唱戏,沿用师门班名"集雅",并委托郭万里在京城为集雅班寻觅一处总寓。

胭脂胡同在正阳门外八大胡同之内,原名胭脂巷,胡同不长亦不宽。其北口开在百顺胡同,南口开在两广路上的珠市口西大街。胡同呈南北走向,其中东壁营与西壁营胡同拦腰穿过。胡同虽小,却位列八大胡同之中。在这名震京畿的几条胡同里顶数胭脂胡同最短,但一等一的青楼却有十几家之多。这里朱楼碧户,舞扇歌衫,是真正软红香土的地界儿。

八大胡同的沧桑岁月浸透着物换星移的悲哀。

胭脂胡同深处,一处清音小班的所在。大门砖雕装饰,门两旁有对联镌刻在砖雕上面,满门插着金花和彩球,中间门上挂一块朱字铜牌,上刻有"南班莳花馆"几个大字。

凌子丙匆匆走来,推开院门,院内传出悠扬的丝竹声,抄手回廊间影影绰绰看得见有梳妆打扮很是清丽素雅的姑娘走过。门洞内的春凳上坐着两名车王府跟来的长随,认得凌子丙在天颐轩茶楼和贝子爷喝过茶,赶紧起身一揖,口称凌爷。凌子丙说:"请兄弟进去通禀一声,你就说凌子丙有要事前来相商。"

"什么,你可是看得清楚?"鄂多林台不听则已,听罢,放下烟枪一下子从烟榻上直坐了起来,"凌老板,必须是茅洁溪的《春明祖帐》呀?"

"哎哟,我说贝子爷,这世间还有哪家《春明祖帐》的曲本?"

"好，好，好！"鄂多林台连声称好，在屋里抑制不住兴奋地走来走去，"下帖子，隆丰堂设饭局，爷亲自出面请九岁红吃饭！"

"再请一些有头有脸儿的过来作陪？"

"对，把面子做足！"

"贝子爷相请，对九岁红来说，这面子给得是不是忒大了点儿？"

"嗳，心诚则灵嘛，这不是一直惦记恭亲王府家班老茅的那个曲本，还犯愁前一出的曲本没地方蒐摸，这下可好，全都凑到跟前儿来了，上下两出曲本要是都弄在手里，等到王爷的七十大寿，就真的算是孝敬给叔父一个大礼。"

金麟班演出场子临街的单木牌坊已经重新油漆，檐下坊额嵌字的地方改为"上丹霄"三字，阳光下闪着光泽。

九岁红带着班子里的人正在相度修整后的场子。

场子一进大门，迎门墙上悬挂着一方场匾，匾额镌刻"金麟"二字，笔体遒劲，金钩铁划，骨气洞达，远看字凸，近看字凹，果是一派绝妙雕功技法。九岁红站在场匾前，一时竟是看得呆了，心中暗暗思忖，想那作匾之人，一定风流倜傥。

阿玉眼尖心细，见九岁红站在场匾前犹豫，连忙询问小姐是不是后悔把这块场匾留下，应该重新挂上一块刻着"集雅"二字的匾额？不知为何，九岁红却不以为意，这个场子原本就是人家金麟班的，又告诉阿玉，看着这块场匾，只是想到世事无常，金麟班这百年老班，眼看着就要散班；虽说是几十年的老场子，易主换人也在翻手间，想来令人感慨。

主仆二人说着话，来到了台子上，场子里原来的傀儡戏戏台已经填实铺平，台面上铺了一层厚厚的猩红色氍毹。

靳伯走了过来，手里拿着一个大大的请柬封套。说是刚才在场子门口,有人送来一封请柬,来人自称是红罗厂车王府家班管事常亭锡,现在场子门口立等回话。

九岁红接过请柬拆看,是车王府的贝子鄂多林台请九岁红今晚赴隆丰堂晚宴,有事相商。九岁红将请柬递还给靳伯,说照老规矩,戏班最忌和官面上的人频仍往来甚或私相授受,

让靳伯出去代她把这事给推了。

靳伯拿着请柬出来回话,告诉车王府前来送请柬的家班管事常亭锡:"我家班主就是一个伶人,只知唱戏,一应杂务,全不理会。照班子里的老规矩,戏班不得和官面上的人私相往来,更遑论还是什么王府亲贵,自然一概免谈,我家班主说谢谢车王府的抬举。"

送走了车王府遣来递请柬的常亭锡,靳伯刚要转身,却见凌子丙迈着方步走进了场子。他身后两个跟班,抬着半人高的大花篮,花篮上扎系着长长的大红丝绸双飘带,上面写着庆贺集雅开班的贺词。靳伯不敢怠慢,赶紧上前招呼。凌子丙让跟班将半人高的大花篮迎门摆放。打发走了跟班,凌子丙随靳伯走进了场子。

就在池座里的一张八仙桌旁,九岁红招待凌子丙坐下,阿玉过来奉茶。

九岁红感谢三义班前来捧场赞贺之意,送彩篮来贺班的三义班是京城梨园行里第一家。凌子丙说两个班子斜对门,三义班近水楼台,倘若落在人后,岂不是让整个梨园行笑话?!转过话锋,说起那日在客栈驱赶几个来捣乱的小太监,曾见过一个曲本《春明祖帐》,想来应是古本。

九岁红并未答话,端起茶盏呷了一口香茶,眼睛只是盯着台子上的某一处,一副置若罔闻的样子,似乎又像是在等待凌子丙的下文。

凌子丙接着自己的话茬儿,又提起刚才车王府来此下请柬之事,意欲说服集雅班与车王府家班联袂演出开场打炮戏《春明祖帐》。并

说起车王府收罗天下曲本应有尽有，王府家班里也是名角儿济济，只是府内班规极严，除却逢年过节有那么几次堂会以外，平日里排演的全是车王爷收罗来的各种古奇秘珍曲本，轻易不示与外人看。所以京城里流传着："车王爷好曲本，铁网珊瑚天下，听车王府家班戏，千金难求一座。"凌子丙巧舌如簧，许以利禄，还有一番意在言外的说辞，自己一直以来对九岁红的倾慕之心。

九岁红略一沉吟，抬起头来，已见变色，不但冷面相向且严词峻拒，话里话外这还是看在凌子丙曾在客栈为九岁红解过危难的分上。九岁红只差一句话就将最后那层窗户纸捅破。双方自然心照不宣，一下子冷了场，凌子丙拘谨尴尬，坐也不是，走也不是，阿玉适时上来劝解，总算是给了凌子丙一个台阶。

凌子丙脸上堆着笑，心里发着狠，好不懊恼，再次悻悻然离开了上丹霄。

鄂多林台在皇城根儿下的隆丰堂为宴请九岁红特意包了雅间，布置得富丽堂皇，席面上显得很是阔绰。主客和陪客的所有请柬一并发出，不承想遭到九岁红峻拒，前去送请柬的常亭锡竟连正主儿的面儿都没见着！结果惠丰堂为宴请九岁红的这桌丰盛的席面只好改作狐朋狗友哥们儿的聚会。

鄂多林台平日里自视甚高，此次发请柬宴请九岁红，单就王府的一个贝子爷宴请一个戏子吃饭，这就够让人摸不着头脑，真是破天荒的第一遭。车王府赏脸，这个脸可真是赏得大了去了！谁知那个九岁红竟是如此不识抬举。

看着满桌子的盛馔，小鄂子真想抬起手来掌自己的嘴。若不是为了九岁红手里的那个曲本，自己何至于如此委曲求全。

凌子丙一脸沮丧地进了雅间。还未等开口，鄂多林台就知道事情根本无望:"怎么样,还是没戏吧?"

"贝子爷,您就死了心吧!"凌子丙一屁股坐了下来,将桌上不知是谁的酒杯一把抄起,将斟得满满的一杯酒一仰脖儿灌进了嗓子眼,"幸亏去了趟场子里,这才知道贝子爷的请柬遭拒。兄弟便游说九岁红,最后都说到以《春明祖帐》那个曲本与车王府家班联袂登台,哪知九岁红还是一口回绝。"

景沣在一旁自斟自饮,出言讥笑鄂多林台:"我说小鄂子,不过就是一个曲本,犯得着如此大动干戈,降尊纡贵地下请柬,人家不来,你还气得忿儿忿儿的?"

"你懂个屁!"鄂多林台不甘心地说,"恭、车两王府隔年一度的'榜争',比的就是曲本。恭亲王府家班手里的《云銎寻盟》是茅维传奇本的后一出,九岁红手里的《春明祖帐》恰恰是前一出,只有把九岁红手里的曲本弄到手,车王府和恭亲王府才能打个平手,如果两出曲本合璧,咱叔父说值半座王府的价钱!"

鄂多林台真的生了气,执意要和九岁红过不去,众人劝说,仍然不依不饶。倒是载洎一番话,像是给鄂多林台兜头泼了一盆冷水:"小鄂子,事到如今,你怎么还不明戏呀?"

鄂多林台愣在了那里:"我……我明什么戏呀?"

"你没看出来吗?那九岁红可是个聪明人。"

"你是从哪儿知道的,是她告诉你的吗?"

"小鄂子,咱们都是哥们儿,你说话可别犯浑,这还用人告诉吗?那九岁红早就看出来大贝勒喜欢她。"

景沣在一旁溜缝儿敲边鼓:"这话不假,大贝勒是真的喜欢九岁红。你们都不记得啦,大贝勒临出京那天,在天颐轩茶楼话别,对那九岁红还念念不忘呢!"

"兄弟没说错吧,我大哥是真心喜欢九岁红!"载洎对鄂多林台认真地说，"所以呀，这事儿必须得等我大哥回来，万一以后九岁红从了我大哥呢？小鄂子，你这时候动手处置九岁红，大贝勒回来，咱们可是没法交代。"

鄂多林台从小是跟在载瀓屁股后面玩儿大的，无论做什么，听载瀓话多于听其叔父车王爷的。提到载瀓，鄂多林台无可奈何只得作罢。但是为了自己的颜面，和载洎打赌，等载瀓回来，如若大贝勒对九岁红已然无所谓，他鄂多林台这口恶气必要出在九岁红身上。

第四十一章

二月份里头有桂公爷自己的寿辰，连同二女儿喜子过三岁生日，这堂会就一总地办在了园子里。早在几天前，园子里就搭起了唱傀儡戏的台子。父女天性，桂公爷虽说是自己的寿诞堂会，可实际上是尽着孩子们的事儿在张罗。此次堂会傀儡戏唱大轴，消息传出，远亲近戚、亲朋好友纷纷带着孩子来看热闹，如此行事，方家园桂公府桂公爷的寿诞堂会竟然成了孩子们的串门大游园。

桂公爷吩咐府里大小两个厨房，连夜赶制各种小孩子们平日里喜欢吃的点心零食，用几只大笸箩盛着，在园子里的假山旁边花廊子底下一字排开，供孩子们随意取用。京城里前来巴结逢迎，有意示好的六部九卿、翰詹科道的官员来得真是不少。随爹娘前来祝贺桂公爷寿诞、看堂会的孩子们，穿的也是暖貂重裘，绫罗绸缎，十分光鲜得体。一时间，满园子里跑的跳的、喊着叫着正在玩耍的全是年龄参差不齐的孩子们。

冬末春初，园子里，其间夹杂点染着盛开的蜡梅花，放眼望去，一片色彩缤纷。

京城四大傀儡戏班子重又凑在一起。靠着院子的西墙根儿一溜支起了四个他坦，临时充作四个班子的扮戏房。园子里的戏台上，各班的傀儡戏码轮番挨排儿唱着戏，不时引起台子下面孩子们的阵阵笑声。

坐在园子花廊尽头的敞厅里，透过窗子可以看见园中不远处的傀儡戏台。京城四大傀儡戏班子的班主再次相聚，此时的气氛异于往日，三义班凌氏三兄弟的凌元甲眼下是官阶四品傍身的精忠庙副庙首，说起话来未免有些趾高气扬；童麒岫戴罪之身，自然少言寡语；放牛陈和高月美也是各怀心腹事，对三义班羡慕之余却又对金麟班之事多少抱有不平之意，话不投机，半句也是嫌多，众人相互懒得应酬，场面上也就渐渐冷了下来。

忽然，园子里的小孩子们纷纷跑去内院。

金麟班傀儡耍手窦五乐走进来说："不知道因为了什么，桂公府的大管家胜铁，请来了什刹海茶店子的扁担戏，居然在内院给前来贺寿的醇亲王府嫡福晋和一众女眷还有孩子们开唱了。"窦五乐说完，又附耳童麒岫，"告诉班主，给《红佳期》'钻筒子'的九岁红粟老板已经来了，响爷和小师姐古麒凤陪着直接去了台子那边。"

童麒岫低头看着自己面前精美的茶具，他又有了一种很不自在的感觉，不知不觉中脑门儿上渗出一层薄薄的汗珠。他明白这是班子里的人在用心维护，生怕他遇见九岁红，尴尬难以自处。坐"关防"的九岁红到了，金麟班压轴戏《红佳期》就要开场，时辰不早了，想至此，童麒岫起身，向着坐在敞厅里的其他三班班主拱手告退，要去备戏《金钱豹》。

童麒岫离开敞厅带着窦五乐直奔他坦准备他自己的大轴戏。

掌灯时分，原金麟班演出场子那边的厨娘文青嫂，带人挑着两只大食盒将做好的晚饭送进他坦内。文青嫂特意将一个用薄薄的棉垫包裹保温的瓷汤罐放在班主童麒岫面前，告诉班主，这是大奶奶索万青为班主熬制的枸杞人参汤，特为用来提神补气。做好后，打发霞锦算着时辰送过来，就为的班主在演出前能够喝上一口热汤。

桂公府里提调戏码的管事进来吩咐说："诸位老板，还是老规矩，饭后的堂会戏码，金麟班一出压轴《红佳期》，一出大轴《金钱豹》。还有一事，没想到的是升平署的庄亲王爷和内府傀儡戏班掌事边冷堂到府庆贺，桂公爷吩咐，要金麟班提着点神儿，好好伺候戏。"

桂公府的正堂上，庄亲王和边冷堂送上贺仪，与桂公爷正在客套寒暄。

这时，内院老七头儿的扁担戏唱完，老七头儿肩上担着担子、杜三娘和九路车手里帮忙拿着家巴什儿，在府里下人带领下，顺着院中一侧的抄手回廊走了出来。坐在堂上的庄亲王爷无意间瞥见院子回廊里向外走着的老七头儿三人的背影儿，问起廊下向外走去的是什么人。

站在桂公爷身旁伺候的大管家胜铁跟王爷回话说："是什刹海茶店子唱扁担戏的师徒二人，来给府上的孩子们唱堂会，唱得确实好，孩子们很是喜欢。"

庄亲王连声称赞桂公爷疼爱孩子。想到自己的闺女，至今还在和自己赌气，不肯回府，庄亲王触景生情，随口说道："以后瞅机会，庄亲王府叫堂会，也要请这扁担戏来府里的梨园给孩子们唱上一回。"

桂公爷的寿诞堂会已近尾声，文武场上撅笛挡筝，桂公府堂会金麟班压轴戏码《红佳期》开唱，戏台子下面满世界都是看戏的人。庄亲王、边冷堂在桂公爷陪同下走进园子，在戏台对面的主位上落座。提调戏码的管事立即躬身跑了过来，请桂公爷的示下，是否换戏？

边冷堂侧耳一听台子上的唱腔，忙问提调戏码的管事："是何人在'钻筒子'？"

提调管事回话说："是集雅班班主九岁红，今天是应金麟班邀请，客串'钻筒子'。"

边冷堂领首称是，庄亲王看出边冷堂有意延揽九岁红进内廷箫韶九成本家班，吩咐管事，等《红佳期》这一出的戏下了，带九岁红即刻来见掌事边冷堂。

金麟班最后一出压场的大轴戏《金钱豹》就要登场开唱，勾完脸的童麒岫坐在那里正在默戏，慢慢摄定心神。

查万响在童麒岫身后再三叮咛班子里事多，急也无用，镇定乃第一要义；说完回过身吩咐班子里检场的，一会儿在山形片子后面往上码高搭三张龙书案。童麒岫坚持要搭高四张，查万响再劝，说慕麒涵带偶能下四张桌子，那是他的绝活儿顶了天儿了。班主平日里不常练这活儿，一寸高一寸险，稍有差池，非死即残。

童麒岫一种无奈的执念，觉得这戏得演出彩儿，那边儿看堂会的高兴，以后的事儿兴许就好说。班子里同台操演傀儡孙悟空的耍手"硬里子"窦五乐也是再三地劝阻班主，"云里翻"搭高三张龙书案为宜。

查万响和窦五乐无奈劝说不动，最后只得按童麒岫所说搭高四张龙书案。

傀儡戏《金钱豹》与其他戏种不同，不但是武行戏，而且是人偶同台。讲究的是人和傀儡的行头扮相一模一样，人在后面操纵傀儡金钱豹豹精手里的钢叉，傀儡豹精手里耍的钢叉不但讲究手法还要花式漂亮，当豹精把手里的钢叉掷向傀儡孙悟空时，下面操纵傀儡孙悟空的耍手要使傀儡孙悟空准确地接叉在手，这是一处要彩儿的地方，此戏最叫座儿的一处是人偶一同要从砌末山形片子后面数张叠高而起的龙书案上面空翻而下，武行谓之"云里翻"。下面遮挡杖头傀儡耍手的台围子要被检场的同时撤去，就在下高空翻着地前的这一瞬间，人将豹精傀儡向上抛起，以左肩背着地摔"抢背"翻滚起身，举手接住抛起后落下的豹精傀儡，人偶同时亮相，稳稳当当站在铺着红氍毹的地面上，达到一种出其不意的效果。这出戏难度极高，也是《金钱豹》一戏的戏胆，精华之所在，是百年金麟班的镇班大戏，难怪京城傀儡行多年来奉为圭臬。

戏台处，在一阵阵紧锣密鼓声中，《金钱豹》戏中人物傀儡悉数登场，场面上你来我往，刀枪并举，旌旗翻卷，煞是好看。童麒岫操纵着杖头傀儡金钱豹，将豹精手中钢叉耍得上下翻飞，风雨不透，豹精最后将钢叉飞出手，扎向傀儡孙悟空，窦五乐操纵的杖头傀儡孙悟空腾空仰面稳稳接叉后连摔三个"元宝锞子"，台下传来阵阵叫好声。

台子一侧的光影里，老七头儿坐在担着两头箩筐的扁担上，面色沉毅，拧眉虎目看着台子上的演出。他身后的石凳上，并排坐着杜三娘和九路车。杜三娘忽然发觉九路车不知什么时候，一张小脸弄得黑乎乎的，看着九路车忘乎所以地专注沉浸在戏里的神情，轻轻叹了口气。

戏台上，傀儡孙悟空佯装败逃退走。傀儡金钱豹精连蹿带跳登上了山岗。

此戏的豹精要由勇猛武生来演，一般的武生则难以胜任。其次，豹精除了高台翻下，还要有一套复杂繁难的耍叉动作。豹精戴着长过腰际的大蓬头（戏中妖怪戴的一种发髻），左右耳边还梳有"发绺"，这就更增加了难度。如果伶人的功夫不到家或者稍不小心，盔头上的这些饰物很容易跟手中的钢叉缠搅在一起，那戏就演砸了。现在更不要说人与傀儡同时动作，岂不是难上加难？

此刻，童麒岫记起妻子索万青的叮咛，万万不可学那大师兄慕麒涵的绝活"铁门槛接单腿翻下"。站在山形片子后面四张搭高而起的龙书案上，童麒岫一身金钱豹的行头，右手握着金钱豹傀儡行头里的"命杆"，有些晕眩，过场门的曲子已经拉了第二遍，班子里的文武场有意催促的锣鼓点敲得更响，听见下面查万响再次催促的咳嗽声，这一刻无可再延，他用韵白念了一句此处应有的台词："俺驾风前往！"

童麒岫念完韵白，脚下用力，身子蹬离了龙书案——

猛可里，耳中清晰地听见来自台下人群中的一声提醒："蹬住劲儿！向上纵！"

童麒岫听清楚了"蹬住劲儿"这一句，还有一句是什么？只可惜，台下看戏的大人孩子们的鼓噪之声淹没了后半句。童麒岫双脚蹬离了桌面，一切都晚了。他身体向前冲，紧接着往下掉。"云里翻"加快了下坠的速度，以致他慌不迭地撒了手，傀儡在空中从自己的手上平飞了出去。童麒岫并没有"抢背"翻滚着地后站起亮相，更不知到哪儿去接住落下的傀儡。他结结实实地摔在撒开了台围子、铺着红氍毹的地面上。

童麒岫忘记将豹精傀儡向上抛起，身子腾空的一刹那，心里突然云翳尽散，被台下看戏的大人孩子们鼓噪之声淹没的那后半句话应该是"向上纵"，这是完成金钱豹最后一跳的诀窍：身体向上纵，翻下来的跟头才显得"飘"，人才能从容"抢背"着地，翻滚起身，举手接住落下的豹精傀儡，顺顺当当地转身亮相。

童麒岫摔在地面的那一刻，台下一片大乱，混乱中有人在喝倒彩。童麒岫心中明白这是演"砸挂"了。难怪听见有人在大声讥讽："哎哟，敢情金麟班改戏了，怎么这'云里翻'直接'硬僵尸'啦？"

一阵锥心刺骨的疼痛，童麒岫昏厥前，依稀记得灯笼火把在眼前晃动，窦五乐和班子里的人"呼啦"一声围了上来，人影重叠，撒开的台围子重又合了起来。

九路车不知从何处钻了出来，将一包药粉塞在古麒凤手里，告诉古麒凤这是异远真人散，专治跌打损伤，粉末状，赶快用水调和了，糊在创口上，可保性命无虞。古麒凤急问："药从何来，你又是谁？"说话伸手想抓住九路车，哪知九路车如泥鳅一般滑脱了，转瞬消失在台围子后面。

桂公爷见戏台那边出了事，连忙使人过去招呼。这时，提调戏码的管事匆匆跑来回禀，九岁红下了戏，披着斗篷立马就离开了。庄亲王爷气得一跺脚，离座拂袖而去。边冷堂只好暂且作罢，随着庄亲王也匆匆走出了园子。

看看天时已晚，堂会上又是乱哄哄，处处应接不暇，醇亲王府的嫡福晋随即吩咐备轿，打道回府。桂公爷命人挑起灯笼，率众人将醇亲王府嫡福晋和侧福晋两乘暖轿送出了桂公府。

醇亲王府，长长的甬道，两侧灯笼高照。

嫡福晋和侧福晋的两乘暖轿，一前一后，从王府的阿司门抬进后刚刚转到甬道上放下，祁慧苪即刻走上前来，给两福晋总请了一个安。

嫡福晋小声说："老祁，你好心可是办了一件坏事儿。"

祁慧苪一下子被说蒙了。

侧福晋嘴快："老祁，你认得的东口金麟班那位童老板在桂公府堂会上，唱大轴，从那么高的龙书案上往下翻筋斗，将腿摔断了。"

祁慧苪愣在原地，懊悔不迭。

第四十二章

　　福不双至，祸不单行。谁也没有在意，前几日查万响随口说的一句话，竟然一语成谶。

　　金麟班应召桂公府出堂会，童麒岫迫于班子窘况，不得已唱起了镇班大戏《金钱豹》，由于功力未逮，下高"云里翻"，不慎摔断了右腿，众人七手八脚将班主抬回老宅来的时候，已是后半夜。

　　班主摔伤，众人围护，班子里的人自然都跟回了老宅。离开桂公府时，古麒凤就已打发窦五乐赶紧去灯草胡同索家班接大奶奶索万青回来。

　　查万响做主，叮嘱大家不许惊动已在弥留之际的凌雪嫣。

　　大家将还在昏迷中的童麒岫暂时安顿好，留下从场子那边跟回来的文青嫂照顾班主。

　　众人齐集二进院落陆麒铖和古麒凤房内，回想在桂公府一连串发生的事情，如坠五里云中；就在童麒岫下高蹬离桌子前的一瞬间，一个提醒童麒岫的声音清楚地来自台下。查万响和窦五乐都说听得是清清楚楚，但是，听声音苍老遒劲，不像是已经背班出走一年多的大师兄，难道京城里也有人会唱这出戏？发声提醒又恰好在节骨眼儿上，一听就是行家里手。还有一件事儿，又是谁让一个小乞丐送来了这包救命的专治跌打损伤的药粉？

夜色愈来愈重，这是黎明前的黑暗。

忙活了一整天还有大半夜，众人都已十分疲惫，古麒凤正要安排众人临时在老宅这边安歇，霞衣哭泣着跑了进来，说师娘醒了，要见查万响和班主童麒岫。众人一听，相互目语，心照不宣，恐怕是师娘的大限就要到了，这是有后事要嘱托。

古麒凤一下子慌了神儿："响爷，师娘如果问起二师兄，这可如何是好？"

"班主摔成这样，抬过东跨院，师娘看见，怎能受得住？"查万响断然处置，"看来也只有能瞒一时是一时了！"

古麒凤让查万响带大家先过去，她去到耿婶的屋里，将麒麟儿抱过来。

凌雪嫣自从九九万寿节庆后，病势渐沉，这几日景况越发不好。大家心里明白，延医揽药，也只不过是为求心安罢了。正如大郎中关杏林所说，已到了听天命的时候。霞衣哭泣着告诉众人，那日进宫承应戏，临走前，师娘喝下了凤鸣清音汤外加的那味虎狼之药。大家这才知道师娘凌雪嫣身正为范，弘毅致远，为了金麟班，死而后已。大台宫戏虽说是因边冷堂的指认，功败垂成，事到如今，也只有归咎于天意。

东跨院的院子里，众人静悄悄屏住呼吸，站满了大半个院子。屋内，查万响俯身病榻。凌雪嫣大限将至，这一刻的精神仿佛是好的，说起话来，声音虽很微弱，但还有力量。

查万响谎称："班主下了堂会，从桂公府那边直接去了灯草胡同，要接大奶奶回来。"

凌雪嫣脸上露出欣慰的笑容："桂公府的堂会唱完了，他媳妇也该回家来住了。"

查万响强颜欢笑地说："弟妹，你就放心吧，天上下雨地上流，小两口打架不记仇。"

凌雪嫣示意霞衣将她扶坐起来后，抬手指了指箱子，霞衣领悟，从箱子里取出一把套着素蓝面布罩的胡琴。霞衣将胡琴交到查万响的手里。

查万响慢慢褪去琴罩，一把古色古香的胡琴呈现在查万响手中，胡琴通体自然的木质纹理泛着紫漆色泽，担子上四个阴刻大篆字：江南遗叟。阴刻字体的凹凿肌理清晰流畅，有如笔锋掠过。查万响双手有些颤抖，脸上透出惊喜的神色，嘴唇嗫嚅着，颏下胡须一翘一翘。

凌雪嫣注视着查万响，无可如何地叹了口气，望着查万响很是有些歉意地说："为了这把琴，响爷带艺投班，这么多年，委屈响爷啦，直到今日才摸到这把琴，那年你来时，老婆子打死没认账，只因这把琴出自宫里，为避祸，所以始终不敢拿出示人，今儿就留给你，好歹是个念想儿。"

此刻，查万响脸上露出婴儿般纯净的笑容，如获至宝般欣喜地看着这把他等了几十年的琴。

看着须眉皆白的查万响，凌雪嫣心里有着一种莫可名状的冲动。几十年了，每当她面对查万响时，她总想着要问出一句话来，可一直没有问出口，今儿个她不想再错失机会了。

查万响这个京城梨园行里文武场当行头牌，他当年带艺投班，非为别事，只为一睹听说过的一把名琴真面目，而且还要上手拉一拉。记得查万响投班来时正是咸丰元年金麟班在外避祸返回京城的第二天。查万响来时，就坐在老宅的前院，那天外面下着大雨，天上电闪雷鸣。

金麟班班主童德枏好生奇怪，京城梨园行里文武场当行头牌的大师傅居然肯屈尊委身在一个傀儡戏班中，而且就是为了一把琴，一把排在十大名琴之首的琴。

查万响话说得很坚决，根本不容他人置疑，一口咬定此琴就在金麟班中。

掌班师娘凌雪嫣矢口否认，只说根本就不知道这把琴的事情。查万响说金麟班上一代老班主童怀青带领班子曾于嘉庆二十一年十月到过避暑山庄去承应，也曾下榻在喀喇河屯行宫。凌雪嫣承认此事不假，当年奉旨进避暑山庄承应的各省戏班子都宿在喀喇河屯行宫。可从来不知道喀喇河屯行宫里还藏有一把琴，居然排在十大名琴之首。

几十年过去了，就在这一刻，凌雪嫣终于问了出来，当年查万响是从何得来的消息，并且认准此琴就在金麟班。

查万响怀抱着那把琴，擦了擦湿润的眼睛，娓娓道来——

当年师傅就是为了这把琴，带着他循着蛛丝马迹辗转找到喀喇河屯行宫。师傅有个朋友叫那承，在行宫里当差。当晚查万响和师傅就宿在街上客栈。夜半时分，街上突然乱纷纷起来，查万响和师傅走出客栈，火光映红了半边天。这才知道原来是行宫走水。等到下午时分，那承来看师傅，俩人还没说上几句话，哪知师傅猛然间向后一仰，摔倒在地上，一口气缓上来，却吐出一口血。那承劝师傅不要再做他想，早日回京为宜。师傅叹口气，告诉查万响，喀喇河屯行宫走水，今生一睹此琴风采怕是无望了。

师傅临终前，告诉查万响，当年喀喇河屯行宫走水，只烧毁了一个班子的砌末与箱笼。听那晚当值的那承所说，存放那把名琴的后殿一直上着大锁，钥匙又在避暑山庄总管大臣的腰里。那晚行宫走水，倒是惊动了山庄那边，第二天火速派人下来查验情况。打开大锁，那承陪同进殿仔细查验，后殿里堆放着很多避暑山庄那边承应戏码时所用的箱笼和砌末，唯独那把名琴不翼而飞。令人奇怪的是，后殿门窗一切完好，不见一丝被人动过的痕迹。从积尘的琴凳上留下的崭新印迹来看，那把名琴刚刚丢失不久，真是叫人匪夷所思。那承来到客栈，如实告知并妄加揣测，走水那晚，只有金麟班的人经过后殿，看来只有金麟班与那把名琴有脱不掉的重大干系。师傅过世,安顿好师傅的后事,查万响就等待时机去投班。

查万响心甘情愿忝列金麟班门墙,水滴石穿,他终于等到凌雪嫣亲手将这把琴交到他的手里。

凌雪嫣说想再看看孩子,古麒凤抱着麒麟儿进来,跪在病榻前,也是强忍泪水,哽咽着不敢哭出声来。霞衣从跪在病榻前的古麒凤怀里抱过麒麟儿,轻轻放在凌雪嫣怀里。麒麟儿好像刚刚醒来,睁着一双清澈晶亮的大眼睛静静地看着凌雪嫣。凌雪嫣低下头,将脸贴在孩子的小脸上。俄顷,凌雪嫣从自己的颈项上摘下一个黑乎乎近似圆环状的挂饰,轻轻戴在了麒麟儿的脖子上。

圆环周边带有不规则锯齿,一条同样是黑乎乎的极细的链子穿环而过。

凌雪嫣闭上双眼,呼吸渐渐变得急促起来,声音断续地问起童麒岫怎么还不回来,查万响和古麒凤说已经叫人去催了,三言两语总算支吾过去。

凌雪嫣招手示意古麒凤近前来有话要说,古麒凤起身来至床前,凌雪嫣将麒麟儿交到古麒凤手里,哀婉悲戚,从中而来,哽咽着说:"火凤儿,从今儿起,师娘可把这个孩子托付给你了,这个圆环有个名字叫天璇玑,金麟班代代相传,有如掌班信物,等孩子长大了,告诉他,这个圆环须臾不得离身,终有一天会有用得着的地方!"

"师娘,您就放心吧!"古麒凤流着泪,怀抱着麒麟儿有意用力地点着头,她要让师娘看见,她已牢牢记下了师娘这尤为郑重的嘱托,"这一辈子,火凤儿和小师兄会用性命护住师傅的骨血,也一定要将麒麟儿抚育成人!"

凌雪嫣吃力地转过头来,弥留之际,望向查万响:"请响爷一定要收麒麟儿为徒,好好教他琴艺。火凤儿,你就代麒麟儿行拜师礼!"

霞衣铺过拜垫，将查万响扶到太师椅上坐好，古麒凤抱着麒麟儿，跪在拜垫上，恭恭敬敬给查万响叩了三个头。查万响老泪横流，连连点头，喉头哽咽，已是说不出话。

老宅大门口，一乘暖轿刚刚落地，霞锦和窦五乐从轿中搀扶出索万青，窦五乐随在身旁，帮忙霞锦搀扶着索万青直奔三进院中的正房。打开房门，看见童麒岫的伤腿裹敷着层层布带，斜倚在床榻上，疼痛得紧皱眉头，不住声地呻吟，文青嫂在一旁手足无措干着急。索万青顾不得其他，扑向丈夫身边。

窦五乐退出上房，带好门，快步折向东跨院。院中，金麟班众人静静地站立着，眼睛望向屋内，大家明白，都在等待掌班师娘仙逝的那一刻。

窦五乐绕过众人，轻轻推开东跨院上房房门，走进屋内，跪在门边。

凌雪嫣躺在床榻上，此时说话声音越来越小，古麒凤将孩子交到霞衣怀里，俯身在师娘身上，想听清楚师娘还有什么嘱托。凌雪嫣颤巍巍从被子里伸出一只枯瘦如柴的手，指向霞衣怀里的麒麟儿。古麒凤似乎有所感应，急伸双手握住师娘伸出的枯瘦如柴的冰凉的手。凌雪嫣冰凉的手感受到古麒凤双手的温暖，皱起的眉头舒展开来，嘴唇嗫嚅着，气息似无还有，好像还有什么未尽事宜要嘱托。古麒凤忽然感觉到自己握着师娘的手心里突然多了一个纸卷。此刻，凌雪嫣的目光显得有了光泽，那目光是示意古麒凤不要声张。古麒凤会意，俯身侧耳在师娘的脸旁，凌雪嫣喘息着，悄声在古麒凤的耳旁叮嘱道："任是谁也不能告诉，你自己去办！"

古麒凤哽咽着，连连点头，请师娘放心。

"叹茂陵、遗事凄凉"，师姐虞麒煛辞世前留下的最后一句话，一直缠绕着古麒凤，使她不得安生。最终还是忍不住凑近凌雪嫣耳旁，询问师姐虞麒煛临终前说过的那句话，她一字一句地告诉师娘，"近几个月来，火凤儿留心细细查访过，这句话根本不在戏词里。"

凌雪嫣费力地点了点头。

古麒凤再问师娘："那……这句话的出处是——"

凌雪嫣喘息了一刻，似乎在平复自己的思绪，重又聚集起最后的一点儿力量，嘴唇嗫嚅，声音越来越低："是不是结……缘者要看孩子自己个儿……的造化，金……人捧露……盘，两截……人唱隔江……歌，叹……叹茂陵、遗事凄凉，说……说的是那……那只佚失的傀儡，祖师爷遗泽玉……玉麟锦……还有……还有半……"

突然，古麒凤觉得握着师娘的双手一空，她心中凛然一悚，低头一看，凌雪嫣冰凉的手软软地垂落下来。凌雪嫣撒手人寰，已经驾鹤西去。

古麒凤放声大哭，门外金麟班众人涌入，齐刷刷跪倒在凌雪嫣病榻前，一片举哀之声。

金麟班掌班师娘凌雪嫣溘然长逝。

三进院落上房，猛可里，听见东跨院传出的一片哭声，童麒岫从昏迷中醒来，几欲挣扎起身，无奈腿伤身沉。文青嫂上来搀扶，几次都是徒劳。索万青一阵晕眩，强撑着站了起来，一手扶住霞锦，一手扶住门框，刚刚迈出屋门，已经喘息不止，不由得和霞锦站在廊下啜泣起来。

东岳庙，祖师爷殿前，中庭空旷，夜沉风重，老七头儿独自一人，伫思长久，胡子眉毛上罩了一层淡淡白霜。

为凌雪嫣治丧，金麟班立即遣人四处告哀，最先使人报知梨园行精忠庙。古麒凤带着班子里的姑娘们赶制孝衣，金麟班老宅上下一片忙乱。

东跨院不大，一殿"平棚起尖子"，上按四个兽头。灵棚仅一屋一院而已，祭棚从东跨院灵棚接出，直至大门口。

凌雪嫣的灵堂素烛高照，奠香缭绕。厚重的缟素帷幔后面，安放着灵床。灵床床头前，宽大的供桌上，桌衣雪白，供品一应俱全，燃一盏长明灯，旁边一碗倒头饭。两幅挽幛一左一右：德传梓里，百世流芳；雅训永存，桃李含悲。

古麒凤打发窦五乐去请来了批殃榜的阴阳生老先生，开具殃书。

今天前来吊唁的人真是不少，不独京城傀儡行和梨园行索家班的人，就连精忠庙庙首杨小轩带着管事也亲来拜祭。吊唁出来的众人，按规矩，不能立刻就走，大家坐在外院祭棚内喝着茶，有一搭无一搭地说着一些应酬话。

阴阳生老先生将殃书开具完毕，旋即起身告辞。查万响和窦五乐很是客气地送批殃榜的阴阳生老先生刚刚走到大门口，便见一辆带篷的大安车，距大门口十几步远的地方骤然停了下来。三义班三位班主身穿不缝底襟的细麻布孝服，腰间横系一根麻绳，头戴白色孝帽，下车伊始，便"望乡而哭"，边哭边抢步奔了过来。

灵前支宾的查万响和窦五乐见凌氏三兄弟竟然穿的是子侄辈孝服，大惑不解。窦五乐上前一揖，还未等说话，凌子丙说："请窦师弟赶快带路，我们三兄弟是来拜祭哭灵的。"

查万响心中有气，冷冷地说："那就请吧，丧葬尽礼，吊者大悦。"

凌氏三兄弟穿子侄辈孝服直奔东跨院灵堂，惊动了坐在祭棚里前来唁奠的一众吊客，众人吃惊之余，只剩下了好奇。

放牛陈嘴里嘟囔着："凌家哥儿仨这是玩什么幺蛾子呢，穿的孝服怎么是人家金麟班子侄辈的扮相？"说完拽起高月美，伙同众人重又往灵堂前来看究竟。

灵堂前，童麒岫强忍断腿的疼痛，在率众守灵。

凌氏三兄弟跌跌撞撞扑进灵堂，口称姑姑，声泪俱下："侄儿们不孝，早就应该过来看望您老人家。"

灵堂外面，站满了跟进来的吊客，大家都在揣测猜度，看模样凌氏三兄弟不像是来闹丧，那么一定就是有着什么事情，可从未听说凌氏三兄弟竟然是金麟班掌班师娘凌雪嫣的子侄。

金麟班所有人被凌氏三兄弟灵前的擗踊号啕，闹得是蒙头转向。

随后跟进来灵前支宾的查万响和窦五乐，上前好说歹说，总算是劝慰住了前来哭灵拜祭的凌氏三兄弟，灵前问起缘由，自然有着不相信的意味。

凌子丙起身，环顾灵堂内外，摆出一副亲炙子弟翼卫师门的架势，抗声说道："金麟班师祖辈的凌怀亭就是家祖父，家父凌心柱是金麟班掌班师娘凌雪嫣一母同胞的亲哥哥。"

话音甫落，灵堂内外，一刹那安静下来，静得地上掉根针都能听得见。

凌子丙侃侃道来，嘉庆二十一年十月里，金麟班去避暑山庄承应万寿节庆戏，就在喀喇河屯行宫，家祖父是为了金麟班的镇班之宝金麟童，拔出御前侍卫的佩刀自刎身亡，人死大于天，这才保得金麟班全身而退。事后，凌家也曾托人查看过内务府嘉庆二十一年喀喇河屯行宫的房屋陈设铺垫清档，里面确实记注了那晚着火的情形，以及宫里毁损的物件，就连凌怀亭那晚拔刀自刎殒命的记载都有。此外，陈设档另记一条，写得是清清楚楚，东所东配房内存放的傀儡连同砌末被大火焚毁一事，因金麟班伶人查找物品，处置不慎，以致火起，属自行放火。

凌子丙言辞犀利，意有所指，金麟班自行放火，岂不是有意为之？多年来，金麟班如是说，谬种流传，莫非是为了掩人耳目，其实是要独专此物。

凌子甲说:"今天在我姑母灵前,请贵班拿出金麟童一观,也算对得起家祖父枉死一场。"

凌雪嫣灵堂外面,前来吊唁致祭的众人瞠目结舌。

凌雪嫣灵堂灵位前,金麟班众人默然无语。

第四十三章

　　隆福寺庙会，百货云集，人山人海，虽说是在冬日里，到处都是热气腾腾。

　　凌雪嫣属虎，今天是孩子整十岁的生日，恰逢隆福寺又是庙会。凌怀亭带着小女儿凌雪嫣来赶庙会。老早就答应孩子，给她买个玩意儿，那是一只大个儿的布老虎。

　　一处高摊，上支布棚，遮风蔽土，蓝布铺衬的台阶式架子上，摆满了各式各样的玩意儿。凌雪嫣如愿得到了一只大个儿的布老虎，很是欢喜，两只小手将布老虎紧紧地搂在怀里。

　　凌怀亭看着凌雪嫣高兴的模样，心想到底还是个孩子。凌雪嫣五岁开蒙学戏，娘教到她七岁上时，却因病归西。凌雪嫣八岁登台"钻筒子"开唱，顶半个大人用。娘亲死得早，孩子懂事自然早，在家里料理家务，也顶半个大人用。

　　赶庙会的人来来往往，凌怀亭生怕挤坏了孩子，索性将凌雪嫣嘿儿搂（北京土语，意即将孩子两腿分开，骑在肩上）在自己的肩头。凌雪嫣骑在父亲的肩头，搂抱着布老虎，自然是高出了来逛庙会的人们头顶一大块。幸亏凌怀亭将闺女在肩头有此一放，才让有紧急事情前来庙会寻找凌怀亭的班子里的人，在密密匝匝攒动的人头中，一眼就瞅见了坐在父亲肩头的凌雪嫣，轻而易举找到了师兄凌怀亭。

事情紧急，按规矩，九九万寿节庆，金麟班接旨后须即刻动身。

凌怀亭急急回家做了安顿，叮嘱年仅十五岁的大儿子凌心柱好生在家用木植边角料练习雕刻，答应凌心柱回来就跟掌班师兄童怀青说，收凌心柱为徒，排德字辈，进木刻作学习雕刻。

凌怀亭拉着凌雪嫣，凌雪嫣抱着布老虎，爷儿俩赶回童家老宅与班子会齐。金麟班精挑细选此次承应戏码的人手，十几个人和杖头傀儡连带箱笼砌末，整整装满了三挂大车，班主童怀青临行前，在院中焚香默祷，祈祝平安。

临进热河地界的前一晚，睡不着觉的凌雪嫣偷看到自己的爹爹和大师伯童怀青在驿站的屋内，对着一只看上去很是普通的旧木匣子焚香顶礼膜拜。第二天赶路时，凌雪嫣悄悄问爹爹："那个旧木匣子里面装的是什么？"爹爹一本正经地说："那可是金麟班的命根子，镇班的物件，没有了它，爹爹和你大师伯就都活不成了。"

按照朝廷安排的驿站，晓行夜宿，一站一站走过来，十月初一动身，就在初五这天的晚暮晌，便到了喀喇河屯行宫。

各省前来承应九九万寿节庆的戏班子，陆陆续续脚跟脚地也就差不多都到齐了。诸家戏班统统被安排在行宫各所东西配殿内下榻，箱笼砌末也堆放在各所的东西配房或后照房中。

金麟班一众在行宫的东所安顿好行囊，出来找地方吃晚饭。

喀喇河屯行宫地处塞外，宫门前仅有的一条街肆，往日里人便不多。未到掌灯时分，买卖家纷纷上板打烊，关门闭店。这几天，平素冷清狭窄的街肆骤然变得喧闹起来，街上人来人往，灯火通宵达旦。各省各地的戏班子齐集喀喇河屯行宫，满街筒子走着的都是角儿。

路边一家小店，临窗两副座头，刚刚空闲下来，金麟班一行人众坐下后，每人一大碗面条，热气腾腾，又点了几只当地的特产风味御土荷叶鸡。剥开荷叶，大家正在撕啃着喷香烂熟的鸡肉，隔窗看见从行宫那边风风火火走来一群南府内头学的伶工。

为首的四十几岁年纪，中等身量，白白净净。童怀青以前进宫承应见过此人，知道是南府总教习兼着南府傀儡戏班正掌事边涧秋，此人木活雕作、唱念做表俱佳，称得上文武全才，京城梨园行说起来，也是响当当有一号的人物。身旁走着的是一位小童，看年纪也就十二三岁，南府官衣穿在孩子身上，很显宽大，走起路来，踢里踏拉。

南府的这群伶工走得很快，直奔街外。童怀青等人初来乍到，不摸门路，自然有些奇怪，正待请教店掌柜，行宫外朝房首领太监那承走进店里。那承今晚带班当值，打算买几只荷叶鸡，回去饮酒消夜。

店掌柜歉疚地赔着笑脸说："不承想今日街里又到了一些戏班子，来客陡增，荷叶鸡眼下已然售罄，今晚委屈那爷了，小店明日烧好，送到行宫，如数奉赠，分文不取。"

还未等店掌柜说完，那承原本就长的脸，一下子拉得更长，慌得店掌柜连连作揖，不知如何是好。

童怀青颇有眼力见儿地站了起来，将自己刚刚买过尚未开包准备带回去的四只捆成一提溜的荷叶鸡，送到那承手里，自报家门："京城傀儡戏外头学金麟班，奉旨承应，这是点儿小意思，孝敬那爷，自是应该。"

那承转嗔为喜，在一同回宫的路上，攀谈中童怀青又从那承口中得知，南府傀儡戏班掌事边涧秋隶属正白旗，老旗主睿王爷多尔衮当年塞外行猎，因膝疾薨殁在喀喇河屯行宫。这么多年来，边涧秋凡是途经此地，必去行宫东南的岗阜一座珈蓝七堂规制的敕建穹览寺，为老旗主多尔衮添一炷香。他身旁走着的孩子，就是十几年前的一个寒冬腊月，边涧秋赶在老旗主祭日来上香时，在穹览寺庙门前捡拾的一个弃婴。

回到下处，喘息甫定，悬丝傀儡南国一派传人蔺祖乎，携两只盛在髹漆彩绘匣子里的悬丝傀儡，登门求教，言谈之间，心浮气盛，请求金麟班将北派杖头偶中的绝世孤品、风闻江湖百年的金麟童，请出一观，执意要在雕功上见真章儿，比出一个天壤云泥，上下高低。

童怀青婉拒蔺祖乎，情词恳切。两千年前，自汉高祖时起，天下傀儡行本是一家，同庙同宗，只有一个祖师爷，传下来便都是宗族兄弟，虽有南北之分，相差万里，所不同者，是南北水土风情、人文方言不同。傀儡代代相传，因人悟性而异，于傀儡雕作上实难分出优劣。

话未说完，听得外面传旨太监在大声喊着有旨意。

众人齐集院中跪倒一片，听宣圣旨："万寿日，钦点压轴戏南府内头学傀儡戏班承应，大轴戏由外学京城傀儡戏百年老班金麟班担纲。"

云山胜地楼在烟波致爽殿之北，其匾额为圣祖御笔。

云山胜地楼一侧的照房空地上，已撑起了一长溜的他坦，楼内小戏台的后台与照房空地上的他坦连接起来用作扮戏房。此次南北各省奉召进山庄伺候戏，远比平常人多班子多，各省来的各家戏班子各有各的档位，由外向里依次排开，他坦内两侧堆满了各班各家自带的戏箱行头。人多箱笼多，大家是挤挤碰碰，磕磕绊绊，来往通道异常狭窄。

金麟班小师叔时怀恩怕两个孩子乱跑，磕跌碰撞，于是心生一计，对着脸朝下放在大衣箱上的彩娃子拱拱手，挪开了放在彩娃子面前的供果和小香炉，嘴里念叨着："大师哥，今儿个是皇上万寿节庆，咱金麟班钦点唱大轴，您回头多多保佑，眼下人多地方小，您老将就将就多担待，跟咱们少班主一块堆儿挤挤。"说完，将凌雪嫣和童德枏抱到大衣箱上坐好，将彩娃子放在了童德枏的怀里，叮嘱说，"你俩一定要把大师哥看好了，他可是保佑咱金麟班的神灵！"

时怀恩夸大着表情，绘声绘色地讲述起来，彩娃子一般都在半夜时候才会出现，高不过三尺，戴着一顶红帽子，也是一个小孩儿，是一个淘气鬼,不伤人。他喜欢在大月亮地儿里绕着圈儿地跑。如果在半夜时候,在那些个衣靠盔杂箱里或是砌末行头后面有轻微的锣鼓声千万不要去看,那就是彩娃子在玩儿,只要一有人来,他"嗖"的一声就会躲起来。

两个孩子听傻了,既新奇又紧张,还有着一些害怕。

小师叔时怀恩说完,又替彩娃子做了一个鬼脸儿,转身忙他自己的事情去了。

金麟班的大衣箱上,坐着两个孩子,一个怀里抱着只布老虎,一个双手紧紧搂着个彩娃子。

他坦门口第一家是昆山集雅班扮戏的档位,刚出道不久,年仅十七岁的正生粟良俦下了戏,坐在梳头桌前,对着彩匣子上面安放的方镜正在摘头面。

两个传戏的小太监走了进来,其中一个小太监手里拿着黄绫贴面的戏码折子,他抬眼一看,他坦内是人多道窄乱哄哄,懒得再往里走。眼珠一转,索性毫不客气地伸手拍了拍正在摘头面的粟良俦的肩膀,示意他站起来,让出屁股下面的圆凳。

粟良俦很不情愿地站在了一旁,拿着戏码单子的小太监一脚踏上了圆凳,目光越过人们的头顶,尖起嗓子,向里面喊着:"京城傀儡戏的金麟班听真凿了。"

传戏小太监尖厉的嗓音越过众人的头顶,压过了所有的声响。众人知道是宫里传戏的来了,他坦内立时安静下来。传戏小太监伸长了脖子,拽起了高音:"再过半个时辰,该着金麟班了,今儿个唱的可是大轴儿,赶在万岁爷九九万寿庆典的褃节上,千万张着神儿,万岁爷的圣驾还有从京城赶来庄子里朝贺的番夷可是一块堆儿过来,钦点要看你们的戏,可得麻利儿着啊!"

传戏小太监盼咐完跳下圆凳，转身朝外走去。另一个传戏小太监跟在后面嘴里仍在嘟嘟囔囔："也不知道这金麟班都是什么戏码儿，居然还让唱大轴儿，把咱们南府内学的傀儡戏都给压成'倒二'了。"

说者无心，听者有意，两个传戏小太监的闲话，引起了粟良俦的注意，尤其是传戏小太监张口闭口提到的京城傀儡戏金麟班。粟良俦灵机一动，装作没事人一样，起身跟在那两个传戏小太监身后也假意向外走去。

拿着戏码单子的传戏小太监一本正经地跟他的同伴边走边说："此次进园子里来朝贺的英吉利国有个番夷副贡使，在他们那边儿也喜欢那边儿的傀儡戏，这次趁着在差事上，点着名要看咱大清的傀儡戏，还非要看外头学的，多少有点儿想比试的意思。这个金麟班在京里头可是真格儿三百年的傀儡戏老班，这次仗势着是老班报了一出折子戏，听管事十三香说，这可是当年在西苑翔鸾阁伺候过顺治爷的戏码。那出承应的戏码也不知唱的是什么，戏还没唱完，就赏了一个四品顶戴的'御戏子'，吃上了俸米，就为那出戏，顺治爷还赏了一个名号，叫什么……大台宫戏！"

粟良俦跟在那两个传戏小太监的身后，听得清清楚楚。此刻，他心里就是活泛着一个念头，一定要听金麟班这大轴子的唱。

粟良俦无暇再去细想，皇上万寿的九九节庆大典，戏班承应再有一个时辰也就结束了，过这村，没这店，豁出去了。粟良俦决定绕过园子里的侍卫，躲到殿外锦支摘窗下去偷听。想到这里，粟良俦得便溜出了他坦。

为躲避不远处站立着的侍卫，他猫腰行走，绕过殿角，再有几步路就可伏身殿外锦支摘窗下了，忽然左近传来几个孩子含混不清的话语声。粟良俦走过殿前磴道，隐身树后，循声望去，不远处，三个孩子对峙着站在那里，这边儿的女孩子怀里抱着布老虎，站在旁边的男孩子怀里抱着一个彩娃子,粟良俦不禁哑然失笑,进园子承应戏,怎么把这大师哥都给抱出来了。

另一边站着的这个孩子,个头略高于对面的两个孩子。仔细一看,粟良俦吓了一跳——这是一个番夷孩子,白皮肤、蓝眼睛、高鼻梁,一头波浪卷的长发,直披到肩膀上;穿一身洛可可风格的长大衣,白衬衫、黑领结、呢面背心、丝绸马裤、白色裹腿长袜,脚上穿的一双织锦缎面料带金属片刺绣方头的黑漆皮鞋。

粟良俦想到这个番夷孩子一定是随着英吉利国朝贺使团一起来到这里的。

那个番夷孩子听上去约略会说几句简单的中国话,发音虽然生硬,但是可以使你听得明白他在说些什么。看情形,双方大概是因为什么起了争执,只见那番夷孩子伸手就要抢夺对面男孩儿怀里抱着的彩娃子,站在男孩儿旁边的女孩子,猛可里上前一步,伸手一推,意在拦阻,番夷孩子没料到那个女孩儿竟然出手相助,冷不防受此一推,脚下不稳,反倒被推了一个腚蹾儿,坐在地上愣住了神,咧咧嘴想哭,但又忍住了。就在这时,山石那边传来大概是在寻找这个番夷孩子的番夷大人的呼叫声。

两个孩子一看惹了祸,掉头就跑,倏忽一闪,隐没在树丛后面,转眼不见了。

云山胜地楼小戏台,文武场声音顿然响起。

粟良俦将辫子缠在脖子上,猫腰伏身在楼外窗下"捋叶子"偷听,他慢慢直起身子,隔着窗纱,影影绰绰不很真切地看见戏台上已经用四尺高的围挡,围成了一个傀儡戏演出的台子,藏青色锦缎的围挡,四面边角绣着花卉,中间是戏文人物图案。围挡后面偶人出台亮了相,那只杖头傀儡套着的行头相当考究,金衿银衫,锦衣绣袍,傀儡居然可以嘴巴翕动，眉目生情。

小戏台上，四尺高的台围子后面，童怀青舞动傀儡，开嗓一唱，大气磅礴的北曲，那是秋天的原野，清新旷远，再一听，又全不尽然，揉进了昆腔的唱法。北曲昆唱，南北合套，粟良俦此时方知什么是天外有天。

小戏台上，童怀青的这一段唱，纵然动人心魄，最令粟良俦心头一震、大惑不解的却是唱词，竟然是粟良俦几代师门秘不外传的看家词曲。粟良俦此刻顾不得细想，猫着腰，伏身在殿外，渐渐沉浸在童怀青的唱腔中，听到妙处，忘乎所以，不由得站起身喝了一声彩儿，这声"好"刚一出口，心里刹那间就明白过来了。一把刀凉飕飕地架在了脖子上，两名穿着黄马褂的御前带刀侍卫把粟良俦提溜出园子，罪名惊驾。因是老郎庙在籍，又是奉召承应，恩出自上，"着宽免，杖二十，逐出园子，发回原地"。粟良俦心里很是难过，拜师看来是没有指望了，自己在心中认了这师傅便好，虽无师徒之名，却有授艺开蒙之实。

粟良俦怀着深深的遗憾，即刻被押解回籍。他一步一回头，心中满是不舍之情，对童怀青又多了一份亲近。可是他又哪里知道，就在他伏身云山胜地楼窗下，被御前侍卫发觉提溜出园子这会子工夫，楼内的小戏台上，金麟班也闯下一场横祸。

童怀青南昆北唱，腔音自然高亢，金麟班要想扬名立万，这是千载难逢的机遇，童怀青提起十二万分的精气神儿，演唱愈加卖力。师弟凌怀亭桴鼓相应，用尽平生所学，一把琴连"托"带"包"。

云山胜地楼的戏台小，离坐在台下的皇上又近在咫尺。此刻，师兄的腔音往上翻，凌怀亭心慌手紧，弓拉过猛，琴上老弦"嗡铮"一声绷断了，凌怀亭惊出一身冷汗。生死攸关，间不容发，凌怀亭稳住心神，仅用剩下的一根子弦继续演奏。刚刚拉过这段唱腔，不料想，师兄童怀青那边唱词中夹有一句"旧词"，凌怀亭暗叫不好，偷眼觑着台下，见皇上经过通译正在和英吉利国来的番夷说话，凌怀亭心下松一口气，希望皇上在和番夷说话而没有留意这句唱词。

真是应了那句老话，怕什么来什么，台上事发突然，台下的皇上没被蒙过去，云山胜地楼"起堂"了，皇上带着那几个番夷拂袖而去。

师兄扯开台围子，跪在戏台上磕头谢罪，凌怀亭起身双手平举胡琴，抬膝盖向上一顶，"咔嚓"一声，生生撅断了胡琴担子，撒手一扔，也是双膝跪在师兄旁边，乞罪磕头不止。

太监祥庆过来传旨，班主童怀青杖责四十。祥庆说完一摆手，走上来四名身穿黄马褂的御前侍卫，架起二人向外面走去。

第四十四章

天有不测风云，天威自然亦是难测。南府压轴的戏演了一半，不想台下皇上"抽签"退了场，边涧秋杖责四十，直打得血肉模糊，气若游丝。紧跟着金麟班上大轴，文武场胡琴老弦绷断在前，戏词中一句"旧词"在后，云山胜地楼"起堂"，童怀青领杖四十，也是打得皮开肉绽，疼得龇牙咧嘴。

时怀恩举着八角棱的手照，在不甚明亮的灯光下，凌怀亭将用水调和好的祖传的金创药异远真人散敷在班主的杖伤处。众人围在班主周围，关切地注视着刚刚被送回行宫趴在地铺上的咬牙强忍住疼痛的童怀青。

看着脸朝下趴在地铺上的爹爹，童德相抽咽着。凌雪嫣没有哭，看着大师伯被打成这样，想着父亲折断了胡琴，回京两手空空，恨恨地瞪圆了眼睛。

童怀青强忍疼痛，让人给隔壁中所的南府掌事边涧秋也送去一些药粉。小师弟时怀恩拿了几包药粉，带着凌雪嫣和小德相来到中所。从边涧秋养子边冷堂的口中得知，皇上口谕，南府正掌事边涧秋承戏词调不准，属排差管束不严，杖责四十，刚刚责完，哪知道，金麟班上大轴，不知因为什么，皇上又动了怒，祥庆过来传旨，追责四十杖。问祥庆这四十杖又是因为什么，祥庆说身为掌事，却教习无方，内头学没演过外头学，给皇上丢了脸。

深夜，行宫大门已经下钥，各殿各房，大家都已熟睡。

金麟班下榻的前院偏殿的地铺上，童德枏忽然碰碰睡在旁边的凌雪嫣，凌雪嫣惊醒，童德枏耳语凌雪嫣："彩娃子不见了！"

凌雪嫣很是奇怪，坐起身来，借着窗外稀薄的月光，四下踅摸，殿内地铺打了一片，班子里众人都在睡觉，除了不时发出的轻微鼾声，再无其他动静。

"彩娃子会不会是小师叔时怀恩在临睡那前儿，给收回到衣箱里去了？"凌雪嫣悄声问童德枏。

"没有啊，我是抱着彩娃子睡着的。"童德枏说着话，一副犯蒙的样子。

一束月光从偏殿门缝中照射进来，原来是殿门裂开了一条缝隙，凌雪嫣悄声对童德枏说："会不会是彩娃子自己个儿的溜回衣箱里去了？"

"啊——是彩娃子自己走回去的吗？"

"走，咱们去衣箱那儿看看去！"凌雪嫣说完，抱起布老虎，轻轻站起身。

借着殿内微薄的月光，在横七竖八的地铺当中，瞅准了小师叔时怀恩睡觉的地方。两个孩子悄没声地踮着脚绕着地铺走了过来，凌雪嫣在时怀恩枕头旁边轻轻提起手照，转身交给弯腰跟在身后的童德枏，然后腾出抱着布老虎的另一只小手，又轻轻抓起枕头旁边的镶着松石的火镰荷包还有堆放箱笼砌末配房的一串钥匙。两个孩子一前一后，蹑手蹑脚绕过横七竖八的地铺，溜出了偏殿。

凌雪嫣和童德枏决定去后面金麟班堆放箱笼砌末的东配房查看一下，彩娃子是不是自己走回到衣箱里去了。

塞外的天宇格外澄明清透，大月亮地儿一片清冷。山风吹过，两个孩子被冻得哆哆嗦嗦地打着冷战，凌雪嫣抱着布老虎在前，童德栿提着手照在后，向着行宫后面悄悄走来。高大殿宇遮挡住月光，在地上投射出一片黑暗，两个孩子瘦小的身影被殿宇一侧的阴影吞没。

如果要去后面堆放箱笼砌末的配房查看，必得经过正殿。凌雪嫣和童德栿一前一后，沿着正殿东侧的甬道猫着腰悄悄向后面走来。看看就要走近正殿，突然，凌雪嫣似乎感应到了什么，一伸手拉着童德栿掩身在正殿台基的东南角上。扒着台基的边沿儿，凌雪嫣慢慢露出眼睛偷窥，就在正殿康熙爷御笔"秀野轩"的殿额下边，殿前月台上，一个身高尺余的小小身影在晃动，果不其然，正如小师叔时怀恩所说，是彩娃子趁着这夜深人静、月光清亮的时候出来玩耍。

两个孩子惊呆了，此时此刻，只有一动不动地偷窥着。彩娃子突然停住身形，歪头侧耳谛听了一下，然后蹦蹦跳跳，消失在殿后，凌雪嫣和童德栿二人摄其踪迹紧紧跟到后面，转过秀野轩大殿墙角，眼看着彩娃子轻轻推开后面一座殿堂的殿门，倏忽一闪消失在门后。

凌雪嫣和童德栿压低身影跟踪而至，不知为何，后殿殿门没有上锁，高大的殿门上却挂着粗粗的锁链和一把硕大的铜锁。凌雪嫣试着慢慢推开殿门，轻手轻脚跟了进来。月光从高大的菱花格的窗棂上照射进来，殿内的一切看起来不甚分明，似有轻烟在弥漫。殿里挤挤挨挨堆放着上面挂着铜锁的高大箱柜，还有参差不齐高高叠摞着的古旧的桌椅板凳。四处尘封，灰土积得很厚，横结在箱柜家具之间的蛛网在月光中抖动，清冷阴森中透着诡谲。

两个孩子心里有些发毛，这里不是金麟班堆放箱笼砌末的配房，可明明看见彩娃子钻进来了。童德栿畏缩着不停向后张望，脚下踯躅着。凌雪嫣一把拽住童德栿，掏出火镰和火绒，擦碰了几下，火星溅起，鼓起嘴巴吹亮了火绒，点着了童德栿手照里面的灯捻。童德栿高举手照，周围大致可以看清楚了，一长排戏服行头挂在木架子上，落满灰尘。有一件大红色行头很是奇怪，独独悬挂在外边，挡住了箱笼之间的通道。童德相将手照举高，两个孩子瞪大了眼睛，还是看不清到底是使用了什么样的挂具。只见行头"悬浮"在那里，两只水袖微微摆动，仿佛有人穿在身上一般。大红戏服前面放一只四脚琴凳，上面横陈一把胡琴，胡琴外罩素蓝布的琴套，套子上积尘寸厚。

童德相害怕，凌雪嫣心动。爹是拉琴的，自小留给凌雪嫣的印象，爹的怀里不是抱着她就是抱着琴。凌雪嫣和琴之间有着一种与生俱来的亲和感。

凌雪嫣哪管其他，上前一把拿起胡琴，掸去了琴套上厚厚的积尘，打开系着琴套的小绳，露出黄杨木的琴头。童德相将手照凑近胡琴，可以看清楚，胡琴担子有着自然的木质纹理，泛着紫漆色泽，古色古香，担子上四个阴刻大篆字：江南遗叟。阴刻字体的凹槽肌理清晰流畅，有如笔锋掠过。

凌雪嫣脸上透出惊喜的神色，跟童德相小声嘀咕："爹爹手里正好没有琴了，这一定是彩娃子送给爹爹的琴！"

凌雪嫣话音未落，行宫前面忽然响起"咚咚咚"很重的急促拍打宫门的声响，夜深人静，声音清晰可闻。擂门声听来令人发瘆，两个孩子紧张得不知所措。凌雪嫣一口气吹灭了童德相提着的手照里的灯捻。凌雪嫣手里抱着布老虎，抓起胡琴，率先溜出了后殿。

两个孩子顾不得再寻彩娃子了，猫着腰慌忙顺着来路往回走，刚刚走到秀野轩正殿一侧，眼瞅着外朝房当值的首领太监那承，已经引领着半夜闯宫的传旨太监祥庆和四名身穿黄马褂的带刀御前侍卫走过殿前空场，来到正殿前……

凌雪嫣和童德相急忙隐身在偏殿台基的转角处，稍稍露出双眼，悄悄窥视。

那承奇怪祥庆为何夜半来此传旨，祥庆说万岁爷九九节庆，山庄里来了朝贺的英吉利国的番夷，看了咱大清的傀儡戏，喜欢得不得了，听说有个番夷孩子，喜欢上金麟班的一个什么傀儡，向万岁爷索求带一件傀儡回国。万岁爷说蕞尔小邦，真不开眼，咱大清是上国大邦，多给几件，又有何妨。让各个傀儡戏班子把这次来园子承应戏的傀儡全留下，让番夷可着劲拣、随着意儿挑。旨意上说，京城有个金麟班，他们的傀儡可是一个不能少。

凌雪嫣一听，急得眼泪都要掉下来了，想溜进偏殿告诉大家，却又不敢动。

这时，看见当值的首领太监那承打开殿门时嘴里唠叨着："庆爷，天气忒冷，夜里风大，您几位先进殿避避风暖和暖和。喀喇河屯可是百年的老行宫，殿宇梁枋早就干的透透的，赶在这十月里，风干物燥，着实见不得一丁点儿的火星子，回头您宣旨，咱家再点起手照给您照着亮儿！"

那承的一句话，提醒了凌雪嫣，她拽着童德枏，掉头猫腰顺着殿宇一侧的巨大阴影往回走，抢先来到了后面金麟班堆放箱笼砌末的东配房。

好容易找对钥匙打开门，借着窗外的月光，朦朦胧胧看见挂在架子上的傀儡和行头、地当间儿杂乱堆放着衣靠盔把箱笼还有砌末，磕磕绊绊摸着黑儿找到那只要找的樟木衣箱，童德枏心里还惦记着刚才的事儿，小声嘀咕着："也不知彩娃子到底回来了没有？"

"彩娃子蹦蹦跳跳地丢不了。"凌雪嫣一本正经地说，"小枏子，这个物件儿要是丢了，你爹和我爹可就都活不成了。"

说着话，凌雪嫣从樟木箱子中取出一只素黑布套包裹的物件，看形状是一只长方形木匣，匣子不足三尺长，宽高亦不过尺。凌雪嫣将这只黑布套包裹的长方形木匣交到童德枏手里，叮嘱说："你抱着这只镇班的匣子，拼死也要护住！"

前面隐隐传来那承高声招呼各戏班赶快起来接听圣旨的催促声。

金麟班下榻的偏殿，众人在熟睡中被那承在院子里的招呼声惊醒。凌怀亭翻身一摸，两个孩子不见了，急欲去寻。时怀恩也发觉放在枕边的手照和那串钥匙不见了，立刻明白过来，安慰师兄凌怀亭不要担心，放在他枕边的手照、火镰荷包、箱笼钥匙都不见了，估摸是两个孩子淘气，到后面堆放箱笼砌末的配房去送彩娃子了。时怀恩说完，和师弟廖怀化扶起班主童怀青，伙同班子里其他人，与各戏班的人纷纷来在院中接听圣旨。

凌怀亭心下惦记两个孩子，趁乱伏身在黑影里，急急向后面走来。

东配房内，凌雪嫣将手照里的火油倾倒淋洒在行头上，嘴里恨恨地嘟囔着："就是一把火全给烧了，也不能留给那番夷小子！"

凌雪嫣两只小手哆嗦着，连续几次都未能将火镰打着。童德柑放下匣子，接过火镰火石，再试一次，火镰与火石摩擦迸溅起火星。凌雪嫣及时凑上火绒，两张小嘴鼓着腮帮子在吹气助燃，火绒开始燃烧。凌雪嫣将火绒扔在了浸过火油的行头上，火油遇火即燃，青蓝色的火苗在行头上迅即蔓延开来。

眼见火起，凌雪嫣抄起那把套着素蓝布琴套的胡琴，顺手带上房门，转身拉着怀里抱着镇班匣子的童德柑，穿过殿宇一侧的巨大阴影要溜回偏殿。不想在回去的路上，迎面碰见了爹爹凌怀亭。

凌怀亭见到两个孩子，始放下心来。还未等凌怀亭问及其他，凌雪嫣将套着素蓝布套的胡琴交到凌怀亭的手上，高兴地告诉凌怀亭："爹，我和小柑子出来找彩娃子，没想到得了一把琴，担子上还刻着字儿呢。"

凌怀亭将信将疑，从琴套中将琴抽出，只看了一眼，大惊失色，沉声问道："此琴非比寻常，这是传说中的十大名琴之首。你快告诉爹，这把琴是在哪儿得到的？"

"我俩是跟着彩娃子走进一座后殿，这把琴就放在一张琴凳上，后面是一件挂起的大红行头，行头的两只水袖还微微摆动呢。"

孩子说话的神情极为认真，不由得凌怀亭不信。可这琴又必须要给人家还回去，毕竟是宫里的东西。可怜孩子一片真情。凌怀亭顾不得再问其他，趁着左近无人，首先是要把这胡琴送还回去。他按照闺女的指点，带着两个孩子往回没走几步，就来到那座后殿的门前。抬头一看，殿门被粗粗的锁链和一把硕大的铜锁牢牢锁着。月光下可以清晰地看见锁链和铜锁上都已落满积尘，一副许久没有打开过的样子。

凌怀亭回身压低声音对闺女说："雪哥儿，你俩是不是记错地方了？"

"就是这座后殿！"童德枏急急说道，"师伯，我和雪哥儿就是从前边的正殿跟着彩娃子转过来的。"

行宫中只此一座后殿。凌怀亭心下骇然，难道说冥冥之中，自有天意？

凌怀亭将琴收好，这才注意到童德枏怀抱着的素蓝布包裹的木匣子，着实吓了一跳，责问女儿："雪哥儿，你俩儿去找彩娃子，怎么把这镇班的匣子给抱出来了？"

凌雪嫣不慌不忙地告诉凌怀亭，刚才偷听到那个传旨太监说的话和为了不让那番夷小子得逞，她和童德枏用手照里的火油，点着了东配房内金麟班的砌末箱笼，这前前后后，三五句话讲明原委。

放火烧毁砌末箱笼，这是玉石俱焚的做法，不得不说自有一种铮铮骨气！这么大的事，出自女儿之口，三言两语，一副举重若轻的神态，如同在唱童谣，没有想到，两个孩子竟有如此的决断力。

看着面前站着的两个好像没事人似的孩子，凌怀亭隐身在阴影里，抬头仰望天边一轮冷月，轻叹一声，心中暗想，这也是天意。

塞外寒风呼啸而过。

凌怀亭弯腰双手捧起闺女的小脸，在额头上亲吻了一下。凌怀亭加重语气叮嘱两个孩子："趁众人都在院中听宣圣旨，赶紧溜回偏殿，一定要将这个匣子和琴包藏好，不可叫外人看见！"

凌怀亭叮嘱完两个孩子，急步向后面金麟班堆放箱笼砌末的东配房跑去。

凌怀亭跑到堆放金麟班箱笼砌末的东配房门口，浓烟已从门窗中滚滚冒出，隔门望进去，火舌在浓烟中翻卷，眼看着火势就要大起，凌怀亭一脚踹开房门，房内浓烟裹着火苗翻卷着扑了出来，即刻火势大增，凌怀亭踹开门第一眼就看见地上躺着的布老虎，一刹那，凌怀亭想到一定要将两个孩子开脱出这场大火的牵连，凌怀亭想至此，冲进房内，一脚将布老虎踢进火里。

趁着院子里各戏班的人在跪听圣旨的当口，凌雪嫣拉着童德枬溜进偏殿，将素蓝布包裹的木匣子和胡琴藏在被褥里，两个孩子躺下，用被子蒙着头假寐起来。

院子里，众人黑压压跪倒一片，祥庆正在宣旨，身后站着四名身穿黄马褂御前带刀侍卫。

行宫后面亮起火光，映在夜空中，一闪一闪。一个小太监惊慌失措地跑来，上气不接下气，指着后面说东配房有一处走水了，是承应戏班堆放砌末的地方。

未等祥庆宣完旨意，那承大呼小叫地吩咐其他太监赶快担水运沙子灭火。各戏班的人也纷纷起身跑去救火。时怀恩和廖怀化架起受了杖伤的童怀青也向后面走来。

时值冬天，塞外山风正猛，风助火势，不一刻，堆放箱笼砌末的配房已化作灰烬，幸亏抢救及时，倘若再迟片刻，火势蔓延到其他殿宇房舍也是意料中的事情。

大火浓烟，凌怀亭身上火星点点，皮肤数处被灼烧，跌跌撞撞从残垣断壁的余烬中走了过来，头发眉毛都已燎焦，辫子烧得也只剩下半截。

祥庆急得跺脚，这回去可如何复旨？

那承当值，职责所在，查问起火原因，凌怀亭一口咬定，师兄杖伤难耐，他来此是在箱笼里翻找止疼的膏药，不慎碰翻手照，致使火起。

祥庆无奈，让侍卫带走班主童怀青和凌怀亭回山庄复旨。

形格势禁，凌怀亭一看此事终不能善了，即使跟去山庄，也是有去无回，索性横下一条心，乘人不备，突然伸手拔出站在旁边的御前侍卫的配刀，引颈自刎，泣血身亡。

此行奉旨避暑山庄承应，事与愿违，结果大相径庭。凌怀亭舍命拼死保全，童怀青得以全身而退。

劫后余生，金麟班回到京城后，由于不敢声张，草草料理了凌怀亭后事。哪知凌怀亭长子凌心柱大闹金麟班，一跺脚，气走灵堂。

童怀青决定金麟班远走西陲避祸，吩咐众人急速打点行装，另安排班子里的老人看守宅院和场子。

彰仪门外三藐庵，童怀青燃香三炷，默祷金麟班西去避祸，有朝一日，平安归来。

三藐庵前官道旁，金麟班一众三十几人，每人身上斜背行囊，三辆长板架子车上装满箱笼和演戏必备的行头、砌末。

童怀青亲自拉起架子车，车上是用大绳捆绑结实的箱笼行装，紧靠前面的箱笼上坐着凌雪嫣和童德柟。凌雪嫣扎白辫绳，孝布拧成两指宽的麻花卷箍在头上，怀里搂着那把在喀喇河屯行宫不意间得来的胡琴。金麟班众人跟行在三辆长板架子车的前后左右，个个缄口默言，一步一回头，渐行渐远，留在身后的京城城郭愈来愈小。

迢迢西行路，朔风正劲。

（上卷完）